REINER WERNHER VOM NAGEL ZU HAUFE

DER EINZIGE

LANZE DES GRAL

BUCH 1

TRILOGIE DER WIEDERKUNFT

Arun-Verlag, Ortsstr. 28, D-07407 Engerda
Tel.: 036743-233-0, Fax: 036743-233-17
email: info@arun-verlag.de; Internet: www.arun-verlag.de.
Titelblattmotiv: © Geophot B. Edmaier.
Gedicht auf Seite 77-81: Nach einem Text des Dichters U. Zieger mit dessen freundlicher Genehmigung.
Gedichte auf Seite 41 und 263: Mit freundlicher Genehmigung von Tohm Di Roes.
Gesamtherstellung: GGP Media GmbH, Pößneck.
Hinweis: Eine Teilauflage des Buches enthält eine Beilage des Autors.

ISBN 3-935581-30-0

Inhalt

Dem geneigten Leser sey zuförderst anempfohlen, sich die gar ergötzliche Geschichte vom Perceval nach Chrétien de Troyes, dergestalt ältestes literarisches Zeugnis des Mythos vom Gral, in Erinnerung zu rufen:

Perceval wächst mit seiner Mutter Herzeloyde und einigem Dienstpersonal in ländlicher Abgeschiedenheit auf. Der Mutter Ansinnen ist es, den Heranwachsenden vor dem Rittertum zu bewahren, da dieses ihr den Gatten abverlangte. Der in dieser Art Einöde sich entwickelnde Knabe ist trotz seines Hohen Geblüts ein rechter Tor, der nur eine Leidenschaft kennt: jagen, um zu treffen, treffen, um zu töten.

Eines Tages trifft er im Walde fabelhafte Wesen zu Pferd. Diese geben sich dem Jungen als Ritter von König Artus' Tafelrunde zu erkennen und erklären ihm ihre Bewaffnung, was ihn so mächtig beeindruckt, daß er beschließt, gegen den Willen der Mutter auszuziehen, um ebenfalls ein solcher Ritter zu werden.

Aus dem Walde kommend trifft er auf eine Edeldame. Diese lagert in einem Zelt, dort auf ihren Mann zu warten. In seiner tölpend pubertären Art will er der Dame seine Ehre bezeigen, was ihm aber dermaßen daneben gerät, daß der später zurückkehrende, entehrte Ehemann Orgueilleux ihm dafür den Tod schwört.

Perceval ist unterdessen weitergezogen und trifft auf einen in rote Wehr gerüsteten Ritter. Dieser stahl einen wertvollen Kelch von König Artus' Tafel. Mit einer höhnenden Botschaft sendet der Ritter den Knaben zu Artus. Der übermittelt, dort vor die Runde tretend, arglos die Nachricht und verlangt gleichzeitig, zum Ritter geschlagen zu werden. Seine dreiste Unangemessenheit findet den Hohn der Anwesenden, insbesondere des Seneschalls Keu. Nur die Dame, die nie lachte, erkennt im Erscheinen des Perceval seine Bestimmung zur Auserwähltheit, muß darob jedoch unmäßig lachen. Von Keu wird sie deswegen hart gezüchtigt. Dem Perceval dünkt das Lachen der Dame als Ausdruck ihrer Anerkennung und im Stillen schwört er, die Schmach der jungen Dame zu rächen. Doch gleichviel, zunächst will er Ritter sein und zwar in einer ebensolchen Rüstung wie der Rote Ritter. Sich seiner Arglosigkeit bedienend gibt man dem närrisch Anmaßenden zu verstehen, er könne sich doch am besten gleich die Rüstung des Roten besorgen, dann würde er darin zum Ritter geschlagen. Und bei der Gelegenheit möge er doch gleich den geraubten Kelch zurückbringen. Spornstreichs reitet Perceval also wider den Edelmann und fordert sowohl Kelch als auch Rüstung. Dem Empörten nutzt sein Wüten gar nichts, denn die Saufeder, im Triumph geschleudert, trifft ihn überraschend durch den Helmschlitz mitten ins Aug. Befriedigt nimmt der Knabe sich alsdann die besudelte Rüstung, greift sich den Kelch und reitet auf dem Pferde des Hingemachten wieder am Hofe König Artus' ein. Dort ist man über die unerwartete Wendung höchstlich erstaunt. Der Knappe Yonet legt dem selbstgemachten Ritter Wehr und Waffen an und dieser reitet stolz von dannen, sich in der Legitimation der Artusrunde wähnend, um nun sein Rittertum zu mehren.

Perceval erreicht die Burg des edlen Vasallen Gornemanz. In väterlicher Zuwendung gibt der dem jungen Helden Unterweisung im Turnieren. Perceval erlangt so Meisterschaft im Gebrauch der Lanze und des Schildes, im Schwertkampf wie im Reiten. Dies erschließt dem jungen Helden sich als Ausdruck wahrer Ritterschaft. Doch die ihm zugedachte Tochter des Burgherren läßt Perceval links liegen, da er seine Ritterschaft nun auch in der Ferne zu erproben sucht.

So erreicht er denn die Burg Beaurepaire. Diese wird von dem anmaßenden Edelmann Clamaden und dessen Seneschall Engygeron belagert, um die Tochter der Burg, die edle Blancheflor zu erringen. Rings umher ist nur noch wüstes Land, man hungert in der Burg. Blancheflor gelingt es, den in sich gekehrten Perceval um den Preis ihrer selbst, zum Retter gegen die Belagerung zu küren. In heftigem Streiten gelingt es Perceval sowohl Engygeron, als darauf auch Clamaden zu überwinden und beide mit demütiger Botschaft an den Artushof zu überstellen. Die Dame, die lachte, ist der Adressat. Das ihm angetragene Königtum über Burg und Land schlägt Perceval aus. Eine höhere Bestimmung wähnend, will er zurück zu seiner Mutter, um seine wahre Abstammung zu erfragen.

Eines Abends, auf der Suche nach einem Nachtlager, gelangt Perceval an einen unüberwindlichen Fluß. Ein vermummter Fischer gibt von seinem Nachen her dem Perceval die Weisung, wie er eine Burg in der Höhe zu finden imstande sei. Perceval reitet durch den gewiesenen Spalt im Fels und entdeckt die verborgene Burg. Dort wird ihm ein außerordentlicher Empfang bereitet. Der vermummte Fischer stellt sich als der Burgherr selbst heraus und schenkt Perceval ein Schwert, das noch seiner Bestimmung harrt. In weihevoller Prozession wird die Lanze, aus der Blut tropft, vorgeführt, dann folgt in rituellem Reigen der von einer Jungfer getragene Heilige Gral. Dem staunenden Perceval ist es nicht gegeben, die Bestimmung der zelebrierten Weihe zu hinterfragen. Eine Fülle in Form eines erlesenen Menüs wird gereicht. Perceval labt seine Sinne daran, bemerkt aber nicht, daß der Fischerkönig anderer Speisung bedarf. Am nächsten Morgen erwacht er in einer verlassenen Burg, der er enttäuscht den Rücken kehrt.

Perceval trifft auf das um ihren erschlagenen Liebsten trauernde Fräulein. Diese ist von gleicher Herkunft wie Perceval und deshalb mit seiner Bestimmung vertraut. Sie enthüllt Perceval die verborgene Bedeutung des stattgehabten Rituals auf der Gralsburg und seine frevelhafte Mißachtung des offenbaren Leidens des Burgherren. Endlich erfährt Perceval, wer er wirklich ist und ist tief beschämt über sein Scheitern. Ebenso erhält er nun Kunde, daß seine Mutter am Herzeleid über ihren verlorenen Sohn starb.

Er zieht weiter und begegnet erneut der Dame aus dem Zelt, die durch ihn um ihre Ehre gekommenen war. Perceval erkennt im Nachhinein sein törichtes Handeln. Doch kommt da ihr erzürnter Ehemann, und es bleibt Perceval keine andere Wahl, als sich mit jenem zu schlagen. Doch das ihm in der Gralsburg verliehene Schwert zerbricht. Trotzdem gelingt es Perceval, seinen Gegner zu überwinden. Er sendet ihn ebenso wie alle anderen besiegten Ritter an den Artushof zu jener Dame, die lachte. Von der Außerordentlichkeit der Siege Percevals beeindruckt, macht sich der gesamte Hof auf, diesem entgegen zu ziehen.

Perceval wird Zeuge, wie ein Falke in jagendem Eifer eine Gans schlägt. Angesichts dreier Blutstropfen verfällt Perceval in düstere Erinnerung ob seines eigenen schicksalhaft belegten Wirkens. In dieser Umwölkung nimmt er die Aufforderung des Ritters Sagremor, vor König Artus zu treten, nicht wahr. Als der Ritter im Zorn sich gegen ihn wendet, haut Perceval ihn einfach um, ohne seine Geistesgegenwart zurückerlangt zu haben. Von dieser Schmähung des Hofes aufgebracht, macht nun der Seneschall Keu sich auf, den Sonderling zur Raisson zu bringen. Doch wie prophezeit, wird ihm von Perceval statt dessen der tolldreiste Arm gebrochen.

Gauvain als Einziger erkennt in der Versunkenheit des Helden nicht eine anmaßende Unhöflichkeit, sondern schicksalhaftes Mirakel. Die drei Blutstropfen werden von ihm deshalb still verdeckt. Ehrfürchtig geleitet er dann Perceval vor König Artus. Perceval legt seine Rüstung ab. Minniglich trifft er die Dame, die lachte, wieder. Ihre Ahnung hatte sich erfüllt. Doch ist diese Dame Perceval nicht bestimmt.

Denn eine borstige Gralsbotin bricht häßlich in das ritterliche Idyll und erhebt furchtbare Anklage gegen Perceval, ob seines Versagens in der Gralsburg und verflucht ihn, nicht eher Ruhe zu finden, als daß der Gral durch ihn seiner Bestimmung zugeführt wäre, der sieche Gralskönig geheilt und das Land aus seiner Agonie erlöst wäre. Von Yonet erneut gerüstet macht Perceval sich auf den Weg.

Auch gegen Gauvain schleudert die Gralsbotin ihre Verwünschung. Ihm sei geboten, die gläserne Burg Montesclaire zu finden und zu erlösen, ungeachtet der Tatsache, daß bisher jeder Ritter bei diesem Versuch einer rätselhaften Verzauberung erlag. Doch da erscheint Guigambresil. Er bezichtigt Gauvain eines feigen Mordes, hinterrücks an seinem Landesherrn begangen. Um sich dieses Vorwurfes zu entledigen, möge er sich unverzüglich aufmachen, um sich vor dem König von Escavalon zu rechtfertigen.

Auf seinem Weg dorthin gelangt Gauvain vor die Burg Tintagel. Dort turnieren Ritter um den Besitz des Schlosses, ohne dessen Eigentümer gefragt zu haben. Das Erscheinen des Gauvain mit seinem wehrhaften Gefolge wird im Schloß als Erlösung betrachtet. Doch dieser bleibt dem Turniere fern. Endlich gelingt es dem kleinen Fräulein, Tochter des Burgherren, Gauvain für ihre Sache einzunehmen. Gauvain besiegt alsdann im Zweikampf Meliant, den Eroberer. Das ihm zugesprochene kleine Fräulein muß er ausschlagen, um rechtzeitig seine Rechtfertigung vor dem König von Escavalon vorzutragen.

Eine Hirschjagd mißlingt, weil ihm ein Hufeisen abgeht. Doch ob dieses Mißgeschickes erfolgt die Einladung zu einem unweit regierenden, mächtigem Edelmann. Der sehr herzliche Empfang durch das Burgfräulein weitet sich in der Nacht zu einem Liebesspiel aus, in das der Vater und Burgherr hineinplatzt. Da erst wird entdeckt, das Gauvain dieserorts seit langem als Todfeind gilt und man sucht ihn zu vernichten. Gemeinsam mit dem Burgfräulein zieht er sich in den Turm zurück, verschanzt sich dort und spaltet mit seinem Schwert Escalibor so manchen Schädel bis zum Kinn. Da Gauvain nicht anders zu überwinden ist, sucht die Bürgerwehr den Turm zum Einsturz zu bringen. Das Burgfräulein jedoch gebietet ihrem Vater, das Gastrecht des Fremden zu achten. In Anerkennung seiner Mission der Ehre vor dem König von Escavalon akzeptiert man. Gauvain wird jedoch verpflichtet, die Lanze, die blutet, zu finden und sich zu einem späteren Zweikampf auf Leben und Tod wiederum einzufinden.

Percevals Suchfahrt nach der Gralsburg hat keinen Erfolg. Es ist der Tag der Kreuzigung des Herren. Er hört von einem ortskundigen Eremiten und begibt sich in dessen Einsiedelei. Perceval muß seine Waffen niederlegen und erlangt darauf mancherlei Belehrung über Blutfolgen und Bestimmung, über Beschaffenheit und Wirken des Gral. Ein geheimnisvolles Gebet verborgener Kraft wird ihm zur Kenntnis gegeben.

An der magischen Grenze zum Lande Galvoie findet Gauvain ein Fräulein mit ihrem verwundeten Ritter, der Gauvain die Verzauberung des Landes erklärt. Als Gauvain in das Land einreitet, findet er in einer Burg das betörende Fräulein, sich immerfort in einem Spiegel betrachtend. Holde Minne schwillt in Gauvain. Sie fordert Gauvain zu einer tückischen Probe seiner Fähigkeiten heraus. Als dieser sie jedoch meistert, wird sie zornig und beschließt, ihm zwar zu folgen, doch nur um Zeuge seiner Vernichtung zu werden, niemals jedoch sich ihm hinzugeben.

Auf seinem Rückweg hat Gauvain Erbarmen mit dem verwundeten Ritter Greoreas und heilt ihn mit Kräutern. Der jedoch erkennt in seinem Wohltäter einen tief verschworenen Feind, er verwünscht Gauvain und stiehlt ihm sein Pferd. Das tückische Frauenzimmer nimmt dies mit Genugtuung auf. Sie reitet spottend hinter ihm drein.

Unverhofft findet Gauvain die gläserne Burg Montesclaire, in der hunderte Fräulein und Damen, Jungfern und Mütter - alle Edlen des Landes, gefangen scheinen. Um in Rüstung über den breiten Wasserlauf dorthin zu gelangen, bedarf es einer Fähre. Ein Ritter will ihm das Übersetzen streitig machen. Gauvain besiegt diesen, verliert jedoch das tückische Fräulein, die mit dem einzigen Boot enteilt. Ein Fährmann erscheint und Gauvain gewinnt dessen Dienste, da er jenem das Pferd des Gefällten zukommen läßt. Er nimmt Herberge beim Fährmann, um am Morgen die Burg zu erobern. Am nächsten Tag gelangt er dann ins Innere, er entdeckt den Prunk des großen Saales und legt sich auf das Bett der Wunder. Ein rätselhafter Geschoßhagel nimmt ihm daraufhin fast das Leben. Dann erscheint ein riesiger Löwe. Gauvain kann ihn jedoch mit Schwert und Schild überwinden. Es erscheinen die Herrinnen der Burg. Gauvains Wunden werden versorgt, er wird prächtig eingekleidet.

Der Fährmann betritt die Burg und klärt Gauvain darüber auf, daß der Bann zwar gebrochen sei, er nun jedoch die Herrschaft annehmen muß, was bedeutet, die Burg nimmer mehr zu verlassen. Darauf wächst ein großer Zorn in Gauvain. Die Königin tritt ihm entgegen und kann ihn besänftigen. Es wird gemeinsam prächtig zu Abend gespeist.

Am Morgen sieht Gauvain aus dem Fenster der Burg das tückische Fräulein gemeinsam mit einem fremden Ritter. Gauvain zieht vor die Burg, besiegt den Fremden, das Herz des Fräuleins noch immer zu erringen trachtend. Diese fordert von ihm als Beweis seiner Minne, über eine tiefe Felsenkluft zu springen, so wie jener Besiegte dies täglich getan hätte. Gauvain springt, landet zwar inmitten des Spaltes, doch mit letzter Kraft kann sein Pferd ihn auf der anderen Seite wieder heraufbringen. Dort trifft er auf den Ritter Guiromelant. Dieser ist im Höchstmaß erstaunt, wie jener überleben konnte, er wäre denn der einzige, der dies vollbracht hätte. Damit entdeckt Gauvain wiederum die lügnerische Tükke hinter den Proben des Fräuleins. Der Ritter erklärt Gauvain den Zauberbann auf dem gesamten Land. Der Bann sei nun gebrochen, erklärt Gauvain, und so erfährt der Ritter Guiromelant dessen Identität und erinnert sich einer alten Blutfehde. Beide verabreden sich zu einem Duell auf Leben und Tod. So nun zweifach zur Todesprüfung bestimmt, von dem Fräulein, das er liebt, betrogen, wendet er sein Pferd und gibt todeswillig die Sporen. Doch der Sprung über den unüberwindlichen Todesspalt gelingt unvermutet und das Fräulein Orqueneseles sinkt wie verwandelt zu seinen Füßen. Da er den Tod wählte um der Liebe willen, so wie einst sie selber, kann er ihre Seele erringen. Sie erklärt ihm die Motive ihres Handelns, daß nämlich einst ein Ritter ihr das Liebste nahm und so ihr Trachten nur der Rache galt. Geeint nun kehren sie zum Schloß zurück.

Mit der Herrin des Schlosses unterhält sich Gauvain über die Verflechtungen des Blutes und wie jenes durch geschickte Vermischung zum Besseren verschmolzen werden könne. Der Ritter Guiromelant erhält so die Königintochter zur Frau, Gauvains Blutsverwandte Schwester, die wie alle vom Bann auf dem Schloß gefangen war.

Inzwischen hält König Artus unweit Hof. Gauvain sendet einen Knappen dorthin, um sein Kommen anzukündigen.

In der Runde herrscht tiefe Trauer, denn dort gilt Gauvain als verschollen. Und als König Artus den Blick über die gelichtete Tafel seiner Ritter schweifen läßt, bleibt er am leeren Platz des Gauvain haften. Und so tief kommt ihm plötzlich der Verlust an, daß er auf der Stelle in tiefe Ohnmacht sinkt. Der Knappe erscheint, um die frohe Botschaft zu überbringen, doch alle sind um den hingeschlagenen König bemüht. Der Tumult dringt hin bis zur Königin Guenièvre. Verwundert fragt sie nach der Ursache.

Mit dieser Frage bricht die Versdichtung des Chrétien de Troyes ab.

1. KAPITEL

Wie einer nicht wissen kann, was in ihn gefahren ist.

Montag – 1. Woche

Wie Perce á Val in der künstlichen Idylle eine Botschaft erhält, die es in sich hat.

Perce á Val saß, die Beine übereinandergeschlagen, in einem bequemen Korbsessel auf dem Balkon seines Hotelzimmers. Neben ihm stand eine Flasche Rotwein, ein Aschenbecher und, auf Papier ausgebreitet, lagen noch verschiedene Käsesorten, Zwiebeln, Knoblauch, Oliven, daneben ein Sprungmesser und ein Feuerzeug. Perce á Val zog an seiner Zigarre und beobachtete, wie die quirligen Schwaden rasch von der herbstlichen Brise des Mittelmeeres zerstreut wurden.

Die Hand mit der Zigarre sank zurück auf die knirschende Lehne des Korbsessels. Die Saison war vorbei, der Touristenansturm verflaut, die Cafés und Restaurants fast leer. Perce á Vals Blick glitt über den spärlichen Verkehr des späten Nachmittags, den kleinen Park, wo alte Männer hemdsärmelig und mit weichen Hüten Boccia spielten, vorbei an der Hafenanlage, den unzähligen Masten der Yachten und Segelboote. Er schaute auf die Linie des Horizontes, schnitt mit dem Messer etwas Käse ab, trank Wein und sah zu, wie die Sonne sich langsam dieser magischen Linie von Himmel und Wasser näherte und wie die Wellen funkelnd den roten Glanz spiegelten. Fasziniert war sein Blick auf dieses Schauspiel gerichtet:

Untergehen, dachte er, untergehen und solchen Glanz verbreiten, stilvoll, mit Würde, wie ein ritterlicher Streiter inmitten der Übermacht.

Gleichzeitig ärgerte er sich, daß er nun doch wieder an seinen Auftrag denken mußte. Sein Blick verengte sich, wurde plötzlich mißtrauisch prüfend, gewann an Schärfe. Er musterte die Straße, die wenigen Passanten. Genau betrachtete er den Alten auf der Bank, der seinem Balkon fast gegenüber saß und scheinbar uninteressiert ins Leere blickte. Dann richtete er seinen Blick auf die parkenden Autos. Nichts Verdächtiges. Lange beobachtete er die Schiffe im Hafen, versuchte festzustellen, ob neue angekommen waren. Es fröstelte ihn. Er knöpfte sich die weiße, dicke Strickjacke zu, zog an der Zigarre, doch die war erloschen. Ärgerlich trank er das Weinglas aus und ging ins Zimmer, blieb unvermittelt vor dem Spiegel neben dem Kleiderschrank stehen:

Wie immer, dachte er, ich sehe aus wie immer, wenn man die Bartstoppeln vergißt. Nun gut, vielleicht etwas voller, aber das kann an dem Bartansatz liegen.

Da verfing sich sein Blick im Dunkel der eigenen Pupillen. Kein Lidschlag mehr, der Blick erstarrte am gespiegelten Glanz seiner Augäpfel, der Focus zerrann. Da kam Unruhe in ihm auf. Er lauschte angestrengt. Plötzlich traf ein Rest der untergehenden Abendsonne direkt auf die Spiegelfläche. Ein lohendes Flammenmeer griff nach Perce á Vals Spiegelbild.

„Und, was macht er", fragte Jeff gelangweilt, auf der Tagesdecke des Bettes liegend, die Hände hinter dem Kopf verschränkt.

„Er ist reingegangen, dann im Zimmer umhergelaufen", kam spröde von Roy, während er angestrengt in den Monitor schaute und fügte dann säuerlich hinzu: „Und nun liegt er auf dem Bett, genau wie du, fetter, fauler Sack."

Jeff blieb entspannt: „Wir werden doch nicht gleich persönlich werden! Ich bunkere gerade unheimlich an potentieller Energie."

„Nein, ist nichts Persönliches, außer daß es meine Person war, die letzte Nacht diese dämliche Kamera als Vogelnest getarnt auf diese unmögliche Palme raufbringen mußte."

„Du bist nun mal der Sportliche", grinste Jeff, „an mir schätzt man andere Fähigkeiten."

Roy drehte sich langsam vom Monitor weg und schaute auf Jeff. Er musterte ihn kühl, dann verzogen sich seine Mundwinkel ebenfalls zu einem Grinsen: „Klar doch, Jeff. Ist schon toll, daß du mit von der Partie bist."

„Ich weiß dein Lob zu schätzen, Partner", meinte Jeff und schaute hinauf zur Decke, wo ihr Mann war.

Perce á Val war auf dem Bett ins Dämmern geraten. Das Telefon schreckte ihn hoch. Er griff zum Hörer.

„Monsieur, für Sie ist eine Nachricht abgegeben worden, sollen wir sie Ihnen gleich aufs Zimmer bringen?“

„Ja, tun sie das.“

Perce á Val stand schnell auf, entriegelte die Tür, blickte kurz im Zimmer umher, ging zum Schreibtisch, knipste die Lampe an und setzte sich. Wenig später klopfte es. Ein Hotelboy überreichte einen verschlossenen Briefumschlag, auf dem der Name stand, unter dem Perce á Val im Hotel abgestiegen war. Er kramte ein paar Münzen aus der Tasche und der trotz seiner Livree sehr feminin wirkende Bote dankte mit hoher Stimme und schloß sachte hinter sich die Tür. Komisches Personal heutzutage; Perce á Val nahm seine Brille aus dem Etui und setzte sich an den Schreibtisch. Er stellte erstaunt fest, daß die Schriftzüge noch von einer richtigen Schreibmaschine stammten. Er öffnete das Kuvert und hielt eine ausgerissene Buchseite in den Händen. Flüchtig begann er zu lesen:

Mache dich auf und geh in die große Stadt Ninive und predige wider sie; denn ihre Bosheit ist vor mich gekommen. Aber Jona machte sich auf und wollte vor dem Herrn nach Tarsis fliehen und kam hinab nach Japho. Und als er ein Schiff fand, das nach Tarsis fahren wollte, gab er Fährgeld und trat hinein, um mit ihnen nach Tarsis zu fahren und dem Herrn aus den Augen zu kommen. Da ließ der Herr einen großen Wind aufs Meer kommen und es erhob sich ein großes Ungewitter, daß man meinte, das Schiff werde zerbrechen. Die Schiffsleute fürchteten sich und schrien, ein jeder zu seinem Gott und warfen die Ladung, die im Schiff war, ins Meer, damit es leichter wurde.

Erstaunt ließt Perce á Val das Dünndruckpapier sinken, denn ihm wurde klar, daß es sich hier um den Ausriß aus einer Bibel handelte. Aber wer zerreißt denn eine Bibel, nur um eine Nachricht zu senden? Er schaute, ob irgendwo eine Anmerkung geschrieben stand. Nichts. Also keine Nachricht, sondern eher eine Botschaft. Zerrissene Bibel? Er las weiter:

Aber Jona war hinunter in das Schiff gegangen und schlief. Da sprachen sie zu ihm: Sage uns, warum geht es uns so übel? Was ist dein Gewerbe, und wo kommst du her? Aus welchem Lande und von welchem Volke bist du? Und sie nahmen Jona und warfen ihn ins Meer.

Da wurde das Meer still und ließ ab von seinem Wüten. Aber der Herr ließ einen großen Fisch kommen, Jona zu verschlingen. Und Jona war im Leib des Fisches drei Tage und drei Nächte.

Perce á Vals Gedanken schweiften ab. Diese Geschichte vom Propheten Jonas beunruhigte ihn. Zu genau traf sie seinen gegenwärtigen Zustand. Denn eigentlich hatte er bisher nichts zu tun, außer in diesem kleinen Ort an der Cote D' Azur den Touristen abzugeben. Seine Auftraggeber schienen mit ihm zu spielen, um seine Geduld, seine Fügsamkeit zu testen. Ärgerlich las er weiter:

Und Jona betete zu dem Herrn, seinem Gott, im Leib des Fisches. Die sich halten an das Nichtige, verlassen ihre Gnade. Ich aber will mit Dank dir Opfer bringen. Und der Herr sprach zu dem Fisch, und der spie Jona aus ans Land. Und es erklang das Wort des Herrn zum zweitenmal an Jona: Mache dich auf, gehe in die große Stadt Ninive und predige ihr, was ich dir sage. Und als Jona anfing in die Stadt hineinzugehen und eine Tagesreise weit gekommen war, predigte er und sprach: Es sind noch vierzig Tage, dann wird Ninive untergehen. Als aber Gott sah ihr Tun, wie sie sich bekehrten von ihrem bösen Werke, reute ihn das Übel, das er ihnen angekündigt hatte, und er tat´s nicht.

Mit einem Ruck nahm Perce á Val die Lesebrille herunter. Will man ihn veralbern?! Er spürte, wie Unwillen in ihm hochkam. Doch wie ein spöttischer Kommentar ging der Text weiter:

Das aber verdroß Jona sehr und er ward zornig und betete zum Herrn und sprach: Ach Herr, das ist´s ja, was ich dachte, als ich noch in meinem Lande war, weshalb ich auch eilends nach Tarsis fliehen wollte; denn ich wußte, daß du gnädig, barmherzig, langmütig und von großer Güte bist und läßt dich des Übels gereuen. Aber der Herr sprach: Meinst du, daß du mit Recht zürnst?"

Perce á Val las nicht mehr weiter. Biblische Belehrung war das letzte, was ihn begeistern konnte. Wütend zerknüllte er die Seite und ergriff ebenfalls den Umschlag. Da bemerkte er einen Widerstand. Es fand sich darin ein mit Tinte beschriebenes, feines Billet:

Zum Empfang der weiteren Instruktionen begeben Sie sich bitte am morgigen Tag nach Rennes le Château. Wir treffen Sie um 14 Uhr im Restaurant „Arcadien“!

DIENSTAG - 1. WOCHE

Wie Perce á Val durch das Dickicht des Vergangenen tastet, die 4 Ritter trifft, ihre Bewaffnung erfährt und sich hernach in der freien Jagd ergeht.

Das Dorf Rennes-le-Château lag einsam auf dem Gipfel einer steilen Bergkuppe. Ein großartiger Blick auf die Pyrenäen bot sich dar. Doch war es nicht die Beschaulichkeit dieser abgelegenen Region, die ihr täglich Touristenbusse bescherte, sondern der zweifelhafte Ruf eines verborgenen Schatzes, der in der Gegend versteckt sein sollte. Man hatte sich im Ort darauf eingestellt. Es gab zahlreiche Souvenirstände und die neu entstandenen Restaurants zeigten sich dem Ansturm durchaus gewachsen. Das „Arcadien“ war eines davon, eines der besseren.

Perce á Val konnte nicht umhin, jene Kirche zu besuchen, in der 1887 ein gewisser Abbé Saunière rätselhafte Pergamentrollen entdeckt hatte. Er stand nun vor dem Portal und bemerkte eine seltsame Inschrift darüber:

Terribilis est locus iste. - Dies ist ein Ort des Schreckens.

Perce á Val fand das als Grußnote einer katholischen Kirche einigermaßen befremdlich. Als er die Kirche betrat sah er, daß das Weihwasserbecken vom Leibhaftigen persönlich dargereicht wurde. Geflügelt, behörnt, mit spastisch verrenkten Händen und vorquellenden Augen trug dieser Teufel das geweihte Wasser auf seinem buckligem Rücken - auch nicht das Übliche in den Bethäusern.

Er betrachtete aufmerksam die Schaukästen und Wandtafeln, auf denen die rätselhafte Geschichte dargestellt wurde.

Es hieß, bei Renovierungsarbeiten stieß der Abbé zufällig auf 5 Dokumente, die ihm sowohl einen sagenhaften Reichtum, als auch einen ungewöhnlichen Tod bescherten. Und nicht nur ihm allein. Um was für Dokumente es sich handelte, ist bis heute ungeklärt und niemand weiß, wo sich die Originale befinden. Fest stand nur, daß der amtierende Pfarrer von Rennes-le-Château in den Jahren um 1780, Abbé Antoine Bigou, ebenfalls Kaplan der Adelsfamilie Hautpoul Blanchfort war. Als die Ausschreitungen der Revolution sich zuspitzten, ging Abbé Bigou nach Spanien und kehrte nie wieder in seine Heimat zurück. Möglich, daß Abbé Bigou diese Dokumente damals verbarg.

Die Zeitgenossen Sauniéres waren überzeugt, der Pfarrer hätte einen Plan entdeckt und mit dessen Hilfe einen Schatz gehoben. Spätere Nachforschungen ergaben, daß Sauniére auf dem Friedhof Sainte-Marie-Madeleine den Grabstein der Marie de Nègre d'Ablès, Herrin von Blanchfort, die am 17. Januar 1781 starb, verwüstete, um dessen rätselhaft symbolische Inschrift zu tilgen.

Perce á Val hatte die Zeit vergessen. Es war bereits 15 Minuten nach 14 Uhr. Ihm war unbehaglich zumute, nicht wegen der Verspätung. Ihm war klar, daß seine Auftraggeber ihn nicht zufällig an diesen Ort bestellten. Perce á Val mochte keine unklaren Verflechtungen, er interessierte sich nicht für die Hintergründe eines Auftrages. Er tat einfach seine Arbeit.

Nachdem er die Kirche verlassen hatte, ging er rasch durch die winkligen, engen Gassen und fand schnell das „Arcadien". Das Lokal war fast leer. Er ging zum hinteren Teil, wo an einem runden Tisch bereits vier Männer saßen und ihm leicht zunickten. Er deutete eine Verbeugung an und setzte sich auf den dargebotenen Platz. Zwei Kellner in langen weißen Schürzen eilten im Lokal diskret umher. Perce á Val beobachtete sie kurz durch einen Spiegel an der Wand, nahm sich einen Zigarillo aus seinem Etui, zündete ihn an, dabei gelassen in die Runde blickend. Die Männer schwiegen.

„Sie haben gewartet?"

„Machen Sie sich nicht lustig, mein Junge", antwortete darauf ein älterer Herr mit kurzgeschnittenem grauen Kinnbart.

„Einen Aperitif, Monsieur?" Ein Kellner stand plötzlich hinter Perce á Val und blickte ihn fragend an.

„Nein danke!“

Der Kellner entfernte sich.

„Wir hatten gehofft, Sie etwas pünktlicher kennenzulernen“, sagte ein Untersetzter in einem altmodischen Zweireiher. Er wirkte wie ein Nobelpreisträger vom Anfang des letzten Jahrhunderts.

„Jona brauchte drei Tage, drei Nächte und die Massagen im Magen-Darm-Trakt des Wales, bevor er mit sich und Gott und seinem Auftrag ins Reine kam“, antwortete Perce á Val.

„Hören Sie mal“, meinte unterkühlt der Ältere mit dem Kinnbart, „wenn Sie sich für besonders klug halten, so kann ich Ihnen versichern, daß wir keinen Wal brauchen, um ihnen die entsprechende Stimulanz zu liefern.“

Er knackte mit den Fingergelenken und lehnte sich ruckartig zurück, die Luft hörbar ausschnaubend.

„Schon gut, ich hab mir nur die Sehenswürdigkeiten hier ein wenig angesehen und muß wohl mit meinen Gedanken etwas abgeschwiffen sein; aufgrund der biblischen Botschaft, die sie mir sandten“, sagte Perce á Val, hob bedauernd beide Hände in die Luft, die Worte zwischen dem Zigarillo hervorkauend. Die vier Männer wechselten kurz einen Blick. Perce á Val bemerkte dies mit Erstaunen. Langsam verstand er. Die Bibelseite und das Billet im Umschlag hatten unterschiedliche Absender. Der Hotelboy war kein Boy und auch nicht aus seinem Hotel.

„Mißverstehen Sie uns nicht, mein Junge“, drang es wie durch einen Wattebausch von dem Kinnbärtigem an sein Ohr, „aber wir brauchen absolute Zuverlässigkeit; ansonsten...“, er zuckte leicht mit den Achseln und machte eine Handbewegung, als wolle er einen Brotkrümel vom Tischtuch fegen.

Ein hagerer Typ musterte ihn eingehend, bevor er sich an ihn wandte:

„Dieser Urlaub an der Küste ist für Ihre Tarnung wichtig, auch wenn es nicht Ihrem Temperament entspricht. Bevor Sie handeln, müssen wir hundertprozentig sicher sein, daß Sie nicht überwacht werden.“

Perce á Val wog sein schweres, silbernes Zigarillo-Etui in der Rechten, legte es dann sanft auf den Tisch und fuhr mit der Nagelspitze die Gravur von Lilien entlang. Die Blicke der Vier verständigten sich in stummem Erstaunen. Doch Perce á Val hielt weiter den Kopf gesenkt und bemerkte das nicht.

„Brauchen Sie mehr Geld“, ließ sich die rauhe Stimme des Vierten vernehmen. Perce á Val schaute schnell zu dem Mann, blickte in wässerig blaue Augen in einem aufgedunsenen Kindergesicht, das absolut nicht zu der rauhen Stimmlage passen wollte.

„Nein“, antwortete er.

Der graue Kinnbart begann, mit den Fingern auf den Tisch zu trommeln.

„Es scheint etwas dazwischen gekommen zu sein“, sagte Perce á Val und spürte dabei einen trockenen Mund, als hätte er eine Vokabelprüfung zu bestehen, „eine Art religiöser Interessen.“

Die Blicke der vier Männer trafen sich erneut. Sie schwiegen.

„Ich kann so nicht arbeiten, wenn Sie mir nicht mehr Informationen geben.“ Perce á Val schaute abwechselnd in die ausdruckslosen Gesichter der vier Männer. Der Kellner widmete sich hingebungsvoll der Pflege der Grünpflanzen, die ihren Tisch vom übrigen Lokal abgrenzten. Niemand außer Perce á Val schien das bemerkt zu haben. Eigenartige Stille. Alle schwiegen sie.

Perce á Val zog seine Jackettärmel über die Manschettenknöpfe. Er wollte gehen.

„Nun, solche Art Verfolgungswahn hat wohl jeder schon einmal erlebt“, meinte ruhig der Nobelpreisträger mit dem Zweireiher und schaute abwechselnd in die Gesichter seiner Begleiter, dann auf einen Wandteppich, der in grellem Rot gehalten war. „Es macht in der Regel vorsichtiger“, und fügte noch an, „wenn Sie sich nicht davon beherrschen lassen.“

Der Kellner ging jetzt von den Grünpflanzen zur Espressomaschine. Dabei zupfte er seine schwarze Fliege zurecht.

„Was die Angst von der Furcht unterscheidet, ist, daß Angst diffus und grundlos ist, während die Furcht immer einen konkreten Bezug hat“, dozierte der altmodische Zweireiher.

„Ich muß jetzt gehen", sagte Perce á Val, „seien Sie versichert, ich werde die Ausgangsposition klarstellen, bevor ich meinen Auftrag ausführe. Möglicherweise sind eben ein paar Umwege nötig."

„Wir haben alle unseren Auftrag" sagte leise daraufhin der Hagere und beugte sich ruckartig vor, „und viele Wege führen zu Gott, wie man nachlesen kann." Er schaute Perce á Val durchdringend in die Augen. „Das Fremdwort hierfür lautet - Mission."

Perce á Val verabschiedete sich mit einer angedeuteten Verbeugung. Man nickte ihm zu. Er drehte sich abrupt um und ging an der Bar vorbei, wo unter einer tiefhängenden, golden bespannten Fransenlampe, eine junge Frau wie unter einem durchscheinendem Zeltdach saß. Die blondhaarige Schöne rauchte ungeschickt an einer Zigarette. Es sah aus, als würde sie auf jemanden warten. Sie beachtete Perce á Val nicht. Irgendwie erinnerte er sich an den Hotelboy; da trat er durch die Tür ins Freie und die grell blendende Nachmittagssonne okupierte sofort alle Sinne, bevor er den Gedanken zuende denken konnte.

Perce á Val folgte irritiert der Straße zum Friedhof. Dort stand sein Sportwagen, dort waren auch die Gräber des geheimnisumwitterten Priesters Saunière und seinerrätselhaften Haushälterin Marie Denarnaud. Und zwar mit einer dicken Betonschicht bedeckt, denn heimliche Schatzsucher hatten bereits mehrfach versucht, die letzten Ruhestätten der beiden freizulegen.

Perce á Val trat näher an diese Grabstätten heran und blieb eine Weile vor dem schmucklosen Beton stehen. Schnell reich werden am angesammelten Besitz anderer, für immer ausgesorgt haben, das ist es, was die esoterischen Schatzsucher heimsucht, die Toten wie die Lebendigen.

Perce á Val hörte Schritte knirschend näherkommen. Der noble Bakkenbart aus dem „Arcadien" trat zu ihm. Mit zugeknöpftem Zweireiher sah er noch vergangener aus.

„Kein Stahlbeton ist dick genug, die Begierden abzuhalten. Sich zu bereichern war immer die Triebkraft großer Unternehmungen", sagte lächelnd der Untersetzte und fügte in begütigendem Tonfall hinzu:

„Es gab nur wenige große Taten, die dies nicht zum Anlaß hatten. Übrigens nennt man mich in der Runde Graf von Ulterlec."

„Ich gehe davon aus, daß Ihre Mission eine solche ist", meinte Perce á Val sarkastisch.

„Für Sie ist dies möglicherweise ohne Belang. Aber da Sie vorhin um mehr Informationen baten, sollte ich Ihnen ein paar Zusammenhänge erklären: Dieser Ort und seine Umgebung wird von einigen als Schlüssel für einen unglaublichen, überdimensionalen Schatz gesehen. Es stimmt also, daß es auch andere Interessenten gibt. Da der Zugang zu dem Geheimnis dieses Ortes zunächst von Kirchendienern entdeckt wurde, ist es wohl nicht verwunderlich, wenn es sich zunächst um quasi religiöse Interessen handelt. Aber es könnte noch andere geben. Denn auf der Welt gab es im wesentlichen immer drei dominierende Weltbilder: das magische, das mystische und das materialistische."

Der Graf von Ulterlec lächelte und ließ seinen Blick über das herrliche Panorama schweifen, blinzelte kurz in die Sonne und strich sich ein paar Haarsträhnen aus der Stirn, die die Bergluft in Unordnung gebracht hatte und fuhr fort:

„Das magische Weltbild finden Sie bei den sogenannten Naturvölkern, die es beschwören. Das mystische üben die Religiösen, indem die sich darin versenken, das heißt meditieren. Und das materialistische betreiben die Rationalisten durch Beobachten. Zum Beschwören braucht es Namen und Formeln, zum Meditieren Bilder und Gleichnisse, und zum Ordnen von Beobachtungen Begriffe. Die ersten glauben an Geister, die zweiten an Gott, die dritten an das Gehirn.

Die sich mit der Natur Eins fühlenden beleben den ganzen Kosmos und scheuen das Jenseits. Die Religiösen erstreben das Jenseits und beseelen darum den Kosmos. Die Rationalisten halten das Jenseits für irrelevant und richten Radioteleskope auf Sternenhaufen.

Den ersten ist der Tod ein schwieriger Durchgang und sie glauben deshalb an Priester, den zweiten ein erwünschter Übergang und sie glauben an Propheten, den dritten ist der Tod der Untergang schlechthin, sie glauben den Professoren.

So entstanden Magiere mit dem Anrufen von Geistern - Exerzitien. Mystiker und deren Gesichte – Exegesen. Materialisten mit ihrem vergleichendem Denken - Experimente. Der erste sieht überall Leben, der zweite Seele, der dritte Stoff."

Perce á Val schwieg. Er löste seinen Blick von den Augen des Grafen in diesem unmöglichen Anzug.

„Ein wenig konkretere Informationen sind nicht etwa zugänglich, oder?!"

„Sie kennen nun sehr konkret die Kräfte, die im Spiel sind, deren Möglichkeiten und Motive. Erwarten Sie von mir eine Auflistung der Bewaffnung?"

„Was ist denn der Part Ihrer Truppe bei diesem Gesellschaftsspiel?"

„Gegenwärtig ist festzustellen, daß der Bogen, der nach einer Seite hin maßlos überspannt wurde, jetzt nach der entgegengesetzten Richtung gebogen wird. Der Rationalismus schlägt um in New Age, Sekten, Okkultismus. Man versucht, das materialistische Weltbild von heute zu dem magischen von einst umzubiegen. Es ist kein Zufall, das diese Bewegung ihren Ursprung und ihre prominentesten Autoren in den USA hat. Nach dem globalen Sieg der demokratischen Pragmatiker erlebt das Individuum seinen Wohlstand, seine Freiheit als Losgelöstheit, als Einsamkeit, schließlich als Armut. Es wird wieder offen für okkulte Phänomene, für Geheimnis, für Rätsel, für Abgründiges. Hier wiederum lauern perfide Mächte mit sehr materiellen Interessen im Irdischen. Und natürlich gibt es von staatswegen immer das Interesse, alles unter Kontrolle zu haben, damit sich nichts hochschaukelt und destabilisierend wirken kann."

„Ah ja, und welche Zügel der Troika halten Sie nun in Händen?"

„Sagen wir einmal, ich vertrete Interessen, die diesem Hin und Her eine räumlichere Dimension geben wollen."

„Räumlicher, achso !?"

„Raum im Sinne von Universum! Ende der Fragestunde. Lassen Sie sich das da", und hier deutete er auf die verbunkerte Ruhestätte des Geistlichen, „ein Gleichnis sein. Wir werden Sie rufen lassen." Der wie ein altbackener Preisverleiher wirkende Untersetzte wandte sich ab und ging mit einem seltsam hüpfenden Gang die leichte Anhöhe hinab zum Dorf.

Perce á Val fuhr ohne Verdeck auf der gewundenen Straße zur Küste hinab. Es war ein ungewöhnlich sonnendurchstrahlter, später Nachmittag. Perce á Val war wie betäubt von dieser Sonne, die stark auf seine helle Mütze brannte. Der Motor brummte sonor in tiefen Frequenzen, gelassen drückte sich Perce á Val gegen die Fliehkraft der Kurven, fast automatisiert steuerte er den Wagen, ja er ertappte sich dabei, sogar ein wenig zu dösen. Perce á Val tauchte ein in Zwischenwelt. Das Steuern des Wagens übernahm sein Unterbewußtsein. Er glitt im Raum hinweg durch die Zeit, aus der Zeit. Aber in jener Zeit war weder Sein noch Nichtsein, kein Luftraum, noch der Himmel darüber. Was regte sich? Und wo? In wessen Obhut? War Wasser da? Und gab´s den tiefen Abgrund? Nicht Tod und nicht Unsterblichkeit war da, nicht gab´s den Tag und nicht der Nacht Erscheinung; nur Eines hauchte windlos durch sich selber, und außer ihm gab nirgends es ein anderes.

Diese Gefühle kannte er, ein schwereloses Gleiten. Bis ihm nur noch Dunkel war, verhüllt im Schwarz und unerkennbar wogte alles. Vom leeren Raume zugedeckte Öde; da ward das Eine durch die Macht der Glut geboren. Perce á Val sah Lichtpunkte pilzen. Und dieses Eine regte in ihm die Begierde. Das war das Band des Seins im Nichtsein. Doch was war darunter? Und was war darüber? Schöpferkraft war unten, Sterben oben. Woher alles entstand, woher sie wiederum kam, die Schöpfung. Wer weiß schon, was vor der Unendlichkeit war. Und woher ist diese gekommen? Aus wessen Obhut?

Schlagartig stürzte Perce á Val zurück ins Jetzt, ein Motorrad hatte ihn überholt. Er sah einen prallen, runden Arsch in Lederhose. Das ist der Arsch einer wunderschönen Frau, dachte er. Und sie war allein unterm Himmelszelt, allein mit dieser Maschine auf dieser Straße. Er gab Gas, hängte sich ran. In einer Kurve sah er sie von der Seite, sah das weiche Rund ihrer Brüste unter dem eng anliegenden Leder. Sie trug eine rote Jacke und eine schwarze Hose, beides mit längslaufenden weißen Streifen verbunden. In ihrer Haltung auf der

Maschine wirkte das wie ein altes, gezacktes Symbol. Der rote Helm vollendete das Bild.

Er versuchte, an ihr vorbei zu kommen. In den Kurven hatte sie natürlich Vorteile, aber auf den Geraden trat er voll durch und der leichte Wagen kam wieder ran. Ihr Gesicht, dachte Perce á Val erregt, was wird sie für ein zartes Gesicht haben. Verdammt, ich will ihre Haare im Wind fliegen sehen. Sie wird ein feingeschnittenes Antlitz haben, mit einem leichten Anflug von gefährlichem Adel. Ich will sie ficken, dachte er, ich will sie haben, hier, sofort. Er war jetzt neben ihr, sie rasten auf eine Kurve zu. Sie bremste kurz ab, um zu stabilisieren und sich dann in die Kurve zu legen. Präzise stellte sie die schwere Maschine schräg und steuerte in den Kurveneingang. Perce á Val hatte weiter beschleunigt, blieb so neben ihr, seine Augen glänzten, seine Nerven vibrierten. Der Wagen brach beim Bremsen im Kurveneingang leicht aus. Sie versuchte auszuweichen indem sie die Maschine aufrichtete, war schon auf dem Randstreifen. Da riß er, im letzten Augenblick scharf bremsend, den Wagen herum und traf sie gekonnt mit der Heckseite, daß so sein Schleudern abgefangen wurde. Sie prallte gegen die Leitplanke, schoß darüber hinaus. Die Maschine taumelte ins Geröll, doch sie flog in schwereloser Eleganz hoch durch die Luft. Und dabei löste sich ihr Helm und es entband sich das lange blonde Haar der Frau aus dem „Arcadien". Es wellte frei über der ledernen Motorradkombi. Sie flog wie ein fliehender roter Drache unter blauem Himmelszelt hin in den Abgrund, wo hart die Felsen das Wasser zu Gischt zerstoben. In wessen Obhut?, schoß es Perce á Val in den Sinn. Wie aus einem Traum erwachend sah er sie noch fliegen in dieser Uniform und wußte plötzlich, daß sie es war, die im Hotel die Botschaft überbracht hatte. Ein Sog brach in seine Gedanken und formte staunende Verwunderung. Er fuhr an und fühlte im Fahrtwind den Schweiß auf der Stirn.

„Die Sache mit dem Motorradunfall will mir nicht gefallen", sagte Jeff und wiegte den Kopf. „Ein Wunder, daß sie bis ins Wasser segelte und überlebt hat. Wie hieß sie noch mal?"

„Jeschute! Die Frau sieht momentan nicht gut aus. War uns bisher nicht bekannt, verarmter Landadel, hier in der Gegend ansässig. Ob es geplant war, ein Trick? Ihr Mann, Orgueilleux, ist ein berüchtigter Choleriker und in zwielichtige Geschäfte verstrickt."

„Nein, ich glaube, da ist etwas passiert, was nicht kalkuliert war."

„Aber warum? Ein Unfall war es nicht, er ist ein perfekter Fahrer."

„Seine Triebe. Er hat sie gejagt, sie war ein Stück Wild für ihn."

Roy schmunzelte: „Aber angeknabbert hat er sie nicht." Er wurde wieder ernst: „Meinst du nicht, daß das vom Orden geplant wurde, um so mit Hilfe der Gesetzeshüter seinen Weg zu stoppen?"

„Nein", sagte Jeff entschieden, „dazu ist es zu stümperhaft. Es gibt schließlich keine Beweise, keine Zeugen. Niemand, außer uns beiden, bringt diese Sache mit unserem Mann in Verbindung. Für die Hüter der Straßenverkehrsordnung war´s ein Unfall mit Fahrerflucht, Schluß aus. Die werden deshalb nicht groß ermitteln, geschweige eine Fahndung machen."

„Aber die Schrammen an seinem Wagen?"

„Roy, hör mal, in Frankreich haben alle Autos Schrammen. Das beweist nix. Außerdem hat er den Wagen schon verkauft und ich bin sicher, der wird gerade umgespritzt."

„Na gut, was machen wir also?"

„Wie immer, abwarten!". Jeff goß sich Whisky in ein Wasserglas.

„Du hast heute Nachtdienst."

„Das weiß ich", sagte Roy, erhob sich und prüfte den Sitz seines Achselhalfters.

MITTWOCH - 1. WOCHE

Wie Perce á Val dem Ansinnen der Tafelrunde gerecht werden möchte, den geraubten Kelch jedoch blutgetränkt vorfindet und derowegen zum Roten Ritter wird

In seinem Hotelzimmer erreichte Perce á Val erneut eine Nachricht. Sie bezeichnete eine Adresse im alten Stadtkern, eine kleine Privatpension. Es war eine Beschreibung der Lage des Zimmers, die erforderlichen Schlüssel, sowie die Aufforderung enthalten, ein dort wohnendes junges ausländisches Pärchen zu entführen und beide lebend noch in der Nacht zur Ruine Montségur zu bringen.

Perce á Val besorgte zu diesem Zweck einen Kleinbus ohne Fenster in der Ladefläche. Zusätzlich erwarb er eine regionale Autokarte, die es bei Bedarf ermöglichen sollte, Schleichwege zu benutzen. Er staunte nicht schlecht, als er dort im Klappentext unter anderem den Montségur als Sehenswürdigkeit beschrieben fand. Dort wurde geschildert, daß es sich hier um die letzte Festung der Katharer, also der Reinen, handelte, welche als Häretiker unter Papst Innozenz III. ausgerottet werden sollten. Sie wirkten damals vornehmlich zwischen Toulouse und Montpellier im Schutze unterirdischer Höhlensysteme und den Felsenfesten der Pyrenäen. Sie lebten in Friedfertigkeit, lehnten jedoch die Verehrung der Kirchenheiligen ab und ebenso den Eid auf Gott. Sie bestritten die Mutterschaft der Maria bezüglich Christus und lehnten die Sakramente ab. Die Katharer, so stand da, lebten in Enthaltsamkeit, verzichteten auf Fleisch und hatten unter der Bevölkerung, als auch bei einigen Landesfürsten zahlreiche Anhänger. Ihre eingeweihten Mönche wurden von diesen als die „Vollkommenen“ verehrt. Aufgrund ihrer kompromißlosen Haltung zur herrschenden katholischen Kirche wurde in Albi über sie der Bann verhängt und gegen sie gar zum Kreuzzug mit dem Ziele ihrer Vernichtung gerufen. Mit der Erstürmung der Festung Montségur im Jahre 1244 kam die Ausrottung der Bruderschaft nach 30 Jahren zu ihrem Abschluß. Bald darauf entstand die Sage von einem unermeßlichen Schatz den die Albigenser, wie sie auch genannt wurden, besessen haben sollen und der eigentlicher Anlaß für ihre Vernichtung gewesen sein soll. Mehrfach und bis in die Gegenwart wurden die Ruinen untersucht, jedoch ohne Erfolg.

Eine düstere Ahnung befiel Perce á Val. Schon wieder die Legende von einem Schatz. Sollte hier etwa eine Verbindung bestehen? Wußte ein junges Ausländerpärchen, das in einer bescheidenen Pension abgestiegen war, um die Lagestätte eines riesigen Vermögens? Sollten sie deshalb entführt werden. Unbedingt lebend?!

Perce á Val wollte sich von seinen Grübeleien lösen. Sein Job bestand nicht darin, sich über die Motive seiner Auftraggeber Klarheit zu verschaffen. So etwas behindert nur, wußte er. Es passierte ihm selten, daß er sich bei seinen Jobs irgendwelchen Spekulationen hingab. Das war in der Branche ungeschriebenes Gesetz und diente im übrigen vortrefflich der eigenen Gesundheit.

Er ließ sich ein Bad ein. Die alten Messingarmaturen mochte er, auch wenn er nun extra kaltes Wasser beimischen mußte. Etwas fröstelnd stand er neben der großen, ovalen Wanne, immer wieder mit der Fußspitze prüfend, ob das Wasser endlich genügend abgekühlt war. Das Badesalz, das er beigefügt hatte, verströmte einen aromatischen Duft. Endlich, dachte Perce á Val und wagte es, seinen Körper langsam in das heiße Wasser zu senken. Genüßlich schloß er die Augen. Doch seine Gedanken ließen ihn nicht los.

Perce á Val spürte, daß er in Machtinteressen eingebunden wurde, die tief verwurzelte Vergeltung suchten. Ihm war nicht wohl dabei, in Undurchsichtigkeiten eingewoben zu werden, die nichts mit der Erledigung klarer, gegenwärtig praktischer Interessen zu tun hatten. Er war sein Leben lang ein Feind von Ideologien, Religionen und Staatsinteressen gewesen und hatte Jobs mit derartigen Tendenzen immer abgelehnt. Mit 16 Jahren hatte er beim Abitur zuviel Nietzsche gelesen und so den Willen zur Macht in sich entdeckt. Da man mit diesem Alter seine Berufswahl traf, war er zum örtlichen Militärkommando gegangen und hatte sich als Offizier beworben. Haarklein hatte er damals den ältlichen Schreibstubenoffizieren seine Motivation dargelegt, verbunden mit hochfahrenden Visionen einer aufgeklärten Militärdiktatur im Dienste des Übermenschlichen. Der Vorsitzende der Musterungskommission sah Perce á Val an, wie wenn man ein Fernglas verkehrt herum hält, wurde puterrot im Gesicht und schrie schließlich: „Solchen wie Ihnen geben wir keine Waffe in die Hand."

So konnte Perce á Val seine damaligen Pläne nur in Phantasien umsetzen. Er las viel, stieß irgendwann auf die Surrealisten und entdeckte bei André Bretons „Manifest des Surrealismus" die Stelle, wo dieser meint, die Konzeption des Surrealismus zu praktizieren würde bedeuten, mit einem Revolver auf die Straße zu gehen, und blindlings um sich zu schießen. Diese Idee faszinierte ihn. Kunst als Vergeltung. Die Inszenierung künstlerischen Terrors, sinnlos aber programmatisch, wie dereinst Caligula. Die Gesinnungszirkel in Perce á Vals Jugend laberten viel von Anarchie und revolutionären Veränderungen, von Konspiration und subversiven Aktionen. Gedichte und Traktate wurden geschmiedet; mal flüsternd bei Kerzenschein vorgetragen, mal mit der Drei-Akkord-Gitarre und gerütteltem Mikrofonständer in die Menge gebrüllt. Aber in der Konsequenz war der ganze wütende, alternative Haufen lieber mit dem Schrubber durch irgendwelche Altenheime gefegt, hatte sabbernden Omas die Schnabeltasse mit Pfefferminztee gereicht und liebevoll die Pantoffeln unterm Bett gerichtet, anstatt sich auf Staatskosten an der Waffe ausbilden zu lassen.

Perce á Val ließ die anderen sich im Pathos gebärden. Er hatte sich heimlich ´ne Knarre besorgt, aufs richtige Kaliber gebohrt und wartete auf seinen Tag. Bis heute ist ihm nicht ganz klar, ob die Geschichte, die zur Entdeckung seiner Pläne, seiner Verhaftung und anschließenden Flucht führte, ein Zufall war. Er lebte seitdem im Untergrund, als Illegaler, nahm gelegentlich Aufträge an. Doch in seinem Innersten, das spürte Perce á Val ganz deutlich, hat er nie aufgehört, auf den bewußten großen Tag zu warten, an dem er aus dem Schatten treten würde, als ein sich selbst Erwählender, Ungutes gütig Tuender. Perce á Val spürte den alten Wutgeist des Jahwe wohlig in sich aufsteigen und sein Denken umfangen, um es zu jener messerscharfen Konzentration zu führen, dessen es bei seiner kommenden Aktion bedurfte. Das warme Wasser umspielte seinen Körper und ließ seine Gedanken tiefer sinken. Das Abtöten des Materiellen, nicht dessen Unterwerfung unter ein großes Göttliches Ich, das ist die wahrliche Selbst-

Vernichtung, das ist das Jüngste Gericht und zugleich die Wiederkunft Christi im Einzelnen, so glomm Perce á Val in düsterer Metaphorik.

Perce á Val zog den Stöpsel. Erst schwach röhrend, dann tief gurgelnd verkreiselte das Wasser im Abfluß. Er trocknete sich ab, rasierte sich, nahm aber kein Aftershave angesichts seines nächtlichen Vorhabens. Er stand nun vor dem großen Spiegelschrank und band eine Krawatte über dem weißen, gebügelten Hemd. Er legte den Achselhalfter an, zog das locker sitzende Jackett darüber, steckte zwei Reservemagazine in die Tasche seines Trenchcoat, setzte einen leichten Hut auf und verließ das Zimmer.

Die Fahrt dauerte nicht lange. Perce á Val parkte den Kleinbus abseits, saß eine Weile im Wagen und beobachtete die örtlichen Gegebenheiten. Er rechnete nicht mit Schwierigkeiten, sondern ging davon aus, daß er zum Frühstück im Salon des Hotels erscheinen würde, pünktlich 9 Uhr, wie immer. Er stieg aus dem Wagen.

Perce á Val stolperte beherrscht um einige Ecken in den engen Gassen der Altstadt. Er mimte den angetrunkenen Touristen für den Fall, daß um diese Zeit noch ein Passant in der Rue Le Marat unterwegs wäre. Seine Krawatte saß sehr locker, der Hemdkragen geöffnet, seine Haar in Unordnung, den Hut auf den Hinterkopf geschoben. Immer wieder blieb er wankend stehen, wie um sich zu orientieren. Er nahm sich einen Zigarillo aus dem schweren Etui und versuchte umständlich, ihn anzuzünden, dabei genaustens seine Umgebung beobachtend. Es war drei Uhr morgens. Er steckte den Zigarillo in sein Etui zurück, als würde er es aufgeben. Langsam schlenderte er auf die andere Straßenseite und achtete dabei auf die Gardinen. Es war kein Fenster mehr erleuchtet, auf der Straße keine Menschenseele. Er betrat das Haus mit dem Nachschlüssel, leise schloß er hinter sich die Tür, sein Feuerzeug flammte auf. Er stieg die schmale Treppe zum ersten Stock hinauf, zog die Automatic aus dem Halfter, schraubte den Schalldämpfer auf und steckte die Pistole dann in die speziell präparierte Jacketttasche. Er schlich an die bezeichnete Tür heran, lauschte. Kein Geräusch von drinnen. Er tastete in seiner Manteltasche nach dem Ätherfläschchen. Vorsichtig führte Perce á Val den

Schlüssel ans Schloß. Es war nur ein simples Kastenschloß, ohne Sicherheitsschlüssel und der Schlüssel schien auch zu passen. Aber von innen steckte bereits ein Schlüssel. Mit einer Art elektromagnetischer Öse suchte Perce á Val den innensteckenden Schlüssel in Position zu bringen. Er hoffte, daß drinnen ein Teppich lag, um nicht den Überraschungseffekt einzubüßen. Er arbeitet mit der Ösc im Schloß, was einige metallisch kratzende Geräusche verursachte. Plötzlich glaubte er von innen Geräusche zu vernehmen. Perce á Val arbeitete fieberhaft, ein leichter Plop kündete vom Aufprall des Schlüssels. Tatsächlich vernahm Perce á Val nun von drinnen deutlich Geräusche. Schnell hatte er seinen Nachschlüssel ins Schloß gebracht und aufgeschlossen. Er drückte die Klinke herunter, stieß die Tür auf, blieb selber aber mit gezogener Pistole neben der Türfüllung, um kein Risiko einzugehen. Vielleicht wurde er erwartet, vielleicht waren die beiden bewaffnet? Die Tür war aufgeschwungen, von drinnen jedoch nichts zu hören. Perce á Val schnellte von der linken zur rechten Türfüllung, um so für einen Augenblick ins Innere schauen zu können. Ein zu kurzer Augenblick, um ihn ernstlich zu treffen. Nichts hatte sich drinnen geregt. Perce á Val hatte zwei erleuchtete Nachttischlampen und undeutlich die Umrisse zweier Menschen im Bett erkannt. Mit vorgehaltener Waffe betrat er das Zimmer. In einem alten Holzbett mit schön geschnitzten Verzierungen lagen zwei Personen. Ein aufgeschlagenes Buch lag auf dem Gesicht der einen. Sie regten sich nicht, beide nicht. Tot, die Laken von Blut durchtränkt, der Teppich neben dem Bett ebenfalls, wie Perce á Val jetzt erkennen konnte. Ein unglaubliches Blutbad. Perce á Val schob seine Waffe zurück ins Halfter, dann betrachtete er sich die Szenerie genauer. Erst jetzt bemerkte er das weit geöffnete Fenster, trat hinzu, schaute hinaus und sah die angelehnte Leiter. Niemand in der Nähe, kein Geräusch, auch im Haus selbst alles still, kein Licht. Perce á Val schloß leise die Tür, dann wendete er sich wieder der Sauerei in den Betten zu. Er bemerkte eigenartiges medizinisches Gerät, beiden steckten dicke Kanülen in den Venen und Schläuche führten jeweils zu den Gerätschaften.

Vampire, ging ihm durch den Sinn, denn beiden wurde eindeutig das Blut abgesaugt. Und er hatte den Vampir überrascht. Zumindest keine Fledermaus, denn die hätte keine Leiter nötig gehabt, dachte er amüsiert. Es mußte unmittelbar passiert sein. Perce á Val beugte sich über die beiden. Eventuell lebten sie noch. Und tatsächlich, der Mann schien unter dem Buch auf seinem Gesicht schwach zu atmen.

„Ich bin Ither, ein geheimer Ritter...die Rüstung...der Speer des Taurian...Blut", hauchte er unter dem Buch wie hinter einem Visier hervor.

Unfug, dachte Perce á Val und band ihm den Arm ab. Er zog die Kanüle aus dessen Armbeuge, da traf ihn unvermutet ein starker Blutstrahl ins Auge. Oh Scheiße, fluchte er, auch noch Blutsbrüderschaft mit ´nem Halbtoten, und versuchte ungeschickt mit dem Handrücken das Blut, das ihm die Sicht nahm, aus den Augen zu reiben, weil er die Kanüle noch immer in den Fingern hielt. Doch als wäre mit diesem Blutstrahl tatsächlich die letzte Lebensenergie verströmt, brach das Atmen des Mannes ab. Perce á Val hatte keine Chance mehr, seinen Job wenigstens halb zu erfüllen. Enttäuscht wollte er sich abwenden, aber dann nahm er doch das Buch von dem Gesicht des Mannes. Eine Bibel, aufgeschlagen, die letzte Seite: „Ich bin das A und das O, der Erste und der Letzte, der Anfang und das Ende", überflog Perce á Val die angestrichenen Zeilen, dann schleuderte er das Buch beiseite.

DONNERSTAG - 1. WOCHE

Wie die Tafelrunde ratlos ist, doch Perce á Val ungeahnte Dimensionen der Hohen Ritterschaft erschlossen werden

Vier schwere Limousinen standen auf dem Kiesweg geparkt hinter dem geschmiedeten, reich verzierten Eisentor, dem Haupteingang der alten Villa. Die aufgehende Sonne spiegelte sich im polierten Lack der Fahrzeuge wie am silbernen Zaumzeug gerüsteter Pferde. Es war Punkt 7 Uhr morgens. In den Salon des repräsentativen Herrenhauses trat zu den bereits wartenden Herren der Vorsitzende durch eine schmale Tür, die unsichtbar in die alte Holztäfelung eingelassen war und begab sich an die Runde Tafel. Er zog einen schweren Lehnstuhl zurück und setzte sich, holte eine randlose Brille aus seinem schlichten grauen Anzug, setzte sie auf und betrachtete die Männer eingehend. Sein Blick wanderte vom untersetzten Graf Ulterlec im schlecht sitzenden Anzug zum Hageren, dann zum Alten mit dem grauen Kinnbart, hin zum Dicken mit den wässerigen Kinderaugen.

„Nun, meine Herren", hörte man die klare Stimme des Vorsitzenden, „was haben sie mir zu berichten?"

„Wenn ich beginnen darf"; ließ sich unsicher der Graubart vernehmen, „unser Projekt ist aus dem Konzept geraten. Die Entführung konnte nicht ausgeführt werden, weil die beiden bereits tot waren, als unser Mann eintraf."

Mit einem leichten Räuspern meldete sich das Kindergesicht zu Wort:

„Ónia war schneller. Die Frage ist, wie haben die das geschafft?"

Der Vorsitzende lehnte sich bedächtig in seinem Lehnstuhl zurück und fuhr mit dem Daumen der rechten Hand nachdenklich über seine Unterlippe:

„Ist es möglich, daß dieser Perce á Val observiert wurde?"

Der Graubart sprach, sich ruckartig vorbeugend:

„Er hat uns darüber keine Mitteilung gemacht, was schließen läßt..."

„Seien Sie nicht naiv, sie alle kennen doch den übertriebenen Ehrgeiz dieses Mannes", meinte der Vorsitzende ungehalten, „Vielleicht könnten uns durch ihn nun Nachteile entstehen?! Vor allem müssen wir erfahren, welche neuen Möglichkeiten der Orden dadurch gewonnen hat. Ónia ist unbedingt zu stoppen."

Mit der angedeudeten Geste einer erhobenen Hand meldete sich der Hagere zu Wort:

„Unser Mann ist dafür emotional viel zu sehr belastet."

„Aber gerade seine Irrationalität machte ihn so erfolgreich. Auf diesem Niveau sehe ich für uns keinen Ersatzspieler", brachte der Graf vor.

Der Vorsitzende nahm den Daumen von der Unterlippe und führte, die Ellenbogen auf den massiven Mahagonitisch gestützt, seine Fingerspitzen zusammen:

„Meine Herren, wir haben keine andere Wahl, als ihn auf Ónia direkt anzusetzen. Anders ist es unmöglich, in den Besitz unseres Prototypen zurückzugelangen. Wir müssen ihn zumindest zerstören, um seinen Mißbrauch zu verhindern."

„Durch diesen Perce á Val?" fragte zweifelnd der Hagere, „In diesem Fall steht viel auf dem Spiel. Unser jahrelanges Projekt, die Krönung der Mission unserer Gemeinschaft?! Ich würde unseren Erfolg ungern durch die Affekte eines schwer kontrollierbaren Auftragskillers gefährdet wissen."

„Sie haben durchaus recht", gab der Chef zu, die Finger ineinander verschränkt, „Aber Sie wissen, wieviele von uns es bereits versuchten. Wo sind sie geblieben?"

„Einige von uns sind noch auswärtig im Dienste."

„Ich brauche einen von denen, lassen Sie ihn anreisen und bereiten Sie seinen Einsatz vor." Dann wendete er sich an das Kindergesicht:

„Haben wir die Leichen des Paares?"

„Ja", antwortete dieser, „aber die Leichenstarre hatte bereits eingesetzt, so daß wir unser gängiges Programm nicht mehr fahren konnten."

„Hat irgend jemand von dieser Sache Wind bekommen?"

„Niemand", meldete sich der Nobelpreisträger zu Wort, „für die Wirtsleute wird das Pärchen einfach überraschend abgereist sein. Sie werden in einem Briefumschlag genügend Geld und auch einige nette Worte von abenteuerlich Verliebten finden, um nicht weiter über die überstürzte Abreise, das fehlende Bettzeug und den Teppich nachzudenken."

Perce á Val erschien pünktlich 9 Uhr zum Frühstück. Die regionalen Zeitungen gaben keinen Hinweis auf einen rätselhaften Doppelmord. Da Perce á Val die ganze Nacht mit dem Transporter unterwegs war, begab er sich wieder auf sein Zimmer.

Gegen 13 Uhr stand Perce á Val im Badezimmer und duschte. Das nasse Haar klebte ihm an Kopf und Hals. Er hielt beide Hände vors Gesicht, hatte die Augen geschlossen und bemühte sich, das Shampoo aus seinen Haaren zu spülen. In dicken Bahnen lief der Schaum an seinem muskulösen Körper herab. Laut prasselte das Wasser gegen die halbtransparenten Wände der Duschkabine. In diesem Moment hätte er nicht bemerken können, wenn ein Fremder sein Apartment betrat.

Perce á Val stellte das Wasser ab, griff sich das weiche Frotteehandtuch, hüllte sich darin ein und trocknete sich ab. Dann nahm er den Fön und trocknete die Haare. Das fauchende Gebläse in der vibrierenden Hand stand er vor dem dicht beschlagenen Spiegel, außerstande auch nur das geringste wahrzunehmen.

Perce á Val griff tastend hinter sich, Richtung Tür. Dort hing an einem Haken sein Bademantel. In ihn gehüllt ging er auf den Balkon, stand in der frischen Luft, sah über die Parklandschaft, die hinter dem Hotel angelegt war.

Irgendwie ein anderer Morgen, glaubte er zu verspüren. Er blinzelte in die Sonne, selbst diese erschien ihm seltsam. Obwohl die Sonne im Oktober keine große Kraft mehr hat, schienen eigenartige Reflexe von ihr auszugehen. Fast wie ein Wirbel, wie ein Sog wirkte sie auf ihn.

Es hat sich etwas verändert, aber .... er brach diese Gedanken ab, zu unkonkret, zu verschwommen, zu poetisch. Er kehrte ins Zimmer zurück um sich anzukleiden. Er zog das Jackett über, ging zum Schreibtisch auf dem der gepackte Koffer lag, um diesen zu verschließen, da bemerkte er plötzlich einen feinen Riß in der Tapete. Er schaute genauer und sah den Riß vom Boden laufen bis etwa 1 1/2 Meter nach oben und dann im rechten Winkel waagerecht weiter, um nach etwa 30 cm wieder nach unten zu verlaufen. Doch da stand eine kleine Couch. Perce á Val schob sie beiseite und sah, daß der Riß bis auf den Boden lief. Eine verborgene Tür, ganz klar. Er nahm sein Sprungmesser, ließ die Klinge herausschnellen. Reflex federte herum. Die Sonne, gefangen auf gellendem Stahl, irrlichtete vibrierend über die Wände und traf ihn dann wie ein glühender Nagel in die Augen, fackelte mitten ins Gehirn. Farbwirbel entstanden, helles Gleißen, darin

Staubpartikelchen sanft schwebten. Perce á Val war wie gebannt. Mit Macht mußte er sich zwingen, die Augen zu schließen. Doch auch durch die geschlossenen Lider pumpte weiter ein orange pulsierender Feuerball. Perce á Val wendete mit aller Kraft seinen Kopf vom Lichtmagneten. Das Gleißen verschwand. Er öffnete die Augen wieder, doch war ihm, als sähe er zum ersten mal damit.

Das erste was er sieht, ist, daß die kleine Türe offensteht. Perce á Val schiebt sich durch die schmale Öffnung und steht unvermittelt in einem hellen, großen Raum. Der Boden ist mit einer blauen Auslegeware bedeckt. An der linken Wandseite steht eine modische braune Schrankwand, deren Türen weiß abgesetzt sind. Keine Nippes oder Bücher oder ähnliches sind zu sehen, nur Schubfächer und die großen Schranktüren. Als er diese zu öffnen versucht, stellt er fest, daß Türen, sowie Schubfächer sämtlich verschlossen sind. Er wendet sich von diesen ab; sein Blick wandert im Raum. Alle Wände sind weiß getüncht und völlig kahl. Außer der Schrankwand ist nichts in dem Raum; kein Tisch, kein Stuhl - nichts. Das Zimmer ist luftig und sonnendurchflutet, das rührt von den mittelalterlichen Bogenfenstern her, die sich in den beiden anderen Wänden befinden. Diese sind glaslos und reichen vom Fußboden bis in Brusthöhe. Perce á Val wendet sich zu einem der Fenster, beugt sich herab, und es belustigt ihn der Gedanke, man könne sich auf den Fußboden setzen und die Beine herausbaumeln lassen. Wie automatisiert setzt er sich auf die weiche, blaue Teppichware und läßt die Beine herausbaumeln. Mit der Schulter lehnt er sich in die Rundung des Fensterbogens und schaut hinaus in den Park, der ihm jedoch verändert vorkommt, wie leblos, wie konserviert. Unvermittelt überkommt Perce á Val das Gefühl, in seinem Leben etwas ändern zu müssen. Mit Macht gewappnet, unangreifbar zu sein und trotzdem noch alle Regeln übertreten zu können wie einst als der Künstler in seiner Phantasie, überlegt Perce á Val. Die imaginäre Tat als Konzept der Vollendung. Perce á Val zieht aus der Innentasche seines Jacketts Notizbuch und Federhalter hervor und beginnt sofort zu schreiben:

Meine pralle Überbombe will
ich stoßen in der Mutter
Erde enges braunes zartes Loch
reiß ihr die Backen auseinander
ohhhjaaaaa ich geh in' Arsch
und laß die volle Ladung kommen
spritzen schießen explodierend
dem Kosmos meinen heißen Samen
das Sonnenrad rollt über
alles brennt glüht lodert sengt als
meine wilde Leidenschaft
meine wahre Vaterschaft.

Perce á Val steckt Notizbuch und Stift in sein Jackett zurück.

Ich sollte wieder Dichter sein, überlegt er, ich bräuchte nicht ständig Identitäten wechseln, könnte von niemandem mehr haftbar gemacht werden, wäre unantastbar, unendlich und unsterblich. Ich könnte alle Regeln und Gesetze brechen, ohne die Verhaftung an die Materie. Ich könnte ziellos sudeln, denkt er und erhebt sich träumerisch. Da bemerkt er, daß ein Bogen gar kein Fenster ist, sondern der Eingang in ein zweites Gemach. Er geht hinein. Auch hier die blaue Teppichware, die kahlen, weißgetünchten Wände und Fensterbögen. Jedoch ist dieses Gemach kleiner und in einer Ecke steht eine, mit blauem Stoff bespannte, Bettliege. Es drängt Perce á Val, unter diese Liege zu schauen. Er geht auf die Knie, bückt sich und schaut unter die Liege. Er erblickt dort sechs verschiedene, benutzte Weingläser. In jedem dieser Gläser liegt eine Art Samen oder Korn. Die Gläser sind von außergewöhnlich schöner Form. Perce á Val streckt den Arm aus, um sie sich anzuschauen und auch die merkwürdigen Körner näher zu untersuchen. Dabei stellt er fest, daß alle Gläser irgendwie beschädigt sind, bis auf eines. Er beschließt, dieses Glas mitzunehmen. Er hebt das Glas gegen das Licht Sonne und betrachtet die Farbspiele im Kristall. Bizarr gleißt Farbe zu bunt, Spectral zu Regenbogen. Da trifft ein Strahl ihn tief hinter die Netzhaut. Plötzlich bohrender Schmerz. Er taumelt, die Hand mit dem Glas zittert, sinkt dann kraftlos, erschlafft, das Glas fällt zu Boden, springt und rollt zu den anderen. Und dieser schrille Ton des springenden Glases gewinnt nun noch weiter Dissonanz und es ist Perce á Val, als würde es sich in das unbändige, nervöse Lachen einer Frau verwandeln. Als wäre der gesamte Raum von diesem hellen Klang in Schwingung versetzt, ist ihm nun, als würde dadurch alles zum Vibrieren kommen - und tatsächlich, die Wände rücken vor, alles verschiebt sich, ich versuche zu fliehen, ein Taumeln, ich falle, komme wieder auf die Füße, gewinne Halt und renne weiter, ich sehe eine kleine Tür, angelehnt, ich stoße sie auf, stürze hinaus. Nein, ich bin nicht gesprungen, ich bin gestoßen worden, mit einem harten Gegenstand, der sich in meinen Rükken bohrte. Ich bin hinabgestoßen worden und das Fallen hört nicht auf. Ich falle. Ich habe die Augen nicht zusammengekniffen, ich sehe. Ich sehe die endlos schwarze Leere, die mich umgibt. Schreien kann ich nicht, der rasende Sturz nimmt mir den Atem, die Kälte reißt schier die Glieder ab. Meine Lage kann ich nicht ausmachen. Ob mit dem Kopf nach unten oder seitwärts oder bäuchlings, ich weiß es nicht; kein Fixpunkt in dieser Schwärze, dieser Raserei. Ich falle, ich weiß, daß ich falle. Ich weiß, es wird ein Ende haben, das wird mich zerschmettern. Ich weiß, ich werde auftreffen, irgendwann. Ich spüre noch den Moment des Stoßes in meinem Rücken, ich ahne das Gefühl des Todes zwischen Raum und Zeit.

Ich lehne jede Verantwortung ab. Ich habe mich dem Tod verschrieben. Ich töte. Ich werde getötet werden. Ich gehöre dem Tod, frei von Angst. Ich weiß, ich wäre in der Lage, notfalls mich selbst zu töten. Ich bin frei.

Vor mir laufen diese zierlichen Mädchenfüße in glänzenden Stiefeletten. Ich folge ihnen. Die engen Gassen werfen die Echos hart zurück. Achso, sie wird nicht schneller, versucht nicht zu fliehen. Sie biegt mit lockendem Hüftschwung in eine dunkle Gasse ab. Ich folge erregt. Da tritt sie mir aus einem Torbogen entgegen. Ich sehe ihr grell geschminktes Gesicht, höre ihr ordinäres Lachen, spüre ihre kalte Hand. Das ist der Tod, ich weiß, und bin sofort tot.

Perce á Val fand sich auf dem Boden neben dem Schreibtisch. Das Sprungmesser lag offen auf dem Tisch, ein Sonnenstrahl stand golden im Zimmer. Benommen schüttelte er den Kopf, rieb sich die Augen. Kein Riß in der Tapete, schon gar keine Tür. Perce á Val besann sich und griff in die Jacketttasche. Er holte sein Notizbüchlein hervor, blätterte hastig, und da, auf der letzten Seite, stand sein Gedicht. Allerdings war die Handschrift kaum entzifferbar, sie schien einem anderen zu gehören. Er fühlte sich derart kaputt, als wäre er von einem galoppierendem Pferd gefallen. Was war geschehen? Wer wollte ihn ausschalten? Wie funktionierte sowas? Die wollen mich wahnsinnig machen, dachte er, und sprang entschlossen auf.

Jeff saß in den Beifahrersitz des Jeeps gelümmelt, rauchte. Er hatte den obersten Knopf des Hemdes geöffnet und die Krawatte gelockert. Mit dösigem Blick stierte er in die Parklandschaft ohne Details wahrzunehmen.

Jeff haßte den untätigen Zustand des Observierens. Aber diesmal konnte das wegen der Brisanz nicht an die niederen Dienste delegiert werden. Deshalb hatte er seine alte Strategie aktiviert - einfach wegtauchen. Jeff hatte nämlich die Gabe, seine physischen Parameter von Psyche völlig abzukoppeln. Wie ein Walroß auf einer Eisscholle in der Sonne ließ er sich wiegen und treiben. Jeff war in Frieden. Jeff war Einheit und Harmonie, tankte Wärme ins Hirnschmalz, um für den nächsten Tauchgang richtig heiß zu sein. Eine Stange Asche löste sich von der unbewegten Hand und fiel auf Jeffs Hose. Etwas in Jeff registrierte dies. Das sonnige Gefühl des Volltankens war unterbrochen. Ärgerlich glitt Jeff von seiner Scholle, rückte sich auf dem Beifahrersitz zurecht, drückte den Rest der Zigarette in den Ascher und brachte die Dresine seines Denkens mühsam wieder in Schwung:

„Und, was treibt er?“ fragte er teilnahmslos, den Kopf leicht nach hinten gedreht, zu Roy, der auf der Rückbank kauerte und in den Monitor starrte.

„Es ist nicht zu fassen, der Apparat muß ´ne Macke haben. Die ganze Zeit hatte ich ihn und nun das da“, Roy stöhnte vernehmlich.

„Was?“ fragte Jeff und wendete seinen Körper schwerfällig zu Roy, der immer noch wie gebannt in den Monitor blickte. Von Roy kam keine Antwort. Jeff schaute von der Seite auf die Bildfläche und sah ein riesiges Auge, die Pupille stark geweitet, zuckend, in wilder Verdrehung. Der Bildausschnitt wurde größer, Jeff erkannte den Schädel einer Kuh, deren Körper sich zwischen einem Stahlgeländer verkeilt hatte, wie sie an den Auffahrrampen der Schlachthöfe üblich sind. Nun bäumte die Kuh sich wild, den Schädel hin und her werfend, mit trampelnden Hufen. Plötzlich erscholl der laute Knall eines Bolzenschußgerätes und der Körper brach zusammen. Jeff war verblüfft.

„Hör mal, Roy, du sollst nicht fernsehen, sondern ans Bewußtsein unseres Perce á Val angedockt sein!“

„Zum Teufel, das versuche ich ja! Ich hab die Sensoren genau ausgerichtet. Aber plötzlich erscheinen diese komischen Bilder. Vorhin war so´ne Sache mit ´ner Nutte in ´ner Gasse. Ich begreife das nicht, da spielt uns jemand was ins Programm ein.“

Jeffs ungläubiges Lächeln verschwand, als er Roys Gesichtsausdruck sah: die qualvolle Miene höchster Pein. Roy, der Technikfreak, es hatte ihn ereilt. Seine Installationen waren stets perfekt. Jeff war bestürzt:

„Da stimmt was nicht, da funkt uns wirklich einer ins Handwerk. Wie geht das? Hat man unsere Sensoren entdeckt, oder hackert da jemand über unseren Satelliten?“

FREITAG - 1. WOCHE

Wie Perce á Val nicht zu entfliehen vermag und trotzdem verschwindet, obwohl er den Kampf um die Burg Beaurepaire aufgenommen hat.

Verstört rannte Perce á Val aus der Hotelanlage einen Seitenweg in Richtung Ortskern. An der Küste ging ein Ort in den anderen über. Sein Hotel lag in der Mitte eines solchen Übergangs.

Er suchte sich zu beruhigen, indem er sich erschöpfte. Denn was ihm soeben passierte, mußte er erstmal ordnen. Doch er fühlte weiter ein dumpfes Unbehagen, seine Gefühle schienen sich ständig zu überlagern, er konnte keinen Gedanken zu Ende denken. Sonderbare Phantasien bemächtigten sich seiner. Er gebar poetische Ergüsse, verstiegene Visionen von Unsterblichkeit, Macht und Ruhm. Düster ahnte Perce á Val, daß nur Drogen im Spiel sein konnten. Ihn beängstigte vor allem, wie es gelungen war, ihm diese Dosis einzugeben und wie lange das anhalten würde. Einerseits fühlte er sich völlig klar und der Realität verhaftet und andererseits... Seine Gedanken glitten dahin, wie mit Schlittschuhen auf der endlosen Weite eines gefrorenen Sees. Doch Perce á Val fühlte, das Eis war brüchig, sehr brüchig sogar. Was er im Augenblick als Realität, als wahr annahm, war nur Teil eines furiosen Trips, der ihm verabreicht wurde, um ihn vom Ziel abzulenken, ihn zu verwirren. Er empfand sich plötzlich als gewaltigen Dichter, einen Führer des Denkens, voll von innerer Berufung. Unfehlbarkeit durchquoll ihn, erhöhte ihn, ließ ihn in schwindelerregende Sphären gleiten. Der Blick auf die Nichtigkeiten der Welt drängte geradezu zur Entsagung. Perce á Val beschleunigte unmerklich sein ohnehin rasantes Tempo. Sein Herz jagte, pumpte Befehle vor das innere Auge. Perce á Val solle sich losreißen, sich befreien von innerem Zwang. Fast wie ein Diktat kam eine innere Stimme über ihn. Mit Mühe suchte er sich zu beherrschen, sich seines Auftrags zu vergegenwärtigen. Schließlich quoll schierer Zweifel in ihm, wer er ist und woher er kam. Zum Glück konnte er dies innerhalb von Sekunden abschütteln. Aber gerade seine innere Bindungslosigkeit, seine Unrast, seine Heimatlosigkeit, sein Streunen der Seele, machte ihn immer wieder anfällig für solch absonderliche Gedankenflüge. Freilich wußte er um die Fragilität der scheinbar harten Schale des lebensträchtigen Welteneies, des immer wieder befruchteten. Aber gab es denn einen anderen Weg? Wie war denn dieser Kreislauf zu durchbrechen? Was war den je allmächtiger, als dieser Zirkel von Geburt und Tod. Und er, Perce á Val, was sollte er für eine andere Funktion haben, als sich dem allgemeinen Treiben anzuschließen. Er brachte den Tod. Nun gut, bisher hatte er sich sowohl der Befruchtung eines Weibes, als auch eines kontinuierlichen Miteinanders mit diesem rätselhaften anderen Teil des Menschengeschlechtes enthalten. Ist derart rein geblieben. Sollte darin etwa eine Bestimmung liegen? Die beiden ersten Söhne Josephs in Ägypten hießen Manasse und Ephraim. Manasse, das „Vergessen“ und zwar: das Vergessen der eigenen Herkunft, dem Moder aus Tradition und rückwärtssehnendem Behagen, Verklärung des Vergangenen. Denn darum hatte Moses sein Volk vierzig Jahre durch die Wüste und das Rote Meer geführt, damit die alte, verdorbene Generation abgestorben war, bevor er den neuen Staat gründete. Und Ephraim, die „Fruchtbarkeit“ in der Fremde der Wüste.

Unklar dämmerte Perce á Val, daß er sich in einer Wüste befand. Diese also durchmessen, in fruchtbare Gebiete vordringen, kolonialisieren, Vorhandenes abtöten - rigoros. Alle! Alles was lebendig ist und männlich. Töten! Töten! Töten, hämmerte es in seinen Schläfen. Er beschleunigte sein Tempo noch mehr, als gelte es einen Wettlauf zu gewinnen.

Jeff trat entschlossen auf die Bremse und brachte den Jeep in einer Spielstraße zum Stehen. Hinten war Roy mittlerweile ruhiger geworden, die Kopfhörer herunterhängend, stierte er in den grieseligen Monitor.

„Wir haben ihn verloren“, kam es resigniert von ihm.

„Aber es kann unmöglich sein, daß er uns davongelaufen ist!“ wetterte Jeff erregt. Er hatte getankt, und nun sollte sein Jagdtrieb unbefriedigt bleiben? Für Jeffs inneres Gleichgewicht war dies heikel.

„Egal ob davongelaufen oder zurückgeblieben, der Kontakt ist jedenfalls futsch“, konstatierte Roy sachlich.

„Was heißt zurückgeblieben? Ich bin langsam gefahren, Mann. Kein Mensch stürzt aus seinem Hotel, um sich dann irgendwo hinter ´nen Busch zu hocken. Es sei denn, er weiß, daß er verfolgt wird. Aber das kann nicht sein, verdammte Scheiße. Er kann nicht wissen, daß wir an ihm dran sind. Ich verwette meine Hosenträger, der ist gerannt. Aber es hieß ja immer, fahr langsam, nicht so schnell, der kann nicht so schnell sein, der ist irgendwo abgebogen, fahr mal hier rum, fahr mal dort herum...!“

„Krieg Dich wieder ein. Er hatte keine Sportklamotten an, der wollte nicht joggen. Und wenn einer auscheckt um das Hotel zu wechseln, dann rennt der kaum ohne Koffer blindlings zu Fuß los. Du bist wie eine gesengte Sau mit quietschenden Reifen durch den verkehrsberuhigten Vorort geheizt. Willst Du ´ne Bürgerwehr ins Leben rufen? Aber davon mal abgesehen, selbst wenn wir so unseren Freund aufgestöbert hätten, was meinst Du, wie der gestaunt hätte. Also, krieg Dich in den Griff!" fügte Roy mit entschiedenem Unterton an.

„Wozu hast Du denn Deine blöde Technik? War doch klar, daß ich dem Arsch nicht mit aufgeblendeten Scheinwerfern, Scheibenwischer spritzend und heulendem ersten Gang in die Fersen gefahren wäre", meinte Jeff übellaunig, aber deutlich versöhnlicher.

„Er muß noch irgendwo hier sein. Er kann nicht so gerannt sein! Wozu? Er hätte den absoluten Spurt hinlegen müssen. Er hätte uns entkommen wollen müssen, anders ist das nicht zu erklären, oder? Aber das ist nicht möglich. Also sollten wir hier warten, bis er auftaucht. Ich schaue noch mal nach der Technik."

„Ich bin dafür, daß wir in den Ort fahren. Er ist sicherlich dahin gerannt. Und ich will verdammt noch mal wissen, warum!"

„Dann laß uns abstimmen!" kam es angenervt von Roy.

Als Perce á Val die ersten belebten Straßen der Innenstadt erreichte, stoppte er seinen Lauf. Sein ungutes Gefühl blieb weiter in ihm. Er ärgerte sich über seine Rennerei, da sie ihm völlig absurd erschien. Er hatte nicht mal die richtigen Sachen dafür an. Seine Klamotten waren nun völlig durchgeschwitzt. Er versuchte, seinen Atem zu kontrollieren, seinen rasenden Herzschlag zu beruhigen. Er blickte sich mehrmals mißtrauisch um, ob jemand von seiner absurden Aktion Notiz genommen hätte.

Er zog das Jackett aus und krempelte die Ärmel seines Hemdes nach oben. Ein Auto fuhr plötzlich dicht an ihm vorbei. Es war ein Kombi. Auf dem Beifahrersitz saßen zwei Kinder, ansonsten war der Wagen voller aufgeblasener Luftballons. Wahrscheinlich auf dem Weg zu einem Kindergeburtstag, dachte Perce á Val. Eine junge Frau saß rauchend am Steuer; da sah Perce á Val, wie sich ein Stück glühender

Asche durch die Zugluft ihres heruntergelassenen Fensters löste. Plötzlich knallte es mehrmals. Das Auto kam ins Schleudern, geriet von der engen Fahrbahn ab und prallte gegen einen Baum. Die Beifahrertür sprang auf und die beiden Kinder purzelten heraus. Perce á Val eilte näher, sah aus dem offenen Wagen blutbespritzte Luftballons in den Himmel steigen. Die Kinder schrien und liefen verstört hin und her. Die junge Frau lag blutüberströmt über das Lenkrad gebeugt, die Windschutzscheibe innen voller Blut. „Komisch“, dachte Perce á Val, „eigentlich hätte nur ein Luftballon platzen können? Aber es hat mehrmals geknallt? War das tatsächlich ein Unfall? Galt das ihm?“ Rasch wandte er sich ab. Passanten strömten zusammen. Er hatte Angst, in dem entstehenden Gemenge notfalls nicht agieren zu können. Mißtrauisch entfernte er sich, mit dem Rücken an den Häusern entlang. Die Kinder schrien noch immer, die Ballons hatten aufgehört, in die Luft zu steigen.

Perce á Val hatte sich auf dem Marktplatz in ein Café gesetzt. Er trank eine heiße Schokolade und aß einen warmen Apfelstrudel mit Vanillesoße. In Perce á Val gärte wieder dieser Gedanke von Erwähltheit. Über der gefallenen Welt, in Erhabenheit, glühte er wie ein vergeltender Cherub, der das Chaos der Schöpfung wohlwollend betrachtet. Perce á Val dachte an die aufwärts gestiegenen Luftballons. Irgendwann würden sie ankommen, wo auch immer. In die Höhe gesogen und gereinigt, oder gefallen in die irdischen Täler durch die Abkühlung der Nacht, blutbespritzt wie sie waren. In ihm erstand das Bild der „Blutwolken“ aus der Offenbarung des Johannes und er fühlte einen Funken in sich angefacht: Poesie - als ein Wüten bizarrer Kreation gegen die unmenschliche Abstraktion der nützlich Fleißigen und deren Berufung auf die Gesetze der Natur, die dem Satan unterworfenen. Weil nämlich der teuflische Geist vor der Eroberung der Natur längst das Denken erobert hatte.

Perce á Vals Gedanken drifteten weiter und verstiegen sich in eine überdimensionale Herausforderung: nämlich zu klären, was in einer Offenbarung wirklich geschieht, bevor sie vom Verstand in das Gut-Böse Schema gebracht wird. Er fühlte in sich eine demiurgische Kraft, wenn nämlich der Zorn mitleidig das Gute will und darum das Böse schafft, um es abschließend wiederum genießerisch zu zerstören. Aber anders entlud sich die Gefügtheit der Bestimmung nicht, als in jenem tobenden Gewitter, das die schützende Schale der kosmischen Ordnung zerbrechen wird, um die Fahrt anzutreten - zum wahren Selbst. Dieses jedoch zu bestimmen, reichte Perce á Vals Konzentration nicht mehr aus. Wie nach tagelangem Schlafentzug war er völlig automatisiert in seinem Denken, fühlte sich wie ferngesteuert.

Bin ich ein Jude?, hatte Pilatus geantwortet, als Jesus ihn fragte, ob er denn von sich aus glauben würde, er, Jesus, sei der Juden König. Er wollte nicht über diesen Jesus richten, er wollte überhaupt nichts mit diesen Pharisäern, diesen Schriftdeutlern, diesen Opferern zu tun haben.

Perce á Val versuchte, sich in Klarheit und Reinheit aufzuschwingen, doch der bleierne Sockel olympischer Überhebung verhinderten dies ebenso, wie dereinst dem Pilatus. So vereinigte sich vor Perce á Val die „Schwefelsonne“ des alttestamentarischen Zorns mit dem „Pfuhl des Feuers und Schwefels“ aus der neutestamentarischen Offenbarung vor seinen Augen und gerann in der erkalteten Vanillesoße, auf seinem gelblich verschmiertem Teller.

Perce á Val entnahm seiner Geldbörse eine Banknote und versenkte sie in diese unheimliche Soße, stand auf und ging zurück in Richtung Hotel.

Auf dem Monitor sah man Perce á Val auf dem Kingsize-Bett seines Hotelzimmers. Er rauchte versonnen an einer Zigarre.

Jeff saß im Zimmer vor dem Fernseher, eingenickt beim Auftanken. Jeff und Roy gingen kaum noch aus dem Hotel, schon gar nicht gemeinsam. Abwechselnd saßen sie vor dem Kontrollmonitor, um jeden Schritt von Perce á Val überwachen zu können. Das machte irgendwie dumpf.

„Nun schau Dir das jetzt wieder an“, schrie Roy plötzlich aufspringend und mit beiden Händen auf den Monitor deutend. Jeff fuhr zusammen, blickte ärgerlich herüber:

„Man, mach nicht so eine Welle, ich kriege noch den Herzinfarkt wegen Deinen albernen...“, hier wurde seine Stimme plötzlich leiser und den Rest des Satzes verschluckte er ganz. Da war es wieder. Und Roy stand noch immer in dieser komischen Pose mit zwei ausgestreckten Armen vor dem Gerät und starrte es selbstvergessen an. In raschem Impuls riß Jeff seinen Sessel herum und schaute nun ebenfalls konzentriert und offenen Mundes in den Monitor des Laptops auf dem Tisch.

„Aber das gibt's doch gar nicht", entrang es sich seiner. Roy war unterdessen wie hypnotisiert. Sein Weltbild der Technikgläubigkeit war seit kurzem schwer ins Wanken geraten, seine innere Justierung drohte damit zu entgleiten. Jeff erhob sich langsam und näherte sich dem Gerät. Er legte den Kopf schräg und musterte ungläubig die Szene auf dem Monitor, mit hängenden Armen und staunend, wie ein 4 jähriger vor dem Weihnachtsmann. Roy war noch immer in seiner übertriebenen Position eingefroren. Wie beim Meister, der mit tiefer Rührung, den Tränen nahe, seine mißratene Schöpfung betrachtet, so war sein Gesichtsausdruck; glitzernder Wahnsinn kurz vor dem Ausbruch. Roy sah sich bereits als lallenden Ketzer auf dem Scheiterhaufen des Technischen Zeitalters, balancierend auf dem dreibeinigen Schemel der Informationsgesellschaft während die Flammen höher schlugen und lärmend umsprungen wurden von Derwischen, Wünschelrutengängern, Reiki-Meisterinnen, Bachblütentrompeterinnen, geifernd Selbsterfahrenen, NLP-Praktikern, kompaßschwingenden Feng-Shuisten, Eigenurinlern, Farbtherapierten und Hyperventilierten, Urverschrienen, in Familien Aufgestellten, Bioenergetisierten, Darmgeflorten, Diätikern, Sonnenanbetern und Mondsüchtigen, Tantra-Celebristen und Feldenkraislern, Trommeljunkies und Feuerläufern, Fußzonenreflexten und Hypnobeholfenen, Angel-Network Vernetzten und Singleballern, Körpermittigen und Middendörflern, Tensgritysten und Castanedaisten, Nudisten und Yogisten, Gurdjeffologen und Astrologen, Naturköstlern und Tarotkurslern, autogen Trainierten und ambulanten Hospizlern, Regenböglerinnen, Spektralanalysten und Irisdiagnosten und Schamanen, Imaginisten und Migränenden, Sufis und Schamanen, Imaginisten und Migränenden, Suggestopäden und Telekinetikern, Bauchtänzelnden, Kinesiologinnen, Kundalinikerinnen, Kräuterweibern und Krötenschützern, Töpferinnen und Schröpferinnen, Herzweghaften und Schattenumarmten, Gecoachten und Gemobbten, Supervisionierten und Holotropen, Magiere und Satyre... Alles drehte sich vor Roys Augen. Ihm wurde heiß und kalt und die Bilder des Gerätes brannten auf seiner Netzhaut, gingen hinter die Netzhaut, sengten mitten im Gehirn als Lichtblitze einer 25 Tausendstel Sekunde. Roy begann plötzlich hektisch und flach zu atmen. Man sah Perce á Val jetzt in einem gekachelten Raum. An dessen Ende war eine schwere Eisentür mit einem Türspion.

„Aber wie ist er aus dem Hotel gekommen? Wie kommt der dahin? Du hast ihn schon wieder verloren!" sprach Jeff hastig.

„Still", flüsterte Roy kaum hörbar, „er ist nach wie vor da oben in seinem Zimmer. Das ist wieder eine Einblendung, Du weißt schon." Endlich ließ er die Arme sinken. Jeff hatte Oberwasser:

„Ist also die Technik im Arsch, oder was?" stichelte er, um seine eigene Ratlosigkeit zu kaschieren. Doch das hätte er besser nicht getan. Wie vom Leibhaftigen gebissen schnellte Roy herum:

„Red keinen Blödsinn, die Technik ist o.k.! Das ist ja das Schreckliche", heulte er.

„Das heißt, es gibt für diese Bilder keine Erklärung?!" fragte Jeff scheinbar teilnahmslos. Doch Roy hatte den lauernden Unterton herausgehört. Scheinbar gleichmütig gab er zurück:

„Jedenfalls keine technische Erklärung."

Man sah nun auf dem Bildschirm, wie Perce á Val an diesen Türspion trat. Drinnen waren blechbeschlagene Tische, auf einem eine Kinderleiche, der Sarg auf zwei Holzböcken daneben und Kübel mit blutigen Innereien. Der Bauch des kleinen Leichnames war mit groben Stichen zugenäht und alles wirkte wie aus Wachs.

Perce á Val wandte sich um, als er sich plötzlich einer seltsamen Gestalt konfrontiert sah: schulterlanges, blondes Haar, den weißen Kittel hochgeschlossen und vieldeutig lächelnd. Das Geschlecht dieser Gestalt war nicht auszumachen. Perce á Val prallte vor dieser Gestalt zurück, rannte dann Richtung Eisentür. Man sah, wie sich die Türe schloß, je näher er kam. Es gab keine Klinke. Plötzlich wackelte das Bild, verlor an Farbe, verwischte.

SAMSTAG – 1. WOCHE

Wie Blancheflor den Perce á Val zur Sache zu bringen versucht

Perce á Val saß wie stets um 9 Uhr im Speisesalon des Hotels und frühstückte. Vor ihm stand eine Vase mit frisch geschnittenen Gladiolen. Auf einem alten, vernickelten Tablett waren ein Ei, Salz- und Pfeffermühle, ein Körbchen mit frischem Baguette, zwei Schälchen mit unterschiedlicher Marmelade, verschiedene Käsesorten. Schweres Silberbesteck lag neben dem Teller. Perce á Val hatte sich die cremefarbene Serviette über die Schenkel gelegt und griff nach der kleinen Kaffeekanne. Dann nahm er das schwere Messer und begann, ein Baguette mit Erbeermarmelade zu bestreichen. Er wirkte dabei abwesend, übernächtigt, nicht ganz bei der Sache. Die silbrige Klinge mit der roten Marmelade verharrte plötzlich in der Luft. Perce á Vals Blick haftete an den Rippen der altmodischen gußeisernen Heizkörper. Die Knöchel seiner rechten Hand traten weiß hervor. Perce á Vals Atem beschleunigte sich. Plötzlich fiel ein Schatten auf seinen Tisch. Er blickte auf. Eine junge Frau mit langen schwarzen Haaren und einem geblümten hellen Kleid stand vor ihm.

„Guten Tag. Mein Name ist Blancheflor. Ich bin die Privatsekretärin von Tyturel, dem Vorsteher des Ónia-Ordens."

Perce á Val war nicht überrascht. „Setzen Sie sich!" forderte er sie auf.

„Nein. Hier kann ich nicht mit Ihnen plaudern. Wir sehen uns in 2 Stunden in der Nähe des alten Klosters von Blanchefort. Hinter der Anlage erstreckt sich ein Weingut. Dort werden Sie mich treffen."

„In Ordnung", sagte er und Blancheflor verschwand ebenso rasch, wie sie erschienen war. Perce á Val bestellte einen frisch gepreßten Orangensaft.

Nachdem Perce á Val von der Hauptstraße abgebogen war, ließ er den Wagen auf der unbefestigten Nebenstraße zu Füßen des düster thronenden Klosters Blanchefort langsam durch einige Schlaglöcher rollen. Er umrundete so die alte Abtei und gelangte nach einer großen Kurve in die Einfahrt zum Weingut. Perce á Val bemerkte die

Trauben, die noch an den Weinstöcken hingen und die christlichen Entsprechungen vom Blute Christi als Lebensbrunnen und der Kelter als Opfertod rankten in seinen Sinn. Aber er schob das beiseite: Spätlese, dachte er einfach.

Er parkte den Wagen vor einem zweistöckigen Haus. Vor dem herrschaftlichen Eingang mit der geschwungenen Freitreppe standen große Kübel mit Lorbeer- und Zitronenbäumen. Die Seitentür eines Nebengelasses öffnete sich und Blancheflor winkte ihm zu. Er ging zu diesem Seitengebäude aus altem Feldstein und als er eintrat, umhüllte ihn sofort der schwere Duft von Alkohol. An den Wänden standen riesige Regale mit verstaubten Flaschen. Mit Fliegendreck beschmutzte Glühbirnen beleuchteten spärlich das vordere Gewölbe des Weinkellers, das weit nach hinten in den Berg gegraben sein mußte. Eine schwere Bohlentür trennte diesen vorderen, mit alten Fußbodenziegeln ausgelegten Raum, von dem nach hinten führenden Stollen. Ein leichter Modergeruch kam von dort hergeströmt.

Blancheflor deutete auf eine alte Holzbank vor einem grob gezimmerten, schweren Tisch, auf dem ein Ansaugballon und ein paar ungespülte Gläser standen. Perce á Val lächelte und meinte:

„Ich glaube, wenn ich zwei Stunden hier drinnen verbringe, habe ich vom Atmen einen Rausch."

„Sie sind hier in Frankreich und waren noch nie auf einem Weingut?" erstaunt hoben sich Blancheflors fein gezupfte Brauen.

„Nein, ich hatte bisher nicht die Muse dazu."

„Dann haben Sie einen wesentlichen Gesichtspunkt von Frankreich außer Acht gelassen."

„Ich bin nicht wegen Frankreich in Frankreich."

„Ich weiß. Aber der Alkohol ist nichts spezifisch französisches. Die Alchimisten aller Orte und Zeiten waren stets besonders daran interessiert. Und zwar weil er als gebranntes Destillat selber brennbar ist und somit eine Verbindung der Elemente Wasser und Feuer darstellt, also die Vereinigung der Gegensätze schlechthin."

„Nun gut, wenn dies das Stichwort sein soll?! Also, weswegen wollen Sie mich sprechen?"

„Sie sind auf der Suche nach etwas, aber Sie wissen gar nicht, was dieses etwas bedeutet. Möglicherweise haben Sie dieses sogar gefunden, aber Sie können es nicht erkennen. Es könnte sein, daß Sie das Ziel verfehlen, ja verfehlen müssen, ohne sich dessen bewußt zu sein. Darüber könnten Ihre Auftraggeber sehr enttäuscht sein. Es könnte also ein anderer Auftrag an Andere ergehen, der dann Sie betreffen würde. Das könnte für uns ungünstig sein. Deshalb möchte ich Sie warnen. Vier Männer sind unterwegs, um Sie zu töten, falls sie das Ziel verfehlen."

„Vielen Dank, ich werde das berücksichtigen. Da Sie über mein künftiges Schicksal bestens informiert scheinen, stellt sich die Frage, warum ich überhaupt für Sie interessant bin?" Perce á Val schlug die Beine übereinander, um auf der alten Holzbank eine bequemere Position zu haben.

„Die Interessen, die ich vertrete, halten nach Abwägung aller Gesichtspunkte Sie für das geringere Übel", meinte Blancheflor völlig emotionslos und verschränkte ihre Arme vor der Brust.

„Bestellen Sie Ihren Leuten, daß ich für dieses Kompliment dankbar bin. Aber meine Partner suche ich mir immer noch selbst aus", sagte Perce á Val und wollte sich erheben.

„Moment noch", sagte Blancheflor, ohne daß ihre Stimme sich erhoben hätte, „ich glaube nicht, daß Sie eine Wahl haben – Perce á Val! So heißen Sie doch?!"

„Einige Leute nennen mich so", kam es gelassen von Perce á Val, aber er blieb sitzen.

„Einige von denen, die Sie so nennen, haben soeben Ihre Liquidierung geplant", fügte Blancheflor an und lehnte ihren Oberkörper anscheinend entspannt zurück, indem sie sich mit beiden Händen auf der Bank abstützte.

„Wenn ich mein Ziel verfehlen sollte, vergaßen Sie hinzuzufügen."

„Lange vor Ihnen sind bereits andere an dieser Aufgabe gescheitert. Es geht hierbei nämlich um eine der symbolischsten Unternehmungen der Menschheit. Früher hätte man es vielleicht Erlösung genannt. Aber wir leben heute mit praktischeren Begriffen."

„Ihr also werdet die Menschheit erretten, ganz praktisch, versteht sich. Da bin ich aber hocherfreut, Sie nebenbei persönlich kennengelernt zu haben“, Perce á Val deutete eine Verbeugung an.

„Ganz meinerseits“, gab Blancheflor gelassen zurück, „denn im eigentlichen Sinne sind nicht wir es, sondern Sie werden dies tun.“

„Oh, prima, daß ich vorher noch um Einwilligung gebeten werde.“

„Wie schon gesagt, Ihr Wille ist hierbei ohne Belang. Da Sie nicht wissen, was Sie suchen sollen, werden Sie es willentlich weder finden noch verfehlen können. Sie werden erst merken, daß Sie am Ziel sind, wenn alles erfüllt ist.“

„Junge Frau, Ihre Allegorien interessieren mich überhaupt nicht. Sagen Sie mir, was Sie von mir wollen und nennen Sie eine Summe. Dann werde ich ein wenig Bedenkzeit brauchen und gegebenenfalls auf Sie zurückkommen. Ich bin an klaren Sachverhalten interessiert.“

„Also gut. Ich werde Ihnen einige Sachverhalte erläutern. Zunächst lesen Sie doch bitte einmal dies hier.“ Blancheflor reichte ihm einen Zeitungsausschnitt über die Tischplatte.

Perce á Val holte sein Brillenetui hervor, nahm das gefaltete Papier auf und las unter der Überschrift *Der Stern von Bethlehem* folgenden Text:

Rom. UPI. Der Stern von Bethlehem, der nach dem Evangelium die drei Weisen aus dem Morgenland zu dem soeben geborenen Christus führte, könnte lediglich das Zusammentreffen von zwei Planeten im selben Himmelssektor gewesen sein.

Das schrieb der Leiter des vatikanischen Observatoriums, der Jesuit P.J. Treanor, in der Vatikan-Zeitung „Osservatore Romano“ zum Tag der Heiligen Drei Könige. Jemand, der die Geschichte von dem mysteriösen Stern zum erstenmal lese, könnte meinen, er habe ein folkloristisches oder legendäres Märchen vor sich, schrieb Treanor. Aber es gebe dafür astronomische Erklärungen. Als die am besten begründete bezeichnet er die wissenschaftliche Theorie, nach der eine dreifache Konjunktion der Planeten Jupiter und Saturn im Jahre 7 vor Chr., dem mutmaßlichen Geburtsjahr Jesu, die Erscheinung des Sterns von Bethlehem hervorbrachte. Treanor bezeichnete dieses scheinbare

Zusammentreffen der beiden Planeten als ein „außergewöhnlich seltenes Ereignis in den Annalen der Astronomie." Bereits vor rund einem Jahrhundert habe es entsprechende Theorien gegeben. Sie seien jetzt durch elektronische Berechnungen bestätigt worden. Die Astrologen des Nahen Ostens hätten in vorchristlichen Zeiten um die ungewöhnliche Seltenheit von Konjunktionen gewußt. Sie galten den Völkern als wichtiges Omen.

Perce á Val ließ verblüfft die Zeitungsseite sinken, nahm die Brille in seine Linke. Sie schaukelte ein wenig hin und her.

„Bis Weihnachten ist doch noch Zeit", meinte er schließlich.

„Weihnachten schon, aber raten Sie mal, wann die nächste dieser Konjunktion vorausberechnet wurde?"

„Sie werden es mir sicherlich verraten."

„Es bleiben nur noch wenige Tage!"

„Also wann?!"

„Im Augenblick würde Sie dies nur ablenken. Aber um Ihnen zu verdeutlichen, was auf Sie zukommt, möchte ich Ihnen von einer später stattgefundenen dreifachen Konjunktion berichten; und zwar im Mai des Jahres 848. Dies ist als das Krönungsdatum von Parzival zum Gralskönig überliefert. Die Parzivalsage könnte man freilich für ein erdichtetes Heldenepos halten, das sich aus popularistischen Gründen auf den wesentlich älteren Grals-Mythos beruft, wenn es da nicht wesentliche Zusammenhänge gäbe. Die drei Weisen aus dem Morgenland waren Zarathustra-Schüler. Sie folgten einer Prophezeiung des Zarathustra, nämlich daß eine bestimmte Planetenkonstellation das Kommen des Erlösers anzeigen würde. Da die Magiere aus dem Morgenland bereits in der Lage waren, eine Saturn-Jupiter-Konjunktion im Sternbild der Fische astronomisch zu berechnen, machten sich also jene drei auf den Weg. Sie kannten zwar den genauen Zeitpunkt, aber nicht den genauen Ort der Geburt des erwarteten Erlösers. In der jüdischen Tradition war es genau umgekehrt. Die Juden wußten, daß ihr Messias aus dem Hause David stammen und in Bethlehem geboren würde. Das steht so beim Propheten Jesaja geschrieben. Sie kannten aber nicht den genauen Zeitpunkt. Das Puzzle konnte also nur derjenige zusammenfügen, der das Wissen der jüdischen Prophetie mit der persischen Tradition kombinieren konnte. So wußte jener bereits, was sich damals in Bethlehem wirklich ereignete. Und mit diesem Wissen konnte er übrigens später immer dabeisein, eingreifen, Zeugnis liefern, aufbewahren. Der Gral konnte gefüllt werden. Als den späteren Religionseiferern klar wurde, was ihnen zu Lebzeiten des Gottessohnes von den 'Heiden' vorweggenommen wurde, ist den Hütern des Heiligen Grals auf das heftigste nachgestellt worden. Der Gral verschwand also und mußte neu gefunden werden. Es lag für die Eingeweihten sicherlich nichts näher, als die astrologischen Überlieferungen dabei zu nutzen."

„Jetzt bin ich aber wirklich verblüfft", gestand Perce á Val. „Ich habe geglaubt, Sie arbeiten für eine effizient strukturierte, bestens informierte und schlagkräftige Organisation. Und jetzt wollen Sie mir weis machen, Sie beziehen Ihre Kenntnisse aus den Sternen? Vielleicht möchten Sie noch Tische rücken?!"

„Bitte verwechseln Sie die Dinge nicht. Die Astrologie ist so alt wie das menschliche Denken. Die Menschen versuchen seit Urzeiten aus der Beobachtung Rückschlüsse und Folgerichtigkeiten abzuleiten; freilich nach dem Prinzip von Ursache und Wirkung. Das funktionierte allerdings nicht mit den Erscheinungen des Himmels. Die Bewegungen der Sternenkörper waren chaotisch und regellos und ordneten sich doch stets nach einem universalen Muster. Dies erschien den Menschen als nicht vollständig erfaßbar. Da es sich aber zweifelsohne in Zyklen manifestierte, glaubte man, davon einen Höheren Willen ableiten zu können. Wenn dieser Wille jedoch so gewaltiges wie den Sternenhimmel strukturieren konnte, war die nächstliegende Frage freilich: Was hat die Manifestation dieses Höheren mit meinem Schicksal zu tun? Also verglich man menschliche Lebenswege mit den Bahnen der Planeten und kam zu verblüffenden Übereinstimmungen. Der Rest ist Literatur und müßig, an dieser Stelle weiter auszuführen. Sie können diese Übereinstimmungen zwar negieren, aber sie sind gleichwohl wirksam. Sie könnten sich aber auch auf die Art einen Informationsvorteil verschaffen, so wie andere vor Ihnen."

„Dann sind Sie also über meine Zukunft bestens informiert."

„Das sagte ich Ihnen bereits. Sie werden fehl gehen. Sie werden Ihr Ziel nicht erreichen, Sie werden scheitern, ebenso wie bei der Entführung des Pärchens aus der Rue Le Marat."

„So etwas kann mal passieren. Aber da ist nichts, was man nicht korrigieren könnte."

„Den Tod?"

„Den Sinn des Todes!"

„Sind Sie bei Ihrem sinnstiftenden Tun nie auf den Gedanken gekommen, daß Ihre Auftraggeber den Fehler oder wenn Sie so wollen, fehlende Gesinnung, bei Ihnen vermuten könnten?"

„Ich werde nicht für eine Gesinnung bezahlt."

„Aber vielleicht sind bestimmte Erfolge von einer bestimmten Gesinnung abhängig? Sicherlich hörten Sie irgendwann einmal davon, daß Glaube Berge versetzen kann."

„Das kann Plastiksprengstoff auch. Eine Frage der richtigen Dosierung. Aber ich bin kein Bergarbeiter."

„Meinen Sie? Nun gut. Ich bin dafür, daß Sie noch eine Weile überleben sollten auf Ihrem Weg ins Innere des Berges." Blancheflor machte eine kurze Pause, sie musterte Perce á Val eindringlich, dann beugte sich ihr Oberkörper etwas nach vorn als sie fragte:

„Ist Ihnen in letzter Zeit etwas besonderes aufgefallen - an Ihnen, meine ich; oder besser: mit Ihnen? Hören Sie Stimmen? Spüren Sie, wie etwas Fremdes von Ihnen Besitz ergreift?"

„Ich weiß nicht, wovon Sie reden. Ich glaube, Sie sind etwas überreizt. Ihre Theorien geben Ihnen scheinbar übersteigerte Erwartungen ein. Sie sollten mal Urlaub machen."

Perce á Val war beim letzten Satz bereits aufgestanden und wandte sich dem niedrigen Ausgang des Weinkellers zu.

„Auf Wiedersehen - wie man so sagt", hörte er noch hinter seinem Rücken, dann trat er in überraschend gleißendes Sonnenlicht.

2. Kapitel

Wie zwar das Fremde immer näher kommt,
aber dennoch keine klare Kontur gewinnt.

Wie an dieser Stelle der Dichter Ch. de Troyes zusätzlich den Lancelot in eine Parallelhandlung bringt, indem er einen Zug mit Edlen Rittern sich in Bewegung setzen läßt, wodurch der Sache des Gral späterhin Schützenhilfe gewährt werden soll.

Johnson hatte sich in diese deutsche Großstadt zurückgezogen, um dort ein ruhiges und zurückgezogenes Leben zu führen. Er wohnte in einer unauffälligen Siedlung in einem neu erstellten Viertel, in dem sämtlich neue Mieter und Eigenheimler täglich aneinander vorbeigingen, besser: fuhren, ohne sich wahrzunehmen. Das war ganz nach Johnsons Geschmack. Mit seiner Vergangenheit konnte er diese banale Anonymität durchaus brauchen. Er genoß die äußerliche Ruhe des täglichen Einerlei, denn schließlich hatte er die Fünfzig bereits überschritten.

Heute morgen hatte Johnson folgenden Brief erhalten:

„Johnson, jene Botschaft des Ónia ist verkleinertes, gegenständliches Abbild seiner Selbst - ist ES selbst. Darum ist ES die Kraft. Und die Herrlichkeit. Unendliche Ewigkeit. Einsfach. Todernst. Lebendig Erhaben. ES ist im Heute unsichtbar, auf dem Wege der Stärke, als ein Genesendes. Mit der Fülle der Zeit wird ES ein eigenes, unabhängiges Leben führen. ES ist demokratisch, weil ES die Übertretung seiner Regeln vergibt. ES ist nicht hierarchisch. Sein Wesen liegt jenseits von Erkenntnis. ES kann sich vom Dinglichen lösen, Persönlichkeit werden, Gemeinschaft, Staatsersatz. Vorsicht: ES ist nicht kontrollierbar.

ES ist uns verlorengegangen. Sie werden ES finden. Deshalb sind Sie aufgefordert, mit beiliegender Fahr- und Platzkarte am Sonntag dem 19. Oktober um 22 Uhr 30 vom Hauptbahnhof dieser Stadt eine Reise anzutreten. Sie werden nicht allein reisen.

Ónia!“

Johnson hatte die Echtheit der Ónia-Botschaft nicht bezweifelt, obwohl er solch ausführliche Selbstdarstellungen des Ordens nicht gewohnt war. Aber da es lange Zeit her war, daß er das letzte Mal für den Orden tätig war, sah er darin eine Art Statutenregel, eine Vereidigung. Und Johnson wußte: die Macht des Ordens ist praktisch unbegrenzt.

Johnson saß auf seinem Platz in dem bezeichneten Zug. Dieser sollte quer durch Deutschland nach Cannes fahren. Sein leichter Koffer lag im Gepäckfach. Er musterte den Bahnsteig. Ein junger Mann mit einer großkarrierten Baumwolljacke und Jeans betrat das Abteil. Er verglich seine Platzkarte, schaute dann zu Johnson und fragte:

„Dürfte ich mal Ihre Platzkarte sehen?“ Johnson zeigte sie ihm.

„Ónia?“ fragte der andere und Johnson bemerkte erst jetzt den leicht slawischen Akzent in dessen Aussprache. Es könnte russisch sein, überlegte er:

„Johnson, mein Name“, stellte er sich vor.

„Ich hab auch Post bekommen, man nennt mich Schütze“, sagte der andere und schob seine Umhängetasche ins Gepäckfach, „denn mein Name ist so schwierig auszusprechen, daß er sich nicht zu merken lohnt.“ Seine Jacke zog er nicht aus. Er setzte sich Johnson genau gegenüber ans Fenster.

„Nun machen Sie mich aber erst recht neugierig.“

„Lancelot, wenn Sie den Namen unbedingt mal gehört haben wollen.“

In dem Augenblick betraten hintereinander noch zwei Männer das Abteil. Johnson kannte sie flüchtig. Einer trug einen schweren schwarzen Ledermantel. Man nannte ihn Chauffeur. Der setzte sich neben ihn. Der andere, in feinem Anzug, war Colbert, der gegenüber, neben Schütze Platz nahm. Man grüßte sich, lächelte ein Erkennen, war zurückhaltend in seinen Gesten; man war schließlich aus dem gleichen Metier. Draußen ertönte ein Abfahrtsignal. Die Lichter des Bahnhofs und dann der Stadt glitten schnell und schneller am Fenster vorbei. Bald hatten sie auch die Vororte durchfahren und die Schwärze der Nacht ließ das Fenster zum Spiegel werden. Johnson lehnte sich in den Polstern zurück, schlug die Beine übereinander und sagte leutselig:

„War ein anstrengender Tag. Ich bin ein bißchen müde.“

Schütze schob sich darauf in seinem Sitz nach vorn und meinte: „Ich mußte regelrecht fliehen."

Johnson runzelte die Augenbrauen: „Fliehen?"

„Meine Familie, Sie können sich das sicherlich denken. Schließlich sollte ich unbedingt allein reisen", meinte Schütze im singenden Akzent der Slawen und es war unklar, ob es ironisch sein sollte.

Johnson musterte Schütze aufmerksam: „Sollten wir? Kennen Sie den Auftrag?"

„Nein, nein", bemühte sich Schütze rasch zu versichern. Dann war Stille. Die Männer schauten vor sich hin oder aus dem Fenster, vermieden den direkten Blickkontakt. Schließlich war es Colbert, der die Situation zu entkrampfen suchte. Doch sprach er etwas zu laut: „Bei mir ging heute alles schief", und schaute triumphierend ob der erwartungsvoll ihm zugewandten Gesichter von einem zum anderen, die dramaturgische Pause genießend.

Johnson unterbrach diese ungehalten: „Aber Sie sind hier. Dies ging also nicht schief!"

„Richtig", meinte darauf Colbert und genoß amüsiert die verwunderten Gesichter.

Johnson hatte keine Lust auf Colberts Eitelkeiten, er wandte sich an seinen Nebenmann, den mit dem Ledermantel: „Und bei Ihnen, wie soll ich Sie...?"

„Chauffeur!" meinte darauf sein Nachbar, „nennen sich mich einfach - Chauffeur." Er schaute Johnson lange in die Augen, dann von einem zum anderen. Bei Colberts lächelndem Gesicht verharrte er und sagte düster: „Ich habe einen Auftrag. Ich nehme an, daß alle einen Auftrag haben, darüber aber nicht reden wollen. Das gehört wohl zum Auftrag."

Johnson war mit dieser Problematisierung nicht einverstanden. Er hatte sich eine unbeschwerte Reise vorgestellt; vielleicht ein wenig plaudern, ein wenig schlafen, um für die gemeinsame Aufgabe am Ziel gerüstet zu sein. Deshalb fragte er einfach: „Weiß jemand, wie lange das dauern wird?"

Lächelnd fragte Schütze zurück: „Gibt's denn ein Ziel?"

„Schätze schon, sonst säßen wir nicht gemeinsam in diesem Zug."

„Das Ziel kann auch unterwegs liegen", kam unbestimmt von Schütze.

Colbert hatte noch immer sein überlegenes Lächeln auf den Lippen: „Und Sie, Chauffeur, Sie behaupten, wir haben einen Auftrag?"

Chauffeur schaute vor sich hin, würdigte Colbert keines Blickes und meinte gelassen: „Ich nehme das stark an."

Johnson wollte sich dieser Art Gespräch entziehen und sagte: „Ich bin müde."

Doch Colbert schien nicht geneigt, Johnson so zu entlassen. Mit weicher Stimme sagte er: „Ich hab nicht mal mehr telefonieren können."

Johnson wurde hellhörig: „Haben Sie denn jemanden, der sich um Sie sorgen könnte?"

„Ja, schon", gab Colbert gedehnt zurück.

Darauf kam schnell und schneidend die Frage von Chauffeur: „Stimmt das?"

„Das sich jetzt jemand Sorgen macht?" meinte Colbert und verzog beleidigt die Mundwinkel.

Chauffeur präzisierte also, obwohl er sicher war, daß Colbert ihn bereits beim ersten Mal verstanden hatte: „Daß Sie jetzt jemand in Ihrer Wohnung besuchen könnte und verwundert darüber wäre, Sie nicht anzutreffen?"

„Das ist möglich."

Johnson wollte schlichten: „Vielleicht machen Sie sich Sorgen um die Wohnung?"

Doch Colbert meinte bestimmt: „Um die Wohnung mach ich mir keine Sorgen."

„Um eine Katze vielleicht?" warf Chauffeur spöttisch dazwischen.

„Stimmt, mein Moritz", antwortete Colbert leichthin. Doch plötzlich verdüsterte sich sein Gesicht: „Woher wissen Sie überhaupt...?"

Chauffeur unterbrach ihn rasch: „Es war ausreichend Zeit, sich um die Versorgung der Katze zu kümmern", und in versöhnlichem Tonfall, weil er die Verstörung Colberts wahrnahm: „Als ich erfahren habe, daß ich hier sein soll, habe ich jedenfalls Vorsorge getroffen."

Johnson hatte sich interessiert zu Chauffeur gebeugt: „Sie nehmen diesen Auftrag aber sehr ernst."

„Ich nehme jeden Auftrag ernst."

„Auch wenn er unklar ist?"

Chauffeur blickte ihm lange in die Augen. Mit unbeweglicher Miene gab er zurück: „Mein Auftrag ist nicht unklar."

„Also kennen Sie das Ziel?" fragte Johnson rasch, seine Überraschung nicht verbergen könnend.

„Mein Auftrag sieht nicht vor, über das Ziel zu sprechen. Jetzt nicht."

„Was wäre, wenn das Ziel bedeutet, wir müssen dort bleiben, wenn es uns vereinnahmt?" wollte Johnson wissen.

„In diesem Fall hätte ich noch einige Unterlagen, die es zu vernichten gälte."

„Vernichten?" fragte Johnson irritiert, „was denn für Unterlagen? Haben Sie über Ihre Jobs Tagebuch geführt?"

„Sie haben richtig gehört - vernichten! Damit nichts liegen bleibt, woraus irgend jemand falsche Schlüsse ziehen könnte."

Da mischte sich Colbert ein und sagte in seiner ironischen Art: „Aber vielleicht könnte genau das Sie berühmt machen."

Chauffeur schaute finster auf Colbert. Dann sagte er ruhig und langsam, wie zu einem Kinde: „Hören Sie, genau das ist es, was ich ganz bestimmt nicht brauchen kann, nämlich berühmt zu sein." Nach einem kurzen Überlegen ergänzt er jedoch: „Jedenfalls nicht auf diese Art", und wie zu sich selbst, den Blick senkend, mit leiser Stimme: „Ich will die Bedingungen dafür selbst klären."

„Haben Sie das schon mal versucht?" die Ironie aus Colberts Stimme war verschwunden, „warum fällt Ihnen das ausgerechnet jetzt ein?"

„Weil ich keine Katze habe", gab Chauffeur schroff zurück.

Sofort hatte Colberts Stimme die alte Leichtigkeit zurückgewonnen: „Gut, mir ist die Katze zuerst eingefallen, Ihnen der Ruhm."

Unwillig schlug Chauffeur die Beine übereinander: „Nicht der Ruhm. Die unerledigten Sachen. Meine Schutzmechanismen sind mir zuerst eingefallen."

Da wurde Johnson aufmerksam: „Was sind denn Ihre Schutzmechanismen?"

Chauffeur schwieg. Sein Blick drehte sich langsam zu Johnson herum, dann sagte er gedehnt: „Johnson, Sie sind mir als jemand geschildert worden, der am Abend gern die bequeme Strickjacke anzieht und in seiner Wohnung in Hausschuhen herumläuft und in einem Nachthemd schläft und auf saubere Fingernägel achtet, der also..."

Johnson unterbrach ihn ungehalten: „Was wollen Sie damit sagen? Finden Sie das etwa unnormal?"

Chauffeur ergänzte gelassen: "...daß Sie sich eine ganze Menge angenehmer Lebensbedingungen organisiert haben und mit der Absicht, eigentlich nur der Idee, der Tempeleisen zu dienen, offensichtlich nur kokettieren, wenn Sie einen solchen Job machen."

Johnson war rot geworden. Gereizt gab er zurück: „Was hat mein Job mit meiner Strickjacke zu tun, das ist doch Blödsinn. Hören Sie, ich weiß nicht, ob es sich bis zu Ihnen herumgesprochen hat, aber ich habe zum Beispiel die Liquidierung John Lennons koordiniert. Ich habe dieses Puzzle so labyrinthisch verschachtelt, das nicht nur der Trottel, von dem man meinte, daß er gefeuert hat, geglaubt hat, er war es, sondern sogar die Aasgeier von den Medien es als Wahnsinnstat geschluckt haben. Und was das wichtigste ist: die Angelegenheit ist dicht geblieben. Ich hatte kein unsicheres Element in meinem Netz. Keine Skandale, keine spektakulären Befreiungsaktionen, kein Ruhm. Alles ganz still, leise, unauffällig. Ich arbeite unsichtbar. Das ist mein Markenzeichen. Sie mit Ihrer Barschel-Nummer. Bloß weil der BND-Agent Maus Sie damals zurückgehalten hat und sie zusehen mußten, wie der Moshad Ihren Mann umgenietet hat... Von Ihnen lasse ich mir doch nicht... Das können Sie Ihrem Schalck-Golotkowski erzählen, Mann. Die Stasi war doch bloß sauer, daß sie im internationalen Waffengeschäft nicht mitverdienen durfte, weil da der Große Bruder..."

„Vielleicht sind bestimmte Aufträge doppelt verteilt worden“, unterbrach Schütze.

Johnson war noch immer nicht ganz Herr seiner Erregung. Er hatte nicht gehört, was Schütze gesagt hatte und meinte pathetisch: „Ich lehne jedenfalls ab, daß ich hier bewertet werden soll. Und überhaupt, dieses gegenseitige Belauern. Ich fühle mich irgendwie beobachtet.“

Da hakte Chauffeur spöttisch nach: „Irgendwie? Nicht irgendwie, ich beobachte Sie, Johnson.“

Johnson schaute eine Weile verblüfft seinem Nebenmann ins lächelnde Gesicht, doch dann glättete sich seine Zornesfalte und er wirkte wieder völlig entspannt, als er sagte: „Das ist es nicht, was mich irritiert, Chauffeur.“

„Nein?“

„Nein“, gab Johnson gelassen zurück.

Doch Chauffeur genoß es, noch ein bißchen zu bohren: „Sie fühlen demnach eher etwas Unkonkretes, so eine Art Metabeobachtung?“

Darauf antwortet Johnson reserviert: „Ich fühle lediglich, daß außer uns vier Personen hier etwas im Raum zu schwingen scheint, von dem sich jeder Einzelne durchaus kontrolliert fühlen sollte.“

„Also entschuldigen Sie, aber da kann ich Ihren Gefühlen nicht folgen“, meinte Chauffeur, die geöffneten Hände mit den Schultern hebend und mit einer nicht zu überhörenden Spur Sarkasmus in der Stimme. Er blinzelte beifallheischend zu den anderen. Colbert lächelte vor sich hin, doch Schütze schaute nachdenklich aus dem Fenster. Eigentlich gab es in der Dunkelheit nichts zu sehen. Doch. Ein Stern drang ungewöhnlich hell durch die Nacht, schien mit seinem Leuchten ihre Fahrt zu begleiten.

Zur gleichen Zeit standen die vier schweren Limousinen im Licht der schmiedeeisernen alten Lampen auf dem geharkten Kiesweg vor der alten Villa geparkt. Im holzgetäfelten Salon war man zusammengekommen und saß um den runden schweren Tisch. In den aufwendig geschliffenen kleinen Gläsern warf ein hellbrauner, fast öliger

Sherry die warmen Strahlen der Kerzen auf ihren schlicht geschmiedeten Leuchtern spektral gebrochen in komplementären Farben zurück. Der Vorsitzende war gerade am Erläutern:

„...mit anderen Worten, meine Herren, die Operation „Aronstab" ist bereits in vollem Gange. Und um Ihnen zu verdeutlichen, was ich genau meine, möchte ich den Vorgang etwas ausführlicher beschreiben. Denn das Gleichnis dieser Pflanze ist nicht zufällig gewählt. Mit dem fauligen Geruch, den der Aronstab eigentlich ausströmt, vermag dieser nicht mal eine Aasfliege anzulocken. Doch hat er ja diese Attraktion. Aus dem offenen Kelch steigt die Spitze der eigentlichen Blüte, nämlich ein feister Kolben, groß hervor. An ihm klettern die Insekten in die Blüte. Er ist schön warm und sondert einen eigentümlichen Saft ab. Wollen dann die gesättigten Tiere den Rückweg antreten, so werden sie von feinen Borsten gehindert. Diese haben sich beim Einstieg nach unten gebogen und verhindern nun einen Rückzug. Die Insekten bleiben mehrere Tage eingesperrt. Während dieser Zeit reift ein Kranz männlicher, beziehungsweise weiblicher Geschlechtsblüten. Endlich lockern sich die feinen Borsten und welken, so daß die Insekten, natürlich über und über mit Blütenstaub bedeckt, den Kelch verlassen können. Bei einem zweiten Aronstab wiederholt sich dann dasselbe Spiel und so findet eine Befruchtung statt.

Ich hoffe, daß Sie meinen botanischen Ausführungen folgen konnten, meine Herren. Es sind vier Spezialisten von Ónia auf den Weg gebracht worden. Einer davon ist unser Mann. Er ist bereits im Inneren des drallen Kolbens. Er wird dafür sorgen, daß Perce á Val ungehindert seinen Job erledigen kann. Er wird den Rest des Kommandounternehmens in die Irre leiten, von Perce á Val ablenken. Wenn er das geschafft hat, werden wir seine, sagen wir mal, künstliche Befruchtung einleiten. Hoffen wir, das alle Beteiligten zu diesem Zeitpunkt gut bestäubt sind. Dann müssen alle nur noch sehr weit fliegen." Der Vorsitzende mußte an dieser Stelle etwas lächeln: „Verzeihen Sie mir meine etwas im wahrsten Sinne blumigen Ausführungen, aber unsere Interessen werden ja bereits seit Jahrhunderten fast ausschließlich in Metaphern ausgedrückt." Der Graubart meldete sich mit einem leisen Räuspern zu Wort:

„Ist denn das Vorgehen der Beauftragten des Ónia berechenbar? Mit welchem Auftrag sind die unterwegs? Kennen wir ihren Plan?" Auch die Blicke der drei anderen Anwesenden lagen gespannt auf den Lippen des Vorsitzenden. Dieser nahm seine randlose Brille ab, behielt sie aber in der Hand und sagte in schlichtem Tonfall:

„Wir wissen es nicht. Dafür haben wir unseren Mann beteiligt. Er muß operativ eingreifen und autark entscheiden."

„Kennt er denn die Tragweite unseres Projektes?" fragte leicht besorgt der Kindergesichtige.

„Im großen Ganzen ja. Über Details hat er allerdings keine Information, auch der Ablauf nach seinem Einsatz ist ihm nicht bekannt." Die wässrigen Augen des Kindergesichts wanderten besorgt von einem Anwesenden zum anderen. Als er jedoch keine Zustimmung erkennen konnte, lehnte er sich resigniert zurück.

„Inwieweit ist die Staatsmacht mittlerweile im Bilde?" fragte statt dessen der Kinnbart in seinem militärischem Tonfall.

Die Stirn des Vorsitzenden runzelte sich hierbei etwas, er nickte vor sich hin, dann schaute er in die Runde, hob beide Arme etwas von der polierten Tischplatte und sagte: „Wir wissen es nicht genau. Wir können jedoch davon ausgehen, daß sie das Maximum an Technik bemühen werden, das gegenwärtig zur Verfügung steht. Über die Qualifikation derer, die sie bedienen, liegen uns noch keine gesicherten Angaben vor. Es sind zwei Mann, die aktiv auf unser Projekt angesetzt wurden. Wir kümmern uns bereits um sie. Das fällt selbstverständlich in Ihr Ressort." Damit nickte er dem Hageren zu. „Lassen Sie uns nun zu unserer Präzisierung des Zeitplanes kommen." Der Vorsitzende setzte wieder seine leichte Brille auf und schaltete den Videobeamer ein.

Im Hubschrauber herrschte ohrenbetäubender Lärm. Ein Flug bei Nacht war ziemlich uninteressant, weil es kaum etwas zu sehen gab. Außer dem Zug unter ihnen, dem sie folgten, war nicht viel, weil sie jede Stadt, die dieser durchraste, in weitem Bogen umflogen.

Nach einiger Zeit nahm der Pilot zum ersten Mal seine Ohrenschützer ab und wandte sich nach hinten zu Jeff und Roy. Als diese ihre Ohrenschützer ebenfalls herunternahmen fragte er:

„Was werden wir mit denen tun?"

„Soll ich Dir die Wahrheit sagen", antwortete Roy und sah nicht einmal vom elektronischem Equipment auf, „wir brauchen überhaupt nichts tun. Das erledigt die Technik hier." Die Züge seines Gesichtes verhärteten sich. Er war voller Konzentration.

„Ok ok, ich frage ja nur. Im Augenblick ist mir eh alles egal. Ich hab momentan nicht mal genug Geld, um mir ´ne Nutte zu leisten!" brüllte er nach hinten.

„Ich denke, Du bist noch verliebt", warf Jeff unwillig ein.

„Was hat denn das mit meinem Geld zu tun?" meinte verdutzt der Pilot.

„Und was ist mit Deiner Freundin?" fragte Jeff mäßig interessiert, da ihn sowohl die Technik, als auch das Fliegen anödete.

„Nichts weiter", gab der Pilot zurück, „ich liebe sie."

„Liebe ist nicht gut in dem Job", entgegnete Jeff mißmutig. „Machst Du es denn gern mit Nutten?"

„Manchmal. Aber was ich mit denen mache, ist teuer", er wandte sich wieder kurz nach hinten und ein breites Grinsen überzog sein stoppeliges Gesicht. Jeff ödete zwar das Fliegen und die Technik an, aber auf die Verbalfickereien dieses Primaten hatte er noch weniger Lust. Er drehte sich deshalb zu Roy:

„Und was sagen die Rechner?"

Roy blickte nur kurz auf, als er in den Lärm brüllte: „Ich habe ihre Großhirnrinde sozusagen voll im Fadenkreuz. Jeden. Ich sehe, was sie quatschen. Belangloses Zeug. Ich muß nur noch das Feintuning für unseren präparierten Mann vornehmen, dann können wir mit unserem Programm auf Sendung gehen. Das wird sein Verhalten tunlichst verändern und ein schönes Verwirrspiel unter unseren Profis anrichten. Alle Macht den Rechnern. Ich hoffe, Du hast die Hardware am Kilometer 273 auch so exakt installiert. Sind die Satelliten in Position?"

„Worauf Du die beschissene Entertaste drücken kannst, Partner!" gab Jeff gedehnt zurück, schaute aber trotzdem instinktiv auf seine Armbanduhr und setzte sich die Ohrenschützer wieder gerade.

Colbert war der erste, der das Schweigen wieder brach: „Als Kind bekam ich von einem Onkel einen ferngesteuerten Panzer geschenkt. Der wurde mein erstes fiktives Spielzeug." Er schwieg, lächelte, blickte um sich. Erst, als er die Blicke aller fragend auf sich gerichtet fühlte, ergänzte er: „Meine Eltern waren Pazifisten und deshalb ungeheuer sauer auf den Onkel. Sie haben mir ständig einzureden versucht, das sei kein Panzer, sondern eine Planierraupe."

Es war Johnson, der wie nebenbei fragte: „Haben Sie die Kanone abgebrochen?"

„Nein, das nicht", erwiderte Colbert und hob die rechte Hand, um eine weitschweifige Beschreibung seines damaligen Gemütszustandes zu geben.

Doch Chauffeur unterbrach kalt: „Na also."

Colbert schaute beleidigt: „Aber sie haben ständig versucht, mir zu suggerieren, es sei kein Panzer."

Johnson beugte sich darauf etwas vor und fragte: „Haben Sie sich als Kind manchmal gewünscht, daß ihre Eltern tot wären?"

Mit versteinertem Blick antwortete Colbert leise: „Ich habe mir gewünscht, daß alle tot sind, daß ich ganz allein bin", versonnen wanderte sein Blick in die Schwärze der undurchdringlichen Nacht, und dann fuhr er schwärmerisch fort, ohne den Blick vom Fenster zu nehmen: „Ein anderer Wunsch von mir als Kind war, daß ich alle Leute auf der Straße nackt sehen könnte."

Johnson nüchtern: „Kinder und Alte?"

Colberts Blick kam von der Weite der Nacht zurück ins Abteil: „Es ging vor allem um die Frauen, junge Frauen, schöne Frauen", und er lächelte fein.

Doch da hellte sich Johnsons Miene unvermutet auf: „Das kann ich sehr gut nachempfinden. Wissen Sie, selbst wenn ich bei irgendwelchen Leuten zu Besuch bin, in den Abendstunden, und es gibt da gegenüber eine Fensterfront, so zieht es mich regelrecht ans Fenster und ich muß schauen, was dort getrieben wird. Alle Gespräche mit den Gastgebern werden dem gegenüber uninteressant. Es bannt mich regelrecht, das könnte mich stundenlang fesseln." Johnsons Stimme klang regelrecht begeistert.

Doch Chauffeur unterbrach ihn: „Und, verändert das Ihren Blick?"

Johnson war irritiert: „Wieso verändert...? Ich bin da gefangen in einer Rolle, ich betrachte ja nur, habe dabei aber die Freiheit, nicht agieren zu müssen. Von allen unbeobachtet kann ich..."

„Dabei haben Sie das gar nicht nötig", mischte sich hier Schütze ein.

„Wieso?" Johnson war verdutzt.

„Voyeur ist doch einer, weil er sich ausgeschlossen fühlt."

„Im Gegenteil, er schließt sich aus."

Zweifelnd wiegte Schütze den Kopf: „Beides vielleicht."

„Nein. Seine Wollust ist nicht die Tat, sondern die Betrachtung."

Schmunzelnd fragte Schütze in unbeholfenem Deutsch: „Weil er sich für die Tat für unfähig hält?"

„Unsinn!" entgegnete Johnson scharf.

„Doch, doch", stichelte Schütze lächelnd.

Johnson setzte zu einer breit angelegten Erklärung an: „Ich bin ein leidenschaftlicher Voyeur, und indem ich..."

„Vielleicht kein typischer", Schützes Miene blieb unbeweglich lächelnd.

Johnson wurde vorsichtig. Er hatte sich hervorlocken lassen. Das passierte ihm selten. Aber Schütze hatte genau den Punkt getroffen, Johnsons Obsessionen. Schütze hatte ihn rangekriegt, das mochte Johnson gar nicht. Unbestimmt wollte er sich zurückziehen: „Das kann ich nicht einschätzen."

Doch Schütze wollte den Punktsieg ausbauen: „Sie mögen gern das beobachten, was andere gern unbeobachtet tun?"

Doch Johnson war jetzt mißtrauisch: „Ja, und dabei meine Anonymität wahren." Er wandte seinen Blick ab.

„Aber das macht doch am Ende jedem Spaß, unentdeckt zu bleiben, den Überblick darüber zu haben, was andere tun“, warf Chauffeur locker dazwischen.

Hier mischte sich Colbert sinnierend ein: „Wie die Mutti in die Badewanne steigt...“ Johnsons Kopf ruckte vor: „Ach, haben Sie auch gemacht? Ja?“ fragte er mit hochgezogenen Augenbrauen.

Colbert lächelte unsicher: „Naja...“, antwortete er ausweichend.

„In meinem Elternhaus war immer Klopapier ins Schlüsselloch gestopft und genau deshalb...“ Doch hier wurde Johnson von Schütze unterbrochen, der seit einiger Zeit irritiert um sich blickte, angestrengt zu lauschen schien, auf seinem Sitz tastete: „Spüren Sie das auch im Raum...?“

Colbert richtete sich sofort auf: „Stimmt, jetzt wo Sie es sagen, wie ein Überdruck...?“

„Ich habe es eigentlich von Anfang an gespürt“, sagte Schütze leise.

Chauffeur zog vernehmlich Luft ein: „Das ist die Erwartung. Sie warten auf eine Intensität, meine Herren. Sie suchen den Kitzel des Außergewöhnlichen. Wie auf einer Party, von der ich um 11 Uhr weiß, daß es eigentlich Scheiße ist und trotzdem bis morgens bleibe, in der Hoffnung...“

Doch Colbert unterbrach ihn sehr bestimmt: „Still, da ist etwas...“

Doch Chauffeur ließ sich nicht beeindrucken: „Sie sind ebenfalls überreizt, mein Lieber. Entspannen Sie sich. Sagten Sie nicht zu Anfang, bei Ihnen ging heute alles schief? Also bitte!“ Er griff unwillig in die Innentasche seines schweren Ledermantels und brachte einen Flachmann zum Vorschein, schraubte den Verschluß ab und nahm einen langen Zug.

Johnson konnte seine Verblüffung nicht zurückhalten: „Tragen Sie sowas ständig mit sich herum? Brauchen Sie das als Katalysator?“

Chauffeur schraubte seelenruhig den Verschluß wieder auf und schaute Johnson dabei eisig in die Augen: „Das ist kein Katalysator! Und was es konkret ist, muß jeder für sich selbst entscheiden.“

Johnson war fassungslos. Er glaubte an die Verletzung eines Sakrileges. Alkohol im Job, bei so einem Job. Ausgeschlossen!: „Sie meinen, Sie können das selbst entscheiden?“

„Ich nehme das stark an.“

„Ich denke, daß ein Süchtiger über seine Sucht nicht entscheiden kann.“

„Ich habe mich irgendwann entschieden, diese Flasche zu kaufen, um sie auszutrinken, und ich sehe nicht ein, daß ich mich nun bei jedem Schluck neu entscheiden soll.“

„Das können Sie eben nicht.“

„Vielleicht kann ich das sogar, aber es interessiert mich überhaupt nicht.“

„Sie reden sich heraus.“

„Mach ich nicht, aber auf solche Suchtpolemiken laß ich mich nicht ein, die hab ich satt wie...!“

„Alkohol ist nicht in Ihrem Interesse und in unserem schon gar nicht. In der Situation in der wir alle gemeinsam...!“

„Ich weiß selbst gut genug, was in meinem Interesse ist. Noch ist es in meinem Interesse, mich weiter in diesem Abteil aufzuhalten. Doch die Bedingungen dafür muß ich für mich klären.“

„Ich denke, daß eine gewisse Disziplin notwendig ist, weil sonst möglicherweise alles entgleist und...“, Johnson ruderte hilflos mit den Armen und blickte hilfesuchend zu den anderen. Chauffeur war von Johnson abgerückt. Er hatte den Kopf zu ihm gedreht und blickte ihm herausfordernd lange in die Augen. Plötzlich lief ein eigenartiges Vibrieren wie von einem heftigen Stoß durchs Abteil. Fast gleichzeitig war Chauffeur aufgestanden. Johnson fragte hilflos: „Wo wollen Sie hin?“

„Ein Schiff ist nicht nur für den Hafen da“, Chauffeur öffnete die Tür, taumelte plötzlich, suchte nach einem Halt im Gang. Da ertönte das ohrenbetäubende Kreischen der Notbremse. Im selben Augenblick erlosch das Licht. Ein Stampfen durchzitterte den Waggon, er schien zu schweben. Dann ein furchtbarer Knall, als der Waggon aufschlug, sich auf die Seite legte. Es donnerte metallen, dann wurde es gänzlich schwarz vor Johnsons Augen.

Die Unglücksstelle an Kilometer 273 war weiträumig abgesperrt. Links und rechts der Gleisanlage waren ausgedehnte Weideflächen. Johnson kauerte in eine Decke gehüllt auf dem Boden. Sein linker Oberschenkel schmerzte. „Nichts gebrochen", soviel hatte ihm der Sanitäter versichert. Johnson sah auf die entgleisten Waggons. Riesige Scheinwerfer beleuchteten den Unfallort, die Rundumleuchten der Rettungsfahrzeuge, der Feuerwehr und der Polizei überzuckten gespenstisch die Szene. Noch immer wurden Leute auf Bahren davongetragen. Schreie erfüllten die Nacht, Schweißgeräte zischten und stiebten Funkensaat. Hoch oben in der Luft stand regungslos ein Hubschrauber und dröhnte monoton. Es herrschte ein geschäftiges Hin- und Hereilen. Colbert kam langsam zu Johnson herüber. Er trug den linken Arm in einer Schlinge und hatte einen Kopfverband. Düster sagte Colbert:

„Chauffeur ist tot! Sie haben ihn eben weggefahren. Schütze steckt noch irgendwo. Er schaut, ob er was verdächtiges entdecken kann. Aber ich denke, das ist sinnlos. Glauben Sie, daß es geplant war, Johnson? Daß es uns galt?" Johnson stierte ausdruckslos vor sich hin:

„Ich weiß nicht. Jedenfalls sollten wir verschwinden. Ich möchte nicht durch die Notaufnahme irgendeines Krankenhauses vermerkt werden." Colbert beugte sich zu Johnson herab:

„Wie bitte, ich versteh Sie so schlecht. Dieser blöde Hubschrauber macht ein Gedröhne." Johnson schien plötzlich aus seiner Lethargie zu erwachen:

„Dieser Hubschrauber, dieses Geräusch..., irgendwie erinnert es mich... Seit wann ist der da?"

Colbert war überrascht:

„Ich weiß nicht. Schon die ganze Zeit."

„Ist das Militär oder was?" fragte Johnson mißtrauisch und suchte mit seiner Rechten die Augen gegen die Scheinwerferblendung abzuschirmen.

„Ich kann nichts erkennen, keine Hoheitsabzeichen. An den Rettungsarbeiten beteiligt er sich in keiner Weise."

„Komisch", meinte darauf Johnson, wie zu sich selbst.

„Schauen Sie nur, jetzt dreht er ab. Er fliegt weg", meinte Colbert fast fröhlich.

„Eigenartig", murmelte Johnson und dann laut, den Krach übertönend:

„Holen Sie Schütze, wir müssen hier fort", taumelnd erhob er sich.

„In Ordnung. Warten Sie hier." Colbert entfernte sich eilig.

MONTAG - 2. WOCHE

Wie ein Troubadour für den Falschen gehalten wird; während die Geschichte unvermittelt auf Gauvain springt, der die Blutstropfen der Gans zu verdecken sucht; Perce á Val seine Abstammung zu erkunden trachtet, im Nachen nach Montesalvat gelangt, dort auf den Grund des Gral taucht; während dem Lancelot im Kampf zwar auf das richtige Pferd setzt, danach aber allein weiterkommen muß.

Auf dem Plateau des Ostturmes des alten Klosters saß auf einem alten Schemel Tyturel, der Vorsteher des Óniaordens neben einem hochmodernen Teleskop. Er war in einen großen schwarzen Mantel gehüllt, sein langes silbernes Haar wurde von einem Tuch straff nach hinten gehalten. Sein faltiges Antlitz mit der scharf hervortretenden Nase war in Richtung der aufgehenden Sonne gewandt. Doch noch konnte man nicht die geringste Rötung erkennen. Seine Hände waren von der Kühle der Nacht leicht bläulich und lagen im Schoß gefaltet, als eine Nonne herzu trat.

„Ehrwürdiger, Chauffeur ist tot. Aber wir haben die Kopie einer Aufzeichnung erhalten, die er als einziges bei sich trug."

„Bereiten Sie unten in der Kapelle alles vor, ich werde gleich dort sein", ließ sich die überaus klare Stimme des Alten vernehmen. Die

Nonne übergab mit einer leichten Verbeugung einige zusammengefaltete Bögen Papier. Der Vorsteher drehte hinter sich den Docht einer Petroleumlampe hoch und begann zu lesen:

DER TOD DES CHAUFFEURS

Die himmel des januar kinder in abgehangenen
mänteln das haar mit der schere
geschnitten und nadeln verschlingend
im bunker harpyien kacken von oben

Der kommende tag ohne herkunft die hand
aus kristallen der rest
eines atems schlägt gegen die süchtigen häuser
im spreizschritt der cherub steppe
wie nasses papier die geöffnete schleuse
dein körper wie fahnen und fahnen wie hände
das bett für die lange geschichte im taubstummenbahnhof

Der junge chauffeur liegt den kopf
in der suppe genäht in die haut ihrer bilder
ein mann geht ihr zwei schritt voraus
den mit wurzeln geschlagenen mund zu zertreten
sie ist in gefahr ihre stimme
erwürgt die ikonen als sei sie der scheckige vater
des gelben zigeuners der mann im getöteten fisch
alte weiber den bluttopf vom fenstersims stoßend
weit über ihr warst du dein ältester sohn
das vertagte gelände im schlepptau der galgen

Allein mit dem fahrer des busses die zunge
im gasmaskenschrank die gedichte
von gestern und made für made zerdrückt
auf dem handrücken zwischen
den augen sterben das zehnte jahr zahnloser träume
sterben das luftpostschiff bringt eine alte
die unter sich macht

die ihr haus nicht mehr halten
kann gegen ihr wasser aus augen
und mund du nimm
den lippenstift wirf
in die waschschüssel zweitausend jahre zu früh
die umarmung des heimkehrers
ich die geschlachteten wale eisblinde frau
aus dem schließfach den kopf
in der lampe im unterrock schallplatten schüsse

Der vorletzte schritt
in den fahrstuhl im spiegel
der spiegel das ghetto
das ghetto das grab
der stuhl die erschießung
nicht nachzuvollziehen die möwe
stirbt in der fassade des hochhauses
der höhlenfisch ohne gesäß
ohne augen der wiedergefundene
blutfluß im herzinfakt
des fotografen
von paternoster zu paternoster

Den alternden gladiatoren ein hölzernes schiff
auf dem grab des entmündigten großvaters
geh nicht die stiegen hinauf in den schnee
der die blühende stirn überkam ihrer fotografie
mit den stimmen der wankenden männer
im honigmond nicht zu den schiffen
alles beendet auch deine benennung
der dinge ihr tanz noch
vor anbruch der nacht in den kurven
der züge wie kreuze in den tätowierten augen

Er haßte das meer zu den alternden männern gepfählt
seiner busfahrt über die dörfer

von dreiundzwanzig jahrhunderten satt und verletzbar im drehpunkt
der sieben gestirne der mädchen sein gaumen die mandel
sein blut der verlassene fels der sirenen
sein aufstand der selbsthaß der apokalypse
Ich das zentrum deiner lüge
wenn du sterben kannst friß
diesen kindern die augen vom teller
Sie haben dich gestern und morgen
und einsam wie fleisch
der tanz der gebisse der ängste im waschraum
deine tage sind nächte wie neger

Die küche vergessen die alte
das zimmer des mädchens
im jordan da treiben die schweine
die warten das ende der kleinstadt
nicht ab wenn du nachts kommst den kopf
eines vogels und atmest nach ihr
in den kleidern der tänzerin adelheid b.
aus den kellern im angriff
dein zug war in keinem fahrplan verzeichnet
saugend die herzkranzgefäße der redner

Meine blicke aus euren gesichtern
meine handbewegung eines verkäufers
meine achtäugige gier einer vogelspinne
meine schleifspur eines zellstofftaschentuches
meine unsägliche schallplattensammlung
meine monologe im spiegel am waschbecken
meine monologe auf dem klosettbecken
meine aufenthalte in badeanstalten
mein speichel aus nektar und winter
mein tasten nach der kamera beim betreten eines zimmers
meine angst vor tabletten und ärzten und schlaf
meine blicke aus euren gesichtern im selbstlauf geronnener tage

Im flugzeug der dreifaltigkeit der rasierklinge
ich dein entlaubtes verwittertes herz
siehst du die blutigen kurven hinauf
von der haarlosen muschel zum auge
wie ich dich beschreibe die gloriole aus mandeln
um deinen entkleideten zuckenden körper
fing feuer am anderen
einer bestand aus papier
wie die bilder sich hassen im feuer
nicht dauern im wasser und alles
sich gleicht zwischen ihnen

Wie wir immerfort häßlich gewesen
sind liebste und hatten nie
was wir brauchten zur zeit immer später
zu legen beginne schäumendes meer
siehst du mich deinen bräutigam
bernsteingeschmückt ein rivale der götter
schwer das gesicht an die salzsäule neigend

Einer verbrannte sich
einer wird nichts mehr

Er saß nächtelang zwischen gestürzten kometen tausend
kleine gelbe fliegen schwebten nach und nach
aus seinem mund in den gläsern
noch schamhaar und asche aus tagen
da er die brille mit klopapier abwischte eh er sich setzte
wenn dieses jahr und jahrhunderte die karawane
eine der städte verläßt wo er hauste
läg er nicht ohne gewalt auf den autofriedhöfen
der anderen oder in kaltem schweiß oder das laken
geschnürt um die hüften läg er im falsett der dynamitfischer
zu füßen den medikamenten des halbmonds

Viel später dann bin ich die scheißenden affen
die männer im inneren der türme
wird in mir töten ein andrer dein schlagendes herz
brechen dann in mich drei welten ertrunkenes kind
mein gespaltener ruf mein galizischer freund
über den gesichtern
wie zu anfang

Der blick auf die unbeweglichen dinge
der weg aus der schlange gezüngelt
in blindes gewässer der überdrüssige Russe
am anderen ufer im dickicht gekrümmter finger
die ununterbrochene liebe
zu dir hydra
leer wie mein grab

STOP

Nach einer kurzen Pause schaute Tyturel der nervös wartenden Nonne in die Augen: „Dies erhöht seinen Tod im Nachhinein. Wir haben uns dieses Menschen bedient, aber wir haben nur seine Chiffre gekannt, die hieß - Chauffeur. Er hat uns gedient bis in den Tod, obwohl er das sicherlich nicht gewollt hat. Trotzdem möchte ich sein Schicksal als Anlaß nehmen, die Bestimmung unseres Projektes nochmals festzuschreiben. Wir wollen hier nicht über Gut und Böse verhandeln und wer Chauffeur wirklich war. Wichtig, er konnte gerettet werden durch seinen Einsatz, seine Tat für das Wahre. Und so wie er, seufzt die ganze Schöpfung nach Entbindung. Doch wir können in dieser Welt keine Freiheit haben, ohne das, was diese Moral nennt. Und wir können keine Moral haben, ohne die Knechtschaft des Teiles der Menschen, die da hassen, was Moral genannt wird. Wir kennen jedoch nicht nur einen geistigen Weg aus diesem Dilemma, wir halten die materiellen Möglichkeiten in Händen, um das Gute zu seinem irdischen Triumph zu führen. Wie Christus einst stellvertretend am Kreuz die Menschen erlöste, so können wir nun die echte, die materielle Wiederkunft des Messias vollführen. Doch ohne Selbstgerechtigkeit. Denn die Selbstgerechtigkeit, die Gott zu dienen meint, ist des Satans.

Chauffeur hat uns dieses wunderschöne Poem hinterlassen, reine Kunst, gereinigter Geist. Denn wenn das Jüngste Gericht etwas ist, dann auch die Überwindung schlechter Kunst und überflüssiger Wissenschaft. Geistige Dinge allein sind wirklich. Das Ende der Täuschung besteht darin, anzuerkennen, daß Irrtum geschaffen wird, während Wahrheit ewig ist. Und zwar aus sich selbst heraus. Und in diesem Sinne war unser Söldner ein Chauffeur der Ewigen Wahrheit. Seine Selbstbenennung war Selbstbestimmung in unserer Mission. In seinem Gedicht ist er zu ihr vorgedrungen, also zu uns."

Die Nonne hatte ihren Blick die ganze Zeit gesenkt gehalten. Als Tyturel nun schwieg, erhob sie ihr Antlitz und sagte leise, fast stokkend: „Das Gedicht stammt nicht von Chauffeur. Dieser Perce á Val hat es vor vielen Jahren geschrieben und Chauffeur zugeeignet, als sie noch Partner waren und gemeinsam eine lebensgefährliche Operation ausführten."

„Ahja", antwortete der Alte nach einer geraumen Weile, „dieser also schreibt Gedichte", wobei er das *dieser* eigenartig betonte. Seine Augen verengten sich plötzlich, als wäre er geblendet.

„Ja dieser", bestätigte die Nonne.

„Als ich vorhin darauf wartete, daß die Sonne aufgehen möge, fragte ich mich, wie geht das denn? Kommt die Sonne zu mir, geht sie vor mir, für mich auf? Oder komme ich ihr mit der Drehung der Erde entgegen, bewege mich zu ihr, gehe ich auf vor ihr? Beides ist leere Schale. Ebenso ist die Luft wohl ein Nichts, aber ich lebe keine fünf Minuten ohne sie. Ist die Luft also göttlich oder ist das Göttliche die Luft? Beides ist leere Schale. Das Geheimnis ist das Universums selbst und umgekehrt: das Selbst ist das Universum. Wissen Sie was selbst Einstein, dieser genial Irrende, auf die Frage antwortete, was die wichtigste Frage sei, die die Menschheit betrifft?" und da die Nonne schwieg, fuhr er fort: „Ist dieses Universum ein freundlicher Ort!?"

Hier schwieg der Alte wieder eine Weile und blickte wie suchend auf die immer stärker schwellende Rötung am Horizont. Dann sprach er erneut: „Die Wissenschaft glaubt, wenn die Formel gefunden ist und sie restlos aufgeht, dann haben sie den Beweis der Wahrheit. So galt das geozentrische Weltbild über Jahrhunderte als wahr, weil die Positionen der Planeten sich damit berechnen ließen. Aber wahr war es deswegen mitnichten. Die Newtonsche Mechanik galt in seiner Analogie auf die Planetenbewegung ebenfalls mehr als hundert Jahre als unumstößliches Dogma, bis Einstein seine Relativität in diese schöne Formel faßte, die allerdings keinerlei Bedeutung für das Leben der Materialisten hat. Einstein selbst verwies in dem Zitat darauf, daß dieses Universum emphatisch ist, und dies kann nur uns Menschen meinen, denn ausschließlich wir können das als solches reflektieren. Deshalb ist die einzige Frage: wovon ist diese Emphatie abhängig; mithin: kann man diese beeinflussen? Und das können wir - seit kurzem, wie sie wissen, meine Teuerste."

War da nicht schon eine Spur der Sonne zu erkennen? Der Vorsteher blickte angestrengt nach Osten. Doch dann wandte er sich mit einem entschlossenem Ruck erneut an die Nonne: „Teure Schwester, sagen Sie mir, inwieweit haben wir diesen Perce á Val unter Kontrolle. Ich möchte nicht, daß es so kurz vor dem Ziel Überraschungen gibt."

„Ehrwürdiger, Sie können versichert sein, daß nichts geschehen kann, was nicht geschehen soll."

„Das klingt ja wie ein Orakelspruch?!"

„Der Wille des Herrn ist das Oberste Gebot und Sie sind Sachwalter dieses göttlichen Willens. In diesem Sinne sind alle Wege bereitet."

Die Hände des Alten waren in seinem Schoß für einen Augenblick in Bewegung geraten. Als wollten sie eine Geste vollführen, hoben sie sich beide aus den Falten des schwarzen Kleides, wie in einem Bedauern. Aber es blieb bei dieser schwer entschlüsselbaren Andeutung. Tyturel lächelte, wie um zu signalisieren, daß die kurze Unterredung beendet war: „Omne vivum e vivo", und die Bewegung seiner Hände floß in das Segenszeichen über die Nonne, die sich nach einer leichten Verbeugung entfernte.

Er war gerade dabei, seine neu gedruckten Visitenkarten in den dafür vorgesehenen Halter auf seinem neuen Schreibtisch, nunmehr im 1. Stock der Geschäftsbank, zu plazieren, als das Telefon klingelte. Es war intern, von unten, Schalter 3, unterdrückte Frauenstimme: „Sorry, falls ich beim Büroeinrichten störe, Herr Gauvain, aber da ist eine ziemlich nervige Kundin, die sofort eine Finanzierung haben will. Unser Finanzierungsspezialist, der Herr Siegel, ist momentan in einem Kundengespräch... Ich glaube, hier ist etwas Fingerspitzengefühl nötig... Darf ich sie Ihnen raufschicken? Ins neue Büro? Ich hoffe, Sie haben die Radiergummi schon ausgepackt."

„Geht so, die Grünpflanzen kommen erst morgen. Na gut, dann mal hoch mit der Tante", nuschelte Gauvain ins Telefon und ließ sich mißmutig in den neuen, quietschenden Chefsessel fallen.

Wenig später klopfte es an seiner Tür und eine Frau Mitte Sechzig wieselte herein. Nachdem sie im Mantel auf dem dargebotenen Stuhl Platz genommen hatte, buchstabierte Sie den Namen auf der überreichten Visitenkarte nochmals und las dann halblaut darunter „Leiter Wertpapierabteilung".

„Nungut, ich möchte allerdings keine Wertpapiere von Ihnen, sondern einen Kredit", leitete sie ein. Er fragte sie rasch nach ihrem Namen.

„Ilse Uhse", stellte sie sich vor. Während sie weiter redete, gab er den Namen in den Computer ein. Er sah: ehemalige Sanitätsrätin aus dem Osten, in Pension, dürftige Überweisungen, Witwe, hat am Schalter mal ´nen Bausparvertrag bekommen, nix großes, läuft noch ewig, Sparbuch mit unbedeutender Summe... Eigentlich ist die Sache bereits gelaufen, dachte Gauvain, als er den Blick wieder hob und der Frau ins vergrämte Angesicht blicken mußte.

„Wofür möchten Sie das Geld nochmal haben?" fragte er und dachte bei sich, daß man Oma doch nicht mal mehr ´ne Langspielplatte schenken würde, geschweige denn das Geld fremder Leute anvertrauen.

„Die Sache ist von enormer Wichtigkeit, wie ich bereits sagte. Ich brauche das Geld um mir die nötige technische Ausrüstung für einen Internetauftritt zu kaufen."

„Wie bitte? Wo möchten Sie auftreten?“ entfuhr es Gauvain.

„Internet. Eine eigene Webseite oder Hompetsch oder wie das heißt.“

„Ahhhja! Und wieviel, meinen Sie, kostet sowas round about?“

„Keine Ahnung. Ich müßte sicherlich noch eine Schulung machen. Vielleicht an der Volkshochschule? Was meinen Sie?“

„Tolle Idee. Machen Sie doch am besten erst mal den Kurs, dann haben Sie konkrete Zahlen und dann kann unser Spezialist die Dinge in Ruhe kalkulieren.“

„Nein, das geht nicht. Die Dinge dulden keinen Aufschub. An Zahlen soll es nicht scheitern, geben Sie mir einfach Tausend mehr, das kann nie schaden.“

„Möchten Sie nicht lieber bei einer Laienspielgruppe mitwirken, da kann man auch ganz unkompliziert Gleichgesinnte kennenlernen.“

„Junger Mann, Sie mißverstehen mich. Ich will keine Kontaktanzeigen in die Welt schicken, ich muß die Welt warnen. Ich habe die sichere Information, daß gewisse Herrschaften seit Neuestem in der Lage sind, den Biochip technisch zu reproduzieren, was bedeutet, daß man ihn bald in Serie fertigen könnte. Das wäre das Ende des Menschseins.“

„Nicht so hastig mit den jungen Pferden, Frau Sanitätsrätin, wovon reden Sie?“

„Darf ich auf Ihre absolute Verschwiegenheit zählen, Herr...Herr Gawan?“

„Selbstverständlich“, unterbrach er eilfertig, „in meinem Beruf bin ich verpflichtet...“

„Lassen Sie das. Ich meine es ernst. Es ist in ihrem eigenen Interesse.“ Sie blickte sich instinktiv im Raum um, „Sie sind noch nicht lange in diesem Büro?“

„Offengestanden ist es mein erster Tag hier. Ab morgen bin ich...“

„Wer war vorher hier drin?“

„Niemand direkt. Die Stelle wurde neu geschaffen. Vorher war es ein Schulungsraum. Aber warum...“

„Sehr gut. Das klingt sehr gut." Sie entspannte sich etwas, nahm ihre Handtasche von den Knien und stellte sie neben sich. „Sie müssen verstehen, daß ich nicht um meinetwillen um das Geld bitte. Es ist als Voraussetzung nötig, um gewissen Herrschaften in die Suppe zu spucken."

„Offengestanden muß ich Ihnen da leider..."

„Warten Sie. Sie haben ein ehrliches Gesicht. Wenn Sie mir versprechen, das folgende für sich zu behalten, werde ich Ihnen ein paar Dinge darlegen, dann können Sie das Gewicht Ihrer Entscheidung besser bemessen.

Mein Mann war Mitglied der Akademie der Wissenschaften der DDR. Er war Physiker, Spezialist für Elektromagnetismus. Er hatte in den 60er Jahren einen speziellen Forschungsauftrag. Es ging um die Weiterentwicklung der Theorien Tesla´s zur elektromagnetischen Stimulanz von Hirnaktivitäten. Als Ärztin war ich partiell an dem Projekt beteiligt. Aus diesem Anlaß waren wir beide für einige Jahre in der Sowjetunion. Ich weiß, daß ab Mitte der 70er Jahre Versuche mit Unbeteiligten unternommen wurden. In Wohnungen bestimmter Personen wurden von der Nachbarwohnung aus, vom Dachboden darüber oder dem Keller darunter, in machen Fällen sogar über größere Distanz, Wellen erzeugt, die in ihrer speziellen Länge auf das vegetative Nervensystem einwirkten, also Apathie, Antriebslosigkeit, Übelkeit, Herzbeschwerden, Gleichgewichtsstörungen und Atemnot hervorrufen konnten, je nach Bedarf. Aber das war Kinderkram im Vergleich zu der Sache mit den Biochips. Wenn diese implantiert werden, wird der menschliche Körper reduziert auf eine Hülle, in der ein fremder, ein fernprogrammierter Geist sein Bewußtsein entfaltet. Ich habe die sichere Information, daß die jetzt soweit sind, daß die Programme sich eigenaktiv selbst reproduzieren können. Dann wären die nicht mehr zu stoppen."

„Wer sind: die? Wovon reden Sie überhaupt? Und woher haben Sie diese Informationen?"

„Ich habe noch meine alten Verbindungen, junger Mann. Ich rede von Moskau, ich rede vom unsterblichen Geiste Lenins. Verstehen Sie jetzt?! Sie müssen mir helfen. Leihen Sie mir dieses Geld. Es geht schließlich um die Errettung der Menschheit. Ich bin die einzige, die das verhindern kann!"

„Die einzige, soso. Ich persönlich würde Sie bei einer solch wichtigen Aufgabe sehr gern unterstützen, aber Sie müssen verstehen, daß es im Kreditwesen bestimmte verbindliche Vorschriften gibt. Darüber kann ich mich leider nicht hinwegsetzen."

„Sie haben mir nicht wirklich zugehört, Herr....Herr...Gawan?!"

„Gauvain! Bitte verstehen Sie mich richtig, es geht überhaupt nicht darum, ob ich Ihren Darlegungen Glauben schenke oder nicht, als fragliche Kreditnehmerin fallen Sie einfach durchs Bewertungsraster. Das ist eine Frage des Ausfallrisikos."

„Ahja, Ausfallrisiko. Könnte sein, daß ich demnächst ausfalle. Vielleicht machen Sie sich ein Häkchen in Ihrem Computer hinter meinen Namen, dann können Sie im Nachhinein meine Glaubwürdigkeit besser beurteilen und sich schämen."

„Nochmals, Frau Sanitätsrätin, es geht nicht darum was ich glaube, es geht um Bonität. Können Sie sich nicht von Freunden das Geld leihen? Es geht ja schließlich nicht um Unsummen."

Hier lachte die Frau bitter auf, schüttelte den Kopf, erhob sich ruckartig und verließ grußlos das Büro.

Als die Sanitätsrätin die Bank verließ, stieß sie im Eingang leicht mit einem sportlichen Mann mittleren Alters zusammen. Sie spürte dabei einen leichten Stich am Arm, als hätte der scharfe Schnabel eines Vogels sie getroffen.

„Entschuldigung", murmelte der Mann höflich, und erst als er sich abwandte, registrierte sie, daß sie dieses Gesicht bereits beim Verlassen ihrer Wohnung bemerkt hatte. Ihre Augen weiteten sich plötzlich in großer Verwunderung wie die eines Tieres, das den Tod erfährt, der ihm vorab nicht denkbar war. Drei Tropfen Blut fielen aus dem Ärmel ihres Mantels auf den schneeweißen Marmor des Portals wie aus dem Gefieder einer geschlagenen Gans.

Perce á Val war noch immer in der kleinen südfranzösischen Küstenstadt. Allerdings hatte er das Hotel verlassen. Er wohnte jetzt in einer unauffälligen kleinen Pension in schlechter Lage, also nicht in Strandnähe und ohne Blick auf den Boulevard. Aber genau das war es, was er suchte. Sein Zimmer lag nach hinten heraus und hatte einen guten Blick über den unbebauten Hang, der hinter dem Haus leicht anstieg. Perce á Val verbrachte die letzten Stunden in eigenartiger Agonie. Es war, als würde seine Entscheidungskraft irgendwie gelähmt, als säße mitten in seinem Hirn ein anderes Bewußtsein, daß mit dem ursprünglichen ringen würde. Dieses fremde, neue Sein in ihm schien sich mit bestimmten alten Denkstrukturen verbünden zu wollen. Er fühlte immer wieder in sich ein Drängen nach philosophisch-poetischen Meditationen. Metaphysische Sinnfragen bohrten in Perce á Val, nahmen ihm seine Entschlußkraft. Perce á Val fühlte sich, als wäre er ständig zwischen zwei Kraftpolen hin und her gerissen. Diese plötzlichen Zweifel, diese Selbstbegutachtungen, dieses euphorische Schwärmen, beunruhigte den anderen, den präzisen, effektiv gesteuerten Perce á Val. Das Resultat lag in der Mitte, also Null. Perce á Val war zu keiner Aktion fähig. Er lag die meiste Zeit im Bett, starrte in die karge Landschaft hinter dem kleinen Fenster und deutete die Wolkengrimassen. Er ließ sich Essen aufs Zimmer bringen, duschte nicht, rauchte Zigarren im Bett. Hin und wieder drängte etwas in ihm zu Manifestation, zu Offenbarung. Dann griff er nach seinem Notizbüchlein auf dem wackeligen Nachttisch und kritzelte hastig ein Gedicht.

Der Wirt war ein unsympathischer, serviler Mensch mit einem schwarzen Schnauzbart, Sacknase und Mitte Fünfzig. Er war hochgewachsen und dürr, trug immer eine leicht schmuddelige Schürze um die Hüfte, die ihm bis über die Knie reichte. Er war einer von der Sorte, der seit Jahrzehnten einer Tätigkeit nachging und nun einen unangenehmen Eifer in sein Tun legte, um die Wichtigkeit seiner Person daraus ableiten zu können. Er hatte ein Gespür entwickelt, das einem tierischen Instinkt nahekam. Wenn er die Zimmer säuberte, konnte er am Abrieb der Seife, am hingeworfenen oder hingehängten Handtuch auf den Gemütszustand seines Gastes schließen. Obwohl er nicht in den persönlichen Sachen schnüffelte, hatte er eine seltsame Präzision für Herkunft und Lebensumstände seiner Pensionsgäste entwickelt. Er konnte genau erkennen, ob jemand von einem ausgedehnten Essen aus einem Restaurant zurückkehrte oder von ziellosem Umherstreunen und Fastfood-Essen.

Und deshalb hatte der Wirt Sorgen. Denn mit Perce á Val als Gast konnte er einfach nichts anfangen. Das beunruhigte ihn. Zwar bekam er immer reichlich Trinkgeld, aber das war es nicht wirklich. Es wollte ihm nicht gelingen, diesen Gast zu klassifizieren. Er litt deshalb die absurdesten Seelenqualen. Grelle Phantasien beschäftigten sein fernsehbuntes Hirn. Er versuchte, kleine Fallen zu erfinden, um klarere Aussagen in das Kreuzwortraster seines Vorstellungsvermögens einfügen zu können. Doch bisher scheiterte er an der kühlen Reserviertheit seines Gastes. Der Wirt wand sich deshalb immer stärker im selbstverzehrendem Feuer einer Deutung, eines Ergebnisses, einer Entdeckung von Geheimnis, von Verborgenem, von Intimität, oder irgend etwas. So wuselte er im Trüben, war in seinen Erklärungskonstrukten verstrickt und hatte somit seine Aufgabe für den nächsten Tag.

Perce á Val fühlte die klebrige Umsorgtheit des Wirtes. Am Anfang hatte sie ihn belustigt, später bedrängt. Natürlich waren seine persönlichen Dinge in einem Hotelzimmer stets soweit reduziert, daß keinerlei Rückschlüsse möglich waren. Er war lediglich Tourist. Normalerweise hätte er die Pension schon wieder gewechselt, aber diesmal fühlte Perce á Val, daß es überflüssig wäre. Um sicherzugehen, wieweit der Eifer seines Vermieters gehen würde, hatte Perce á Val die altbekannten Tricks installiert. Doch als sich herausstellte, daß der Wirt seine persönlichen Dinge nicht anrührte, war er zufrieden und hatte sich mit der Stimmung des Kauzes arrangiert.

Perce á Val hatte sich gegen Mittag aufgerafft und saß nun zurückgelehnt im Sessel eines kleinen Cafés am Hafen. Er hatte bereits den dritten Pernod bestellt und genoß eine Zigarre. Es wurde schnell kühl, sobald die Sonne am Nachmittag schwächer schien. Perce á Val hatte also beschlossen, die innere Wärmeregelung etwas hochzufahren. „Ist wie Sitzheizung“, resümierte er und kippte gegen seine Gewohnheit den Rest des Pernods reichlich unverdünnt hinunter und schmunzelte stillvergnügt in sich hinein, dem Anis im Gaumen nachschmeckend. Belustigt schaute er auf die vorbeifahrenden Automobile, die auf der schmalen Hauptstraße an ihm vorüberglitten. Er sah die konzentrierten Gesichter hinter den Windschutzscheiben, erkannte die geschminkten Lippen in den Gesichtern schöner Frauen; in ihrem Gewahrsam von autonomem Raum und selbstgewählter Geschwindigkeit. Stumme Lust und statisches Begehren in der bewegten Fahrgastzelle. Die Objekte wechselten rasch, wie in einem Cum-Shoot-Sampler. Perce á Val zog seinen Hut tiefer in die Stirn, so den Horizont beschneidend. Kein Sonnenrest konnte ihn mehr blenden, kein Himmel ihn mehr ablenken. Seine Aufmerksamkeit richtete sich nun auf die Beine und Füße, Hosen und Röcke, die Arten des Gehens und er sinnierte für sich die unterschiedlichen Arten des Vorankommens. Plötzlich stürzte scharf ein Schatten in Perce á Vals Gesichtskreis. Er riß reflexartig die Arme zur Deckung nach oben - doch Nichts!

Perce á Val blickte irritiert umher, stubbte dann den Hut mit dem linken Zeigefinger auf den Hinterkopf, seine Heiterkeit war wie weggeblasen. In seinem Kopf formulierte hart sich ein Gedanke, schwebte als Poesie in seinem Sinn. Mechanisch holte er Notizbuch und Füllfederhalter hervor und begann zu notieren:

zuck zu
sammen
am Rande
des Blickfelds manövrieren
Vögel durch
die Luft wie Steine

Perce á Val verstaute die Schreibutensilien wieder, korrigierte den Sitz seines Hutes, nahm den Rest der Zigarre aus dem Mundwinkel, betrachtete die rötlich schimmernde Scheibe der Sonne im stahlblau des Himmels, als diese vor seinen Augen plötzlich niederwallte wie ein schwerer Samtvorhang. Beim Aufschlag zuckte jäh der Horizont, und dann sah er die Sprengung des entweihten Tempels, in wolkendem Staubpilz die atomare Auferstehung des Christus. Dann folgte das

Bersten, Zerbrocken, Zerstücken - das Zerreißen des Vorhanges. Dann Entmauerung. Und all dies sah er wie ein mit abgedrehtem Ton laufendes TV-Programm. Die Menschen rings verharrten lautlos hingegeben in vollendeter Verzückung ob dieses Schauspiels. In ihrer Mitte bog ein blondes Weib ihren knabenhaften Körper, unzüchtig spitzten sich Münder, Leiber schnellten umher, wurden von brüllendem Gelächter gemöbelt, ganzem Gelächter, das aufgellte, sich schüttelte und alles überdeckend niederwuchtete. Oh dieses Sturmgelach, sich rankendes, frenetisches Lachtoben - oh Frau Welt, ich hab von Dir getrunken. Und alles ist Rhythmus, gleitendes Strömen, Stöhnen, Röcheln im nebeligen Dunst des Styx, die frisch geöffneten, noch lebendigen Leiber. Rot zuckendes Fleisch, heiße Innereien, blutnaß - darin muß er baden, mein stolzer Schwan, immerzu, tief, tiefer in den grunzenden Leib, oh Wonne, oh Wunde, oh Winden, oh heiliger Rausch ... Wir ... Kommen um zu töten ... Töten um zu kommen...

„...oder hatten Sie keinen Pernod bestellt?". Der Kellner stand vor Perce á Val und hielt unentschlossen das Tablett in halber Höhe, die Hand am Glas, mit fragender Miene.

„Doch, doch, stellen Sie ab. Ach, und wo ist hier die Toilette?"

„Den Gang hinter, dann links, die Eisentreppe hinauf und dann hinter dem Vorhang die rechte Tür."

„Danke." Perce á Val stand auf, ging den beschriebenen Weg, fand die Toilette, suchte sich das am wenigsten überpisste Becken aus, stellte sich davor und bemühte sich, die Konzentration seiner Sinne von den Geruchsnerven abzulenken. Er schaute also intensiv auf die weißen Kacheln vor sich, folgte der Struktur der grauen Fugen, erdachte sich Muster, nahm die Reflexe des Neonlichts auf den glatten Fliesen wahr. Doch da sah er eine Gestalt. Halb Vogel, halb Mensch trat es in den diffusen Spiegel wie aus einer Tür hinter ihm. Perce á Val stürzt reflexartig abduckend zum Ausgang. Doch der Versuch, heraus zu gelangen, mißlingt. Er verfehlt das richtige Stockwerk, verliert sich auf einem langen Gang, entdeckt endlich das eiserne Geländer wieder, geht darauf zu, als plötzlich ein strumpfgesichtiger Mann die Treppe hinaufkommt und sich ihm bedrohlich nähert. Ein Blick in den Gang zurück zeigt einen zweiten solchen Mann, der ebenfalls langsam auf ihn zukommt. Kein Entrinnen. Hilflos bleibt Perce á Val stehen, schaut von einem zum anderen, ist wie gelähmt, alle Kräfte scheinen in verlassen zu haben. Mit stämmigem Schritt kommen die beiden auf ihn zu und reißen ihm mit geübtem Griff die Arme auf den Rücken. Perce á Val wird mit einem Fahrstuhl nach Oben gebracht, in ein leeres Zimmer geschleppt und mit Stricken an einen Stuhl gefesselt. Ein alter Mann in mittelalterlicher schwarzer Kleidung mit rotem Kragen erscheint in der Tür und spricht auf die beiden Männer ein. Perce á Val kann erkennen, daß der Alte krank ist, die Unterschenkel sind von schwärenden Wunden übersät. Der mumienhafte Alte macht nur ganz sparsame Bewegungen. Die Männer flüstern dem Alten etwas ins Ohr. Perce á Val erkennt seine Möglichkeit. Er spürt plötzlich, wie alle Kraft in seinen Körper zurückströmt. Es gelingt ihm, sich mit dem Stuhl aufzurichten und sich so mit aller Gewalt gegen die Wand zu werfen. Das Holz des Stuhles geht zu Bruch und die Fesseln gleiten herunter. Perce á Val greift sich ein Stuhlbein und schlägt es den Männern, die auf ihn zueilen mit voller Wucht gegen die Köpfe. Der Alte hat kreischend einen Alarmkopf an der Tür betätigt. Perce á Val stürzt auf ihn zu, stößt ihn zur Seite und rennt nach draußen. Er rast einen langen Flur entlang, am Fahrstuhl vorbei und die Treppe hinunter. Er klammert sich an das Eisengeländer und vollführt große Sprünge. Die Treppe endet. Perce á Val befindet sich jetzt im Keller des Hauses. Er stürzt einfach weiter die Gänge entlang. In Regalen, die bis an die Gewölbedecke reichen, befinden sich Reagenzen mit Hirnen und abgetrennten Körperteilen. Auf dem Boden des Kellergangs liegen Haufen von blutigem Operationsgerät, bespritzte Arztkittel, aufgeschlitzte Bettinlets, mehr und mehr verstellen diese Sachen Perce á Val den Weg. Er vernimmt von Ferne die Rufe mehrerer Männer. Perce á Val eilt weiter und gelangt in eine Art Großküche. Dort wischen gerade grünbekittelte Schwestern den gekachelten Boden. Perce á Val ergreift einen herumstehenden Schrubber und eilt wischend zwischen den Frauen hindurch. Am Ende des Raumes entdeckt er eine Durchreichluke. Er klettert hinauf und gelangt ins Freie. Er steht nun in einem Innenhof, der von hohen Mauern umgeben ist. Schon hört er wieder die Stimmen der Verfolger. Aus einem Fenster haben sie ihn erspäht. Unschlüssig wendet sich Perce á Val nach allen Seiten, sucht fieberhaft nach einer Fluchtmöglichkeit.

„Die Prostata, stimmts?!“ Perce á Val fuhr zusammen und aus den Kacheln zurück. Ein dicklicher Kerl mit Siegelring und schlecht sitzendem Toupet stand neben ihm vor einem Pissbecken und war gerade dabei, seinen Schwanz wieder zu verstauen.

„Bei einem Onkel von mir schlägt der Pernod auch immer auf die Prostata“, verkündete er triumphierend.

Es war Nacht. Perce á Val lag auf der durchgelegenen Matratze in seiner Pension und schlief. Er schlief unruhig, wälzte sich hin und her. Das Fenster war geöffnet, die zugezogenen Gardinen wehten leicht und gaben unregelmäßig den gleißenden Strahl eines besonders hell erscheinenden Sternes frei, der sich ruckartig über die Gestalt des Schlafenden ergoß.

Plötzlich schreckt Perce á Val hoch. Ihm ist, als vernehme er den Nachall einer Stimme. Es spricht wieder zu ihm. Ganz deutlich stehen ihm Worte und Silben im Gedächtnis. Rasch tastet er nach dem Nachtschrank, es ist im Zimmer hell genug. Ohne die Brille aufzusetzen, kritzelt er im Mondschein in sein Notizbuch, wie nach Diktat:

Mondes volle Salbe glänzt
kühl auf mein Gesicht wie
Nägel kreischend an dem Glas
des Fensters - fest verschlossen
Blutleere Lippen Fremdes zischen
Augäpfel steil hinaufgedreht in
den Pupillen grellweiß Süchte
abgrundtiefer Krater monden.

Perce á Val läßt den Federhalter sinken. Langsam findet sein Blick ins Zimmer zurück, findet Halt an den unregelmäßigen Punkten der Tapete, orientiert sich, beobachtet, wie seine Finger die Hülle auf den Federhalter schrauben. Er atmet schwer, schaut zum Fenster. Der Mond scheint tatsächlich sehr hell am wolkenlosen Nachthimmel.

Doch da bemerkt Perce á Val diesen komischen Stern, den er an der Stelle noch nie wahrgenommen hat. Er setzt sich auf die Bettkante, er steht auf. Wie auf Befehl beginnt er mechanisch, sich anzukleiden. Mit traumwandlerischer Sicherheit gleitet er in seine Sachen und verläßt leise das Zimmer.

Er geht wenige hundert Meter die Straße hinab, tritt um eine Ecke auf die Hauptstraße, und das ungewöhnliche Sternenlicht trifft ihn mit voller Wucht von vorne. Perce á Val taumelt auf die Sitzbank einer Bushaltestelle zu. Er setzt sich nieder und starrt ungläubig in den Sternenhimmel mit dieser unsäglich hellen Macht. Er ist wie von magischen Kräften gebannt, wie somnambul und verliert jegliche Kontrolle.

Grell und immer gleißender erblüht vor ihm Licht. Es sind Scheinwerfer, die Lichtkegel des Nachtbuses, der direkt vor ihm anhält. Auf dem hell leuchtendem Busschild steht „Montesalvat". Wie selbstverständlich steigt Perce á Val in den Omnibus, setzt sich gleich in die erste Sitzreihe, rechts hinter dem Fahrer. Schwach kann er registrieren, daß der Bus ortsauswärts fährt. Die elektrische Straßenbeleuchtung hört bald auf. Perce á Val verfolgt gebannt, wie die Lichtfinger der Scheinwerfer ins Dunkel greifen, es hart spalten in Links und Rechts, Oben und Unten, Innen und Außen, Jetzt und Vorbei. Die Mitte ist ein unterbrochen weißes Band, was wie gegen die Windschutzscheibe geworfen wirkt. Die Stationen liegen mittlerweile weit auseinander, es gibt keine Passagiere mehr, die aus- oder zusteigen. Der Omnibus fährt deshalb mit hoher Geschwindigkeit durch eine unbeleuchtete Ortschaft. Doch plötzlich geht alles in Zeitlupe. Perce á Val nimmt wahr, wie aus einer dunklen Toreinfahrt von Rechts ein kleines Mädchen in ärmellosem geblümten Sommerkleid auf seinem Kinderfahrrad vor den Bus geradelt kommt, langsam, weihevoll, wie bei einer Prozession. Hält sie einen alten Pokal in Händen? Perce á Val sieht ihr weißes rundes Gesicht sich zum Autobuse wenden, ihre geweiteten Augen, sieht ihre orthopädischen Schuhe und wie sie von den Pedalen rutschen, wie der kleine Mund zu einem Schrei sich formt, das Fahrrad immer langsamer rollt. Da reißt der Fahrer das Ruder hart herum. Er schwankt, er bäumt sich, schaukelt, schleudert und schleudert und schaukelt sich immer höher ins Schleudern. Bremst. Quietscht. Und prallt voller Wucht gegen einen Lichtmast. Perce á Val hatte sich mit aller Kraft gegen die Stange vor sich gestemmt. Den Knall des Aufpralls hat er nicht gehört, er sieht nur. Sieht den Fahrer schmerzverbogen über das große Lenkrad gelegt, Blut rinnt innen an der Windschutzscheibe herab. Perce á Val will sich ihm zuwenden, fragen, wie schwer die Verletzung ist, doch wie ferngesteuert steht er auf und betätigt die Türnotöffnung. Er steigt aus und sieht, wie das kleine Mädchen mit wehenden Zöpfen behende davonradelt. Perce á Val rennt ihr hinterher. Sie ist in einen Gartenweg abgebogen. Nirgendwo Licht. Perce á Val ist stehengeblieben. Da sieht er weiter hinten etwas Helles aufblitzen, das ist ihr Kleidchen, denkt er und eilt in diese Richtung. Doch die Kleine scheint verschwunden, Perce á Val kann sie nirgends entdecken. Er geht langsamer, um seinen Atem zu beruhigen. Seine Augen suchen aufmerksam die Querwege ab. Die Gegend sieht verlassen, trostlos aus. Aufs Geratewohl biegt er in einen kleinen Weg nach Links ab. Er geht an einem halb verfaulten Zaun entlang, der einen verwilderten Garten vom Wege trennt. Er sieht eine Lücke, und wie von selbst tragen seine Schritte ihn dahin. Er betritt das Grundstück, kniehohes Gras raschelt unter seinem Tritt. Den Leuchtstern hat er im Nacken. Er kann ein kleines, flaches Gartenhaus erkennen, das wie ein Kubus wirkt. Ein alter Apfelbaum steht entlaubt zu seiner Linken, mit dicht verzweigtem Astwerk. Perce á Val hat das Haus erreicht. Eine alte Holztür hängt schief in den Angeln. Quietschend gibt sie ihm nach. Er geht hinein. Durch glaslose Fenster schrillt der Stern. Perce á Val sieht Gerümpel, Seile, eine Winde, Maurerkelle, Hammer, Zirkel, Winkelmaß und ein großer Haufen Lumpen... Eine Tür führt in ein Nebenzimmer. Es scheint leer, doch dann erkennt er den Sarg in der Ecke. Darauf steht ein kaum lesbares Wort in alten gotischen Lettern: Hyram! Perce á Val steht wie gebannt, wie vor die Stirn geschlagen, taumelt, wie benommen droht er, in den Sarg zu fallen. Doch da vernimmt er überdeutlich ein Rascheln, Pfeifen, Windgewinsel, ein Schnaufen, Poltern, Knistern überall. Die amorphen Lumpen scheinen Kontur zu bekommen, sich zu beleben, nach ihm zu greifen. Perce á Val eilt aus dem Gebäude, biegt um die Hausecke, prallt zurück und verharrt dort in jäher Erstarrung.

Vor ihm steht sie, die Regentonne. Lange betrachtet Perce á Val sie, geht an sie heran, berührt sie zart, beugt sich über sie und schaut in das glatte schimmernde Auge ihrer Wasserfläche. Deutlich erkennt er seine Umrisse in dem unbewegten Spiegel. Der Richtungsstern umkränzt sein Haupt wie mit einem Heiligenschein.

Da schlägt er zu. Er schmettert seine Faust mit Wucht mitten in ihren Kelch. Sie eruptiert. Und da, von ihrer bebenden Fläche, ihrem kristallenen Glitzern fasziniert, stößt er seinen Kopf hinein, verweilt so lange Zeit. Als er auftaucht, ringt er um Atem. Meere fluten in seinen Ohren, sein Mund schmeckt das faulige Wasser, die Nase atmet tief den schweren erdigen Geruch, dem Haar entgleiten dicke Tropfen, fallen auf sein Hemd und durchwirken es feucht. Sein Herz tobt. Noch einmal beugt sein Haupt zum Kusse sich, einem inneren Drang gehorchend. Seine Arme umspannen sie dabei, die glatt und feucht und warm ist, vom übergeschwappten Wasser des sonnigen Tages. Deutlich spürt sein Körper ihre Rundung. Perce á Val senkt den Kopf dicht über ihre geheime Öffnung. Dunkel. Schwarzer Spiegel. Mit dem Gesicht berührt er sachte die kleinen glitzernden Erhebungen ihrer tanzenden Wellen, taucht den Kopf hinein, den Hals, die Schultern folgen, der Oberkörper drängt sanft in sie, die Hüften stoßen nach - er gleitet hinein.

Mit einem Streichholz putzte Jeff sorgfältig etwas Dreck unter dem Mittelfinger seiner rechten Hand hervor, streckte sich in den Beifahrersitz des Jeeps und blickte dann hinter zu Roy, beobachtete wie der an den Geräten hantierte, wie er die Kurven und Diagramme auswertete, erneut Messungen vornahm, diese verglich, Abweichungen analysierte, kleine Korrekturen anbrachte. Roy hatte dicke Kopfhörer über den Ohren, seine Augen blickten gespannt auf einen Monitor, in dem seltsame Farbmetamorphosen vorgingen. Da spielte ein Lächeln um Roys Lippen, zufrieden nahm er die Kopfhörer ab:

„Es klappt beides, ich hab es eben ausprobiert. Ich kann verstehen was sie sagen und ich kann ihnen Impulse geben. Sie nur abzuhören, wäre ja einfach machbar gewesen. Aber die Fernsteuerung, das ist schon Hohe Schule. Ich habe ihnen das Trojanische Pferd Silicium-

Dioxid Nano von unseren Sanitätern spritzen lassen. Einwandfreie Arbeit, die dachten, sie würden einfach verbunden und bekommen eine Spritze zur Stabilisierung des Kreislaufs, hahaha. Dieses Silicium-Dioxid ist als Quarz ja bekanntlich schwingungsfähig, interagiert also mit elektromagnetischen Feldern. Die pharmazeutische Industrie mengt es seit langem in Medikamente, offiziell um die Rieselfähigkeit der Arzneimittelpulver bei seiner Verarbeitung zu verbessern. Dieses feinste Quarz kann in alle Körperstrukturen eindringen, freilich auch ins Gehirn, und dort sogar Punktmutationen bei der Zellerneuerung auslösen. Auf jeden Fall hält es sich unglaublich lange im Gewebe und kann mit unserem Stimoceiver entsprechend manipuliert werden. Tolle Sache, was unser Neurologe Dr. José Delgado da an der Yale-University gebastelt hat."

„Womit Du Dir so die Zeit vertreibst..."

„Das ist die Zukunft, Mann. Psychochirurgische Programme, um die Herde fein brav zu machen. Jeder der von der Norm abweicht, kann chirurgisch verändert werden. Ohne Blut und ohne teure Krankenhausbetten zu blockieren, ohne unterschriebenen Zettelscheiß, einfach Enter, und fertig ist das Lamm. Wenn es bockt, wird nochmal nachgelegt und es landet in der geschlossenen Psychiatrie. Is doch genial. Wir können durch diese implantierten Sensoren unsere Spezialisten rund um die Uhr beobachten und elektronisch steuern. Telemetrie, Kumpel, das ist die Zukunft."

„Was Du nicht sagst."

„Das hat sogar der Standort Deutschland begriffen. Unser Mann ist Professor für Angewandte Informatik an der Uni in Bremen und baut dort ebenfalls am Brainfuck, offiziell um Sexualstraftäter im Freigang unter Kontrolle zu haben, haha."

„Aber was ist nun mit Schütze", meinte Jeff betont nüchtern, dabei seine Fingernägel betrachtend.

Roys strahlendes Gesicht wurde kurz von einem Schatten überflogen: „Das ist halt die Scheiße. An ihn war nicht ranzukommen, er hatte keine Verletzungen. Er war ständig in Bewegung. Aber," und hier hellte sich seine Miene wieder auf, „das macht nichts. Wir haben zwei unter Kontrolle. Solange er sich nicht von Ihnen trennt, kann nichts passieren. Du, Jeff, ich sag Dir, es funktioniert ausgezeichnet. Genauso wie bei Chauffeur, den wir ja schon ganz zu Anfang rankriegten, als er besoffen in der Kneipe umkippte. Nix, keine Spuren. Er hatte keine Ahnung. Er war unser U-Boot, lange bevor er in den Zug stieg. Über ihn haben wir die Kommunikation der anderen gut steuern können, erinnerst Du Dich? Du mußt keine Bedenken haben, daß Schütze uns in irgendeiner Weise ausbüchsen könnte."

Jeff drehte sich nun ganz zu Roy herum, blickte ihm in die Augen: „Du weißt, daß der Auftrag lautete, alle drei zu infiltrieren, um jedes Risiko auszuschalten."

Roy schaute mißmutig zum Fenster hinaus:

„Ja, ja ich weiß. Aber ich sag Dir doch, die können nichts machen, ohne daß wir es mitkriegen. Wir haben sogar ihren Stoffwechsel im Bild! Die geringste Ahnung ihres Unterbewußtseins können wir ausmachen. Wir sehen, wie sie reagieren, noch bevor die selber einen klaren Gedanken im Hirn haben. Und - wir können eingreifen."

„Bei Zweien, aber nicht bei Schütze", versetzte Jeff kühl.

„Ok, was also schlägst Du vor? Wozu bist Du denn da, Du kümmerst Dich doch sowieso um nichts."

Jeff blieb gelassen: „Ich bin bei Dir, um sicherzustellen, daß keine Fehler unterlaufen."

„Sehr ehrenvolle Aufgabe, mein Lieber, sehr produktiv", Roy blickte wieder mißmutig zum Fenster hinaus.

„Sieh mal Roy, wir wollen uns nicht streiten. Aber wir müssen rauskriegen, was genau der Auftrag der Männer ist. Chauffeur ist tot. Von ihm haben wir nichts erfahren. Anscheinend wußte er nichts. Aber einer von denen muß Bescheid wissen. Er wird die Führung übernehmen, die anderen koordinieren. Wir müssen es herauskriegen. Wir können ihre Gedanken nicht lesen, aber wir können ihre Gedanken in gewisser Weise provozieren. Diese Burschen sind gut trainiert, in ihnen sind eine Menge Mentalsperren installiert. Wir müssen sie einfach dazu bringen, daß sie darüber reden, alles andere hat bisher nichts gebracht."

„Ok, ich werde es versuchen,“, tat Roy mit leichtem Schniefen kund, “aber mach mich nicht an, ich tue schließlich, was ich kann.“

„Jeder tut, was er kann“, meinte Jeff unterkühlt und schaute wieder auf seine Fingernägel. Befriedigt schnippte er das Streichholz aus dem Fenster.

„Wie weit sind sie von uns entfernt?“ fragte er.

„Ich schätze, etwa 2300 Meter.“

„Gut, fang an! Versuch, sie zum Sprechen zu bringen.“ Roy wendete sich wieder den Apparaten zu. Aus dem gut getarnt stehenden Jeep auf dem kleinen Waldweg drangen tieffrequente Schwingungen in einem wellendem Rhythmus, ähnlich wie Morsesignale, aber für das menschliche Gehör nicht wahrnehmbar.

Schütze, Johnson und Colbert liefen auf einem breiten Feldweg. Dieser führte sie durch Felder und Weideflächen, weiter hinten war Wald sichtbar. Sie wußten, daß sie irgendwann in eine Stadt kommen mußten, denn am Wegesrand verliefen Strommasten. Sie liefen stumm nebeneinander. Jeder hing seinen eigenen Gedanken nach. Ihre Schritte federten fast geräuschlos über den grasbewachsenen Boden. Hin und wieder tauchten Gegenstände am Wegesrand auf. Getränkedosen, Bonbonpapier, Eierschalen und Plastik jeglicher Art, die Relikte der Zivilisation waren überall.

Johnson als erster, in kurzer Entfernung Schütze, dann Colbert, so betraten sie endlich den dunklen Schatten des Waldes, einem Mischwald. An einigen Stellen herrschte dichtes Unterholz.

„Für diese Jahreszeit haben die Bäume noch erstaunlich viele Blätter“, sagte Colbert und schaute dabei in den Wipfel einer hohen Buche empor, als er plötzlich ein Zucken in seinem linken Arm spürte, demjenigen, der in der Schlinge lag. Fast gleichzeitig ist Johnson ruckartig stehen geblieben und massierte seinen verletzten Oberschenkel:

„Was für eine Jahreszeit meinen Sie denn? Die des Sterbens, den Herbst? Tollbunt verfaulende Blätter, ist es das, was Sie begeistert?“ versetzte er mit zusammengebissenen Zähnen.

„Ich war schon lange nicht mehr im Herbst mitten in einem Wald", entgegnete Colbert. „Meine Aufträge bezogen sich in der Regel auf Städte, hin und wieder ein paar Urlaubsorte dabei. Und früher war ich in der Legion. Da hatten wir anderes Klima, wie Sie wissen. Aber wenn Sie schon aufs Sterben anspielen wollen, Johnson, ich habe damals im Nahkampf getötet, mit dem Spaten, dem Messer, dem Gewehrkolben, mit allem, was da war, sogar mit den Zähnen, wenn keine Zeit blieb, das Magazin zu wechseln. Ich kenne die Farben des Todes wahrscheinlich etwas greller als Sie, der Sie sich im Zug rühmten, das grandiose Superhirn im Hintergrund zu sein. Dieser Wald macht mich trotzdem irgendwie melancholisch."

„Dann ist es ja gar nicht so schlecht, daß unser Weg hier durchführt und Sie sich auf die Art ihren Gefühlsstau recyclen können", meinte Johnson mürrisch.

„Johnson, Sie hatten Recht, wir sollten versuchen, die Stadt vor Einbruch der Dunkelheit zu erreichen", kam da von Schütze aus ihrer Mitte, „ich habe keine Lust, bei dieser Jahreszeit in der Wildnis zu kampieren. Wahrscheinlich bin ich nicht melancholisch genug."

„Mittlerweile denke ich, wir sollten uns auf alles gefaßt machen", gab Johnson resigniert zu bedenken.

„Was soll das heißen, auf alles gefaßt?" ein leichter Unglaube schwang in Schützes Stimme.

„Ich weiß auch nicht, ich meine..." Diese ungeschickte Redewendung blieb in der Luft hängen wie eine nasse Fahne an eisernem Mast.

In diese Stille schlug die Frage von Colbert wie eine Tonne Gußeisen: „Warum machen Sie eigentlich bei diesem Ausflug mit, Schütze?"

Schütze schwieg eine Weile. Er schien zu überlegen. Dann stieß er hörbar Atem aus und fragte: „Haben Sie schon einmal von Reinkarnation gehört?" und ohne eine Antwort abzuwarten ergänzte er, „es handelt sich dabei um eine Art Seelenwanderung."

„Na prima, die Völkerwanderung hatten wir ja schon, daran verdauen wir heute noch. Und jetzt sollen auch noch die Seelen herumwandern? Ich danke!" warf Johnson schnoddrig hin.

„Reinkarnation kennt man schon immer. Platon schrieb bereits darüber. Neulich sogar die „Prawda“. Über ein kleines Mädchen, Kundrie. Sie ist ein berühmter Fall. Nie gehört?“ Colbert und Johnson schauten sich kurz an, und während Colbert nur verneinend den Kopf schüttelte, antwortete Johnson: „Nie gehört. In der „Prawda“ lese ich nur den Immobilienteil.“

„Im Fernsehen wurde auch darüber berichtet“, insestierte Schütze. „Ich kenne sie gut, sozusagen Verwandtschaft. Es wurde wissenschaftlich bewiesen“, Schütze sprach jetzt etwas abgehackt und sein Akzent brach deutlich hervor, „diese Kundrie ist - Lenin.“ Alle waren stehen geblieben. Colbert und Johnson starrten ungläubig auf Schütze. Der hatte den Blick zu Boden geheftet und nickte verlegen vor sich hin.

„Sie scherzen“, entrang es sich Johnsons Brust.

„Was erzählen Sie da für einen Hokuspokus“, polterte Colbert hervor.

„Ich weiß, daß Sie das nicht glauben können. Aber diese Kundrie ist nicht irgendein Mädchen. Sie ist mit mir verwandt. Und gleichzeitig Lenin.“

Nach geraumer Zeit ging Johnson kopfschüttelnd weiter, Colbert schloß sich ihm an. Schütze folgte.

„Und was hat das mit Ihrem Hiersein zu tun“, fragte Colbert über die Schulter. Schütze lief weiter, mit gesenktem Blick, schaute nicht auf:

„Sie war ein kleines Mädchen, wie alle anderen auch. Und dann eines Tages war in einer Zeitung das große Foto der gesamten Familie Uljanow. In der Mitte die Mutter, daneben der Vater, darum herum die sechs Kinder. Kundrie betrachtet hingerissen den kleinen Wladimir. Ich frage sie also, wer das sei. Und sie antwortet, das bin ich. Ich deute also auf den bärtigen Vater Uljanow und frage und wer ist das? Darauf antwortet sie, das ist Papa. Verwundert deute ich auf die Geschwister. Und sie fängt an aufzuzählen: Kolja, Mitja, Anja, Sascha und - Manjascha! Sie müssen wissen, das war absolut familiär. So hat Lenin seine Schwester nur in seinen Briefen an die Mutter genannt. Das konnte Kundrie unmöglich jemand beigebracht haben.

Als sie später von den Ärzten untersucht wurde, hat sie ihnen ausführlich von der Verbannung und von der Laubhütte am finnischen Meerbusen erzählt. Sogar von den selbstgenähten Kunstlederhosen für die Entenjagd wußte sie zu berichten."

„Nun gut", meint Colbert mäßig interessiert, „hat sich also Lenin in Ihre Verwandte niedergelassen. Ein überragender Geist, eine große Persönlichkeit, wo ist das Problem?"

„Das ist es ja. Die Kinder hänseln sie andauernd und die Erwachsenen stellen blödsinnige Fragen über den Panzerwagen, über Trotzki, Stalin, sogar nach sexuellen Dingen befragt man sie. Von einer Krankenschwester aus ihrer Nervenheilanstalt wurde sie heimlich zu einer Führung durch Lenins Arbeitszimmer in den Kreml mitgeschleppt. Und als Kundrie das Zimmer betrat, ging die Wanduhr plötzlich wieder. Das gab unter den Museumsleuten ein heilloses Durcheinander. Sie wurde von dort gleich zum KGB in die Lubljanka gebracht."

Die beiden Profis schauten sich ratlos an.

„Dieser verdammte Lenin," heulte Schütze plötzlich auf, „er hält meine Familie fest umklammert. Die Bolschewisten möchten das Mädchen gern bei ihren Kundgebungen als Orakel dabeihaben. Die Kosaken drohen mit Rache für den Mord am Zaren. Die Nationalisten wollen eine jüdische Weltverschwörung entlarven. Saubande - alle miteinander. Sie nehmen meiner Familie den Frieden und treiben meine Kundrie in den Wahnsinn", schwer atmend rang Schütze um Fassung, Tränen des Zorns und der Verzweiflung in seinen Augen. Doch dann faßte er sich, schaute entschlossen auf und verkündete.

„Es gibt nur eine Lösung. Wladimir Iljitsch muß raus aus Kundries Seele. Nur so können beide Ruhe finden."

„Wie wollen Sie das denn bewerkstelligen?"

Schütze nickte mechanisch mit dem Kopf und sagte: „Natürlich, das kostet viel Geld, Dollars! Aber ich muß den Leib dieses Mädchens von diesem Lenin-Inkubus reinigen, damit sie wieder gesund werden kann. Und deshalb habe ich den Auftrag angenommen."

„Also, das hört sich sehr nach Mittelalter an. Aber bitte, wenn es Sie in unserer gemeinsamen Sache beflügelt", Johnson hob wie bedauernd die Hände.

„Ich tue es für meine Familie. Kann sein, das solche Tradition in ihren Ohren nach Mittelalter klingt, aber so ist nun einmal die russische Seele", gab Schütze bestimmt zurück.

„Jeder hat irgendeine Familie, der er verpflichtet ist", erklärte Johnson mit zweideutigem Unterton. „Wichtig ist nur, daß Sie immer Ihre Schulden bezahlen können. Die Familie, der ich verpflichtet bin, ist schlimmer als eine Bank."

„Schade, daß Sie das nicht verstehen können. Ich tue es nicht für das Geld..."

Doch Colbert unterbrach ihn: „Hören Sie auf damit, das bringt uns überhaupt nicht weiter. Wir sind nicht unterwegs, um unsere familiären Details zu erörtern... Im Kampf zählt zwar das Motiv, aber privater Eifer verblendet nur... Zuviel sentimentales Gefühl, das interessiert hier niemanden! Es geht doch um einen klaren Auftrag, oder? Über den sollten wir...wenn schon..." Schütze war abrupt stehengeblieben, nun eilte er Colbert hinterher, riß ihn an seinem gesunden Arm herum und baute sich breitbeinig auf:

„Willst Du meine Familie beleidigen?" Doch Colbert starrte nur mit einem eigenartig gläsernen Blick durch Schütze hindurch und schob sich dann an ihm vorbei. Schütze wollte ihm nachsetzen, da begann Johnson plötzlich in abwesend monotoner Tonart:

„Einst war ich nur Maulwurf und ohne Hoffnung...dann ward ich ein Ameisenbär...und die Sehnsucht erwachte in mir in Form einer langen rosa Zunge...auch einen kleinen Rüssel bekam ich..."

Schütze packte Johnson an der Schulter:

„Sie wollen mich auch verarschen, was?" Johnson blickte irritiert auf:

„Wie bitte? Nein, ich wollte nur erzählen wie ich...um des Auftrags willen...also warum..."

„Sprechen Sie ruhig weiter", kam es automatenhaft von Colbert. Johnsons Gestalt straffte sich und seine Augen wanderten musternd über die Runde. Seine Hand tastete instinktiv zu seinem Oberschenkel:

„Verzeihung, ich war wohl einen Augenblick abwesend."

„Das will ich meinen", gab Schütze unwirsch zurück.

Kein Laut, kein Vogel, die Schritte raschelten im Laub, als sie sich schweigend wieder in Bewegung setzten.

Roy nahm die Kopfhörer ab, wischte sich den Schweiß von der Stirn, schaltete resigniert die Geräte ab:

„Es nutzt nichts, Du hast es eben erlebt. Ich habe volle Welle gegeben. Sie haben zu starke Sperrprogramme verinnerlicht. Ich komme nicht an den Code. Ich kann sie nicht knacken. Sie fangen einfach an, Stuß zu reden. Die Geschichte von Schütze war ganz nett, aber das hilft uns nicht weiter. Das können wir uns später mal zunutze machen. Er ist mißtrauisch geworden, als ich bei den anderen etwas tiefer gestellt habe. Sorry, aber da ist nichts zu machen, glaub mir."

Jeff hatte die Augen zusammengekniffen und fixierte durch die Windschutzscheibe die sanft schaukelnden Zweige einer Birke:

„Du irrst Dich, Roy," sagte er, „die haben was zu verbergen, sonst hätten sie nicht so ein perfektes Immunprogramm. Spul das Band zurück, ich will es mir nochmal anhören." Verdrossen werkelte Roy am Equipment.

„Du interpretierst. Du weißt genau, wir müssen Fakten liefern. Etwas anderes wird die Kommission nicht akzeptieren bei der Tragweite dieser Operation."

„Jetzt komm Du mir mit Belehrungen. Wir müssen irgendwie andocken können, eine Assoziation, ein Gleichnis, eine Metapher, irgendwas, wo wir nachschürfen können. An irgendeinem Punkt kriegen wir jeden. Wir brauchen nur den Einstieg, nur einen verdammten Zugang..." Gegen seine Gewohnheit war Jeff heftig geworden, von der Idee besessen, die Jagd zu Ende zu bringen, die Jagd nach dem Schlüsselcode, der Essenz, dem Auftrag. Auf daß man planmäßig die Falle zuschnappen lassen konnte. Finale! Jeff fummelte sich eine neue

Zigarette aus der Schachtel. Er drückte den Anzünder in den Schacht und brummte:

„Ich will es wissen. Los. Gib die volle Tube!"

„Das könnte für diese Spezies zu viel sein", gab Roy zu bedenken. „Wir steuern hier keine Fußballfans mit nem IQ, so hoch wie die Raumtemperatur. Das könnte zu Interferenzen führen, ungewollte Resonanz, Du weißt schon."

„Egal", murrte Jeff mit dem ausgestoßenen Rauch seiner Zigarette, „wir haben keine andere Wahl."

„Gut, wie Du meinst. Aber dafür trägst du die Verantwortung. Ich sags noch mal, extra fürs Protokoll: ich als Techniker gebe zu bedenken..."

„Halt die Klappe und mach jetzt. Sonst kommen sie noch außer Reichweite", knurrte Jeff und leierte mißmutig die Fensterscheibe ein Stück nach unten.

Die späte, tiefstehende Nachmittagssonne hatte kaum noch die Kraft, durch das Blätterdach zu dringen. Es war düster geworden im Wald. Die Dunkelheit würde bald hereinbrechen. Die drei Männer eilten auf dem schmaler gewordenen Weg hintereinander voran. An der Spitze Johnson, dann Schütze und am Ende Colbert. Alle schritten rasch aus, ihr Atem ging schwer. Unvermittelt begann Colbert plötzlich im Rhythmus des Gehens zu sprechen: „Johnson, Johnson... Hören Sie mich, Johnson?"

Ohne das Johnson in seinem Lauf innehielt, gab er zurück: „Ja, ja, ja, ja", wobei er eigenartig gereizt wirkte und nach seinem Verband tastete.

Da kam es wieder von Colbert: „Schütze, hören Sie mich?"

Schütze wendete kurz den Blick zu Colbert. Der ging gleichmäßig weiter, den Blick zu Boden geheftet, als bemerkte er den Blick von Schütze gar nicht.

„Na klar", sagte Schütze und ging einfach weiter.

„Ich höre Sie...Sie hören mich...wir hören uns...", schwadronierte Colbert.

„Lauter", rief Johnson.

„Leise!" befahl Schütze.

Und Colbert flüsterte: „Es schwillt", und sein Arm in der Schlaufe schien einen großen Bogen beschreiben zu wollen.

Johnson richtet plötzlich seinen Blick nach oben und fragte pathetisch: „Wer hört mich?" Colbert antwortete sofort: „Alle. Und nun wollen wir gemeinsam..."

„Gemeinsam was...", unterbrach Schütze mürrisch.

„Einen Sprechton erspüren...", verkündete Colbert begeistert.

„Achso", meinte Schütze und seine Augen verengten sich plötzlich. Mißtrauisch blickte er um sich.

Da fing Johnson wieder an: „Was wäre denn wichtig, zu sprechtönen?"

Schütze schloß dicht zu ihm auf, beugte sich an dessen Ohr und sagt leise: „Es wäre wichtig...", doch er wurde von Colbert beiseite gedrängelt, der in seltsamem Singsang dazwischenfuhr: „Das es tööööönnt."

Schütze blieb ruckartig stehen. Die beiden gingen unbeirrt weiter, Colbert überholte Schütze, ohne ihm die geringste Aufmerksamkeit zu schenken. Colbert und Johnson gingen nun nebeneinander. Schütze setzte sich wieder in Bewegung und folgte in kurzem Abstand.

Johnson begann in schwärmerischem Ton: „Schau Dich niemals um, wenn Dich ein Engel leitet...", und Colbert ergänzte empathisch: „Wenn Du die Stätten der Sünde verläßt..."

Und so wechselten sie sich weiter ab, indem Johnson antwortete: „...die da genannt wurden Sodom und Gomhorra..."

„... denn wenn Du Dich umblickst..."

„...erstarrt Dein Weib..."

„...zu einem Zuckerhut..."

„...lebenslänglicher Lutschzwang...oh Tyturel...oh, Heiliger Gral."

„...ich wußte es, daß Du in Deiner Gnade dem Wege der Tempeleisen...“

Schütze wurde schneller, hatte Johnson erreicht, der gerade zu einer weitschweifigen Erklärung ansetzen wollte. In Schützes rechter Faust blitzte plötzlich ein Messer. Wortlos stieß er die Klinge von hinten in die Niere, verkantete leicht den Stahl beim Herausziehen. Johnson stürzte wie vom Blitz getroffen. Colbert war stehengeblieben und starrte ungläubig auf den zusammengebrochenen Körper. Seine Augen glänzten, Schweiß stand auf seiner Stirn. Er schaute von dem verröchelndem Johnson erstaunt zu Schütze. Der hob bedauernd seine Schultern:

„Tut mir leid, Colbert, aber bei Kundrie hat es auch so angefangen. Die haben irgendwas mit euch gemacht, keine Ahnung. Aber der Auftrag ist ein Geheimnis... Es darf darüber nicht geredet werden. Mitnichten!“ Noch bevor er den Satz zu Ende gesprochen hatte, war er dicht an Colbert herangetreten, legte ihm seine linke Hand beruhigend auf die Schulter mit dem verletzten Arm, zog ihn freundschaftlich an sich, packte dabei seinen Nacken und fuhr ihm mit dem Dolch durch die Halsschlagader. Rasch trat Schütze einen Schritt zurück, um nicht von dem hervorschießenden Blut besudelt zu werden. Mit einem gurgelnden Laut, sich mit beiden Händen an den Hals greifend, brach Colbert auf die Knie, dann stürzte er mit dem Oberkörper vornüber in das bunte Laub. Das letzte was noch zuckte, war sein Arm in der Schlaufe.

Hastig säuberte Schütze die Klinge an der Kleidung des Toten, dabei musterte er mißtrauisch die Umgebung. Er verstaute sein Messer, das S1 der schwedischen Fallschirmjäger aus bestem VG-10 Stahl, dann setzte er sich in Trab. In lockerem Tempo lief er zunächst den breiten Hauptweg weiter, bog aber bald in einen kleinen Seitenweg ab und verschwand im Unterholz. Eine Weile war noch das Knacken von Ästen zu hören, dann senkte sich Stille über die Leichen in der Dämmerung des Waldes.

Die Blicke von Jeff und Roy hatten den gleichen erschrockenen Ausdruck, als ein Monitor plötzlich erlosch.

„Johnson, das ist Johnson...aber...?“ Kurz darauf sahen die beiden den zweiten Monitor langsam in Grau übergleiten. Das Bild wurde noch einige Zeit von grellen Reflexen durchzuckt, dann verlosch auch da jede Zeile.

„Und das war Colbert“, resümierte Jeff.

„Scheiße, verdammte!“ Roy knallte den Joystick hin. Wütend und ratlos starrte er noch immer abwechselnd in die dunklen Spiegel der beiden Monitore, in sich die absurde Hoffnung nährend, es wäre nur eine unbedenklich kleine Störung. Die Sekunden verrannen. Das unabänderbare schien wahr zu sein. Resigniert schaltete Roy die Geräte aus.

„Das wars dann wohl“, gab er mit einem hörbaren Ausatmen von sich.

„Alle Achtung“, versetzte Jeff, „Er hat beide allegemacht. Präzise Arbeit. Keine Frage, bei welcher Einheit der mal gedient hat. Bei Johnson hat es keine 10 Sekunden gedauert und bei Colbert maximal 20.“

„So eine verfluchte Scheiße“, entfuhr es Roy. „Er hätte keine Chance gehabt, wenn unsere beiden U-Boote nicht so bedröhnt gewesen wären. Oh verdammt, wir waren so dicht dran. Beinahe hätten wir den Schlüssel gehabt.“

„Tja, hätte der Hund nicht geschissen, hätte der Bauer ´nen Hasen gehabt. Deine Konjunktive helfen uns nicht weiter. Schütze hat was mitgekriegt, ganz klar und er hat nicht lange gefackelt. Das hätte nicht passieren können, wenn alle drei infiltriert gewesen wären.“

„Jetzt bleib Du mir mit den Konjunktiven vom Leibe. Es ist Vergangenheit, ok?! Du hast es so gewollt. Ich habe meine Bedenken klar zum Ausdruck gebracht. Aber Du bist ja der große Macher, Du übernimmst ja gern mal die Verantwortung.“

„Bleib ruhig, Partner. Wir sind beide angeschissen. Da kommen wir nur gemeinsam raus.“ Beide schwiegen und vermieden es, sich anzuschauen.

„Ich meine, die beiden haben den Auftrag nicht gekannt“, meinte Roy, in dem der Techniker wieder erwacht zu sein schien.

„Abwarten, was die genauen semantischen Auswertungen hergeben. Vielleicht haben sie ja doch was brauchbares hinterlassen. Wie lange benötigst Du, um die Aufzeichnung zu kopieren?“

„Müßte relativ schnell gehen.“

„OK“, beschloß Jeff. „Ich bestell schon mal den Hubschrauber, damit das Material rasch vor die Kommission kommt.“

„Und was wird mit Schütze?“

„Im Augenblick können wir auf die konventionellen Lösungen nicht zurückgreifen. Prioritäten. Hier in der Landschaft die Verfolgung aufzunehmen, ist eh schwachsinnig. Es ist klar, daß er versuchen wird, die Stadt zu erreichen. Aber wir haben seine Idendität nicht, nicht mal ein Foto. Ich denke, wir sollten sofort nach Frankreich und uns um diesen Perce á Val kümmern.“

DIENSTAG - 2. WOCHE

Wie Blancheflor dem Perce á Val seine Abstammung verdeutlicht, um ihn damit seiner Bestimmung näher zu bringen.

Das gesamte Universum zog sich plötzlich zusammen in einen Punkt. Und dieser Punkt lag zwischen den Augenbrauen von Perce á Val. Und damit war Perce á Val zurück aus gleißendem Sausen und also auf Erden. Und also vollzog sich die Genesis wie immer erneut, und am Anfang war ihm deshalb nur wüst im Kopf und leer. Er fühlte noch immer sein Schweben, noch immer schwebte sein Geist sanft über Oberfläche. Das ist die Gnade, dachte Perce á Val verschwommen und öffnete ein Auge. Licht strahlte. Gut so, dachte sich Perce á Val, und öffnete auch das zweite Auge, es war also Tag, der Tag, Zeit war gekommen. Er rieb sich mit den Handrücken das Wasser aus den Augen, blinzelte um sich und erkannte Festes, Wände, Raum. Er war also drinnen, irgendwo, aber drinnen. Und Perce á Val sah sich um, nahm einzelne Gegenstände wahr. Ein Strauß Lilien stand dicht neben ihm. Das ist gut, dachte er, denn nur etwas Gütiges kann diese Blumen hier plaziert haben. Und nun bemerkte er, was das Licht war. Ein schmaler Lichtschein fiel durch die zugezogenen Vorhänge eines Fensters. Die Nacht war also vorüber. Doch wieviel Zeit war vergangen? Und Perce á Val begann, sich zu regen. Er fühlte, daß er unter einer Decke lag und bewegte systematisch alle Körperteile. Keine Schmerzen, gut so, dachte sich Perce á Val, ich bin also heil und ganz. Er streckte sich ein wenig und schaute an sich herab, mußte lächeln, als er das Gewimmel seiner Gliedmaßen unter der Bettdecke wahrnahm. Da stieg Perce á Val ein Geruch in die Nase. Waren das die Lilien? Erinnerung durchflutete ihn mit einem Mal. Er war in einem Garten gewesen. Was für ein Garten? Es gab da ein Haus. Und einen Stern. Und noch etwas war da gewesen: sie, die dunkle, die geheime Öffnung. Er wollte sie erkunden, er erinnerte sich. Sein Erwachen wurde ihm da als Genesis bewußt. Und daß Gott nach jedem Schöpfungsprozeß ein Resümeé zog, nach jedem Tag, nachdem also zuerst Himmel und Himmelskörper geschaffen, der Geist über den Wassern schwebte, dann Licht, dann feste Erde, dann die Pflanzen, dann den Tagesrhythmus durch Sonne und Monde, dann das Getier, bis der fünfte Tag vollendet war. Und jedes Mal betrachtete der Gott sein Werk mit Wohlgefallen und stellte fest, daß es ein Gutes wäre. Doch dann kam die Krönung, der Mensch. Und in der Genesis fehlt hier deutlich der Verweis auf das Gute. War denn der Plan schon so alt? Denn ebenso bedenklich ist, daß der Mensch zweimal geschaffen werden mußte. Beim ersten Mal beschließt Gott in Absprache mit einer zweiten Macht: Lasset *uns* Menschen machen... Und es steht geschrieben, Gott schuf den Menschen *zu* seinem Bilde, zum Bilde Gottes schuf er ihn; und schuf ihn als Mann *und* Weib. In einem? Ein Bild? Oder zwei Bilder? Weil schließlich gibt es nichts unterschiedlicheres als Mann und Weib?! Es steht jedoch deutlich: ein Bild, nämlich *sein* Bild. Und es sollte fruchtbar sein. Als Bild? Also als geistiges Wesen! Also Frucht allein im Geistigen? Diese idealen Früchte schienen jedoch nicht geeignet, sich die Erde und alles was darauf kräucht und fleucht, Untertan zu machen. Deshalb wurde der Mensch nun zum zweiten Mal geschaffen, und zwar aus dem Dreck und dem Odem Gottes, ohne sich hier der Fürsprache einer zweiten Macht zu versichern. Hier fand ergo seine Niederstauchung in die Materie statt, hierbei wurde der Sturz Adams programmiert, das Tête-à-tête um Rippe und Apfel nur folgerichtiges Scheitern, der vorgezeichnete Weg in die Verbannung, um fortan fernab des Geistigen in und um Dreck zu wühlen und dabei seinen Stoffwechsel für das Lebendige haltend. Schönen Dank auch, Schöpfer, ihr beide, ich fühle mich durchaus erschöpft...

Plötzlich fühlte Perce á Val eine Bewegung neben seinem Kopf und hörte gleichzeitig eine Stimme. Und es war dies eine weibliche Stimme und sie sagte: „Herzlich Willkommen."

Perce á Val fuhr herum und erkannte Blancheflor.

Sie lächelte mütterlich und sagte: „Wir haben uns um Sie gesorgt, aber nun ist ja alles gut. Sehr gut sogar."

Eine Ahnung durchzuckte Perce á Val, eine jähe Erkenntnis, ein Schreck. Er stellte verwundert fest, daß er sich noch immer in seinem Bett in der Pension befand und zwar nackt. Etwas war in der letzten Nacht mit ihm passiert, das fühlte er ganz deutlich. Etwas war vollkommen anders als vorher. Perce á Val blickte mißtrauisch zu dem Weib. Sie lächelte gütig. Also mußte die Sache gut stehen, für sie gut, dachte er, ob das für mich ebenfalls gut ist, wird sich zeigen: „Was ist geschehen?"

„Schwer zu sagen. Eigentlich nichts. Jedenfalls für Sie nichts. Denn nur das ist geschehen, was wahrgenommen wird, alles andere entzieht sich sowohl unserer Empfindung, als auch Beurteilung. Was möchten Sie denn wissen, von mir?" antwortete Blancheflor rätselhaft.

„Was habt Ihr mit mir gemacht?" fragte Perce á Val scharf.

„Oho, nur keine Furcht. Kann denn Wissen glücklich machen?"

„Sie können sich Ihren Sarkasmus schenken. Wo ist meine Kleidung? Warum bin ich nackt?"

„Spielen Sie hier nicht den Prüden. Sie sind nackt, weil das zweckmäßiger war. Wir taten nichts, was Ihnen schaden könnte, wir haben nur versucht, uns etwas Orientierung zu verschaffen."

„Haben Sie eine Landkarte angefertigt, oder was?"

„Perce á Val, ich bitte Sie, spielen Sie nicht den Naiven. Wir kennen Ihren Auftrag, wir kennen die Stationen Ihres Lebens, wir können Ihre Fähigkeiten beurteilen. Wenn Sie für uns nur eine gefährliche Bedrohung wären, dann wären Sie jetzt tot. Also trösten Sie sich, wir kommen mit Ihnen anders klar. Und das, denke ich, ist in Ihrem ganz leiblichen Interesse."

„Ich glaube nicht, daß Sie meine Interessen bewerten können. Also sagen Sie mir Ihre Bedingungen und dann werde ich entscheiden."

„Nicht so rasch", erwiderte Blancheflor in gebieterischem Ton. Sie erhob sich und richtete die Lilien in der Vase. Dann wandte sie sich zu Perce á Val: „Es gibt einen Punkt in Ihrer Biographie, der uns sehr interessiert. Aus der Erkenntnis über diesen Sachverhalt und seine Motive ergibt sich für uns Ihr weiterer Verwendungszweck. Über diesen Punkt können nur Sie uns aufklären, und auch nur, wenn Sie es wollen."

„Nun sagen Sie schon, was es spannendes zu ergründen gilt und dann werde ich entscheiden, ob ich Sie aufklären will", meinte Perce á Val ungehalten und schaute an die Decke. Blancheflor blickte ihn an und mußte unwillkürlich lächeln über dieses kindisch-männliche Gebärden. Er scheint einfach zu verdrängen, daß sein Leben in meiner Hand liegt. Das muß ihm äußerst unangenehm erscheinen, dachte Blancheflor und beschloß, sich diese eitle Überheblichkeit zunutze zu machen:

„Wir wissen, daß Sie in Ihrem Leben sozusagen zweimal die Seite gewechselt haben. Einmal haben Sie das Land verlassen, in dem Sie aufwuchsen, und zum Zweiten haben Sie, ich möchte einmal sagen, Ihre Profession gewechselt, man könnte sagen, andere Ideale angenommen. Sie wissen was ich meine. Wir haben uns Ihre Gedichte angesehen. Die von früher und auch die, die Sie jetzt, nach vielen Jahren, geschrieben haben. Das sind die beiden Punkte, die uns interessieren."

Perce á Val schaute Blancheflor lange prüfend in die Augen. Er versuchte, zu ergründen, worin die Falle bestand, welche Taktik sich empfahl. Der Ansatzpunkt war klar, sie suchte nach genau den psychologischen Aspekten, die eine Weiterverwendung unter neuem, gewendetem Embleme ermöglichte. Auch war Perce á Val klar, daß von dieser Tauglichkeitsprüfung sein Leben abhing. Da er nicht wußte, welche Art von Sensoren auf ihn gerichtet waren, beschloß er, die Sachen einfach so zu erzählen, wie sie waren. Es wäre nicht sinnvoll, an einer Stelle eine Unterlassung zu begehen und damit die Punktzahl zu verfehlen. Diese Geschichten waren in Perce á Vals Augen sowieso banal. Er wußte, daß die nur testen wollten, inwieweit er die Wahrheit sprach, um ihre Detektoren kalibrieren zu können.

„Stellen Sie von mir aus Ihre Fragen."

„Also gut", sagte Blancheflor mit einem befriedigtem Kopfnicken und zog den Stuhl vom Kopfende des Bettes mehr nach vorn, um Perce á Val besser beobachten zu können.

„Wir wissen, daß Sie in Südafrika geboren wurden, daß Ihr Vater bei einem Duell ums Leben kam, da in den Kreisen in denen Ihre Familie damals verkehrte, Begriffe wie Stolz und Ehre noch auf diese Art ausgetragen wurden. Ihre Mutter wollte rasch aus diesem Land, in dem sie sich nie recht wohl fühlte, verkaufte eilig sämtliche Besitztümer und nahm die nächstbeste Maschine nach Deutschland, von dem sie allerdings äußerst ungenaue Vorstellungen gehabt haben muß. Jedenfalls landete sie mit Ihnen, nach einer Odyssee über verschiedene Fluglinien, in der alten Hauptstadt Berlin. Und zwar auf dem Flughafen Schönefeld und damit im kommunistischen Teil Berlins, das kurz zuvor geteilt worden war. Stimmt das soweit?"

„Ist richtig. Ich war damals etwa 4 Jahre alt. Ich weiß bis heute nicht genau, ob meine Mutter den Flughafen bewußt ausgesucht hat oder ob es ein Zufall war, der uns in die Ostzone brachte. Jedenfalls gab es Verwandte in Thüringen und ich bin dort aufgewachsen."

„Richtig", bestätigte Blancheflor, „sie haben dort Abitur gemacht und gingen dann als Student nach Berlin. Dort fanden Sie sehr rasch Anschluß an die sogenannte Subkulturszene und haben da aktiv gewirkt! Können Sie das etwas näher beschreiben? Was taten Sie da und vor allem, warum?"

Perce á Val überlegte schnell, ob es Sinn machte, einer Nonne die tatsächlichen Zusammenhänge dieser pittoresken Künstlerassoziation im Ostberlin der 80er Jahre näherzubringen. Aber er erkannte rasch, daß es hier nicht um das Verständnis der Sache ging, sondern um sein Persönlichkeitsprofil: „Eine der Sachen, die am meisten Spaß gemacht haben, war, mit einer Trommel um den Bauch Manifeste vorzutragen. Ich nutzte einfach alle Möglichkeiten, die ein solcher Vortrag außer der Musik noch hergab. Also die Geste bis zum Wutanfall, die Stimme bis zur brüllenden Tobsucht, die Pose bis zur Entrückung. Es war ein totaler Reflex auf eine totalitäre Umwelt, die das Ich in einer Radikalität postulierte, daß einigen Leuten dabei im wahrsten Sinne des Wortes schwarz vor Augen wurde. Anarchie. Das war damals die einzige Möglichkeit für mich, diesem Druck, den ich empfand, etwas entgegenzusetzen. Das einzige, was man hatte, war das Ego, das vielfach gebeutelte, besudelte, und immer manipulierte ICH, das sich, flankiert von Meister Nadelöhr und Frau Puppendoktor Pille mit der großen, klugen Brille, durch den süßen, lauwarmen Instantbrei von Kindergarten, Schule, Hochschule hat fressen müssen."

Blancheflor hatte aufmerksam zugehört. Ihr Körper war auf dem Stuhl an seinem Bett vorgebeugt, die Hände lagen im Schoß und die Ellenbogen auf die Oberschenkel gestützt. Den Kopf zur Seite neigend fragte sie mit interessierter Stimme: „War das eine Art Unbehagen, ein Gefühl von Ausgeschlossenheit, von Fremde, was Sie bewog, dieses Land zu verlassen?"

Perce á Val war längst in seinen Erinnerungen gefangen. Zu lange hatte er nicht mehr darüber reflektiert, schon gar nicht mit jemandem darüber gesprochen. So überkam ihn seine Geschichte wie von selbst und fast automatisch fühlte er sich genötigt, die Zusammenhänge deutlicher zu beleuchten: „Ich kam an den Punkt, wo ich wußte, ich muß gehen. Es gab nur die Alternativen, entweder zum Zyniker und Alkoholiker zu werden und sich einzupassen, oder aber für irgendeinen Eierkuchen kriminalisiert zu werden. Mir war der Rückzug ins gemeinsame Lamento der privat Andersdenkenden nicht genug. Im Gegenteil, ich habe mit äußerster Vehemenz und körperlichem Einsatz versucht, etwas rüber zu bringen, was auf ganz andere Weise totalitär war. Es war nicht nur ein eitles „anders denken". Es war kraftvoll. Ich nenne es: die Poesie der Durchschlagkraft. Meine Stoßrichtung war: die Menschen zu begeistern. Die Menschen zu verführen, im Sinne von führen. Sie wissen, das ist ein schmerzhafter Prozeß, Verhaltensmuster zu ändern. Weil man den Leuten etwas wegnehmen muß: nämlich das erbärmliche Behagen beim Bauchkraulen mit der Wärmflasche. Deshalb wurde ich immer radikaler."

„Als Reflex?", fragte Blancheflor unvermittelt.

„Sicherlich als Reflex. Aber nicht im Sinne einer reflexhaften Rebellion, die auch nur die zwanghafte Reibung am anderen Pol ist. Sondern als die Kreation des Eigenen. Natürlich war der Rebell ein Teil des Charakters. Und auch die Mädchen der Szene waren nicht nur begeistert von dem, was da über sie kam, im wahrsten Sinne des Wortes."

„Das scheint Sie noch immer schwer zu begeistern", unterbrach Blancheflor säuerlich, „was mich jedoch mehr interessieren würde, ist der Schnitt, das auslösende Element, um die Fronten zu wechseln."

Perce á Val wurde hellhörig. Doch dann beschloß er, ganz biographisch, ganz ehrlich, ganz locker zu bleiben: „Diesen Cut gab es bei mir nie. Es war immer auch der Versuch, sich eigentlich anzupassen. Ich hatte in der achten Klasse den Wunsch, Matrose zu werden. Ich hatte über John Silver gelesen und einige andere Piratengeschichten. Und mir schwebte so etwas vor, wie die Freiheit der Meere. Aufgrund eines Farbunterscheidungsfehlers wurde ich zur Flotte nicht zugelassen. Also bin ich nach der zehnten Klasse noch aufs Gymnasium gegangen. Und Sie können sich vorstellen, daß es durchaus ein Unterschied ist, ob man als Vierzehnjähriger der Eliteschmiede ausgesetzt wird oder erst als Sechszehnjähriger. Natürlich bin ich dort kollidiert. Das war kein bewußter Akt, sondern das innerliche Bedürfnis, sich einzubringen. Ich war durchaus naiv, ich habe es immer wieder versucht."

Blancheflor blickte forschend in Perce á Vals Augen.

„Später auch?", fragte sie unvermittelt.

„Natürlich", sprudelte es aus Perce á Val. „Auch später. Es ist vielleicht möglich, als ein Robinson Crusoe auf einer menschenleeren Insel zu leben. Aber es ist nicht möglich, sich völlig autonom von seinem sozialen Umfeld abzukoppeln. Das verhindert der Nestwärme-effekte."

Hier machte Perce á Val eine Pause, dachte nach, und seine Stimme senkte sich, als er erinnernd fortfuhr: „Viele meiner damaligen Freunde haben sich abgeknipst, einfach die Rübe in den Gasherd gesteckt, und waren doch Menschen, die ich bewunderte. Die hatten es nicht geschafft, sich selbst soweit aufzurichten, daß sie darüber standen. Darüber stehen, machtvoll, auf der Hohen Warte; das war es, warum ich mich als Berufsoffizier freiwillig gemeldet habe. Ich dachte, dieses Land braucht eine Militärdiktatur - mit mir an der Spitze. Da war ich 16 Jahre alt", sinnierte Perce á Val, und seine Stimme bekam die alte Festigkeit wieder:

„Diese Phase hat ein halbes Jahr gedauert. So wie die Piratenphase. Aber als Poet habe ich sie durchlebt. Verstehen Sie! Ich habe es durch gehabt. Ich mußte nicht 25 Jahre lang Berufsoffizier sein und Alkoholiker, Tyrann und Sadist, um mit meinen Vorstellungen zu scheitern. Ich habe das rasend schnell durchlebt. In meiner Phantasie. Der Pirat, der Diktator, der Prediger, der Don Juan und all diese Mätzchen, die später noch hinzukamen. Ich konnte das ausleben."

Blancheflor hatte wieder diesen säuerlichen Unterton, als sie sagte: „Ich verstehe, daß es in Ihrem Leben nicht diesen bewußten Einschnitt gab, wo Sie sich sozusagen rational entschlossen, diesem Land den Rücken zu kehren. Heißt das, Sie sind einfach so herausgerutscht wie ein abgestossener Bandwurm? Was war denn mit Ihrer bewaffneten Aktion?"

Perce á Val resümierte kurz für sich, was ihn dieser Frau gegenüber so offen sein ließ. Wahrscheinlich will ich es auch ihr irgendwie geben, es ihr zeigen. Sie wäre schon eine Versuchung, beschloß er: „Es gab da zwei ermittelnde Kommissare, die eines morgens im Frühjahr ´84 bei mir an der Tür klingelten. Der eine groß, pickelig, gewaltige Brillengläser, in einem Kunstpelzmantel und Schuhgröße 47. Der andere klein, dick, Glatze und Lederjacke. Sie standen da wie Pat und Patachon, wie Dick und Doof. Sie haben mich gefragt, ob ich diese Schmierereien mit der Sprayflasche im Hausflur gemacht hätte. Natürlich war ich das nicht, und das sagte ich auch. Aber sie wollten mich wegen des Protokolls mit auf die Wache nehmen. Da meinte ich, ob man das nicht an Ort und Stelle erledigen könne. Ich bat sie rein, die beiden Knalltüten. Weil ich Mitleid hatte, so wie die dastanden. Da gingen sie spornstreichs auf meinen Schreibtisch zu. Und da lag dieser Revolver.

´Was ist denn das?´, tönten sie im Duett.

Ich sagte, ´Das ist mein Briefbeschwerer. ´

´Das ist doch ein Revolver!´

´Das ist ein Briefbeschwerer!´

´Das ist ein Revolver!´, meinten sie ermittelt zu haben. Und so war ich unversehens verhaftet. Ich hatte tierische Angst. Ich wurde in eine zentrale Polizeidienststelle gebracht. Man ging da mit mir ein paar Treppen hoch. Da gab es Milchglastüren, wo man einen Geheimcode eintippen mußte. Von innen kam gerade ein Kollegenbulle und sah auf der anderen Seite die unverkennbare Silhouette seiner beiden Kollegen. Worauf er, als sich die Tür öffnete, mit dem Finger eine Pistole nachbildete und poi poi poi machte. Darauf ich sofort zwei Rollen rückwärts, dabei meinen imaginären Revolver aus einem imaginären Halfter reißend und feuerte poi, poi, poi zurück. So fand Fingerschießerei auf dem Flur der Volkspolizei statt! Die beiden Verhafter standen wie versteinert. Auch der Schütze wirkte etwas irritiert. Also blies ich den Rauch von der Mündung, ballte die Finger wieder zur Faust und versenkte sie in der Hosentasche.

Der Verlauf der anschließenden Verhöre durch die beiden war deutlich geprägt. Die meinten, ich hätte die Mattscheibe. Allerdings hatte ich nicht nur die Waffe, sondern auch die nötige Munition. Es war übrigens nicht nur lustig, mich von Pat und Patachon verhören zu lassen. Ich war dann eine Nacht allein eingesperrt. Ich wußte, für illegalen Waffenbesitz läuft nix unter sieben Jahren Freiheitsentzug. In dieser Nacht habe ich kein Auge zugemacht. In meiner Phantasie war ich bereits sieben Jahre älter und habe das Leid in mein Herz, in meine Seele einfließen lassen. In dieser Verfassung trafen mich am Morgen dann zwei Herren vom Ministerium für Staatssicherheit. Die sagten, sie hätten für mich eine andere Möglichkeit. Verlagslektor zum Beispiel, ich wäre doch intelligent, würde mich für Literatur interessieren, oder? Es gäbe nur eine kleine Unterschrift zu leisten. Also, und das bitte ich festzuhalten: FÜR MICH ZÄHLEN DIE OPFERGESCHICHTEN NICHT! Jeder, der diesen Scheiß erzählt, daß er bei der Stasi Opfer geworden ist, daß sie ihn erpreßt haben, daß er nicht anders konnte und so weiter: DAS IST LÜGE! Ich sage, Verrat ist eine Sache des Charakters. Ein Verräter wird immer wieder verraten; und zwar jeden und alles. Das ist lediglich eine Frage des Preises. Die schämen sich nicht. Ich habe, auch angesichts dessen, daß ich 7 Jahre meines Lebens vergeigt hatte, mich nicht dazu entschließen können. Daraufhin gab man der Polizei Anweisung, bei mir die Hausdurchsuchung vorzunehmen. Mir war klar, die finden die Patronen. Natürlich durfte ich mit zur Durchsuchung, denn so stand es im Gesetz. Ich wußte, das ist meine letzte Chance. Noch hielten die mich für einen Spinner, die Bewachung war entsprechend lax, keine Handschellen.

Ich hatte damals trainiert - illegale Techniken. Wenn Sie sich in Kampfsport auskennen, dann wissen Sie, daß es Treffer gibt, die, wenn überhaupt, nur schwerbehindert überlebt werden. Ich muß gestehen, daß ich an jenem lauen Frühlingsabend sehr präzise traf. Dann hatte ich plötzlich Waffen, Autoschlüssel, Polizeifunk und den Herrn Staatsanwalt als Geisel."

Hier machte Perce á Val eine Pause. Blancheflor überlegte ein wenig, wie sie an diesem Punkt am besten überleiten konnte: „Und nun? Ist dies das Leben, wie Sie es sich wünschen?"

Erstaunt schaute Perce á Val sie an.

„Was heißt, wünschen, ich bin illegal. Mein Reich wird nie von dieser Welt sein. Und das fordert ganz bestimmte Konsequenzen. Genau der Punkt, der Sie besonders interessiert. Also fragen Sie doch nicht so scheinheiliges Zeug." Perce á Val war unversehens heftig geworden. Er war aus seinen Erinnerungen aufgetaucht und merkte, in welches Spiel, in welchen Sog, auf welchen Jahrmarkt der Eitelkeiten sie ihn gelockt hatte.

Blancheflor versuchte Perce á Val wieder zu beruhigen: „Sie meinen also, es war ein folgerichtiger Schritt für Sie, im Westen unterzutauchen und Sie hätten das auch getan, im Sinne von Konsequenz, wenn die beiden Onkels an jenem Tag nicht an ihre Tür geklopft hätten."

„Aber freilich", versetzte Perce á Val mit noch immer erhobener Stimme, „es ging nicht um den Anlaß, sondern um eine Entscheidung in der Frage von Selbstbestimmung überhaupt. Gute Freunde, die ich sehr schätzte, sind nicht in den Westen gegangen. Sie sind deshalb weder blöde noch feige gewesen. Sie waren nur an einem ganz bestimmten Punkt nicht in der Lage, für sich entsprechende Konsequenzen zu ziehen. Nämlich die der Entwurzelung, die mögliche Perspektivlosigkeit. Freiheit ist die größte Bedrohung der Menschen, überall. Und ergo kann man mit der Wahrheit leben, ohne sie zu bemerken. Wie die Menschen des Mittelalters, die am Meer wohnten. Die sahen die Schiffe in den Hafen kommen, sahen erst den Mastkorb, dann die Segel, dann den Schiffskörper; die sahen, die Welt ist rund, aber sie glaubten, sie wäre eine Scheibe. Also wurde die Wahrnehmung entsprechend zurechtgebastelt, bis das Weltbild funktionierte. Die wirkliche Banalität des Sozialismus war, daß man die Leute so billig kaufen konnte und daß sich die Liste der Verräter durch *alle* Schichten gezogen hat."

Blancheflor hatte genug gehört. Sie meinte, nun eine Entscheidung treffen zu können: „Sie werden sich also nicht billig kaufen lassen und Ideale scheinen sie nicht sehr zu schätzen", faßte sie zusammen. „Also sagen Sie mir, unter welchen Bedingungen es Ihrem Charakter möglich wäre, mit uns zu kooperieren."

Perce á Val lächelte: „Sie haben mir nicht wirklich zugehört, sonst wüßten Sie die Antwort." Perce á Val lehnte sich bequem im Bett zurück.

„Es ist Ihre Sehnsucht, Ihre tiefe innere Sehnsucht, die befriedigt werden will, stimmt´s?" versetzte sie hierauf sicher. Dann lächelte auch sie und begann plötzlich die Knöpfe ihrer Bluse zu öffnen: „Wollen Sie mich lieber ficken oder töten? Wie kann ich Ihren anmaßenden Trieb befriedigen", fragte sie kühl und riß sich die Bluse mit den letzten Knöpfen vom Leib. Perce á Val starrte überrascht auf ihre volle Brust, die sich erregt hob und senkte, hob und senkte. Er staunte über die sich langsam versteifenden Nippel und verfolgte gebannt die kleine Strecke von unten nach oben und wieder zurück, und immer wieder, immer heftiger, Heben und Senken, Heben, Senken. Er ertappte sich, ein Auge zugekniffen zu haben, als würde er auf ihr Herz zielen. Rasch und mit kräftig reißenden Bewegungen zerrte sich Blancheflor plötzlich die restlichen Kleider vom Leibe. Ihr zarter, hauchdünner Slip wurde dabei regelrecht zerfetzt. Perce á Val konnte kaum glauben, was er da sah, war zu keiner Reaktion fähig, nur Erektion. Mächtig spürte er diese unter der Bettdecke wachsen. Blancheflor drängte sich an ihn, tastete und erspürte pulsierende Härte. Weich umschlossen ihre Finger den pochenden Schwan, um seinen roten Schnabel noch deutlicher hervortreten zu lassen. Sie riß die Bettdekke weg, auf daß er sich stolz aufrichten möge. Plötzlich war ein Poltern vor Perce á Vals Zimmertür. Blancheflor sprang erschrocken auf, versuchte hastig nach ihren Kleidern zu greifen. Perce á Val packte sie und wollte sie zurück aufs Bett ziehen. Dabei taumelte sie gegen den Nachtisch, die Blumenvase kippte um, fiel auf das Bett und Blancheflor, die das Gleichgewicht verloren hatte, stürzte rückwärts in das zerbrechende Glas der Vase. Sie schrie auf vor Schmerz. Da ertönte plötzlich ein heftiges Krachen gegen die Tür. Blancheflor fiel auf dem Bett in röchelnde Zuckungen. Ein langer Splitter mußte ihr direkt in die Niere gestoßen sein. Sie drohte in Schock zu fallen und dabei innerlich zu verbluten. Das Donnern gegen die Zimmertür war heftiger geworden und mit einem splitterndem Krachen flog sie auf. Mehrere vermummte Uniformierte stürmten mit vorgehaltener Waffe den Raum. Gleichzeitig drängte sich Wirt Sacknase mit seiner obligatorischen Schürze in den Raum, fuchtelte mit seinen dürren Armen und sprudelte:

„Hab ich es nicht gesagt? Mit dem stimmt was nicht. Er hat sie umgebracht. Sie stirbt...Messieurs...sie ist tot!“

Der Einsatzleiter drängte ihn beiseite und griff zu seinem Walkie-Talkie.

3. KAPITEL

Wie die gesamte Geschichte nicht nur zeitlich
einen Sprung nach vorn tut,
sondern wie sie nunmehr mit Gauvain umgeht.

1 0 9 8 7 6 5 4 3 2 1 0 1 2 3 4 5 6 7 8 9 1 0

2 Wenn das Gerade sich krümmet 9

3 Anfang zum Ende sich findet 8

4 Im Kreise geschlossen Null so erreicht 7

5 Und wenn diese sich windet 6

6 Sich formend in Acht 5

7 Und die Acht alsbald schwindet 4

8 Drehend sich faßt in Spirale 3

9 Dann Eins sich entbindet 2

10 Und ES zu zählen beginnt: 1

9 2

8 3

7 4

6 5

5 6

4 7

3 8

2 9

1 0

0

Eine unglaubliche Explosion. Ein lautloser Knall. Ein Universum ist geplatzt.

1 SEKUNDE

Fegende Beschleunigung unvorstellbarer Geschwindigkeit. Gerade noch Erbsengröße, nun schon Planetenvolumen. Tosende Expansion. In maßlos dichtem Urplasma rasen Protonen und Antiprotonen, Elektronen, Positronen und Neutronen mit gigantischer Geschwindigkeit durcheinander. Materie- und Antimaterieteilchen verwandeln sich in Licht - in Photonen. Doch diese zergleißen sofort wieder. Ein Chaos, mehr als hundert Milliarden Grad heiß. Triumphale Instabilität. Keine Galaxien oder Sterne, nicht einmal Atome können sich bilden.

5 SEKUNDEN

Das Plasma expandiert weiter. Innerhalb weniger Sekunden fällt die Temperatur auf zehn Milliarden Grad. Die Energie der Photonen reicht nun nicht mehr für die Umwandlung in Materie oder Antimaterie. Die Teilchenproduktion stagniert. Ein dramatischer Vernichtungskrieg beginnt: Materie- und Antimaterieteilchen stürzen ineinander und löschen sich aus. Ein winziger Materierest bleibt wahrnehmbar - ein dünner Schleier aus Elektronen, Neutronen und Protonen.

300 SEKUNDEN

Das Universum kühlt auf eine Milliarde Grad ab. Protonen und Neutronen verbünden sich zu positiven Lithium-, Helium- und Wasserstoffkernen und gründen weiter Raum. Sie suchen Negatives an sich zu ziehen, können es aber nicht binden, noch ist der Druck des Lichtes zu hoch.

3000

JAHRE

Die Materie ist soweit abgekühlt, das die positiven Kerne Elektronen einfangen können - Atome entstehen. Die Photonen sind jetzt nur noch 3000 Grad heiß. Gegen die elektromagnetische Fusionsenergie der Atome können sie nichts mehr ausrichten. Das Licht in seiner gleißenden, reinen Helle verblaßt, kühlt weiter ab und bildet nur noch kosmische Hintergrundstrahlung im entstehenden Raum.

Derweil geraten die Freien, die Neutronen und Protonen, in den materialisierenden Sog der jungen Atomkerne. Das Ergebnis dieser brautschauenden Verbindung sind die Elemente Sauerstoff und Eisen.

1 000 000 000

JAHRE

Das sich selbst gebärende Universum entbindet sich von unzähligen Sternen. Die Atome bilden kosmische Staubwolken, das, was wir Gravitation nennen, saugt diese in spiralige Nebel zusammen. In diesen Zentren verdichtet sich Materie zu glühendem Inferno. Die fruchtbare Fusion der Heliumkerne läßt die Sterne leuchten im Raum, dessen Expansion markierend.

5 000 000 000

JAHRE

In der Milchstraßen-Galaxis kondensiert eine interstellare Staubwolke. In deren Mitte ballt sich Materie zu einer heißen Sonne zusammen, weiter abseits bilden sich kühlere Materieklumpen: Merkur, Venus, Erde, Mars, Jupiter, Saturn, Uranus, Neptun und Pluto.

10 000 000 000

JAHRE

Wie Gauvain um des schicklichen Lanzenstechen Willens die Herausforderung annimmt, obwohl ihn die Botschaft rätselhaft anmutet.

Der Herbst hat das Antlitz der Großen Stadt mit Honig übergossen. Träge und wollüstig sucht sie sich davon rein zu lecken. Schwer klebt der Duft im Gezotter des Pelzes des großen Stadtleibes. Genießerisch reibt sie ihre Tatzen an sich selbst. Die Zeit der Ernte, des grellen Tanzes, des weinbelaubten Taumels, des satten Falls. Blätter haben sich im Gefieder verfangen, Früchte klemmen zertreten zwischen ihren riesigen Schuppen, festgesaugte Muscheln reiben zwischen den Kiemen. Die Glut der Sonne am Abend sinkt über den hingestreckten, qualmenden Leiberleib und läßt die Fenster in den Westfront-Häuserwänden aufleuchten, als wäre Drachenfeuer hineingespien. Gelegentlich irrlichtet Blaulicht unwirklich im Dickicht, überschichten Sirenen das Gischten der stattlichen Dichte mitnichten.

Und inmitten dieses Bacchenales gibt man sich in einer geräumigen Altbauwohnung dezent. In den zwei großen Zimmern verteilen sich gutgelaunte Gäste, es klingt lateinamerikanische Musik, Gesichter lachen, es wird an Gläsern genippt, erkennend nicken die bereits Angekommenen den neu Erscheinenden zu.

Auf dem Balkon fließt gerade der letzte Schwall vom Blutrot über die schmiedeeisernen Geländer, doch die darauf Herumstehenden bemerken nicht den Kontrast von Rot und Schwarz, denn die Aufmerksamkeit richtet sich nach unten - zur Straße. Lustig fliegen Bemerkungen dorthin, wo Staatsmacht sich bemüht, Personenkontrollen durchzuführen. Sogar ein Hubschrauber dröhnt hin und wieder über dieser Art Entlausungsversuch der Großen Stadt, deren Krallen sich einst wirre Züge übers Angesicht kratzten, was diesen straßenschluchtenden Stadtplan hinterließ, voll von Hundescheiße und verstaubtem Grobzeug.

Da ist besser, auf jener Balkonloge stehend den Irrwitz gelten zu lassen, dem trockenen „Cremant“ zuzusprechen und zu schauen, wie unten Uniform mit Zivilem manövriert. Es wird kontrolliert. Anhand der gültigen Identitätsausweise werden die Individualitätsbeweise junger Frauen geprüft. Die betroffenen Passantinnen, von denen einige aufwärts, zur Party wollen, präsentieren den Beamten schöne Wortschöpfungen, beifallheischend den Blick nach oben, zur Loge gerichtet. Was den Bütteln wie Trotz vorkommen muß, ist also lediglich ein Balzen, von aufmunternden männlichen Rufen über die Brüstung hinab begleitet und deshalb eigentlich leicht identifizierbar. Die Beamten sind in puncto Zurückhaltung vom Image-Management brutal geschult worden. Da entweicht kein Blick nach oben. Jedoch ist die Personenbefragung nach Sinn und Zweck des Hier und Jetzt damit zur Farce verurteilt, und die Bullen spüren es freilich im Hinterhirn. Sie tun ihre Pflicht entsprechend lax.

Den Neuankömmlingen wird in der Wohnung heldisch Gruß entboten. Die patriarchalische Prüfung wird unter anderem Vorzeichen erneut vollzogen. Es wird mit sachdienlichen Hinweisen retrospektiv sowohl banalisiert als auch legalisiert. So fällt auch kein besonderes Augenmerk auf eine junge Person mit einer schwarzen Pudelmütze und dunklen Augen, die etwas irritiert zwischen den Küßchengebenden und Küßchennehmenden steht. Durch den weiten Trenchcoat, dem schweren Schuhwerk und dem leichten Oberlippenflaum ist es schwierig, das Geschlecht zu bestimmen. Da nimmt es seine Pudelmütze ab, es quillt langes schwarzes Haar hervor und läßt die Waagschale eindeutig auf weiblich sinken. Nachdrängende schieben sie vom Flur ins Studierzimmer mit sich. Es partyt schon gewaltig. Die Küche ist wie immer großer Mixer, die Tanzfläche der Shaker und geschäkert wird auf dem Balkon, als gelte es, die ewige Olive spornstreichs im Badezimmer zu vernaschen - tricky but quicky.

Einer ist herausgeschält aus dem Gemenge, fällt auf durch große Geste, strahlendes Begrüßen - in lachsfarbenem Dinnerjackett der Gastgeber. Alle nennen ihn Gauvain. Gauvain ist Anfang dreißig, von hohem Wuchs und fein geschnittenem Gesicht. Er trägt halblange, sorgfältig geschnittene Haare, doch am meisten mögen junge Damen seine schmalen, eleganten und ebenmäßigen Finger. Und Gauvain bekommt Blumen, Champagner, Plüschtierchen, praktische Details zum Haushalten und Designertes zum Wohnen, je nach Alter, Geschlecht und hierarchischer Stellung seiner Kollegen aus der Wertpapierabteilung einer großen Privatbank. Freunde und sonstwie Bekannte reichen Frivoles oder Nix oder haben einen guten Spruch anläßlich seiner Beförderung zum Abteilungsleiter, dem Anlaß der ausgelassenen Party. Stimmung ist gemacht. Gauvain nimmt lächelnd die Präsente entgegen, spricht mit tiefer, sonorer Stimme, spielt den hilflos Verlegenen, schaut dabei insbesondere der weiblichen Belegschaft treu in die Augen, was bei einigen schwerfällt, ob der Dekolletés, läßt sich streicheln und herzen, wird umher geschwemmt. Spült so auch zusammen mit der Schwarzhaarigen, die noch immer etwas unsicher umherblickt, hat die Arme voll von Geschenk in Papier, doch sie legt ihm mit einem genuschelten „Herzlichen Glückwunsch" entschlossen noch ein kleines Päckchen obenauf. Gauvain dankt höflich und schwänkelt weiter in großes Zimmer Nummer Zwei, wo die Musik schwillt. Im selben Augenblick wendet sich ein hageres Gesicht weg, wird von seinem Besitzer auf den Balkon getragen und blickt angestrengt runter zu den Busy-Bullen. Das einsetzende Dämmergrau des anbrechenden Abends schluckt langsam deren Grün.

Doch lau ist es geblieben, der Balkon weiter ein beliebtes Plätzchen, freies Feld, für Raucher sowieso. Das hagere, kantige Gesicht scheint diese Ehrenloge gebucht zu haben, obwohl es nicht raucht. Es blickt sinnend in das wogende Gemenge und erinnert sich dabei der alten japanischen Sage, die jene Zeit beschreibt, als Himmel und Erde noch nicht voneinander geschieden und das IN und YO, das Weibliche und das Männliche, nicht getrennt waren und so Chaos bildeten, gleichsam wie ein Ei. In dieser chaotischen Masse war ein Keim enthalten. Das Reine und Helle breitete sich dünn aus und wurde zum Himmel; das Schwere und Trübe blieb schwerfällig zurück und wurde zur Erde. Bei der Vereinigung der feinen Elemente gelang das Zusammenballen leicht; dagegen kam das Gerinnen des schweren und trüben Elements nur schwer zusammen. Daher wurde der Himmel zuerst, und erst später nahm die Erde bestimmte Form an. Hierauf entstanden zwischen ihnen göttliche Wesen. Daher heißt es, daß am Anfang der Weltschöpfung das Umherschwimmen des Erdbodens mit dem Schwimmen eines spielenden Fisches auf dem Wasser zu vergleichen war...

Die Hexenküche war schon für Fausten Schlüsselszene. Im Küchenhäcksler hier stehen alle dicht gedrängt. Jeder versucht, sich noch einen passablen Happen vom Buffet zusammenzustellen, Getränkenachschub organisiert sich, man hat eher die Chance, unverbindlich das Wort an die Nächste zu richten. Lächelnd schiebt sich Gauvain durch dieses strebende Gemenge und schaut, ob noch genügend Sekt im Kühlschrank ist. Ist nicht. Er drängelt sich an die kleine Vorratskammer, entnimmt dem Regal einige Flaschen, und müht sich verzweifelt, die Tür wieder zu schließen. Das rechte Knie dagegen gepreßt, die Arme mit den Flaschen voll; da sagt eine freundliche Stimme:

„Darf ich helfen?" und die Tür klinkt in Verschluß.

„Danke", murmelnd wendet sich Gauvain und erkennt langes schwarzes Haar, ein bezauberndes Lächeln einrahmend. In der Hand hält sie eine Pudelmütze.

„Du mußt es dreimal sagen", lockt sie.

„Danke. Danke", sprudelt Gauvain heiter, „Wo hab ich Sie denn in unserer Bank schon einmal gesehen?"

„Ich arbeite nicht da", sagt sie und lächelt unverwandt.

„Und wo trafen wir uns bereits?"

„Zum Beispiel im 'Gralsburg'?" fragt sie gedehnt.

„Sie meinen diese Szenekneipe, ja das kann sein", sinnt Gauvain und versucht Erinnerung zu aktivieren. Es gelingt ihm nicht. Er wischt das beiseite: „Und wie sind Sie hergekommen?"

„Zu Fuß. Du kannst mich duzen; wie gesagt, ich bin nicht aus der Bank."

„Aha. Ich meine, bist Du allein hier oder hat Dich... also nein, ich meine, wie hast Du erfahren... weil ich hab ja wohl kaum im 'Gralsburg'... damals mein ich...", Gauvain will gern plaudern, aber aus Angst, Blödsinn zu schnattern, schnattert er nur Blödsinn.

Die junge Frau unterbricht, ihm huldvoll lächelnd die Hand reichend: „Ich heiße Kundrie. Einer Deiner besten Freunde aus dem 'Gralsburg' will dir eine Überraschung machen."

„Ahja“, Gauvain bemerkt wieder die Flaschen in seinen Armen und legt sie in den Kühlschrank. „Wer aus dem ‘Gralsburg’?“ fragt er, obwohl es ihn eigentlich nicht interessiert, denn sie ist da, scheinbar nur für ihn. Das prickelt.

„Ist geheim!“.

„Und wie soll ich überrascht werden?“ fragt Gauvain mit der unschuldigsten Miene, die er je im Verkaufstraining geübt hat und ärgert sich gleichzeitig über diesen dummen Vorstoß. Doch Kundrie gibt ihm leichthin einen Kuß.

„Das war´s!“ flüstert sie ihm geheimnisvoll ins Ohr.

„Das war schon alles?“ Gauvain spielt übertrieben den Enttäuschten, obwohl der Kuß auf seinen Lippen brennt wie Feuer.

„Laß Dich überraschen!“ fügt Kundrie sanft hinzu, wendet sich aber plötzlich von ihm ab und entschwindet in der Menge der lärmenden Gäste, ihm verschwörerisch zuzwinkernd.

Das hagere Gesicht fröstelt nicht. Vom Balkon aus beobachtet es die unausgesetzt Ausgelassenen. Neben ihm hat sich ein Einer eingesellt, allerdings entgegengesetzt, auf die gegenüberliegende Hausfassade, schaut dieser Gesell. Die Fenster sind bereits zum großen Teil erleuchtet. Plötzlich strafft sich dessen Gestalt. Wie ungläubig ruckt sein Kopf nach vorne, um anschließend den ganzen Körper einen Schritt zurücktreten zu lassen, zu grinsen, sich dem Hageren als dem einzigen auf dem Balkon zuzuwenden, ihn mit dem Ellenbogen anzustoßen und mit dem Kopf aufs Gegenüber weisend zu sagen:

„Sapperlot, keine schlechte Vorstellung da drüben.“

„Was meinen Sie?“ fragt interessiert der Hagere, dreht sich um und blickt in die angewiesene Richtung. Dort sieht er in einem Zimmer weiter unten undeutliche, aber trotzdem eindeutige Bewegungen. Der lustige Gesell feixt in sich hinein und beobachtet erwartungsvoll den Hageren von der Seite.

„Na?“ fragt er stolz, „wie findest Du das? Die sitzt obenauf, als wärs ein Thron und läßt sich bedienen.“

Der Hagere nickt anerkennend und will sich wieder abwenden.

„Ach übrigens, ich bin der Reiner, nicht nur sauber, sondern reiner wie ein Anrainer. Reiner Siegel, bin Kollege von Gauvain, wir waren ein Team. Bis heute", fügt er leicht resigniert an, doch dann hellt sich sein Gesicht wieder auf: „Wir könnten die ganze Gesellschaft da drin aufmerksam machen, mehr als die Hälfte wüßten gar nicht was wir meinen, oder?" Der Hagere nickt zustimmend.

Plötzlich kichert Reiner in hellem Falset in sich hinein und sprudelt, den Satz immer wieder mit wieherndem Gekicher unterbrechend: „Kennste den? Haha... Ein Vouyeur wird überrascht... hahaha... und wütend zur Rede gestellt: Sie Schwein... hihie... Sie Vouyeur, Sie! Hohoho... Worauf dieser verblüfft antwortet, ich... hahoho... wieso, ich guck doch bloß... hehehee", lacht er meckernd.

Der Hagere nickt lediglich: „Was, glauben Sie, sieht der Vouyeur wirklich?"

Siegel darauf gesellig: „Keine Ahnung, bei der Entfernung aber herzlich wenig. Da geben die Heftli mehr her." Eine Kaskade stoßweise hervorgebrachter Kastratenjodler gerinnt zu der vertraulichen Mitteilung: „Der traut sich nicht, ganz klar. Leidet wahrscheinlich unter Impotenz."

Doch der Hagere schüttelt seinen Kopf ohne alle Höflichkeit: „Das ist Unsinn. Der Vouyeur will nicht handeln. Er erschafft die Handlung durch die eigene Verknüpfung der Bilder, genießt erfundene Dialoge. Er ist der Regisseur; es ist seine Version und er kann sie rein mit sich genießen, ohne sich den Turnübungen einer Paarung zu unterwerfen. Nur der Lidschlag unterbricht seine Schau. Und Orgasmus findet sowieso im Kopf statt, nicht zwischen den Beinen."

Siegel ist unsicher geworden. Er hat mit dieser Auswertung seiner kleinen Blödelei nicht gerechnet. Er schaut sich seinen Mitbalkonisten näher an. Ihm fällt die scharf geschnittene Nase ebenso auf, wie die hohe, aristokratisch wirkende Stirn. Sein Haaransatz ist bereits zurückgetreten. Er ist sehr groß, dadurch wirkt das Hagere an ihm fast asketisch. Siegel beschließt, witzig zu bleiben, denn auf Diskurs hat er keine Lust:

„Meinst Du? Im Kopf? Also wenn ich komme, dann spritze ich und spucke nicht“, albert er lachend. Dann fällt ihm ein: „Ich will wissen, was die da treiben, ich will Titten sehen!“

Der Hagere wendet sich ins Profil und meint gelassen: „Sie können es sich doch einfach vorstellen.“

„Nee Du, ich bin mehr für reales.“

„Das Reale, soso.“

Siegel sieht plötzlich Gauvain im Zimmer vorbeigehen: „Gauvain, Gauvain, hast Du ein Fernglas?“ brüllt er und eilt hinein. Der Hagere blickt suchend ins Zimmer, als Siegel mit einem Fernglas zurückkommt.

„So, da wollen wir mal sehen“, meint er angespannt und schaut durch das Glas.

Das Lächeln auf seinen Lippen, den feuchten, erstirbt mit einem Mal. Er reißt sich die Okulare von den Augen. Doch dann muß er es noch einmal versuchen, diesmal mit wilder Entschlossenheit. Endlich sinkt Hand mit Fernglas: „Das kann doch nicht wahr sein, unheiliger Sabbat. Da hockt eine in ihrer Bude auf ´nem Hometrainer und rudert,...Menschen gibt es...“

Zum ersten Mal entsteht auf dem markanten Gesicht des Hageren ein feines Lächeln, fast väterlich sagt er: „Sehen Sie, die Realität ist eben doch nur ein erbärmliches Plagiat der Phantasie.“

„Aber das sah doch wirklich eindeutig aus, eindeutig unverwechselbare Bewegungen, dann sowas... Hometrainer... das ist echt krank.“

Voller Enttäuschung wendet er sich ganz zum Hageren: „Was meinst Du dazu?“

Worauf der Hagere schmunzelt und Siegel immitierend im Oberton opert: „Ich? Wieso? Ich guck doch bloß!“

Gauvain will die letzten Gäste hinauskomplimentieren. Bei besoffenen Kumpels und aufgedrehten Kolleginnen fast ein Kunststück. Aber Gauvain fällt zu jedem der noch Partywütigen ein netter Spruch ein, der die gelallten Freundschaftsbeweise, demonstrierte Trinkfestigkeit und unangemessene Geilheit bannen und nach draußen, um die nächsten Blocks, verlagern hilft. Der Spuk ist vorbei.

Erschöpft geht er schließlich ins Wohnzimmer, dort sitzt Kundrie und streift sich die Militärstiefel von den Füßen. Ihren Mantel hat sie abgelegt. Gauvain setzt sich neben sie. Er hat sich extra beim Trinken zurückgehalten, denn während der kurzen Begegnungen im Verlauf der Party, glaubte er deutliche Blicke von Kundrie zu empfangen. Er sucht eine Überleitung, um mit ihr persönlicher werden zu können. Doch was dabei rauskommt ist die blödeste aller Fragen: „Was machst du eigentlich tagsüber?"

Kundrie scheint ihm geduldig alle Tolpatschigkeit zu verzeihen: „Ich bin praktisch Heilerin, eine Art Botin. Ich bringe dem Menschen sein Gleichgewicht. Auf diese Art wird eine Harmonie erzeugt und diese heilt den Einzelnen."

Gauvain weiß nicht, ob er darüber witzeln soll, aber der ernste Ton, mit dem Kundrie spricht, verhindert eine entsprechende Bemerkung. Interesse kündend fragt er: „Das klingt ja verblüffend einfach. Aber welches Gleichgewicht meinst du denn?"

„Nun, es gibt unzählige Gleichgewichte. Tag und Nacht, Männlich und Weiblich, Ying und Yang, Positiv und Negativ, Himmel und Hölle."

Kundrie macht ein kurze Pause und beobachtet Gauvain dabei sehr eindringlich. Gauvain faltet seine Hände, stützt sich auf die Oberschenkel und beugt sich interessiert nach vorn. Denn genau dies hat er gelernt in seinem Job - Aufmerksamkeit zu widmen.

Dessen ungeachtet fährt Kundrie fort: „Nehmen wir ruhig einmal das Bild von Himmel und Hölle, was ja letztlich eine Entsprechung für das Gute und das Böse darstellen soll, mithin für ein geistiges Gleichgewicht. Dieses Gleichgewicht beruht dem Wesen nach auf Freiheit, nämlich dem Vermögen, Gutes oder Böses zu wollen, beziehungsweise Wahres oder Falsches zu denken und das eine dem anderen vorzuziehen. Diese Freiheit hat der Mensch grundsätzlich. Aber er hat sie nicht aus sich heraus. Der Wille des einzelnen Menschen ist zu vielfältig manipuliert, um autark wählen zu können. Und deshalb bin ich im Dienste jener Kraft, die stets das Gute will und darum..."

Kundrie unterbricht sich hier. Gauvain bemerkt ihren Blick und denkt: dranbleiben, jene Nähe aufbauen, die ihr die Geborgenheit signalisiert, die sie zu suchen scheint. Ihm ist klar, daß bei ihr ohne dem nix läuft. Und es fällt ihm wieder der alte Witz ein, warum Männer zu Huren gehen und Frauen zum Psychologen: denn die Männer können mit den Huren vögeln, ohne mit ihnen reden zu müssen, und die Frauen können mit den Psychologen reden, ohne mit ihnen vögeln zu müssen.

Ein feines, wissendes Lächeln umspielt seine Lippen als er fragt „Und, wie heilst Du nun?" Kundrie lehnt sich in dem bequemen Designersofa zurück und streicht für einen Augenblick versonnen über den lachsfarbenen Bezug. Doch plötzlich schnellt sie hoch. Wie von einer inneren Feder getrieben eilt sie zum Fenster. In ihrem Gesicht die blauen Reflexe von Rundumleuchten. Die Polizei kontrolliert schon wieder in den Straßen. Sie bleibt eine Weile am Fenster, lehnt ihre Stirn gegen das kühle Glas und schweigt. Gauvain muß befürchten, daß das Konstrukt der Begehrlichkeit wie eine Staubwolke im Regen zusammensinkt. Er will deshalb rasch ein bißchen Budenzauber inszenieren, um den Schleier vom ewig selben Geheimnis lüften zu können. Er steht entschlossen auf. Da dreht sich Kundrie um, kommt lächelnd auf ihn zu und drückt ihn zurück aufs Sofa. Sie blickt suchend im Raum umher, dann unverwandt in seine Augen:

„Der Mensch kann ohne Freiheit nicht gebessert werden, weil er in Böses aller Art hineingeboren wird. Das muß entfernt werden, wenn er gerettet werden will. Das wiederum ist jedoch nur möglich, wenn er es in sich sieht, es anerkennt, schließlich nicht mehr will und zuletzt sogar das Böse verabscheut. Erst dann kann er wirklich geheilt werden. Darum muß der Mensch sowohl im Guten, wie im Bösen sein, denn nur vom Guten her kann er das Böse erkennen, nicht aber umgekehrt aus dem Bösen das Gute. Dem Menschen wird allerdings nur das zu Eigen, was er aus einer Neigung seiner Liebe heraus tut. Denn dasjenige, was der Mensch lediglich aus seinem Denkvermögen heraus tut, ohne wahrhaft innere Beteiligung, ist nicht wirklich sein Eigen. Denn das Denken nährt sich aus dem Gedächtnis, der Wille jedoch aus der Gesamtheit der Erfahrung des Lebens selbst. Alles nämlich, was der Mensch will, liebt er, ergo tut er es freiwillig.

Und so ist also nichts wirklich frei, das nicht aus dem Willen, also aus einer Neigung der Liebe entspringt. Mit einem Wort, was der Mensch nicht in Freiheit annimmt, bleibt ihm nicht, weil es seinem Geist nicht wirklich angehört. Kannst Du mir noch folgen?"

„Oh doch, na klar. Das klingt logisch." Gauvain fragt sich die ganze Zeit, wo hinter diesen weitschweifigen Erklärungen die versteckte Anspielung auf das Ritual der Eroberung herauszulesen ist, welchem Kundrie geneigt sein würde, sich hinzugeben. Sein Gesicht ist deshalb ganz die Konzentration. Kundrie mustert ihn noch immer mit diesem prüfenden Blick. Oh heilige Scheiße, denkt Gauvain, warum mußte ich sie auch fragen, was sie beruflich tut. Jetzt wird sie nicht lockerlassen, bis alles durchgekaut ist. Sei's drum. Sie hat prächtige Titten. Also weiter zuhören, nicken und abwarten, wann der Zeitpunkt gekommen ist, wenn sie so richtig sentimental wird. Gauvain gießt ihr Champagner nach, der im Kühler neben der Couch steht und deckt danach das weiße Tuch wieder über das Eis. Kundrie nimmt einen langen Zug. Dann biegt sie entschlossen ihren Rücken durch, was ihre Brüste noch deutlicher durch die helle Bluse dringen läßt. Es sieht ganz so aus, als wären sämtliche Knöpfe an dieser Bluse frivoler Weise abgerissen, denn sie hält den Fummel nur mit einem Knoten noch zusammen. Und erst jetzt nimmt er diesen erstaunlichen Geruch an ihr wahr; erdig und irgendwie ... süßlich, fast wie ein Hauch Verwesung. Und diese Flecken an ihren Klamotten, warum ist sie so schlampig gekleidet ... doch da reißt Kundries dunkle Stimme ihn aus seinen Gedanken:

„Der Mensch ist mit seinem Geist sowohl mit dem Himmel als auch der Hölle in Kontakt, um in der Freiheit zu sein, in der er geheilt werden kann. Das Gleichgewicht ist also entscheidend, denn Freiheit ist nur möglich, wenn gewählt werden kann. Diese Verbindung des Geistes ist jedoch keine unmittelbare, sondern sie wird vermittelt. Und zwar durch Geister, gute und böse. Deshalb nimmt die Geisterwelt die Mitte zwischen Himmel und Hölle ein und stellt somit das eigentliche Gleichgewicht dar. Jedoch ist diese Welt nur solchen Menschen zugänglich, die die Seele als das verstehen, was sie ist: nämlich das Leben des Einzelnen selbst, während der Geist Mensch ist. Mensch heißt nicht: der irdische Körper. Der stellt lediglich ein Werkzeug dar, durch das der Geist, also der Mensch im eigentlichen, in der natürlichen, materiellen Welt wirken kann, um seine Seele, also sein Leben, zu vervollkommnen."

Sie trägt keinen BH, denkt Gauvain, sie macht das extra, sie will es auch. Wenn sie vorher ihrer medizinischen Aufklärungspflicht nachkommen muß, soll sie doch.

Kundrie schaut mit zweifelndem Blick zu Gauvain: „Die meisten Patienten wollen freilich gar nicht geheilt werden, sie wollen lediglich Linderung. Sie wollen keine Schmerzen, das ist alles. Heilung bedeutet, sein Verhalten grundsätzlich zu ändern, weil es die Einstellung zum Leben ist, die krank macht, das heißt, Schmerzen verursacht. Die heutige Schulmedizin ist eine höchstspezialisierte Kampfmaschine gegen Schmerzen, aber nicht gegen Krankheit an sich. Sie nimmt damit dem Patienten die Chance, sich mit den Ursachen auseinanderzusetzen."

Gauvain ist das zu anstrengend. Es schmerzt ihn sozusagen, daß er noch immer keinen Schritt weiter ist, um seine Eroberung zu machen und endlich zum Stechen zu kommen. Er geht sowieso nie zum Arzt. Indianer kennen keine Schmerzen. Um der Sache endlich die entscheidende Wendung zu geben fragt er: „Und was bist Du nun, im Hier und Jetzt? Geist oder Körper?" und greift erneut die Flasche.

Kundrie glaubt Ernsthaftigkeit aus seinen Worten zu hören. Sie trinkt ihr Glas mit einem Zug leer, stellt es danach jedoch außer Reichweite der höflichen Hände. „Ich weiß noch nicht. Vielleicht bin ich Dein guter Geist, vielleicht auch Dein böser. Mal sehen."

„Du sagtest doch, Du bist praktische Heilerin. Was bedeutet: praktisch?"

„Für Dich oder für mich?"

„Beides."

„Für mich bedeutet es schlicht, daß ich diese Nacht gern hierbleiben möchte. Für dich weiß ich nicht genau...".

Kundries Stimme ist dabei leiser und noch tiefer geworden. Langsam beginnt sie, den Knoten ihrer Bluse zu lösen, ohne Gauvain dabei aus den Augen zu lassen, dessen Blick sofort in den größer werdenden Ausschnitt kraucht. Mit Mühe kann er sich losreißen und fragt zerstreut: „Und wovon hängt das ab?“

„Es liegt nicht in Deiner Macht, also denk nicht darüber nach“, antwortet Kundrie mit verhauchter Stimme und läßt die Zipfel los. Der dünne Seidenstoff franst spärlich über ihren prächtigen Dingern.

Das ist nicht wahr, denkt Gauvain als letztes, während seine Hände ihre Brüste streicheln, sie hat tatsächlich einen haarigen Flaum zwischen den Dingern, was wird sie da erst für ein Fell zwischen den Beinen haben; dann sinkt er ein, die Lanze aufgerichtet.

MONTAG - 3. WOCHE

Wie Gauvain auf eine ungewollte Reise geschickt wird, seine Gegner auf dem Weg nach Ascalon zwar aus dem Sattel wirft, jedoch dabei immer weniger sattelfest bleibt.

Die Welt war anfangs Wasser, eine wogende Flut. Es wünschte sich fortzupflanzen, kasteite sich und tat Buße. Als es Buße tat, entstand ein Goldenes Ei. Es gab damals noch keine Zeit. Das Goldene Ei schwamm umher und daraus entstand Prajapati. Er durchbrach das Goldene Ei, fand aber keinen Halt. Da trug ihn, umherschwimmend, für die Dauer eines Jahres das Goldene Ei. Nach Jahresfrist wünschte er, zu sprechen. Er sagte dhur, es entstand die Erde; er sagte bhuvar, da entstand der luftige Raum; er sagte suvar, da entstand der Himmel... Singend und sich kasteiend wandelte er, sich Nachkommenschaft wünschend, umher. Er legte in sich Zeugungskraft; er schuf mit dem Munde die Götter....

Gauvain erwacht unvermittelt, denn es klingelt. Gauvain öffnet die Augen, sieht aus den Augenwinkeln, wie sich ein großer schwarzer Vogel vom Balkongeländer vor dem Zimmer erhebt und davonfliegt. Es klingelt erneut. Gauvain schnellt aus dem Bett in seine Hauslatschen, greift sich im Vorübergehen den blauen, seidenen Bademantel und eilt, über Partyreste stolpernd zur Tür. Vor ihm steht ein Postbote. Unterm Arm hat er zwei Päckchen.

„Herr Gauvain? Sie müssen hier unterschreiben", nuschelt er kaum hörbar.

„Moment...Kugelschreiber...wo find ich jetzt einen Kugelschreiber?" Aufgeregt stöbert Gauvain durch die Zimmer. Der Postbote folgt ihm. Endlich findet Gauvain einen Kugelschreiber und unterschreibt reflexhaft. Der Postbote, dessen tief sitzende Mütze ein deutlich hageres Gesicht verdeckt, zögert einen Moment, als müsse er sich entscheiden. Schließlich überreicht er Gauvain das kleinere Paket, wendet sich um und geht grußlos die Treppe hinunter.

Gauvain denkt gerade über diese ungeschickte Bewegung des Postboten und dessen hageres Aussehen nach, da kommt ihm zu Bewußtsein, daß er Kundrie nirgends gesehen hat. Er zuckt die Achseln, spürt Enttäuschung in sich keimen und denkt: „Hat sich das Luder einfach davongemacht... Ist mir lang nicht mehr passiert... Breakfast is not included... schade eigentlich..." Für Gauvain, als ewigen Single, ist es immer der Seiltanz zwischen Enttäuschung und Erleichterung. Enttäuscht ist er, da er in jene raschen, stolperigen Begegnungen stets ganze Leidenschaft legt. Gauvain spielt immer mit vollem Einsatz, er gibt sein Herze hin. Mann muß es wollen, weiß Gauvain, und zwar mit allen Fasern des Herzens. Die Frauen spüren sowas. Bei allem dominanten Habitus hat Gauvain die Fähigkeit zu völliger Hingabe, ist jedesmal richtig verliebt, meint Gauvain, und nährt dabei die kindische Hoffnung, so *die* Frau seines Lebens zu finden. Und ist erleichtert, wenn sie gehen, wenn es keine Ansprüche, keine Verantwortung, keine komplizierten Verwicklungen gibt. Er erinnert noch jene kapriziöse, geschraubt-manieristische Erklärungsspirale voller Zucker- und Blendwerk, als er zu seiner Damaligen abends verspätet ankommt, er was von Geschäftsessen erzählt und sie im Bett bemerkt, er hätte auf dem Rücken den unverkennbaren Abdruck eines Badewannensiebes. Die sind leider nur auf der Stöpselseite. Und da setzt man sich eigentlich nicht gegen, nicht wenn man alleine in eine Wanne steigt. Oh, wie hat er damals die Wortleisten gedrechselt und gebogen, geleimt und genutet. Naja, verflossen alsbald auch jene.

Unschlüssig hält er das Paket in seiner Linken. Abwesend beginnt er es zu öffnen, entfernt Klebestreifen, sieht Karton, Schachtel, hebt den Deckel, plötzlich knallt ihm eine Explosion ins Gesicht und beregnet ihn mit Konfetti. Erschrocken hat Gauvain die Kiste fallen gelassen und steht nun verstört und zornig in den Papierschnipseln. Er sieht eine Karte zu seinen Füßen. Da steht in altmodischer englischer Schreibschrift: „Herzlichen Glückwunsch! Sie haben eine Reise nach Ascalon gewonnen!"

„Schönen Dank auch...", brüllt Gauvain in die Leere seiner Wohnung, „...welches Rindvieh hat sich das ausgedacht ... Ascalon, nie gehört... Konfetti... als ob hier nicht genug Dreck ist...", sein schweifender Wutblick fällt auf die Wanduhr, „Verdammt, ich muß mich beeilen, ich komme zu spät."

Wenig später steht Gauvain mit seiner aufwendig gearbeiteten, leichten Ledertasche im Flur vor dem Spiegel und greift sich den Schlüsselbund. Da hält er inne. „Mit der Fahne kann ich nicht fahren, ich hab ´ne Menge Restalkohol", geht es ihm durch den Kopf. Er puhlt sich ein Fisherman´s Friends aus der Manteltasche des hellen Trenchcoat und telefoniert nach einem Taxi.

Das Taxi war erstaunlich schnell, als hätte es in seiner Straße gewartet. Gauvain steigt ein und hofft, daß der Fahrer einfach nur fährt; ihn nicht nach dem kürzesten Weg fragt, ihm keine Fußballergebnisse mitteilt und auch keine Witze erzählt und schon gar nicht über die schlechte Lage im Taxigewerbe lamentiert. Doch kaum hat Gauvain den Sicherheitsgurt angezogen, geht es los und der Taxifahrer macht das volle Guten-Morgen-Gute-Laune-Programm. Er überbrüllt dabei das laute Radio, in dem die ganze Lokalscheiße krimineller Akte aufgesagt wird, dann Werbung, dann Hörertelefon, die garstigste Art Terror in den Medien, wo alle Flachköpfe sich aufgefordert fühlen, ihre Meinung auszuschwallen. Was gerade läuft, ist die Verlosung irgend eines schrecklichen Kleinwagens. Und da ist die Bärbel am Telefon. Und Bärbel hat gewonnen. Und Bärbel beginnt zu schluchzen, wie glücklich sie jetzt wäre; das ganze Leben hätte sie nur Pech gehabt, aber jetzt dies, oh vielen, vielen Dank, liebes Radio. „Wart´s nur ab, Du blöde Schnalle", denkt Gauvain grimmig, „Du wirst Dich in den beschissnen Kleinwagen zwängen, ein paar Kilometer damit rumeiern und dann volle Tube an den nächsten Laternenpfahl und Krüppel. Dann weißt Du, welches Glück du bisher genießen durftest - dämliche Kuh.“

Und der Taxifahrer labert und rast durch die verkehrsberuhigten Zonen, brettert Busspuren entlang und drängt die Radfahrer zu Seite. Gauvain mit seinem schweren Kopf geht diese Raserei ziemlich auf die Nerven, doch er denkt sich, daß es friedlicher abgeht, wenn er schweigt, als sich mit einem anzulegen, der sich freiwillig diesen Radioscheiß reintut. „Sie wollen besudelt sein“, sinniert Gauvain, „sie wollen gesagt bekommen, wie das Wetter ist, sogar *gefühlte* Temperatur, wo der Stau ist, freilich immer zu spät, welche Pollen wieder Allergie auslösen, was eh nix ändert. Und insbesondere wollen sie gesagt bekommen, was von der ganzen Sache eigentlich zu halten sei. Dazwischen schöne Larifari-Hitmusik als sanfte Überblendungen zum nächsten Werbeteil. Im Mittelalter wurden die Leute, die Stimmen gehört haben, als vom Teufel besessen verbrannt. Heute sind die Leute vom Radio besessen und alle finden das normal.“ Gauvain merkt, wie seltsamer Weise ein eigenartiger Ingrimm in ihm wächst. „Werbung, das ist die Geißel, die tatsächliche Gummizelle, sie okkupieren dein Denken.“ Gauvain hat seit einiger Zeit kein Fernsehgerät mehr, deshalb fällt ihm das auf. Es gab da ein einschneidendes Erlebnis. Gauvain saß auf seinem Fahrradtrimmer vor der Glotze und es lief „Kaltblütig“ von Capote in einer Verfilmung aus den Sechzigern. Und bei dieser letzten Szene, als die beiden jugendlichen Mörder auf den elektrischen Stuhl gebracht werden, als ihr Leben ausgelöscht wird als ein erlösender Sühneakt, bricht mit der letzten Einstellung von „The End“, plötzlich der Abspann weg und es geht unvermittelt über zur Lila Pause und der Zigarette danach mit Schappi und der Sicherheit für den ganzen Tag. Dieser Schnitt war die brutalste Vergewaltigung der Sinne, die Gauvain je hinnehmen mußte. Er fühlte sich so rasend zornig auf diese Fernsehmacherschweine, auf diese dreisten Manipulatoren, auf diese verlogene, geistlose, skrupellose Bande von kleinkarierten, eitlen Möchtergernen, daß er beschloß, sich diesen Unholden niemals mehr auszuliefern. Voller Wut konstatierte er, was mit einer Generation werden muß, die so aufwächst, daß sie nicht mal mehr ihre Emotionen erleben darf, denen alles an innerer Ergriffenheit vom Werbeblock weggedröhnt wird. Welche Seelenkrüppel werden da gezüchtet. Kein Wunder, daß die sich die Rübe rasieren müssen und den Wilden Mann spielen, um zu beweisen, was Emotionen bedeuten. Das sind dann die Wunschkandidaten für die nächste Bekenner-Talk-Show. Alles Opfer.

In solchen und anderen Gedankengängen erschöpft sich Gauvain, um dem dämlichen Taxifahrer nicht zuhören zu müssen. Wieder eiert ein Radfahrer knapp gegen das Taxi, weil sein Fahrer nicht hinnehmen wollte, daß der aufgerüstete Sportsmann im glänzendenTrikot, gefährlich anmutender Brille und vermummendem Sturzhelm, Motorrad spielen muß und dabei eine komplette Spur blockiert, obwohl es einen Radweg gibt. Die großen Städte sind ein Irrtum, schießt es Gauvain in den Sinn. Wenn alle denken, daß Freiheit bedeutet, machen zu können, was man will, so ist es dafür schlicht zu eng. Und die militanten Radfahrer sind nur eine Karikatur dessen. Die haben entweder nie in einem Auto gesessen und können nicht einschätzen, daß sie ihr Leben riskieren, scheiß egal ob sie nun Recht hatten, oder sie suchen einfach eine andere Art von Herausforderung. Sollen sie doch, beruhigt Gauvain seinen Eifer. Sollen sie doch als lebende Katalysatoren auf der dreispurigen Schnellstraße langstrampeln, diese Forever-Young-Tuer. Irgendwann wird ein überspannt Automobiler seine Freie Fahrt für Freie Bürger einfordern. Alle sind sie Opfer, potentiell.

Gauvains Gesichtsmuskeln zucken nervös. Er hat sich so in Rage gedacht, wie selten. Er hat dabei gar nicht bemerkt, daß der Taxifahrer längst aufgehört hat zu plappern und ihn aufmerksam im Rückspiegel beobachtet.

„Wie geht's denn so?“ fragt jener unvermittelt, während das Taxi mit laufendem Motor vor dem Personaleingang der Bank steht.

„War ´ne kurze Nacht“, antwortet Gauvain und steigt mechanisch aus. Das Taxi entfernt sich mit kreischenden Reifen. Als sich Gauvain durch die Drehtür dreht, fällt ihm auf, daß er gar nicht gezahlt hat. Er macht nochmal die Runde im Glasfächer, wie bei einem lächerlichen Marx-Brothers-Gag, doch das Taxi ist weg. Selber schuld, die

Radiohirnis kriegen nix mehr mit, sind schlicht nicht mehr bei sich, denkt Gauvain noch, während die ebenfalls einströmenden Kollegen lächeln ob der seltsamen Ehrenrunde von Gauvain in der Drehtür. Schöne Weltmetapher das, ach ja.

Gauvain im Fahrstuhl und die ersten lobenden Bemerkungen über seine Party. Gauvain eilt durch Gänge und Flure, durch ein paar Großraumbüros mit hohem Geräuschpegel, an Zimmern vorbei mit offenen Türen, er grüßt und wird gegrüßt. Endlich erreicht er das Vorzimmer seiner Abteilung. Wuchtiger Glaskasten. Eine Sekretärin, die auch zu Gast auf seiner Party war, erfragt seinen Zustand und wie lang es noch ging und wie toll und überhaupt. Gauvain weiß nicht mehr genau, wer wen abgekriegt hat oder warum sie so aufgedreht ist. Vielleicht kommt ihm das auch nur so vor. Jedenfalls antwortet er zerstreut, schaut dabei in seinen Timer, fragt nach wichtigen Terminen.

„Herr Hohlstein hat zum wiederholten Mal angerufen. Er hat seinen Depotauszug erhalten und möchte von Ihnen einiges erklärt haben."

„Ah ja, das kennen wir doch. Einer von denen, die nie begreifen, daß der Bauer auch nicht aller zwei Tage die Kartoffeln ausgräbt, um zu schauen, ob sie tatsächlich wachsen. Also gut, beginnen wir mit der Heulstunde. Machen Sie mir mal ne Verbindung", meint Gauvain sarkastisch und begibt sich in sein Zimmer.

Gauvain steht an diesem Tag ein wenig neben sich, erledigt seine Arbeit eher mechanisch. Bei dem Schlafdefizit auch kein Wunder. Gegen Mittag ruft ihn sein Chef zu sich.

Gauvain weiß, daß ihn dieser gut leiden kann. Schließlich hat er die Beförderung von Gauvain nicht nur gutgeheißen, sondern auch aktiv betrieben. Jovial begrüßt man sich. Nach einigen einleitenden Sätzen über den Verlauf der gestrigen Party, zu der der Chef ja leider, leider nicht kommen konnte, macht der grauhaarige ältere Herr hinter seinem gewichtigen Schreibtisch eine kurze Pause, schnüffelt nervös und zupft an der im Geschmack nicht ganz treffsicher gewählten Krawatte.

„Nun, mein Lieber, es ist Zeit, daß Sie Ihre Möglichkeiten realistisch einschätzen und sich umschauen, welche neuen Herausforderungen Sie befriedigen wollen!“ meint er in wohlwollendem Ton und hat dabei wohl irgendein Researchprojekt im Kopf, daß er sich aufhalsen ließ und nun gern delegieren möchte.

„Da muß ich mich nicht umschauen, da schaue ich einfach nach vorn“, entschlüpft es Gauvain mit eigenartig kühner Stimme.

„Wie meinen?“ der Chef wechselt sehr rasant von Überraschung, zu Ungläubigkeit, zu Staunen, zu Verstehen, zu Verärgerung, zu wahrem Zorn. Gauvain bremst behende:

„Entschuldigung, mir ist schlecht...also gestern abend...das war wohl...“, versucht Gauvain nachzulenken und gerät in gefährliches Schlingern. Plötzlich ist seine Stimme wie abgewürgt, seine Gesicht erstarrt wie unter einer Gipsmaske und Gauvain fühlt nur noch, wie sich seine Mundwinkel mehr und mehr auseinanderziehen und in ein triumphierendes Grinsen zerren. Mit letztem Energieaufwand wählt Gauvain den Rückwärtsgang und stürzt aus dem Zimmer.

Auf der Toilette findet er sich wieder. Er steht vor der Waschbank, starrt in den Spiegel und sieht dieses Grinsen, als wäre es angelötet. Der Wasserhahn läuft und kühlt seinen Puls. Gauvain starrt sich zweifelnd ins fremde Angesicht.

„Scheiße, was hat mich da bloß geritten?“ befragt er sein Spiegelbild.

„Der Alte macht nicht mehr die beste Figur; seine ewigen Kuren...da muß frisches Blut ran!“ antwortet ihm dieses.

„Der alte Herr ist praktisch schon tot, aber keiner sagt ihm was.“

„Immer frisch von der Leber weg...“

„...von der Leber...genau....ich muß noch besoffen sein! Ich will ihn nicht auf dem Gewissen haben.“

„Aber klar“, antwortet es ihm, „einer muß es tun. Du bist der beste, der Einzige, der durchblickt. Der Markt wird enger, hau ihn um; wird schon weich fallen.“

„Verdammt...ich werde größenwahnsinnig“, hilflos dreht Gauvain am Wasserhahn. „Ich bin dabei, alles aufs Spiel zu setzen.“

„Freiheit will genommen werden; oder was war das gestern von Kundrie?!“

Gauvain stiert noch immer in sein Spiegelbild und sein fixierender, strenger Blick weicht plötzlich einer grundlosen Heiterkeit, die tief von innen zu quellen scheint. Gauvain muß erneut grinsen.

Als er in sein Arbeitszimmer zurückkehrt, mustert ihn die Sekretärin bestürzt und flüstert devot:

„Er hat Sie für heute beurlaubt, zum Ausnüchtern, will Ihr Gesicht nicht sehen, Sie hätten so widerwärtig trunken gegrinst...Passen Sie auf sich auf“, fügt sie mütterlich hinzu.

Es ist ein sonniger Herbsttag und Gauvain hat unvermutet frei. Er schlendert durch die Straßen des Zentrums und sucht die letzten 12 Stunden, oder was es war, für sich zu sortieren. Ihm gehen die zärtlichen Umarmungen mit Kundrie durch die Sinne. Irgendwie doch ein ziemliches Gezerre. Er hat im Nachhinein den Eindruck, daß sie eigentlich nicht wollte, die alte Pulli-hoch-Pulli-runter Nummer. Erst sollte er sie massieren. Er spürte tatsächlich heftige Verspannungen am Hals und den Schultern. Ihr Haar war toll, ein richtiges Pferdehaar. Es wucherte an den unglaublichsten Stellen. Als er sie lecken wollte, kam er kaum durch das Buschwerk. Sie schmeckte nach Schweiß, fast männlich. Er erinnert sich, daß sie wie mit angezogener Handbremse gevögelt hat, tat wie ne Nonne, die sich zu einer Gottgefälligkeit hergibt. Ihre starken Muskeln haben ihn verdutzt. Und ständig, die kleinen Bedenken nach der Tour: „Ich hab das noch nie gemacht... eigentlich will ich es nicht... aber die Lanze blutet ununterbrochen.“

„Welche Lanze?“ erinnert er sich gefragt zu haben, und hat sofort seinen Schwanz rausgezogen, um zu schauen. Denn Menstruierende haben dabei immer so was angestrengtes.

„Das unerlöste Geheimnis...der Schmerz.“

„Du hast Schmerzen dabei?“ fragte er verblüfft und schaute sofort nach dem lachsfarbenen Bezug des Designersofas. Darauf hat sie irgendwas genuschelt, was klang wie:

„Es hat mich“, oder so. Richtig hat er es nicht verstanden. Deshalb fragte er:

„Wie bitte? Es haßt Dich?“

„Eigentlich nicht...- sagte ich“, korrigiert sie. Aber Gauvain ist sich sicher, daß es das nicht war, was sie vorher gesagt hat. Ab da wurde es ihm zu kompliziert, wahrscheinlich hatte sie doch mehr getrunken, als es zunächst den Eindruck machte. Und deshalb hat er sie einfach auf den Bauch gedreht und ihren haarigen Urwald gebürstet bis sie jaulte wie Tier. Und so im Halbsuff, das hat gedauert. Am Ende waren seine Knie wund und der Schwanz brutal gerötet. Sie war aber auch eng.

Gauvain ist sicher, daß Kundrie eine außergewöhnliche Frau ist, denn das kam rüber. Und er nimmt ihr auch ab, daß sie nicht auf Männerfang aus war. Eigentlich hab ich mich ziemlich trottelig benommen, denkt Gauvain. Aber irgendwas muß sie an mir finden, sonst hätte sie mich nicht rangelassen. Schade, er würde das gern genauer untersucht haben. ´Heißt das, ich bin verliebt?´, geht es ihm wunderlich wohltuend durch den Sinn. Da ist noch mehr drin, denkt er. Das läßt sich steigern. Und schließlich wurde die Nacht bisher nicht durch den Morgen abgebrochen: mit dem Suchen nach dem Schlüpfer, wo hast Du ihn denn hingeschmissen, so in der Art. Oder seltsames Frühstück mit schweigend gesenktem Blick oder gezücktem Terminkalender mit Planung für die nächsten 24 Wochenenden... Nein, die Balance ist gewahrt, Gauvain auf seinem Seiltanz zwischen Erwartung und Enttäuschung gerade mal bei Sehnsucht angelangt.

Gauvain kommt an einem Café vorbei, das den 20er Jahre Stil nachstellt. Seine Gedanken werden abgelenkt. Hin und wieder hat er dort in der Mittagspause mal einen Cappuchino getrunken. Wie automatisch lenken seine Schritte ihn nun in das Lokal. Er bleibt nahe am Fenster an einem kleinen Tisch, legt den Trenchcoat über einen der alten Holzstühle und schlägt die Beine übereinander. Die junge, ungeschulte Bedienung kommt sofort, und Gauvain will nach der Karte fragen, denn er hat noch nicht gefrühstückt. Doch plötzlich ist sein Entschluß wie umgeschaltet. Mit einer für ihn fremden Stimme bestellt er einen Kakao. Und als die aushelfende Bedienung schon gehen will, ruft es plötzlich mit einer eigenartig piepsigen Stimme aus ihm und verlangt dazu Pernod. Gauvain grübelt gerade darüber, daß der Rauch vom Vorabend ihm als Nichtraucher denn doch auf die Stimme geschlagen ist, als das Gewünschte vor ihm steht. Aber anstatt den Pernod mit dem Eiswasser zu verdünnen, schüttet er ihn in den Kakao. Die Teilzeit jobbende Bedienung schaut etwas befremdet, dreht sich dann aber lächelnd weg und Gauvain wundert sich über die eigenartige Sprunghaftigkeit seiner Entschlüsse heute.

Ein Buchverkäufer betritt das Café. Komisch, denkt sich Gauvain, um diese Tageszeit schon Käufer finden zu wollen, als dieser auch schon mit heller Stimme die Aufmerksamkeit der wenigen Anwesenden zu erringen sucht: „Bücher, meine Damen und Herren, richtige Bücher, stapelbar, unbegrenzt haltbar, biologisch abbaubar, ohne Konservierungsstoffe, haben Sie bestimmt schon mal im Fernsehen gesehen. Und wenn Sie jetzt eines kaufen, könnten Sie an diesem sonnigen Tag mal was völlig ausgeflipptes, was ultraschräges, total abgefahrenes machen, Sie könnten: l e s e n!“

Gauvain muß lächeln. Symphatischer Typ, irgendwie vertraut. Leutselig fragt er deshalb: „Was gibt's denn im Sonderangebot?“

Der Buchverkäufer wendet sich rasch zu Gauvain, als hätte er nur auf das Stichwort gewartet und kommt an seinen Tisch: „Für den erwachsenen Mann etwas ganz pikantes - Platon, „Das Gastmahl“, gut 2500 Jahre alt. Schauen Sie mal, mit pornographischen Skizzen.“ Er übergibt Gauvain das Buch, und der blättert es auf, verharrt bei einer Seite, die die seltsame Darstellung eines Kugelmenschen zeigt, eines sogenannten Hermaphroditen.

Gauvain, über den eigenartig rhetorischen Vorstoß des Mannes verblüfft, schaut sich die Zeichnung an, kann aber nur bemerken: „Macht mich nicht an, zu fett der Typ.“

„Das ist kein Mann, und auch kein Weib, es ist beides. Es kann richtig mit sich selber rummachen, das volle Programm.“

Gauvain zuckt zusammen. Er weiß nicht, ob es die Unverfrorenheit dieses Mannes ist, aber er fühlt sich genervt: „Also hören Sie mal...“, will er ausholen, um den Typen loszuwerden. Doch der unterbricht ihn schnell mit unterwürfigem Tonfall: „Das meint Platon. Bei ihm wird erzählt, wir wären früher alle mal so gewesen. Stolz, uns selbst genügend, unabhängig, frei und ohne Haß aus enttäuschter Liebe. Hat aber den Göttern nicht gepaßt, denn der Mensch hatte so natürlich keine Ehrfurcht mehr. Also gab´s auch keine Spenden mehr für die da oben. Da nahm Zeus kurzerhand seinen Blitz und spaltete den hermaphroditischen Menschen, drehte seinen Schädel nach hinten, zurrte ihn an der Nahtstelle zusammen, dem bekannten Nabel, und verdammte das Menschengeschlecht, auf ewig, seinen abgespaltenen Partner zu suchen. Seitdem gibt's Ärger auf der Erdenscheibe und der Opfergabennachschub für sämtliche Götter und Halbgötter ist international gesichert. Clever was?"

Gauvain starrt wie geistesabwesend auf die Zeichnung und schweigt.

Eilfertig fährt der Verkäufer fort: „Falls das zu traurig ist, hab ich hier noch was ganz optimistisches. Hat allerdings ein Verlierer geschrieben, Ex-Offizier, Bankrotteur der ersten Berliner Abendzeitung, Vaterhasser, Nestbeflecker Preußens. Schoß sich am Wannsee eine Kugel ins Hirn. Das ist lange her. Kleist hieß der Jüngling, Heinrich von. Der hat einen Aufsatz über das Marionettentheater geschrieben. Und darin meint er, diese Holzschlenkerpuppen an Fäden wären der höchste, will sagen abstrakteste, Ausdruck der Darstellenden Kunst. Und wissen Sie warum? Weil diese mechanischen Menschlein kein eigenes Bewußtsein haben, ganz einfach. Sie stellen den Text, die Szene des Autors pur dar, wie der große Lenker hinterm Vorhang es an ihnen dreht und zieht. Nicht wie dieses eitle Schauspielervolk, daß die Bühne mit einem Selbsterfahrungsseminar verwechselt und das Publikum mit Stimmungen langweilt. Na, wär das nicht was?"

Gauvain schreckt wie aus einem Traum: „Danke, ich glaube, daß ist mir zu speziell."

„Sorry der Herr, die allgemeinen Dinge des Lebens gibt's im Supermarkt. Sie werden noch sehen, das Leben ist nur ein erbärmliches Plagiat der Kunst. Gehab er sich wohl, der Herr", schnurrt er, packt in Windeseile seine Sachen zusammen und wendet sich zum Gehen. Als er Gauvain sein Profil zuwendet, erkennt dieser ein markant, hageres Gesicht. „Wo hab ich den Typen schon einmal gesehen", überlegt er.

Gauvain hat es nicht lange im Café ausgehalten. Er schlendert durch die Straßen und läßt sich treiben. So kommt er am Stadtpark vorbei. Dort ist Kirmes und ein großer Rummelplatz aufgebaut. Ein monumentales Eingangsportal, das eine mittelalterliche Burg darstellen soll, mit zwei Türmen und Zugbrücke; darüber ein riesiges Schild mit der Aufschrift: „Tintagel". Tingeltangel, denkt Gauvain und tritt ein. Von dem bunten, grellen Treiben ist er wie fasziniert. Gebannt geht er von Bude zu Bude, beobachtet jugendliche Scharfschützen, die ihren Freundinnen alberne Papierblumen und kitschige Plüschtiere erballern. Reifenwerfer, die den errungenen Billigwein gleich aus der Flasche saufen. Alles lärmt und brandet. Gauvain empfindet das eigenartiger Weise als wohltuend, obwohl ihn solch prollige Vergnügungen eher abstoßen. Mit einem Mal steht er vor einer Losbude. Und diese hat in einem die ganze Breite füllendem Transparent die unglaubliche Botschaft stehen: „Je höher die Punktzahl, desto größer der Gewinn!" Gauvain muß lachen. So einfach kann alles sein, denkt er. So ein Jahrmarkt ist tatsächlich die grellste Metapher der unscharfen Magie des Selbigen. Aber das haben Filmer, Maler und Trivialautoren gleichermaßen intensiv durchgekaut, das will sich Gauvain denn doch nicht reintun. Also geht er vorbei an Karussell und Autoscooter, an Schaukel und Speedschleuder.

Die Gerüche der Freßbuden stimulieren seinen Hunger. Doch Gauvain kann sich nicht entscheiden.

Wenig später geht er mit vollen Händen herum. In der einen ein Fischbrötchen und in der anderen Zuckerwatte. Abwechselnd stopft er sich den Mund voll. Bei dieser Freßorgie verfängt sich plötzlich sein Schlips und klebt an der Zuckerwatte. Das Fischbrötchen zwischen den Zähnen bindet Gauvain die Armanikrawatte auf und wirft sie achtlos in einen Papierkorb.

Als Gauvain weitergeht, kommt er an einem Boxring vorüber. Zwei Catcher zerren da an sich rum, knallen sich abwechselnd auf den federnden Bretterboden. Gauvain geht näher. Die Mädels kreischen verzückt, die Buben schreien. Aber es ist gar kein Kampf, es ist Show. Daß die Jugend von heute sich dermaßen für ein Ballett mit Fettwänsten interessiert, will Gauvain nicht in den Kopf. Er ist nähergetreten und beobachtet die einstudierten Kampfszenen. Die beiden Catcher haben sich umfaßt, beide drücken sich aneinander, wahrscheinlich flüstert der eine dem anderen dabei den nächsten Wurf ins Ohr. Dann brüllen sie und schieben und drehen sich. Und da ist es Gauvain, als würden sie genau zu dem, was er im Buch gesehen hat - der Kugelmensch. Das Sekundenbild brennt sich Gauvain ins Gehirn. Ist es ansteckende Begeisterung? Gauvain brüllt aus Leibeskräften. Ein tiefer, uriger Schrei entringt sich seiner. Das fällt nicht auf. Denn alle brüllen, als ein Catcher den anderen voll auf die Bretter klatscht. Gauvain steht und es brüllt und brüllt aus ihm; vor Augen das Abbild des Kugelmenschen.

Später steht Gauvain vor einer Bude, die als Bühne für ein Marionettentheater dient. Auf großen Schildern steht angekündigt: „Die gar gruselige Geschichte vom Golem - das Monster des Rabbi Löw". Gerade spielt die Szene von der Belebung des Lehmmenschen. Die Kinder sitzen auf den Bänken, die Köpfe hochgereckt, mucksmäuschenstill. Die alleinerziehenden Mütter artig daneben, schauen nach alleinerziehenden Vätern, oder irgendwem. Da beginnt auf der Bühne die Figur sich zu regen, probiert die Funktion ihrer Gliedmaßen, indem sie sie einzeln hebt und senkt und die Gelenke einknickt. Und dann, ganz zum Schluß, der Höhepunkt der Beseelung: die Figur öffnet die Augen. Diese scheinen äußerst menschlich und blicken suchend im Publikum umher, bis sie Gauvains Blick kreuzen. Gauvain ist erschrocken. Die Figur schaut ihm scheinbar direkt in die Augen, als hätte sie ihn gesucht. Der Golem schnauft befriedigt und nun sieht Gauvain etwas, was ihn völlig irritiert, denn er bemerkt, daß die Gesichtszüge des Golem sich immer weiter beleben und dabei verformen, immer menschlicher werden. Gauvain glaubt, nicht richtig wahrzunehmen, aber es ist kein Zweifel möglich - das Gesicht wird dem Gauvains immer ähnlicher. Doch dem nicht genug, der Golem wird immer unheimlicher, seine Gesichtszüge immer archaischer, enthemmter. Und plötzlich hat Gauvain das Gefühl, als könne er genau fühlen, wie es dem armen Golem ergeht. Er spürt die hölzernen Glieder sich fahrig bewegen, von fremder Kraft gesteuert. Neben ihm hüpft die Marionette des Rabbi, der beschwörend die Hände hebt, Zeichen vollführt. Und Gauvain als Golem versucht, etwas zu sagen, aber er hat ja keinen wirklichen Mund. Schwerfällig macht er seine Schritte, wobei Tisch und Stühle zu Bruch gehen. Da klimmt der Rabbi plötzlich an ihm empor und streckt die Hand nach seiner Brust. Das Herz soll ihm genommen werden; sein ihn beseelendes, ihm Leben, Beweglichkeit und Sinnen gebendes Herz?! Da gerät er in Raserei. Er packt das ihn bedrohende Männlein, schmettert es zu Boden, zertrampelt es. Der Unterkiefer steckt abgetreten im Hals. Schreie des Entsetzens branden auf. Gauvain zuckt zusammen, Schmerz hat ihn getroffen. Er steht mitten auf der Bühne, in den Trümmern der Dekoration, zu seinen Füßen einige zerstörte Marionetten. Er starrt in ein empörtes Publikum, das sich daranmacht, die Bühne zu stürmen. Die Spieler schlagen auf Gauvain ein, er ist wie versteinert. Da trifft ihn ein Schlag am Kopf und Gauvain kommt vollends zu sich, entdeckt das Chaos und stürzt nach hinten davon. Beherzte Väter hinter ihm her. Doch im Gewühle des Rummels, wo ständig Geschrei und Effekte angesagt sind, hat niemand ihn aufgehalten. Die Papis sind ratlos.

„Geisteskranke sollen ja übermenschliche Kräfte besitzen", meint der eine als Entschuldigung für seinen mangelnden Eifer.

„In Miami ist kürzlich einer Amok gelaufen, hat 13 Menschen umgebracht, auch auf ´nem Rummelplatz", ergänzt ein anderer eifrig.

„Ist vielleicht besser, wir halten uns da raus", bemerkt einer mit Brille vorsichtig. Er hat sich umgewandt und seine aufgeregt winkende Familie ausgemacht. Die Spieler des Theaters bemühen sich um den Schaden auf der Bühne.

„Können Sie ihn noch sehen?" fragt einer lustlos.

„Nein, scheint wie vom Erdboden verschluckt."

Gauvain ist vorsichtig an der Rückseite einiger Schaustellerwagen entlanggeschlichen. An der Hinterseite einer sehr großen Anlage sieht er eine Tür. Er öffnet sie entschlossen und steht unvermittelt in einem dunklen Raum. Er geht einige Schritte nach vorne, stolpert, kommt ins Straucheln, als plötzlich sich ein Poltern, Klappern und Rumpeln nähert. Ehe er sein Gleichgewicht wiedererlangt, wird Gauvain gerammt und stürzt kopfüber in einen Wagen, der scheppernd mit ihm davonrollt. Gauvain wird klar, er ist in einer Geisterbahn. Er rollt mit seinem Wagen nun donnernd an Zwergen, Skeletten und Dämonen vorbei, die nach ihm zu greifen suchen, nach ihm schlagen, sensen und Feuer speien. Gauvain merkt wie alte Bilder in ihm wachsen, wie er Angst bekommt, obwohl sein Verstand immer wieder Pappmaché und Elektrisches analysiert. Er glaubt zu bemerken, wie die Dimensionen von Raum und Zeit plötzlich zerbrechen wie eine Landschaft aus Eis. Da wird der Wagen auf einmal langsamer, hebt ab von den Schienen, scheint endlos zu schweben, in Zeitlupe durch schwarzen Raum, Sterne erscheinen. Wie aus dem Nichts erscheint vor dem Wagen ein riesiger Baum. Sein Gipfel reicht bis ins Firmament. Der Wagen prallt kurz gegen den Stamm und rast dann an ihm entlang aufwärts. Gauvain wird extrem in den Sitz gepreßt, seine Gesichtszüge verzerren unter dem Andruck, wie beim Piloten eines Düsenjets. Er fühlt, wie sein Gesicht ihm gerinnt, wie aus flüssigem Bernstein. Am Gipfel angekommen rollt der Wagen langsam auf dicken Ästen entlang, die eine Art Dach bilden. Weiter vorn auf diesem Dach ist das Nest eines riesigen Vogels. Gauvains Wagen rollt genau darauf zu. Er erkennt ein glänzendes Ei. Da erhebt sich der Vogel und stürzt direkt auf den Wagen zu, als wolle er ihn vertreiben. In hartnäckigem Anflug saust er jäh heran und packt den gesamten Wagen und trägt ihn mit seinen Krallen davon. Ein endlos schwarzes Nichts ist um Gauvain. Doch plötzlich wird dies zur Höhlung eines riesigen Maules, behaart wie das eines Wales. Dieses Leviathanmaul schluckt den Wagen und in endloser Spirale stürzt Gauvain im Inneren der Schlundhöhle abwärts, rollt plötzlich wieder waagerecht, wird ganz langsam und kommt an einem Zimmer vorbei, dessen Tür angelehnt ist. Gauvain sieht eine himmelblaue Auslegeware und eine Bettliege, auf dem eine verknüllte, blaue Decke liegt. Fast will Gauvain sich erleichtert abwenden, da sieht er etwas unförmiges, grauenerregendes sich unter der Decke bewegen. Es ist nicht genau erkennbar, worum es sich handelt, verströmt aber eine unbenennbare Angst. Der Wagen schleicht noch immer wie in Zeitlupe, bewegt sich kaum vorwärts. Gebannt blickt Gauvain zu dieser verborgenen Gestalt, um Näheres ausmachen zu können. Er ist gleichzeitig fasziniert und gelähmt vom Grauen, wünscht nichts sehnlicher, als daß der Wagen endlich Tempo machen und diesen fürchterlichen Ort verlassen möge und kann doch den Blick nicht wenden. Da erkennt er, daß aus dem

Bettlager Blut tropft, eine Art Speer ragt unter der blauen Decke vor. Ungewöhnlicher Horror, denkt Gauvain, seinen Hals immer weiter verdrehend, um doch noch des Rätsels Lösung zu erhaschen. Auf einmal klatscht ein nasser Lappen in Gauvains Gesicht und schallendes Gelächter bricht aus einem Lautsprecher. Gauvain ist vor Schreck und Ekel wie gebannt. Und doch merkt er, wie das bernsteingeschmückte Antlitz zerspringt, eine schwere Last tonlos von ihm fällt und der Albdruck sich von seiner Brust hebt. Und in diesem Moment schlägt der Wagen unter Sirenengeheul donnernd durch die letzte Tür ins helle Licht des Tages.

4. KAPITEL

Wie zwischen Perce á Val und Blancheflor nach Entsatz der belagerten Burg Beaurepaire die Große Hochzeit initiert wird, der Held jedoch weiter auf der Suche bleiben muß.

MITTWOCH - 2. WOCHE

Wodurch Perce á Val, im Verdacht eines Sittlichkeitsverbrechens stehend, in arger Bedrängnis ist.

Perce á Val schwitzte unter dem Licht der auf ihn gerichteten starken Lampe. Seine Hände wurden mit Handschellen auf dem Rücken gefesselt und mit dem schweren, starken Stuhl verbunden. Die Schweißperlen rannen über die Stirn, verfingen sich kurz in den feuchtglänzenden Augenbrauen und sickerten dann langsam über die Lider in seine Augen. Perce á Vals Augen brannten, nicht nur wegen des Schweißes, sondern auch wegen des Schlafentzuges. Er mußte alle Kräfte mobilisieren, um sich konzentrieren zu können. Seit über 30 Stunden haben sie ihn abwechselnd verhört. Jetzt waren sie zum ersten Mal gemeinsam in der Verhörzelle.

Jeff saß Perce á Val an dem schmalen Tisch direkt gegenüber. Er hatte die Füße auf der Platte und balancierte sein beachtliches Gewicht auf einem knirschenden Stuhl vor und zurück. Er lächelte und starrte ausdruckslos auf seine Schuhspitzen.

Roy saß auf der Tischkante an der Stirnseite, hinter sich die schalldichte Tür. Er hatte sein Jackett inzwischen ausgezogen, es hing ordentlich über seiner Stuhllehne. Auf dem Tisch stand ein kleines Aufzeichnungsgerät. Der kleine Raum war durch die starke Lampe überheizt. Roy hatte seine Falte zwischen den Brauen. Dieses Zeichen wußte Perce á Val längst zuzuordnen. Roy versuchte, langsam und betont zu sprechen:

„Ich weiß, mein Lieber, Du hältst Dich für den ganz großen Einzelkämpfer, Du denkst, Du kannst uns verarschen, was...?!“ Gegen seinen Willen hatte sich Roys Stimme erhoben. Ein gefährliches Timbre schwang sich ein. Jeff schaute seinen Kollegen kurz von der Seite an und räusperte sich:

„Ok. Ok, wir haben alle zu wenig geschlafen. Du, Sportsfreund, weniger als wir, aber auch wir sind etwas überreizt. Ich hoffe, Herr Perce á Val, bleiben wir der Einfachheit halber bei diesem Namen, ich hoffe also, Du zwingst uns nicht diese lausige Verhörnummer auf.

Du weißt schon, der eine ist das böse Tier und der andere macht den Sanften. Da täuschst Du Dich nämlich...“, Jeff machte eine kleine Pause, das Lächeln auf seinem Gesicht wirkte entspannt..., “ich bin nämlich überhaupt nicht sanft.“ Noch bevor der Satz zuende gesprochen wurde, hatte Jeff sich mit dem Stuhl nach vorn fallen lassen, die Beine gestreckt und mit der rechten Ferse außerordentlich gelenkig Perce á Val mit voller Wucht gegen die Stirn getreten. Der war zu geschwächt, um rechtzeitig ausweichen zu können. Röchelnd lag sein Kopf nun im Nacken. Roy war aufgesprungen und hieb einen kurzen, harten Schlag auf den Solarplexus. Perce á Val stöhnte schwer auf, der Atem blieb ihm weg. Roy ging ganz dicht an ihn heran, griff mit der Rechten in dessen Haare und drehte sich den Kopf zu. Mit zuckenden Augenbrauen preßte er hervor:

„Ich weiß, daß Du unsere Arbeit nicht wertschätzen willst und eigentlich wollten wir Dir diese Nummer ersparen. Aber weißt Du, uns macht das richtig Spaß, einfach nur Spaß. Und möglicherweise bist Du gut trainiert und kennst das ganze Programm schon. Aber eins ist sicher, so wie Du da sitzt, macht es Dir keinen Spaß. Und genau das ist der Punkt, denn uns macht es Spaß und wir könnten ewig weitermachen. Und deshalb frage ich dich noch mal in vollem Ernst, ist es das wirklich wert? Willst Du Deine Ersparnisse, Deine Gesundheit, Deine Zeugungskraft, Deine Freiheit, ja vielleicht sogar Dein junges Leben hergeben? Wofür? Wofür, Du Arsch? Begreife endlich, daß Du fertig bist. Das war Dein letzter Auftrag und diesmal hast Du Dir die falschen Auftraggeber ausgesucht. Diese Sache ist zu groß für Dich.“

Perce á Val hatte Roy lange fixiert. Seine Augen begannen nach dem Tritt leicht zuzuschwellen, sein tiefer Baß schwang im Raum, als er sagte: „Du täuschst Dich. Was uns unterscheidet ist folgendes: was ich tue, ist freiwillig. Ihr macht lediglich einen miesen Job und sucht dabei euren perversen Kick. Ihr kriegt mich niemals...“ Er konnte nicht zu Ende sprechen, Roy wuchtete ihm wieder seine Faust in den Magen, doch diesmal traf er nur die angespannten Bauchmuskeln. Perce á Val lächelte, Jeff kicherte und langsam mußte auch Roy grinsen. Jeff schlug die Beine übereinander:

„Laß uns Partner werden, Mann. Stell Dir vor, was wir für ein Traumteam wären."

„Ok", sagte Perce á Val und machte eine lange, nachdenkliche Pause, „also wer von euch beiden Süßen will mich zuerst ficken?" Roys Falte wurde puterrot. Doch Jeff sagte schnell: „Das mußt Du Dir schon selbst besorgen. Du verstehst schon, Du hast nämlich keine Wahl."

„Darüber hab ich noch gar nicht nachgedacht, Freunde. Ich darf euch doch so nennen, nach der Offerte?"

„Du hast vergessen zu bitten. Schade. Wir ziehen unsere Offerte zurück. Pech für Dich, Schlaumeier. Wir haben wichtigeres zu tun, als einen Fahrerflüchtigen und Lustmörder zu hofieren. Du kommst in eine Zelle, aber die Tür bleibt angelehnt und wahrscheinlich wird sich bald rumsprechen, daß Du Deinen straffen Arsch zur Disposition stellst. Viel Vergnügen mit dem Grobzeug", sagte Roy, nahm seine Jacke vom Stuhl und wandte sich zur Tür. Jeff erhob sich schwerfällig und stakste seinem Partner hinterher, ohne Perce á Val noch eines Blickes zu würdigen.

„Ahh, meine Schutzengel", sagte Blancheflor, sich in ihrem Bett halb aufrichtend. Sie streckte ihre Rechte Jeff und Roy entgegen, die, in der Tür stehend, den Blumenstrauß wie einen Regenschirm herhielten. „Man erzählt, Sie hätten nach der Operation so geduldig an meinem Bett gewacht." Jeff erspähte eine Blumenvase, trat kurz in die Toilette, man hörte Wasser rauschen, dann kam er lächelnd zurück und stellte die Vase mit den Blumen auf den Nachttisch.

„Aber vorsichtig damit, Mademoiselle", sagte Jeff, sich den kurzen Mantel aufknöpfend.

„Danke für die Blumen. Auch Dienstvorschrift?"

„Natürlich nicht, was denken Sie. Wir beide wollten Ihnen lediglich was Schönes tun, denn Freunde oder Verwandte scheinen Sie nicht zu haben, die Ihnen nach einem solchen Schicksalsschlag beistehen könnten", sagte Roy und lächelte unbeholfen.

„Ich habe keine Familie mehr und meine Freunde habe ich bisher nicht benachrichtigt, damit sie sich nicht unnötig Sorgen machen.

Vielleicht verstehen Sie, daß ich meinen Freunden diese bösartige Geschichte nicht unbedingt darlegen möchte."

„Aber selbstverständlich", sagte Jeff, lockerte die Krawatte und öffnete den obersten Hemdknopf, „wer möchte schon über solche Geschmacklosigkeiten erzählen, die der Kerl Ihnen antun wollte." Er schaute zu Boden, nickte zwei-, dreimal vor sich hin, dann ruckte sein Kopf plötzlich hart nach oben: „Was werden Sie nach Ihrer Entlassung als erstes tun?" fragte er unvermittelt und beobachtete genau Blancheflors Mienenspiel.

„Oh, ich glaube, ich lasse mich zu einem großen Essen einladen", sagte Blancheflor leichthin.

„Von einem Mann oder einer Frau?" fragte Roy schnell.

„Ich dachte, daß vielleicht Sie selber... weil es was Schönes wäre...", sie sprach den Satz nicht zu Ende, ihre Lippen lächelten in sanftem Schwung. Abwechselnd schaute sie den beiden in die Augen. Roy wollte etwas sagen, doch sein Kollege schnitt ihm das Wort ab.

„Ist leider nicht im Budget", bedauerte Jeff salbungsvoll, „aber wir hoffen, auch so noch ein wenig über den Hergang dieses abscheulichen Verbrechens mit Ihnen plaudern zu können."

„Aber meine Herren, ich habe ihren Kollegen Polizisten schon alles geschildert. Das Protokoll ist schon unterzeichnet", sagte Blancheflor und ließ sich matt in die Kissen sinken.

„Mademoiselle", sagte Roy langsam, „ich verstehe ihre Abneigung gegen diese Art Vorgänge, aber wir müssen ein Resultat liefern."

„Der Kerl wurde doch auf frischer Tat ertappt, was soll ich denn noch..."

„Mademoiselle, wir sind nicht die Polizei", sagte Roy unwirsch, „und nun lassen sie uns dieses alberne Versteckspiel beenden."

„Wieso verstecken Sie sich? Sie sind nicht von der Polizei, sagen Sie?" die großen Augen von Blancheflor blickten verwundert. Sie strich theatralisch eine Strähne ihres langen schwarzen Haares aus der Stirn.

„Mademoiselle, wir arbeiten für europäische Interessen", sagte Jeff eindringlich, „und zwar nicht in Bezug auf Sittendelikte, sondern in einem Sonderkommando höchster Priorität. Sie können sicher sein, daß alles, was wir tun und tun werden, legalisiert ist. Sie sagen, Sie möchten gern mit Freunden Essen gehen? Ich würde mich freuen, wenn der Schöpfer Ihnen dieses Vergnügen noch im irdischen Leben gewährt, glauben Sie mir. Aber andererseits hört man oft von Komplikationen auf Intensivstationen. Vertauschte Infusionsbeutel?!" er nahm einen der Plastikbeutel vom Haken, der Blancheflor versorgte. Er drehte die Schlauchklemme zu und lächelte sie an, „oder technische Fehler, oder einfach ungeklärte Herzschwächen."

Roy holt aus seiner Jackentasche eine Ampulle und bewegte sie vor Blancheflor hoch und runter.

Blancheflor lächelte noch immer. Sie griff nach der Schlauchklemme und drehte sie wieder auf. „Ich habe verstanden, meine Herren, also was wollen sie wissen?"

DONNERSTAG - 2. WOCHE

Wie zwar das in der Gralsburg verliehene Schwert zerbrochen ist, das Blut der Lanze jedoch, dem Vernehmen nach, tropft.

Jeff und Roy traten rasch hintereinander in den kleinen Verhörraum. Sie vermieden es, in Perce á Vals Gesicht zu schauen, der gefesselt auf seinem Stuhl saß. Der schien das Eintreten der beiden nicht zu bemerken. Sein Blick hing an einem Spiegel an der gegenüberliegenden Wand. Unverwandt starrte er auf das Spiegelglas. Jeff und Roy bemerkten seinen Blick, sahen einander kurz an, dann begann Jeff:

„In diesem Fall ist das anders, hinter dem Spiegel ist niemand. Wir führen die Untersuchung allein, absolut alleine. Wir nutzen nur die Räumlichkeiten der französischen Polizei."

Perce á Val antwortete nicht, er blickte weiter auf den Spiegel.

„Ich hoffe doch, daß ein Profi sich davon nicht irritieren läßt", spöttelte Roy.

„Ich gewiß nicht", sagte Perce á Val langsam. Seine Stimme klang müde und plötzlich sehr alt. „Und ich wünschte es Ihnen ebenso."

Langsam wandte er seinen Blick. Er schaute ihnen tief in die Augen. Seine Pupillen wirkten starr und unnatürlich geweitet. Die beiden Agenten registrierten diese Veränderung in Perce á Vals Wesen, bezogen es jedoch auf die Ereignisse der Nacht.

„War clever von Dir, auf die Art Deine Unschuld zu retten. Allerdings bist Du ein bißchen weit gegangen. Die ermittelten bisher ja nur wegen Fahrerflucht gegen Dich, doch Du hast den Nachtwächtern hier einen Lustmord geschildert. Die haben Dir alles geglaubt, bei den Einzelheiten... Ich vermute, der Protokollführer mußte anschließend wichsen gehen", lachte Jeff scheppernd.

„Wird schwer sein, Dich rauszuholen, selbst wenn Du nett zu uns bist."

„Bloß um Deinen Anus zu bewahren... ?"

„Es ist wie es ist. Ihr braucht mich nicht rausholen", die Worte kamen schwer und bedächtig von Perce á Vals Zunge, nach dem extremen Schlafentzug.

„Was ist wie?" fragte Roy lauernd.

„Ich habe die Kleine zum Geistigen befördert....tote Hülle...ich mußte das loswerden", Perce á Val flüsterte fast.

„Bitte der Reihe nach. Was hast Du böses gemacht?"

Perce á Val überhörte den Spott, seine Augen verengten sich, er schien sich zu konzentrieren und mühsam brachte er hervor: „Mir träumte, eine alte, sehr alte, gesichtslose Gestalt trat zu mir und hielt mir eine Hand hin. In dieser Hand lagen eine paar Körner. Ein maßloses Entsetzen ergriff mich da. Ich wußte mit einem Mal, ich muß mich entscheiden, für immer. Ich habe die Körner genommen. Nur eines, eines ist mir dabei heruntergefallen. Ich suchte und suchte... Naja, und dabei hab ich sie umgebracht."

„Langsam. Eins nach dem anderen. Wen hast Du umgebracht und warum?"

„Sehen Sie, ich war zu schwach, ich hatte keine Wahl, als ich es tat. Aber als ich letzte Nacht vor dem Untersuchungsrichter stand, hatte ich plötzlich die Kraft, zu wählen, die Wahrheit oder die Falschheit. Das hat nichts mit Gut oder Böse zu tun. Ich bin der Töter; gut so."

Perce á Val unterbrach sich kurz, schaute wieder sinnend in den Spiegel und fuhr dann nachdenklich fort: „Es wird alles geschehen, wie es muß, ich meine, die Hochzeit... und die Zeugung des Lapis..."

Hier brach Perce á Val unvermittelt ab. Es schien, als trafen seine Augen im Spiegel auf irgend etwas. Danach schien er wie aus weiter Ferne zurückgekommen zu sein. Er blickte lächelnd zu Roy und meinte leichthin: „Naja, dann hab ich ihr den kleinen Schlenker gegeben, war wie ein Kuß, platonisch gemeinter."

Roy blickte zu Jeff, der verdrehte etwas die Augen, dann nickte er unmerklich. Aus Erfahrung wissen sie, daß Albernheit tatsächlich ein wesentliches Symptom von Schlafentzug darstellt. Roy sagte bedächtig und deutlich, dabei Perce á Val nicht aus den Augen lassend: „Und dafür willst Du ein Leben lang hinter Gitter? Für so ´ne abgefuckte Story?"

„Meinen Sie, sowas wie mich könnte man frei herumlaufen lassen?"

„Wie wär´s mit Irrenhaus?" fragte Jeff lauernd, um Perce á Vals Trick aufzudecken.

Der wandte sich zu Jeff und sagte distanziert: „Ich bin nicht geisteskrank. Ich bin ein Mörder!"

„Naja", versuchte Roy zu scherzen, „kann man manchmal gut gebrauchen, solche Abartigen. Vielleicht Lust auf ´ne Serie?"

Perce á Vals Augen wanderten wieder in die Ferne: „Ich sagte doch, ich habe die Körner angenommen. Ich gehe also den Weg des Todes. Es ist meine Bestimmung, meine Schritte vom Geistigen in mir lenken zu lassen. Heute Nacht hatte ich die Wahl und habe die Wahrheit gewählt. Ich habe gemordet, aber ich bin nur eine Wirkung. Über die Ursachen habe ich keine Gewalt. Und deshalb bin ich frei. Dadurch, daß das Geistige in mir mich zum Mörder werden ließ, hat es bereits seine Hinrichtung an mir vollzogen. Losgelöst vom Irdischen habe ich die Todsünde gewählt, die Schuld, wie Adam einst." Perce á Vals Kopf sackte, wie der einer Puppe, entkräftet nach vorne. Es war, als hätte jemand anderes aus ihm gesprochen. Auch den beiden fiel das auf. Jeff preßte die Lippen aufeinander und zog die Mundwinkel breit. Er schien etwas ratlos, als er zu Roy hinüberschaute. Der machte mit dem Kopf ein Zeichen zur Tür. Wortlos gingen die beiden hinaus. Als die Türe hinter ihnen ins Schloß fiel, blinzelte Perce á Val listig zu seinem Spiegelbild.

Schweißgebadet war Blancheflor aus dem Schlaf gefahren, als die Schwester die Vorhänge beiseite schob und ihr lächelnd das Thermometer gab.

Abwesend nahm sie später ein leichtes Frühstück zu sich und versuchte, sich den Sinn ihres Traumes zu vergegenwärtigen. Sie kam nicht weit damit, denn die Tür schwang auf, und die beiden Agenten standen fröhlich vor ihrem Bett.

„Nun Mademoiselle", begann der Dickere, „wie ist das werte Befinden? Ich wünsche, wohl geruht zu haben. Denn dies wird ein wichtiger Tag, ihr Tag und damit unser Tag, denn wir hörten, sie sollen bald entlassen werden, aus medizinischer Sicht. Und sehen Sie, deshalb haben mein Partner und ich uns vorgenommen, daß sich heute alles entscheiden wird. Sie werden uns glücklich machen. Wir werden in unserer Arbeit weit vorankommen und Sie werden mit Freunden Essen gehen. Was halten Sie von diesem verheißungsvollen Morgen?"

Blancheflor war fahl geworden. In den Worten des Dicken schwang ein ungeheuerlicher Entschluß mit. Sie betete darum, daß sie die Kraft haben möge, diese Prüfung zu bestehen. Mit sicherer Stimme antwortete sie: „Wir werden sehen, was Gottes Wille ist, an diesem Erdentag."

„Das hört sich fromm an, und ich würde dem zustimmen wollen, mit einem kleinen Zusatz: das einzig göttliche an Gott in diesem Jammertal besteht in seiner unkontrollierten Machtausübung. Und diese Macht, Mademoiselle, diese Verfügung über Ihr Schicksal hängt heute von dem da ab", und damit wies Roy lächelnd auf Jeff, der sich an das Fußende von Blancheflors Bett setzte.

„Wenn es Ihnen beliebt, so können Sie ihn gern Gott nennen. Aber ich weiß, daß es ihm bereits genügt, wenn Sie Boss sagen."

Vergnügt zog Roy sich einen Stuhl heran und nahm an der anderen Seite des Bettes Platz: „Wir haben akzeptiert, das besondere Menschen einer besonderen Aufmerksamkeit bedürfen. Wir wissen, Mademoiselle, daß Sie sich für etwas besonderes halten. Und deshalb haben wir uns etwas ganz besonderes ausgedacht. Etwas, dem Sie sich im wahrsten Sinne des Wortes, nicht werden verschließen können."

Blancheflor hatte rasch nach dem Klingelknopf für das Personal gegriffen. Doch Jeff lächelte nur, drohte spielerisch mit seinem wulstigen Zeigefinger und sagte:

„Du Du, aber nicht doch." Und in veränderter Stimmlage: „Sie scheinen nicht begreifen zu wollen, was wir repräsentieren."

Jeff blickte kurz zu Roy, der nickte.

„Also gut", begann Jeff und lehnte sich gegen das Fußende des Bettes, „Sie halten uns wahrscheinlich für den BND oder NSA oder Moshad oder sonstwelche Agenten, Geheimpolizisten, oder was so durch billige Fernsehunterhaltung geistert. Damit Sie nicht wieder auf eine solche Torheit verfallen, den guten Onkel Doktor um Hilfe angehen zu wollen, ein für allemal: wir repräsentieren die Herrschaft! Die Herrschaft der Demokratien des Abendlandes!! Wir sind nicht die Beamten irgendeiner Behörde, wir sind auch nicht für das Europaparlament tätig. Wir operieren international. Wir haben uneingeschränkte Handlungsermächtigung. Jegliche nationalen Interessen sind dieser Operation nachgeordnet. Wir suchen etwas, von dem wir wissen, daß Sie, Verehrteste, es ebenfalls wissen. Wir sind nur wenigen Sterblichen Rechenschaft schuldig. Sie können sicher sein, daß wir alles unternehmen werden, um das Wissen, das sich hinter diesen schwarzen Locken verbirgt", und dabei wies Jeff mit ausgestrecktem Arm und spitzem Finger direkt auf Blancheflors Kopf, „daß wir das da rauskriegen."

Genießerisch ließ Jeff die Fingergelenke knacken und starrte Blancheflor mit eisigem Blick in die Augen.

„Und noch etwas", ließ sich Roy von der anderen Seite des Bettes vernehmen. Blancheflors Blick sprang zu ihm, „wir sind nicht irgendwelche Folterknechte. Wir kennen die Tragweite dieser Operation. Wir wissen, daß es sich um eine historische Wende in der Geschichte der Zivilisation handelt. Und deshalb werden die Demokratien der westlichen Zivilisation nicht tatenlos zuschauen, wie irgendwelche elitären Wissenschaftler, Geheimbündler, Extremisten, politische Abenteurer oder religiöse Fanatiker den Homunkulus beschwören und die Staaten der Welt in ihre Abhängigkeit zu trachten suchen. Das sind Terroristen!! Niemals werden die gewählten Regierungen dieser Welt solch massive Bedrohung hinnehmen. Deshalb werden Sie verstehen, daß wir diese ganze Bande zur Strecke bringen werden, und zwar mit Ihrer Hilfe."

„Mit ähnlichen Argumenten hat schon 1209 Papst Inocenz III. Europa zum Kreuzzug gegen die Katharer aufgerufen. Darf ich Ihre Ausweise sehen, meine Herren."

Jeff und Roy sahen sich verblüfft an. Dann beugte Roy sich rasch nach vorne und gab Blancheflor eine schallende Ohrfeige. Das schwarze Haar fiel ihr ins Gesicht, trotzig brachte sie es wieder hinter die Ohren.

„Ganz offen, Baby, das war der längste Monolog zur Sache, den mein Partner je gehalten hat. Eigentlich ist Roy immer sehr überzeugend. Solltest Du wirklich ein paar handfestere Reputationen brauchen, Du kannst sicher sein, das haben wir drauf."

„Hier, was meinst Du dazu", sagte Jeff, indem er aus seiner Innentasche ein paar Fotos holte. Sie zeigten eine halb verkohlte Leiche. Trotzdem erkannte Blancheflor den Piloten, der ihnen das Gedicht übermittelt hatte. Sein Unterkiefer steckte abgetreten im Hals.

„Er war ein Verräter", sagte Roy mit sanfter Stimme, „und schlußendlich sah er seinen Fehler ein. Aber leider wußte er nicht um das, was wir suchen. Da sind wir sicher. Er nahm kein einziges Geheimnis mit ins Grab. Kurz vorher wollte er gar alles für uns tun. Solche Leute benutzen wir gelegentlich, aber wir arbeiten nicht mit ihnen zusammen."

„Und was macht Sie so sicher, daß ich mit Ihnen zusammenarbeiten werde?"

„Ihr Intellekt, Teuerste," mischte Jeff sich ein. „Sie sind zu schlau, um für irgendwelche Doktrin zu sterben. Sie haben zuviel Phantasie. Das wird Sie vor der Todesursache Fanatismus bewahren. Sie sind kein Kamikazetyp, das wissen wir. Wir haben jedes Molekül Ihrer

Persönlichkeit analysiert, haben ihre Kinderaufsätze gelesen und ihre Essgewohnheiten studiert, wir kennen Ihren Regelzyklus genauso, wie Ihre BH-Größe. Wir wissen, was Sie über uns denken. Wir haben uns vorbereitet. Wir kennen Ihre Lieblingsfilme und wissen auch, daß Sie in Ihrer Jugend einmal entsetzt das Kino verließen, als da ein ganz böser Film lief. Wir werden Ihrer Erinnerung und vor allem Ihrer Phantasie auf die Sprünge helfen."

Mit einem Male erhoben sich Jeff und Roy. Unter ihren Mänteln holten sie einen Melonenhut hervor, banden Halbmasken mit großen Nasen vor ihr Gesicht. Jeff hielt plötzlich einen Gehstock mit schwerem Knauf in der Hand. Beide legten sich die Arme gegenseitig auf die Schultern, machten einigeTanzschritte und Roy begann zu trällern:

„I´m singing in the rain, just singing in the rain and I´m happy again..." und bei jedem Zeilenende schlug Jeff mit Wucht auf die Bettdecke ein. Blancheflor war alles Blut aus dem Gesicht entwichen, sie erinnerte sich. Wimmernd versuchte sie, den Schlägen zu entkommen; Panik und blankes Entsetzen im Gesicht. Als sie am Ende der ersten Strophe angelangt waren, stieß Roy mit seinem Maskengesicht wie ein Raubvogel auf Blancheflor nieder:

„Na, Schwester, erinnern Sie sich? Dann wissen Sie, wie es weitergeht!"

Blancheflor schluchzte. Sie suchte ihr Gesicht in den Händen zu verbergen.

„Und für die kleinen Djewotschkas kommen wir nun zum alten Rein-und-Raus-Spiel", meinte Jeff mit quäkend verstellter Stimme und holte aus seiner Tasche eine Orange.

Bebend am ganzen Körper und rückhaltlos schluchzend, versuchte Blancheflor die Bettdecke über ihr Gesicht zu ziehen. Mit einem Ruck riß ihr Roy die Decke weg. Ihre Schenkel waren unbedeckt. Wimmernd suchte Blancheflor, ihre Blöße zu verbergen. Jeff fuhr ihr mit dem Stock zwischen die Beine und schob langsam, ganz langsam den Stoff des Nachthemds nach oben. Blancheflor lag wie gebannt. Sie starrte an sich herab und sah, wie ihr kleines Fell freigelegt wurde. Jeff warf Roy schnell die Orange zu.

„It´s time for a clockwork orange now!“ flüsterte er und zog den Stock zurück. Dann trällerten beide wieder: „I´m singing in the rain...“, während Roy ein Messer aus der Tasche nahm und demonstrativ einen Rombus in die Orange schnitt. Blancheflor war wie hypnotisiert. Immer noch singend begann Roy, einen Finger in die Orange zu bohren. Rot quoll der Saft der Blutorange über seine Hand. Als sein Zeigefinger ganz drinsteckte, spielte er vor Blancheflors Gesicht Puppentheater und ließ die Orange lustig umherspringen. Noch immer trällerten die beiden das Lied, die langen Nasen ihrer Masken wippten dazu im Takt. Blancheflor wimmerte und flehte: „Aufhören, aufhören... bitte... ich kann nicht mehr... bitte...“

Roy riß den Puppenkopf vom Finger, warf die Orange zu Jeff, lachte und leckte sich den Finger ab. Jeff beugte sich vor und begann dicht vor Blancheflors Augen den Stock in die Orange zu drücken. Ein blutroter Saftstrahl spritzte plötzlich hervor und traf Blancheflor mitten ins Gesicht. Sie schrie auf wie von Salzsäure getroffen. Roy sprang hinzu, packte ihre Haare, bog ihren Kopf zurück, riß vorbereitete Klebestreifen von seinem Jackettärmel und klebte damit Blancheflors Wimpern an die Brauen, sodaß sie die Augen nicht mehr schließen konnte. Noch immer trällerten die beiden ihren Singsang in the rain. Jeff begann nun bohrend, drückend, ein wenig drehend und rhythmisch stoßend den Stock immer tiefer dringen zu lassen. Blancheflor begann hysterisch zu schreien, die Schale der Orange riß erst leicht ein, dann platzte sie auf. Mit einem dumpfen Klatsch landete sie so in Blancheflors Schoß, und der Saft rann ihr zwischen die Schenkel. Sie bäumte sich auf, um die Orange von sich zu werfen, aber Roy hielt sie eisern umklammert. Sie brüllte aus Leibeskräften. Da nahm Jeff die matschige Frucht und preßte sie Blancheflor in den geöffneten Mund. Ihr Röcheln ging in ersticktes Gurgeln über. Sie würgte mit verdrehten Augen, brachte die Frucht aber nicht heraus. Roy warf sie zurück in die Kissen. Blancheflor zitterte am ganzen Leib, im Gesicht maßloses Entsetzen. Roter Saft mit Speichel vermengt lief an ihr herunter und drang in den weißen Stoff des Nachthemdes. Sie hustete krampfartig die Reste hervor und rang nach Atem. Jeff und Roy summten noch immer die Melodie vor sich hin, legten die Masken und die

Hüte beiseite und betrachteten ihr Werk mit Wohlgefallen. Der Tag war entschieden.

„OK“, sagte Jeff und ließ den schweren Spazierstock durch seine linke Hand gleiten, „und nun möchten wir Fakten hören, ansonsten findet die Lifeshow im Keller, in der Pathologie statt.“

„Laß sie“, meinte Roy, sein Atem ging deutlich schneller, „sie hat genug Phantasie“.

Trotzig schaute Blancheflor mit ihren vom Weinen verschwollenen Augen zum Fenster hinaus. Sie schwieg. Die beiden Agenten schwiegen ebenfalls. Blancheflor bemerkte plötzlich, wie ein Raubvogel, der auf einem Baum hinten am nahen Waldrand gesessen haben mußte, sich stolz erhob, einige Kreise zog und sich dann locker aufwärts in die freien Lüfte schwang. Langsam entschwand er in elegantem Bogen aus Blancheflors Blickfeld. Sie richtete sich im Bett aufrecht, ihr Blick hatte mit einmal eine merkwürdige Entschlossenheit. Fest blickte sie abwechselnd den beiden in die Augen. Mit einer Geste bedeutete sie Roy, daß er die Rückenlehne aufrichten sollte. Jeff reichte ihr wie von selbst die Bettdecke, die zu Boden gegangen war.

Blancheflor deckte sich ruhig zu, schaute noch einmal zum Fenster: „In Ordnung. Ich habe mich entschieden. Stellen Sie Ihre Fragen.“

In Roys Blick blieb jedoch ein wachsames Flackern. Er sagte: „Gut, Schwester. Wir sind über Ihren programmgemäßen Gesinnungswandel erfreut, wenn auch nicht verwundert. Um die Spielregeln gleich von vornherein festzulegen: machen sie sich keine Gedanken über den Sinn unserer Fragen, sondern antworten sie einfach wahrheitsgemäß. Wir werden sie einige Dinge fragen, die uns bereits bekannt sind. Wenn wir Sie bei einer einzigen, ich wiederhole, bei einer einzigen Lüge ertappen, weiß ich genau, daß mein Partner nicht zurückzuhalten ist.“

Im selben Moment, als Roy ausgesprochen hatte, krachte der schwere Knauf des Spazierstockes gegen die Tür des Einbauschrankes und hinterließ in dem furnierten Preßspan ein häßliches Loch. Blancheflor hatte mit keiner Wimper gezuckt.

„Lassen Sie diese Albernheiten, ich denke die Zeit drängt", sagte sie wie zu sich selbst.

Die Falte auf Roys Stirn war jedoch noch nicht geglättet. Er musterte sie genau, als er zischte: „Das war kein Scherz, Schwester. Sie haben nur diese eine Chance. Die bedingungslose Wahrheit und keine Spielchen, denn wie gesagte, die Zeit drängt. Dies ist ihr großer Tag. Carpe diem."

„Fangen Sie an", gab Blancheflor ungerührt zurück.

Die beiden wechselten rasch einen Blick. Jeff stellte die erste Frage: „Für wen arbeiten Sie?"

„Für einen religiösen Orden namens Ónia."

„Welche Funktion üben Sie in dieser Organisation aus", kam es von links, von Roy.

„Ich bin die private Sekretärin des Ehrwürdigen Vaters."

„Was heißt das - Ehrwürdiger Vater?"

„Er ist der Vorsteher, das sichtbare Oberhaupt des Ordens."

„Haben Sie da auch unsichtbare Häupter", kicherte Jeff.

„Ja", gab Blancheflor kurz zurück.

„Und die wären?" fragte Roy etwas ungehalten, denn er fürchtete, die Sache könne abgleiten.

„Es gibt spirituelle Oberhäupter, sie lenken die Geschicke des Ordens bereits seit vielen Jahrhunderten. Sie sind unsichtbar, denn sie sind tot. Sie äußern ihre Botschaften durch Zeichen. Dem Ehrwürdigen Vater obliegt es, diese Zeichen zu deuten. Ich bin ihr Wille."

„Welcher Wille ist das, den Ónia zur Zeit umzusetzen bemüht ist?"

„Eine fremde, dunkle Macht, von der Öffentlichkeit ungeahnt, aber wir kennen sie bereits seit geraumer Zeit", bemühte sich Blancheflor zu präzisieren, „skrupellose Wissenschaftler, haben etwas entwikkelt, was den Geist der Macht repräsentiert. Mit ihm im Bunde ist man im Irdischen unendlich mächtig. Der Geist selber ist unsterblich, eine Art göttlicher Dämon, wie aus Aladins Wunderlampe. Sozusagen ein dienstbarer Geist, jedwedem Benutzer untertan. Unser Orden suchte sich in den Besitz dieses Parazythen zu bringen, um diese

Macht zum Guten des Menschen einzusetzen. Ein junges Pärchen hat den Prototypen aus einem Labor der zetEM...“

„Was bitte bedeutet zetEM?“ unterbrach Roy lauernd.

„Gesellschaft zur Errettung der Menschheit“, fuhr Blancheflor im gleichen Tonfall fort, „so nennt sich dieser Geheimbund von Forschern. Aus deren Laboren hat unser Pärchen den Prototyp dieses Parazythen entführt und gleichzeitig die Weiterarbeit an dieser Art Forschung für Jahre gestoppt. Den Prototyp wollten wir dem Ehrwürdigen Vater eingeben, weil nur er stark genug ist, die Macht zu bändigen und ins Gute zu wandeln.“

„Was heißt das, wie geht sowas vor sich?“ fragte Jeff scheinbar teilnahmslos.

„Der Parazyth existiert ähnlich wie ein Virus. Er benötigt einen Wirtskörper zum Überleben. Er beherbergt in sich eine Art Matrize, die er im Zentralnervensystem ablegt und die sich selbst vervielfältigt, bis sie die Sinneswahrnehmung des Wirtes vollständig modifiziert hat. Das Nervensystem und das Hirn seines Wirtes nutzend, kann der Parazyth dann sein eigenes Programm in die Persönlichkeit des Wirtes einbringen und dieser selbst tritt mehr und mehr in den Hintergrund. Trotz der abgelegten und sich selbst immer mehr vervielfältigenden Matrizen bleibt der ursprüngliche einzelne Parazyth entscheidende Schaltstelle im Organismus. Er kann sich durch Körperflüssigkeit auf andere übertragen und bewerkstelligt im nächsten Organismus das Gleiche. Die direkte Steuerung des Spenderorganismus ist in der Regel nicht mehr nötig, da durch die Unterwanderung seines Bewußtseins der Mensch bereits zu veränderter Wahrnehmung gelangte, somit Einsichten erfuhr und daraus Konsequenzen ableitete, die ausreichen, um sein gesamtes Wertesystem und damit sein Verhalten komplex neu zu definieren. Und wer einmal von diesem Apfel aß, kann bereits erlangtes Bewußtsein nicht mehr löschen, wie wir bereits aus der Heiligen Schrift wissen.“

„Heilige Schreibweisen hin oder her“, brummte Roy, „aber wie kann man feststellen, ob sich der Parazyth noch in einem Körper befindet oder bereits im nächsten ist?“

„Durch eine Art Dialyse. Der Parazyth hat ein spezielles Kontrastmittel. Da er sich immer im Blutkreislauf befinden muß, können wir das Blut scannen und so Mahn herausfiltern.“

„Wen?“ Roy war verblüfft - oder spielte er es nur.

„Mahn! Das ist der Name, den der Prototyp trägt.“

„Und weiter“, fragte Jeff ungeduldig.

„Nun, wir bemerkten, das unser Pärchen mit dieser Beigabe in ihrem Bewußtsein überfordert war, denn der Parazyth begann sozusagen ein Eigenleben zu führen. Er schien plötzlich wie in Symbiose mit dem Wirtsbewußtsein eigene ethische Werte zu reflektieren und begann sein ihm imanentes Programm abzuändern. Bald versuchte Mahn, das Pärchen unserer Kontrolle zu entziehen, um in deren Körpern vor uns zu fliehen. Sie versteckten sich an der Cote de Azur. Als wir das erfuhren, sollte der Parazyth sofort entfernt werden. Wir wußten jedoch nicht, in welchem der beiden Körper sich Mahn mittlerweile verbarg. Deshalb mußten wir den Scan fahren. Dabei kam es dann zu jenem Unfall, jedenfalls glauben wir bisher, daß es ein Unfall war...“ Blancheflors Blick wanderte von einem zum anderen, suchte eine Regung in den Gesichtern der Agenten zu entdecken und fuhr dann leichthin fort, „...der Rest dürfte Ihnen bekannt sein.“

„Mutmaßen Sie nicht darüber, was uns bekannt sein könnte und was nicht, sondern berichten Sie wahrheitsgemäß!“ sagte Jeff und er klang gefährlich.

„Also gut“, meinte Blancheflor trotzig, „dann tauchte Ihr Mann auf, dieser Perce á Val, um den Prototypen zu bekommen. Ich sollte Perce á Val stoppen. Und nun ich bin in Ihrer Hand.“

Hier entstand eine lange Pause. Abwartend blickte Blancheflor von einem zum anderen. Keine Regung in den Gesichtern der beiden verriet ihr, ob sie die Kröte geschluckt hatten. Aber da Jeffs Spazierstock weiter ruhig in dessen Hand lag, ging sie davon aus, daß ihre Suggestion plaziert war.

„Also haben Sie diese blutige Sauerei in der Rue Le Marat veranstaltet?“ fragte Jeff.

„Ja, als ich das Blut der beiden scante, wurde ich von Ihrem Mann überrascht. In der Eile unterlief mir leider der kleine Patzer mit den Blutkonserven und die beiden verbluteten. Es war ein Unfall, verstehen Sie. Wir sind keine Assassinen, kein Mörderclub. Normalerweise hätten die beiden nichts bemerkt, sondern hätten nur einen besonders tiefen Schlaf gehabt."

Jeff beugte sich langsam und bedächtig vor. Er schaute Blancheflor prüfend in die Augen, dann fragte er eindringlich:

„Und wo ist der Parazyth jetzt?"

„Ich dachte, das wüßten *Sie*!" kam es erstaunt von Blancheflor.

Jeff und Roy fuhren in ihrem Jeep vom Krankenhaus zu der abgelegenen Polizeiwache, in der Perce á Val noch immer gefangengehalten wurde. Während der Fahrt versuchten beide, die bisherigen Geschehnisse zusammenzufassen. Jeff hatte sich im Beifahrersitz vor Eifer halb zu Roy herübergedreht:

„Also die Sache begann doch damit, daß wir die eindeutige Information hatten, daß Perce á Val die Schlüsselfigur ist, die uns ins Zentrum führt und uns diesen Parazythen ausschalten läßt. Wir haben sämtliche seiner Kontakte observiert, es war eindeutig immer die zetEM, die ihn beauftragte. Wir haben ihn ausgeschaltet, als sein Handeln mit den Aufträgen der zetEM nicht mehr zu erklären war. Aber wir sind diesem verdammten Parazythen keinen Schritt näher gekommen."

„Nicht so schnell, mein Lieber", meinte Roy, seinen Blick nicht vom Verkehr wendend, „von wem ist denn die Information, daß Perce á Val ein Mann der zetEM ist?"

„Wissen wir nicht", gab Jeff gereizt zu.

„Eben", triumphierte Roy.

„Was soll das, für wen soll er denn sonst arbeiten? Schließlich war er doch bei dem Pärchen."

Roy schmunzelte: „Stimmt, war er. Aber wir waren auch da und Blancheflor. Der weise Mann sagt: wer fragt, kennt bereits die Antwort, sonst wäre seine Frage sinnlos."

„Vielen Dank", Jeff schaute mißmutig aus dem Seitenfenster auf die Vorortsiedlung, die in Frankreich genauso aussahen, wie überall in der aufgeräumten Welt.

„Sei nicht sauer", lenkte Roy ein, „aber vielleicht hat das Luder sich nicht dumm gestellt, als sie uns arglos mitteilte, Perce á Val wäre in Ónias Augen einer von uns. Sie wollte von etwas ablenken, klar, aber wovon?" Plötzlich hellte sich Roys Miene auf: „Vielleicht ist Perce á Val ein Placebo des Ordens und Blancheflor will ihn schützen."

„Das klingt aber sehr gewagt", Jeff starrte mürrisch auf die Straße.

„Überlege doch mal. Wir hatten ständig diese unerklärlichen Überlagerungen bei unseren sensographen Aufzeichnungen, erinnerst Du Dich? Das kann er nicht selbst manipuliert haben. Er ging immer irrationaler vor, entfernte sich vom Auftrag der zetEM. Also können die auch nicht die Störung unserer Aufzeichnungen verursacht haben, denn dann hätten sie gewußt, daß wir auf ihren Fersen sind. Er ging einfach nicht ins Allerheiligste, nicht gegen Ònia, wo die zetEM den Prototypen vermutet. Dann hat Ónia die vier Profis in Bewegung gesetzt. Um die Vier auszubürsten, haben wir unsere neueste Technik eingesetzt, von denen kein Parlament der Erde weiß. Die ahnen ja noch nicht einmal, daß wir bereits über biologische Waffen verfügen, die es erlauben, jegliche signifikante Bevölkerungsgruppe auszulöschen, indem wir die genetisch typischen Dispositionen in die Zielnavigation der andockenden Killerviren einprogrammieren; Hautfarbe, Haarfarbe, egal. Die halten die Fernsteuerung komplexer biologischer Struktur noch immer für ein Thema der Raumfahrttechnologie, hahaha." Roy kam wieder aus seinem Technik-Flash zurück. Das Lachen gefror allmählich auf seinen Lippen und resigniert fügte er an: „Aber was war das Resultat - es waren Placebo-Boten, nix dran. Ónia hat sie einfach ins Messer laufen lassen. Das heißt, nicht einfach so", Roy unterbrach sich sinnierend, „sondern wir wurden abgelenkt und unsere technischen Möglichkeiten wurden entdeckt."

„Eben! Und derjenige lebt noch", warf Jeff mißgelaunt ein und blickte herausfordernd zu Roy. Der bemerkte die Anspielung:

„Und der Verrat des Piloten, der das Gedicht kopierte und Ónia übersandte?" fragte er scharf zurück.

„Der Pilot geht nicht auf mein Konto. Ich bin nicht die Personalleitung in diesem Laden. Schwund ist überall."

„OK, ist gestorben, brauchen wir eh nicht vertiefen", meinte Roy in beschwichtigendem Tonfall. „Die Frage ist, für wen arbeitet Perce á Val wirklich, was machen wir mit ihm und was wird aus der Weiterverfolgung dieses Lancelot Schütze? Aus meiner Sicht ist denkbar, daß Perce á Val tatsächlich ein Placebo des Ordens ist, uns vor die Nase geschoben, um die richtige Aktion „Mahn" zu decken. Ich meine, die zetEM ist längst draußen. Die hatten nur Perce á Val, der war von Blancheflor und uns im gleichen Schachzug kaltgestellt. Damit sind die am Ende. Der Orden ist dichter dran, die wissen wo Mahn steckt. Wir sollten uns diese Blancheflor doch mal richtig vornehmen, den klassischen Weg. Schütze ist unwichtig. Entweder er hat mit der Sache wirklich zu tun, war also der einzige Nicht-Placebo, dann kreuzt er von allein wieder unseren Weg. Ansonsten ist er ungefährlich. Die Story glaubt ihm kein Journalistenhirn, geschweige denn ein Beamter."

„Gut", nickte Jeff, „dann werden wir Perce á Val also umbürsten und gegen die Eigenen wenden. Und das ist Ónia, wenn wir richtig kombiniert haben. Aber dann wären Blancheflor und er Waffenbrüder. Das sollten wir testen."

„Richtig. Andere Figuren sind nicht im Spiel. Und falls ein Springer zwischendrin die Farbe wechselt, bleibt immer noch die große Rochade."

Die Eröffnung der Runde war durch Belanglosigkeit gekennzeichnet. Perce á Val mußte sich quälen, die Augen offen zu halten.

„Weißt Du", ergriff Jeff die Initiative in lockerem Tonfall, „ich habe mir gedacht, wir sollten Dich einfach gehen lassen. Deine Leute wissen ja nicht, was für ein Held Du warst. Wir werden einige spektakuläre Informationen an den richtigen Knoten im Netz plazieren und irgendwann wird es einen richtig Eifrigen im Club geben. Du weißt schon, ein Neuer. Einer der noch jung und dynamisch ist, der brennt vor Tatendrang. Diese Leute wollen meist schwer beweisen, was sie für tolle Kerle sind. Wenn man denen was von einem potentiellen Verräter steckt, ziehen die gleich das volle Programm ab. Und irgendwann, wenn Du mit Freundin aus der Spätvorstellung einer deutschen Kriminalkomödie taumelst, in die sie dich geschleppt hat, und nur noch gequirlte Kacke denkst, dann wird so eine Nachwuchskraft mit der Knarre aus einer Nische treten und alle Deppen, die Dich zusammensacken sehen, denken: echt geiles Möörtschendeising heutzutage."

Perce á Val hatte kaum noch hingehört. Die Schlafentzugsfolter hatte ihn stumpf gemacht. Trübe dösend versuchte er nur, möglichst keine Regung aufkommen zu lassen, möglichst keine unbewußten Signale von sich zu geben. Sein Kopf war ihm auf die Brust gesunken. Roy sprang hinzu, faßte ihn am Kinn und zischte:

„Wo ist der Parazyth? Wer hat Mahn?"

„Ich hab keine Ahnung, was ihr meint", entfuhr es Perce á Val in gehauchtem Ton. Roy hielt sein Kinn noch immer in der Rechten. Er schaute lange in Perce á Vals Halbpupillen, dann ließ er plötzlich los, und der Kopf fiel kraftlos herab. Er gab Jeff ein Zeichen, sie wandten sich von dem halb Bewußtlosen ab und verließen den Raum. Sie gaben dem Personal Anweisung, den Gefangenen nun schlafen zu lassen und gingen zu ihrem Jeep.

„Ist doch immer dasselbe", brummte Roy auf dem Fahrersitz, „bei bestimmten Charakteren hast Du keine Chance."

„Falsch", fuhr Jeff scharf auf, „wahrscheinlich sind es nur die falschen Fragen. Auf diesem verdammten Planeten gibt es soviel abgedrehte Typen: durchgeknallte Verschwörungstheoretiker, jugendliche Spontis, Sadisten, vom Leben enttäuschte, Opfer vom Klima, von der Regierung, von der bösen Mutti, vom Lehrer, vom Arbeitsamt. Wenn Du all denen nur ´nen Vorderlader zugestehen würdest, wäre sofort Chaos, denen wäre Demokratie Wurscht. Schau Dir den Balkan an. Alle diese Leute haben gute Gründe, wie Perce á Val auch. Auch der wurde wahrscheinlich irgendwann im Leben derart enttäuscht, daß er meint, sich rächen zu müssen. Wir können solche Spinner aber weder ungestraft rumlaufen lassen, noch können wir jedem einen Einzelfallhelfer zuteilen und sozial betreutes Wohnen verordnen. Ich sage Dir, wenn die Stabilität ins Rutschen gerät, werden auch die Wohlerzogenen nach der Kehle des Nachbarn greifen. Es gibt nur eine Möglichkeit, diese anonyme Bande potentieller Verbrecher in Schach zu halten. Du mußt ihnen das geben, was sie, seit Gott tot ist, verlernt haben - Demut. Denn sie haben keine Demut, weder vor Gott, noch vor dem Goldenen Kalb. Also demütige sie; und zwar in einer Art und Weise, daß sie lernen zu begreifen, wie klein sie sind. Nimm ihnen ihre Selbstachtung. Zerstöre ihren Stolz, ihre Würde, ihre Werte, ihr Ego - also ihre Motive. Ein Gegner ohne Ego ist kein Gegner mehr.

Wir werden unseren Perce á Val weder erpressen, noch kaufen, noch austricksen können. Im Augenblick würde er sich für seine verdrehten Ideale eher vierteilen lassen. Also werden wir ihm seine Selbstachtung nehmen."

„Und wie willst Du das machen?" fragte Roy etwas ungeduldig, denn er kannte diese Ansichten von Jeff, und wußte, wenn der seine Philosophie ins Rollen brachte, geriet er leicht in Eifer über die Dummheit der Welt, dessen typischster Repräsentant dann zufällig vor ihm saß. Das hatte oft bleibende Schäden bei dem Verstockten zur Folge - wie bei Epiktet damals, dem Begründer des Stoizismus. Doch momentan lehnte Jeff sich noch zurück und grinste genüßlich:

„Wir haben doch unsere Super-Jane, Blancheflor. Und für Jane würde Tarzan alles tun, wie man weiß. Wir haben doch die Motivationen unseres Dschungelhelden analysiert. Wir wissen, wozu er fähig ist und wofür. Entweder sind Blancheflor und er Glaubensbrüder", hier lachte er kurz und trocken, „oder aber Gegner auf dem gleichen Spielfeld. Wir können nicht sicher sein. Aber wir müssen es wissen. Also werden wir es testen. Sein Ehrenkodex ist der Schlüssel, glaub mir."

FREITAG – 2. WOCHE

Wie ein Jegliches freikommt, dadurch die Tropfen der Gans eine neue Bedeutung erlangen und zwei Störenfriede einfach umgehauen werden.

Um Perce á Val mit Blancheflor zu konfrontieren, mußte man einen von beiden aus seinem jetzigen Aufenthaltsort ausleihen. Das war gegen die Anweisungen und somit heikel. Perce á Val aus der polizeilichen Verwahrung zu holen, hätte einigen bürokratischen Aufwand gekostet. Deshalb war es einfacher, Blancheflor zu ihm zu bringen. Um möglichen Nachfragen vorzubeugen, benutzte man ein williges Mädelchen, was in etwa die Statur und den Typ von Blancheflor hatte, den Rest machte eine Perücke.

Blancheflor wurde also aus ihrem Krankenzimmer geholt, während die andere in das Bett schlüpfte. Blancheflor ging in den Sachen des Mädchens, einem weitem Trenchcoat, schwarzer Pudelmütze und in schweren Schnürschuhen mit einer blonden Kurzhaarperücke zwischen den beiden Agenten zum Wagen. Wenn man sie so sah, konnte nicht einmal das Geschlecht deutlich bestimmt werden.

Blancheflor wurde unvorbereitet in den kleinen Verhörraum gestoßen, in dem Perce á Val auf seinem Stuhl gefesselt wartete. Er sah besser aus, der Schlaf hatte ihm gut getan. Er schien überrascht, als er Blancheflor sah. Ihrem Gesicht war keine Verwunderung anzumerken. Lange herrschte Schweigen. Roy und Jeff hatten auf den beiden Stühlen Platz genommen, Blancheflor stand noch an der Tür.

Jeff begann also: „Wir haben zwei Probleme, meine Lieben; und um es vorwegzunehmen, wir müssen sie hier und heute lösen. Erstens: es gibt keinen Lustmord, weil es keine Leiche gibt. Die französische Polizei müßte ihn also laufenlassen und könnte ihn nur wegen Fahrerflucht belangen. Das wollen wir freilich nicht, wir werden ihn also des Mordes überführen müssen. Das heißt für Dich, Schwester, Du mußt ein zweites Mal verbluten.“ Er schwieg ein Weile, seine Augen sprangen zwischen Perce á Val und Blancheflor hin und her. Dann fuhr er fort, sein Kopf nickte in Richtung Blancheflor:

„Problem Nummero 2: wenn wir Dich laufen ließen und Perce á Val festsetzen, hättest Du Deinen Job gut gemacht. Und wenn wir euch beide laufen lassen, könnte es sein, daß ihr euch verbündet. Einer von euch beiden ist also überflüssig. Einer stirbt heute, denn sein Auftrag ist beendet. Bevor wir jedoch die Entscheidung treffen, sei euch gestattet, die Begründung des Todesurteils zu hören und zu verstehen."

Jeff vermied es, in Roys Richtung zu blicken, auf dessen Stirn sich bereits zart die Falte abzeichnete, denn er wußte, das galt ihm. Roy konnte seiner Philosophie noch nie folgen, und es nervte ihn, sie sich jedesmal anhören zu müssen. Deshalb rutschte Jeff mit dem Stuhl nach vorne und begann in ruhigem Ton: „Europa ist krank. Es leidet an der Unterwanderung seiner marktwirtschaftlichen Prinzipien. Es sind Kräfte am Werk, die das Wachsen der sozialen Marktwirtschaft und damit der Grundlage unserer Gesellschaftsform nicht nur behindern, sondern bewußt verächtlich machen. Diese ansteckenden Krankheitskeime befallen die Psyche, das Mentale, die Einstellungen der einzelnen Menschen. Es wird ein schleichendes Gift geträufelt, das den Glauben der Menschen an ihre wirtschaftliche Basis permanent vergiftet. Und dieses Gift wandert mittlerweile tief in die Herzen. Die Menschen akzeptieren vielleicht noch mit dem Verstand die Konsequenzen des Marktes, aber im Herzen haben sie sich längst abgewandt. So werden moralische Vorbehalte ausgebrütet und das Tun unseres Wirtschaftssystems wird dumpf als böse, als unsozial, als gemein denunziert. Dieser Vergällungsprozeß wird in den Medien, in gelierendem Parteiengesülze, in den Schulen und Universitäten, ja sogar in der Justiz und der Armee aufgekocht. Sämtliche Maßnahmen zur Stärkung des Staates werden als Gewaltmonopolisierung verunglimpft. Es heißt, wer stark ist, wer erfolgreich ist, tut dies auf Kosten anderer. Unternehmerische Kreativität wird mit der Dagobert Duck Schablone lächerlich gemacht; oder sogar als gefährlich für Gesundheit und ruhigen Schlaf friedlicher Mitbürger gebrandmarkt. Dieser Virus geht um in ganz Europa. Wir meinen, dafür gibt es Verantwortliche. Die Täterschaft zieht sich durch alle Bereiche. Einfalt? Wählerstimmen? Es liegt der Verdacht nahe, daß die Prediger der sozialen Hängematte in einem geheimen Auftrag gesteuert werden.

Denn schließlich wird es Nutznießer geben, wenn Europa zu Boden geht. Wir sollen unser Wachstum aufgeben. Da ist eine große Übernahme geplant. Und deshalb sind diese öffentlichen Politiker, die dazu auffordern, daß jedermann seine Rechte vom Kindergartenplatz bis zur Vollpension ab dem 60sten in der Seniorenhotelanlage einklagen solle, gefährliche Gegner. Mit scheinbar sozialem Anspruch wird ein Klima der Verhetzung und des sozialen Neides aufgebaut. Das kennzeichnet diese Ehedem-Revoluzzer vom Totenhof der Sozialsäue mit Wohnsitz Toscana. Und euer Verein bastelt doch an ähnlichen Gerechtigkeits-Viren, stimmts...?"

Jeffs Stimmlage hatte gefährlich schrille Höhen erreicht. Roy wurde unruhig. Er hatte sich bereits mehrfach geräuspert, aber Jeff hatte es nicht mitbekommen. Roy erhob sich deshalb und schüttelte tadelnd den Kopf.

„Ich kenne Deinen Einwand, Roy", kam es schnaubend von Jeff, „aber diesmal gehen meine Worte nicht in laue Luft. Die beiden werden es verstehen, es hängt nämlich ihr Leben davon ab, zu akzeptieren, daß das freie Spiel der Kräfte etwas dem Menschen immanentes ist, Mitgift vom Baum der Erkenntnis. Und ich erhoffe mir jetzt ein schönes Schauspiel des Kräftemessens, denn ihr kennt den Preis."

Jeff sprang behende auf, trat rasch zu Blancheflor, die immer noch ihre Handschellen trug, packte sie am Arm, zerrte sie zum Tisch, trat ihr leicht in die Kniekehlen, so daß sie überrascht einknickte und warf sie mit dem Rücken auf den Tisch. Roy war aufgestanden und hinter Perce á Val getreten, nur damit es keine Überraschungen gäbe. Jeff holte noch eine zusätzliche Handschelle hervor und fesselte Blancheflors Handgelenke an jeweils einem Tischbein, die Beine mit den schweren Schuhen baumelten hilflos. Verwundert starrte Perce á Val auf diese Szene. Roy befreite ihn vom Stuhl, stellte ihn aufrecht, seine Hände vor dem Körper gefesselt.

„Und nun", verkündete Jeff, „liegt alles bei Dir, Perce á Val. Ich hoffe, Du magst Voyeure, denn wir müssen den Erfolg protokollieren. Also, wenn Dir wichtig ist, das sie überlebt... Ich wiederhole: wenn es Deinem Wunsche entspricht, daß diese kleine Spezialistin überlebt, dann wichs ihr in die Fresse."

Verblüfft hob Perce á Val seine Augen zu Jeff. Der grinste. Perce á Val meinte, sich verhört zu haben und blieb weiter in erwartungsvoller Spannung. Da vernahm er Roys Stimme dicht an seinem Ohr: „Du hast richtig gehört, Superhengst. Du sollst sie nicht vögeln, Du sollst sie demütigen. Zeig es uns. Klatsch ihr Deinen Samen in die Schnauze, kleb sie zu. Zeig dem kleinen Drecksstück den Extrakt Deiner erhabenen Männlichkeit. Spritz sie voll, die religiöse Schlampe. Wir wollen ein saftiges, weißes Kreuz auf ihrem gepflegten Teint sehen. Dann bist Du frei. Und sie darf überleben. Und später, wenn dieser geheime Budenzauber vorbei ist, lassen wir sie laufen und dann könnt ihr heiraten. Happy End?! Freilich wirst Du es nur bringen, wenn Dein Geist es zuläßt; denn der Orgasmus findet bekanntlich im Kopf statt, nicht zwischen den Beinen."

„Ansonsten", tönte Jeff," haben wir ihre Leiche, und Dich tatsächlich als Lustmörder für viele, viele Jahre in Gewahrsam."

„Und dann wichst der Pfleger aus der Pathologie in ihr Gesichtchen."

„Na, kannst Du?"

Perce á Vals Gesichtszüge waren hart geworden. Seine Augen hatten sich verengt. Unauffällig prüfte er den Sitz seiner Fesseln, den Abstand zu Roy, die Entfernung zu Jeff. Seine Beinmuskeln spannten sich, für den entscheidenden Tritt gegen Roy. Er mobilisierte sämtliche Muskelstränge seines Körper, alle Nerven vibrierten, seine entsprechenden Drüsen bereiteten sich auf Überproduktion vor, in sein Hirn trat massiver Wille, ein Focus übermenschlicher Kraft. Doch plötzlich vernahm er leise eine Stimme an seinem Ohr:

„Tu´s nicht, er wartet nur darauf", es war Roys Stimme.

Perce á Vals Augen fieberten bedrängt in dem kleinen Raum umher. Er sah die angewiderte Miene von Blancheflor, Jeffs beständiges Grinsen, den Stuhl, diesen absurden Tisch, auf dem die Gestalt des Mädchens in dem unförmigen Trenchcoat lag, unter dem jetzt eine leichte Seidenbluse sichtbar wurde. Dann fiel sein Blick auf den Spiegel und eine plötzliche Erinnerung durchpulste ihn. Er lächelte, seine Muskeln entspannten sich. Er nickte, dann zog er umständlich den Reißverschluß seiner Hose auf.

„Ich will ihre Titten sehen", sagte er mit sonorer Stimme, deren Vibration sich durch die Tischplatte auf Blancheflors Rücken übertrug. Ein Schauer erfaßte sie und ließ ihre Brustwarzen hart werden.

„Wir auch!" bemerkte Jeff daraufhin und riß ihr die Bluse auseinander. Dann wurden ihr wieder die Lider an den Augenbrauen festgeklebt und ihr Kopf an den Haaren fixiert.

Blancheflor mußte sehen, wie der Mann sich über sie beugte. Aus dieser Perspektive wirkte es geradezu monströs, wie er mit gefesselten Händen sein halbsteifes Glied rieb. Die ersten Schweißperlen traten auf seine Stirn. Ihre aufgerissenen Augen mußten zusehen, wie er immer härter wurde, immer mächtiger anschwoll, sein Schnabel zu glänzen begann. Er hielt seinen Schwan dicht über ihr Gesicht. Sie konnte riechen, daß er lange keine Gelegenheit hatte, sich zu waschen. Anfangs war es mehr ein Reiben, Drücken, was später in hastige Bewegung überging. Sein Atem ging stoßweise auf sie nieder. Seine Augen stierten ihr abwechselnd auf die Brüste und ins Gesicht. Immer hastiger, immer schneller, immer rhythmischer wurden die Bewegungen seiner, zu skurrilem Duett aneinander gefesselten, kräftigen Hände. Und plötzlich schoß es weiß aus seiner geballten Faust. Der erste Guß traf sie auf die Stirn und rann unter den Haaransatz der Perücke. Der zweite Strahl ergoß sich in ihren erschrocken geöffneten Mund und dann ging ein warmer Regen vieler kleinerer Spritzer auf sie nieder. Am Ende tropfte er den Rest von seiner glänzenden, violetten Lanze in ihre Augen. Da wand und bäumte sie sich, um sich von dem brennenden Elexier im Auge zu befreien, doch die Fesseln verhinderten jegliches Bemühen. Gurgelnd brachte sie Sperma mit Speichel vermischt aus ihrem Munde, das an ihrem Halse herab in den Kragen der weißen Bluse lief.

Ermattet schlug Blancheflor auf die Tischplatte zurück. Da bemerkte sie plötzlich einen eigenartigen Farbwirbel vor ihren Augäpfeln. Es war, als würde sie unter einem riesigen Baum liegen und in dessen lichtdurchflutete Krone hinaufschauen. Weit oben, sie konnte einzelne Blätter nicht mehr unterscheiden, schien ein starker Wind den Wipfel hin und her zu schwingen und die senkrecht darüber stehende Sonne warf glitzernde Reflexe durch das Blätterdach. Und so entstand ein Blenden und gleichzeitig ein sanftes, rhythmisches Schaukeln, wobei die Baumkrone immer höher und höher zu schwingen schien. Und Blancheflor wurde leichter und leichter, und ihr schien, sie würde ebenfalls aufwärts schweben. Die blendenden Reflexe wurden immer rhythmischer, pulsierten in ihren Sinnen.

Jeff und Roy schauten sich verdutzt an, als Blancheflors Kopf zur Seite abkippte. Ihre Augen zeigten nur noch das Weiß der Augäpfel.

„Durchgeknallt, unsere Heilige. Vielleicht Ekelschock. Gibt bestimmt ´nen Herpes", kicherte Jeff. Die beiden wandten sich zu Perce á Val, der sich gerade die Hose zuknöpfte.

„Du hast sie nur deshalb vollgewichst, weil Du sicher sein konntest, daß sie dir das vergeben wird, stimmst?" fragte Jeff.

„Kann sein", antwortete Perce á Val einsilbig.

„Ihr arbeitet beide für Ónia, gib es zu", sprach Roy mit Nachdruck.

„Schon möglich", sagte Perce á Val, diesmal leiser.

„Ok, die Sache mit der Fahrerflucht erledigen wir. Allerdings haben wir eine kleine Bewährungsauflage. Du dringst bei Ónia ein. Wir wollen den Parazythen. Denn nur dort kann er sein. Der Typ vom Labor hatte ihn, bevor er starb, soviel ist sicher. Dann war Ónia in der Herberge, dann Du und am Ende wir. Du hast ihn nicht, sonst würdest Du ja nicht suchen, wir haben ihn nicht, sonst hätten wir bereits Sonderurlaub, also muß er bereits irgendwie zu Ònia gelangt sein."

Perce á Val hob erstaunt die Brauen. Aber sein Adamsapfel schluckte die Bemerkung.

„Ich werd sehen, was ich machen kann", gab er unbestimmt zurück.

„Wir hoffen, daß Dir eine Menge Machbares einfällt. Wir haben da etwas, das wird immer in Deiner Nähe sein. Und wenn Du vom Pfad der Tugend abweichst, Dich nicht mehr auf Dein Ziel zubewegen solltest oder erkennbare Denunziationen begehst, dann macht es in Dir einfach Peng und Du stirbst an inneren Blutungen."

Roy schaute ihm eindringlich in die Augen als er fortfuhr: „Wir überwachen Deine wichtigsten Parameter, Deinen Pulsschlag, Deine Atemfrequenz, Deine REM Phasen. Wir sind immer bei Dir. Und wenn Du uns enttäuschen solltest, oder wenn Du Dich nicht mehr unter Kontrolle hast und Dummheiten begehen willst, dann wird die Fernzündung gedrückt - game over! Verstanden?“ Roys Blick wurde eisig technisch: „Und sei vorsichtig mit Dir, beschädige Dich nicht selbst. Solche Technik ist nämlich wahnsinnig teuer. Deshalb wurdest Du hier auch so pfleglich behandelt. Und nun Marsch in die Kleiderkammer, Du hast einen Auftrag.“ Perce á Val blickte unschlüssig von einem zum anderen, dann zu Blancheflor, die noch immer weggetreten schien. Da sie ihm in ihrer Gegenwart diesen Auftrag erteilten, war ihm klar, daß sie sie töten würden. Er trat vor Roy und hielt ihm wortlos seine Handschellen entgegen. Roy öffnete lächelnd.

Vor der Tür sprach Roy kurz mit den bewaffneten Wächtern, die Perce á Val daraufhin zu dem gepanzerten Aufzug eskortierten. Dann betrat er wieder die Verhörzelle. Jeff starrte auf Blancheflor. Mit leichtem Schwung schlug er ihr die Außenseite seiner rechten Hand ins Gesicht, darauf bedacht, nicht diese drei Tropfen trocknendes Sperma zu treffen. Sie begann plötzlich, schwer zu atmen, warf den Kopf hin und her, schlug die Augen auf. Ungläubig staunte sie in die beiden Gesichter.

„Was ist das für eine Lanze...“, brach es aus ihr hervor.

„Kommen Sie zu sich, es ist vorbei“, sagte Jeff begütigend.

„Aber nein, sie blutet doch. Weitermachen!“ befahl Blancheflors Stimme, die von weither zu kommen schien.

„Aber nicht doch, Teuerste. Kommen Sie zu sich. Sie bringen da etwas durcheinander. Solche Ferkelein machen wir nicht“, meinte Roy.

„Verschone mich gefälligst mit Deinem lächerlichen Plagiat. Los, weitermachen. Das Licht... ich will in den Kelch sehen“, sprudelte es wirr aus Blancheflor.

Jeff und Roy schauten sich sprachlos an. Jeffs Blick wanderte zu der Deckenlampe, die irgendwie einen Stoß bekommen haben mußte, und leicht hin und her schwang.

„Ich will zurück, ich will... in die Burg“, wimmerte Blancheflor kaum verständlich. Sie hatte die Augen wieder geschlossen.

Jeff trat zu ihr und befreite sie von den Handfesseln. Mit einem kräftigen Ruck hob er sie aufrecht. Blancheflors Gesicht war nun nicht mehr der Blendung durch die Deckenleuchte ausgesetzt. Langsam schien sie zu sich zu kommen, blickte ungläubig um sich.

„Das ist nichts für Sie, Teuerste", meinte Roy eindringlich. „Sie sollten hier raus, nicht wahr?! Wir mußten diesen Perce á Val testen. Kommen Sie, es ist überstanden", er reichte ihr seinen Arm. Willenlos glitt Blancheflor vom Tisch, sie schien mit ihren Gedanken weit, weit weg. Während sie mit den beiden zur Tür ging, trat jedoch eine plötzliche Entschlossenheit und Härte in ihr Antlitz. Ihre Augen bekamen einen seltsamen Glanz. Aber das konnten die beiden, die neben ihr gingen, nicht sehen.

Mit dem Jeep fuhren die drei zum Krankenhaus zurück. Keiner sprach ein Wort. Es schien den Beiden peinlich, Blancheflor auf die verbliebenen Spermatropfen in ihrem Gesicht aufmerksam zu machen oder ihr gar ein zerknittertes Taschentuch zum Abwischen anzubieten. Sie selber schien sich dessen nicht bewußt zu sein. Roy blickte deshalb öfter als nötig in den Rückspiegel und besah sich die angetrocknete Spur von Männlichkeit in dem ahnungslosen Gesicht des Mädchens. Drei deutlich weiße Flecken krusteten bröckelig auf ihrer reinen Haut. Die Perücke war etwas verrutscht und man konnte ihr starkes, schwarzes Haar an den Schläfen hervorschimmern sehen. Roy ertappte sich bei seltsamen Phantasien. Entschlossen schob er sie beseite. Blancheflor starrte scheinbar teilnahmslos aus dem Fenster, verfolgte den Flug irgendeines Raubvogels über den Feldern zu ihrer Rechten. Jeff pfiff leise. „I´m singing in the rain....". Der Flug des Vogels schien Blancheflors Gedanken mit sich schweben zu lassen. Ihr wurde leicht und leichter. Fast schien ihr, als würde sie aus ihrem Körper heraustreten. Ihre Phantasie ließ sie unmerklich hinweggleiten. Die Rückbank des Jeeps wurde zu einer Sitzliege. Bequem lehnte sie sich in Kissen und Polster und bemerkte plötzlich um sich mehrere ältere, bärtige Männer in wallenden weißen Gewändern, Schalen mit unterschiedlichen Früchten und Krügen voller Wein, dem man kräftig zusprach. Einer unter ihnen raffte seine Toga zusammen und begann, der Runde folgendes zu erklären:

„Das menschliche Leid hat einzig den Ursprung, daß wir unserer Ganzheit verlustig gegangen sind. Damals, als wir noch ganz waren, waren wir rund, Rücken und Flanken standen kreisrund zueinander, wir hatten vier Hände und ebensoviele Beine und zwei gegenübergestellte Gesichter auf kreisrundem Nacken und zwei Schamteile, und zwar nach innen gekehrt. Diese Wesen nannte man Hermaphroditen und sie waren der Stolz der Schöpfung. Jedoch so stolz, daß sie gegen den Ratschluß der Götter aufbegehrten und ihnen keine Opfergaben mehr darbringen wollten. Darüber herrschte freilich Empörung im Olymp, und man wollte diese Abtrünnigen strafen. Endlich meinte Zeus, ein Mittel gefunden zu haben, wie diese Menschen von ihrem Übermut ablassen und doch bestehen bleiben könnten. Er schwächte sie, indem er sie mittendurch schnitt, das Gesicht herumdrehte und sie am Bauch zusammenschnürte wie Geldbeutel. Und er sagte sich, mal sehen ob das reicht, den Hochmut zu brechen, ansonsten muß ich sie noch einmal teilen, auf das sie einbeinig herumhüpfen mögen. Nachdem sie nun so auseinandergeschnitten waren, ging jede Hälfte sehnsüchtig auf die Suche nach der anderen und suchte mit Begier, sich wieder zu vereinen. Aber es war ihnen nicht mehr gegeben. So lange also ist das, was wir Liebe nennen, den Menschen eingepflanzt, vereinend die ursprüngliche Natur, strebend, aus Zweien Eins zu machen und die Natur zu heilen, die menschliche. Und wenn wir dem Gott singen wollen, der dieses wirkt, so gebührt es, dem Eros zu singen, welcher in der Gegenwart uns am meisten hilft und uns zum Verwandten führt, für die Zukunft aber uns die größten Hoffnungen schenkt, daß er uns in die uralte Natur zurückversetze und uns heile, uns selig und glücklich mache."

Blancheflor hatte verwundert zugehört. Plötzlich bemerkte sie, daß alle anderen ihre Aufmerksamkeit auf sie richteten und auf einen sehr, sehr alten Mann, den sie Hephaist nannten. Und dieser trat nun direkt vor Blancheflor, indem er folgende Worte zu ihr sprach:

„Was ist es oh Menschen, was ihr voneinander haben wollt? Begehrt ihr wohl dies, sosehr als möglich in Eins zusammenzugehen, so daß ihr Tag und Nacht nicht voneinander ablaßt? Denn wenn ihr das begehrt, so will ich euch in Eins zusammenschmelzen, so daß ihr, die zweie, Einer geworden seid und, solange ihr lebt, als Einer beide gemeinsam lebt, und wenn ihr gestorben seid, auch dort im Hades Einer statt Zweie seid, gemeinsam im Tode? Wohlan, sehet, ob ihr das erstrebt und euch diese Erfüllung zufrieden macht."

Es gab einen plötzlichen Ruck. Blancheflor stob aus ihrem Traum zurück, der Wagen hielt vor dem Anbau des Krankenhauses. In einem Nebengang der Infektionsstation befand sich Blancheflors Zimmer. Die beiden Agenten eskortierten sie. Aufgrund ihres Zustandes hatte man auf Handschellen verzichtet. Blancheflor hatte noch immer die Kleidungsstücke ihres Doubles an und trug die Perücke. Über der zerrissenen Bluse hatte sie den Trenchcoat geschlossen. In den schweren Militärschuhen stolperte sie unbeholfen durch den langen Gang, nur wenig Personal begegnete ihnen. Es roch nach Desinfektionsmittel, Neonlicht beleuchtete die ausgeblichenen Reproduktionen Alter Meister in billigen Wechselrahmen. Der Gang wirkte wie ein Abstellgleis. An der Seite standen unsterile Krankenhausbetten, gelegentlich Visitewägelchen und die Putzkolonnenwagen. Sie kamen an eine Stahltür, die wie eine Brandschutztür wirkte. Dort mußten sie einen Summer betätigen. Dann wurde die altmodische Klinke heruntergedrückt und ein kräftiger, untersetzter Pfleger öffnete. Jeff nickte ihm zu und der Pfleger entfernte sich. Gleich dahinter lag Blancheflors Zimmer. Sie betraten gemeinsam den abgedunkelten Raum. Das Mädchen in den Kissen hatte die Augen geschlossen und schlief. Roy trat zu ihr, während Jeff zum Fenster ging, um die Gardinen zu öffnen. Sanft rührte er an ihre Schulter, um sie zu wecken, da rollte ihr Kopf eigenartig zur Seite. Rasch griff ihr Roy an den Hals, um den Puls zu prüfen, als er hörte, wie hinter ihm die Tür ging.

„Die ist tot", stieß er noch hervor, dann stürzte er zur Tür, hinter der verschwundenen Blancheflor her. Doch als er die aufriß, stand sie da und hielt ihm einen Feuerlöscher entgegen und Roy traf voll der weiße, ätzende Strahl, wie gleich darauf Jeff, der geblendet gegen das Krankenbett taumelte und beide Hände schützend gegen den Schaumstrahl hob. Roy hatte sich indes die Augen freigerieben, da traf ihn das schwere Eisen an der linken Schläfe und ohne einen Laut ging er zu Boden. Erstaunt registrierte Jeff den Niederschlag seines Partners. Er sammelte alle Kräfte zum Sprung, um Blancheflor entgegenzustürzen. Sein schwerer Körper flog nach vorn und in dem Augenblick, als Jeff, sich vom Boden abstoßend, die maximale Beschleunigung erreichte und ihm wirr die Formel, Kraft gleich Masse mal Beschleunigung, befriedigend durchs Hirn geisterte, traf ihn das massive Türblatt, das Blancheflor mit beiden Händen und einer vollen Drehung ihres Oberkörpers unvermittelt zuschleuderte, mit kompakter Härte. Sein Aufschrei war eine Mischung von Überraschung, Schmerz und äußerster Wut. Er brüllte wie ein eingekeilter Stier, der das Bolzenschußgerät auf sich gerichtet weiß. Er riß sich aus seinem Rückwärtstaumel wieder nach vorne und warf sich, noch immer brüllend, durch die aufschwingende Tür. Im Grenzbereich seines Augenwinkels nahm er noch wahr, wie die schwere Eisentür im Gang ins Schloß fiel. Jäh suchte er den Impuls seiner Bewegung zu stoppen, geriet ins Wanken, verlor das Gleichgewicht und prallte gegen die gegenüberliegende Wand des Ganges. Doch wie ein Puk an der Bande schnellte er zur Eisentür. Als er mit beiden Händen die Klinke packte, mußte er verblüfft feststellen, daß sie sich keinen Zentimeter drücken ließ. Sein erneut abartiges Aufbrüllen vernahm Blancheflor auf der anderen Türseite nur ganz leise. Sie prüfte noch einmal die stabile Position der Lehne des Krankenbettes unter der Klinke, zog die Rollstopper und wandte sich von der Tür ab. Niemand war auf dem Gang. Leichtfüßig eilte sie ihn abwärts, sah eine Tür, die zum Treppenhaus führte. Sie rannte die Treppe hinunter, klammerte sich dabei an das Treppengeländer und vollführte große Sprünge. Plötzlich war sie im Keller. Hier befanden sich Regale mit eigenartigen Reagenzgläsern, wie zu Schauzwecken arrangiert. Im Vorbeieilen konnte Blancheflor verschiedene abgetrennte Körperteile und Gehirne in den Glasbehältern ausmachen. In einer Ecke sah sie einen Containerwagen mit blutigen Laken sowie ein Sterilisationsgerät mit blutigen Instrumenten. Alte Bettinlets sowie bespritzte Kittel bildeten kleine Haufen und verstellten ihre hastige Flucht. Plötzlich sah sie die geöffnete Tür eines Wandschrankes. Grüne Kittel waren da, Plastikhäubchen und Gummistiefeln. Entfernt vernahm sie Küchengeräusche. Rasch warf sie sich einen Kittel über, setzte sich ein Häubchen auf. Sie griff sich einen herumstehenden Schrubber und eilte weiter, auf eine große Schwingtür zu. Der Lärm wurde stärker. Sie trat durch die Schwingtür und stand unvermittelt in einer Großküche. Niemand nahm von ihr Notiz. Sie erkannte die Liefertür, die nach draußen führte. Mit dem Schrubber hastig wischend lief sie in diese Richtung, den Blick auf den Boden geheftet. Sie erreichte die Tür, trat ins Freie und sah, wie ein Abfallauto gerade den letzten Container in sich schüttete und die Männer diesen beiseite rollten. Sie näherte sich dem LKW von hinten, die Männer bemerkten sie nicht, sondern hatten sich nach vorn gewandt und bestiegen die Wagenkabine. Blancheflor warf sich hinten am Auto gegen die Hartplastikverschlüsse und landete mit einem weich, schmatzenden Geräusch zwischen allen erdenklichen Küchenabfällen, in denen sie bis zu den Oberschenkeln versank. Als das Auto anfuhr, verlor sie das Gleichgewicht und fiel in den stinkenden Haufen. Nach kurzer Zeit tauchte ihr Kopf wieder auf. Sie rang um Atem. Wie Meere flutete es in ihren Ohren, der faulige Geruch nahm ihr fast die Sinne. Von ihrem Haar fielen Tropfen von fauligem Naß. Ihre Sachen saugten sich voll mit der übelriechenden Feuchte. Ihr Herz tobte. Wütend riß sie sich die triefende Perücke vom Kopf. Von Ekel gepeinigt suchte sie einen festeren Untergrund, um dem Unrat entgehen zu können. Da fuhr das Auto eine scharfe Kurve und Blancheflor strauchelte. Erneut näherte sich ihr Gesicht unwiderstehlich dem matschigen Saft wie zu einem abscheulichem Kuße. Ihr Kopf versank darin, der Oberkörper folgte. Ganz tauchte sie ein, das widerwärtige Gewoge schlug über ihr zusammen wie aus riesenhaftem Kelch gegossen.

SAMSTAG - 2. WOCHE

Warum Perce á Val, der Roten Rüstung ledig, weiterhin auf der Suche bleiben muß und dabei in den verbotenen Garten gerät.

„Ist Ihnen kein besserer Ort eingefallen? Ich habe keine Lust, mich Ihren Neigungen unterzuordnen und finde das gar nicht lustig! Das ist wahrlich nicht zum Lachen", war das erste, was der Hagere hervorbrachte, nachdem er seinen leichten Mantel vorsichtig über eine Stuhllehne legte, bedacht, den Stoff mit kleinstmöglicher Fläche dem Kontakt auszuliefern. Er schaute ärgerlich zu Perce á Val, der sich auf dem durchhängenden Doppelbett ausgestreckt hatte. Es herrschte schummriges, rotes Licht. Obwohl es mitten am Tag war, waren die Fenstervorhänge geschlossen. Im Raum war sonst nur noch ein mit Wegwerfservietten überfüllter Papierkorb und ein rumorender Ventilator. Der Hagere setzte sich mit Bedacht auf die äußerste Kante des Stuhles, als könne er sich schon durch den Kontakt zu diesem Mobiliar irgendeine Infektion holen, und schaute noch immer wütend zu Perce á Val hinüber, der eben ein Blatt Papier aus der Hand legte, worauf er mit seinem Füllfederhalter geschrieben hatte. Er richtete sich auf dem knarrenden Bett halb auf.

„Es ist der sicherste Ort, weil hier erstens die eine Hälfte potentieller Verfolger scheitern muß, nämlich die weibliche, und andererseits ein Ort, wo das Desinteresse bei Anblick eines anderen Mannes praktisch zum Kodex gehört."

„Sie müssen es ja ausführlich getestet haben, um das beurteilen zu können. Trotzdem möchte ich meine Abscheu gegen derartige lasterhafte Örtlichkeiten..."

Perce á Val unterbrach ihn grob: „Meine privaten Gewohnheiten gehören nicht zur Sache. Ich habe einen Auftrag Ihrer Organisation. Aber ich hoffe doch, daß Sie hier an mir keinen Erziehungsauftrag praktizieren wollen."

Der Hagere brummte etwas in sich hinein, etwas wie: „...das Bessere ...denen, die mehr wollen...", oder ähnlich klang. Perce á Val stellte seine Füße hart auf den Boden: „Reißen Sie sich zusammen und vergessen sie verdammt noch mal Ihr moralisches Gedusel. Ich halte für euch den Arsch hin, mich haben sie beinahe abgeknipst. Ich mußte mir in letzter Zeit verdammt viel beschissene Vorträge über Ideologie und sonstwas anhören. Verschonen Sie mich. Ich habe Sie kommen lassen, damit wir die Zielkoordinaten neu festlegen. Wenn in Ihrer Sache überhaupt noch etwas zu unternehmen ist. Ich bin verdammt in der Bredoullie. Sie müssen mir den Rücken freihalten, sonst schalten die mich aus. Ich komm so nicht weiter!"

Während der heftig vorgetragenen Sätze von Perce á Val hatte sich der Rücken des Hageren gestrafft. Konzentriert beobachtete er Perce á Val. Dann sagte er ruhig: „In Ordnung. Verzeihen Sie. Lassen Sie uns die Tatsachen zusammenfassen."

Perce á Val hatte sich schlagartig beruhigt, seine Emotionen unter Kontrolle. Ruhig begann er:

„Der Wal der Staatsmacht hat mich wieder ausgespuckt. Ich habe jetzt die offizielle Lizenz, den Ehrwürdigen Vater in seinen Himmel zu bringen. Nicht nur das, ich bin gezwungen dazu. Die haben mir eine Art Sonde injiziert und so scheinbar die Kontrolle über mein Vorgehen. Das heißt, ich muß mit enormem Ärger rechnen, falls ich die enttäusche."

„Sie müssen die nicht enttäuschen. Unsere Absichten haben sich der geänderten Situation angepaßt. Die Agenten Jeff und Roy sind im Augenblick anderweitig beschäftigt. Ihr Paradiesvögelchen Blancheflor ist ihnen entfleucht. Sie wollen es wiederhaben. Das kuriose ist, daß Ónia sie offensichtlich für eine Verräterin oder Blenderin hält, und sie ebenfalls ausschalten will. Sie haben es bereits versucht, haben aber nur ein Double erwischt. Blancheflor ist also in äußerster Gefahr. Eigentlich eine uninteressante Geschichte, die lediglich einen Interessenkonflikt unserer Kontrahenten bedeutet, möchte man meinen; aber es gibt einen Haken. Wir brauchen diese Blancheflor. Sie hat Mahn."

Perce á Val fuhr hoch: „Wie bitte? Was ist Mahn? Danach haben mich die Agenten auch gefragt. Wieso habe ich keine vollständigen Informationen?"

„Weil Sie dann nicht überlebt hätten!" gab der Hagere ernst zurück. Und dann erklärte er in ruhigen Worten, daß die zetEM dieses Bioprogramm in Form eines Parazythen entwickelt hätte, um die Bewußtseinsentwicklung der Menschheit aktiv zu beeinflussen, indem zusätzliche Ressourcen der brachen menschlichen Hirnkapazität aktiviert würden, um sie den Wertvorstellungen und der verantwortungsvollen Selbstreflektion zuzuschlagen.

Perce á Val hatte nicht richtig zugehört, ihn beschäftigten andere Gedanken: „Seit wann hat sie den Mahn?"

Er hatte sehr leise gesprochen, fast unhörbar. Langsam setzte er sich in dem Bett aufrecht, das einen widerlich knarzenden Ton von sich gab. Dann blickte er schnell zum Hageren.

Dessen Blick blieb hart: „Sie hat ihn irgendwie von Ihnen. Tut mir leid, aber die Ereignisse überschlugen sich und auch wir waren scheinbar nicht immer auf dem neuesten Stand. Aber irgendwie müssen Sie beide ... na, Sie wissen schon.

Unsere Rekonstruktion hat ergeben, daß Sie sich in der Rue Le Marat mit Blut infiziert hatten. In dem Blut des Ither war der Parazyth Mahn und ging dabei auf Sie über. Er hat eine Weile mit Ihnen gelebt. Es würde meine Organisation übrigens sehr interessieren, welche Erfahrungen sie hatten und welche Folgen Sie dieser Inbesitznahme heute noch zuschreiben würden."

„Überhaupt keine!" Perce á Val war aufgesprungen. Er ließ sich unvermittelt nach vorn fallen, fing den Sturz mit vorgestreckten Händen ab und begann, heftig Liegestütze zu machen. Sein Atem begann zu keuchen. Jetzt drückte er sich bei jedem Liegestütz nach oben ab und klatschte in die Hände, bevor diese wieder den Boden berührten. Dann sprang er in Hockstellung und erklärte schwer atmend dem verblüfften Hageren: „Ich weiß nicht, was und wie die mich kontrollieren. Aber falls die wissen sollten, daß ich in einem Puff bin, sollte auch mein Puls etwas heftiger gehen. Aber fahren Sie fort."

Der Hagere entspannte sich wieder und erklärte weiter: „Ónia konnte wohl die Puzzlestücke am schnellsten zusammenfügen und sie haben durch Blancheflor versucht, wieder in den Besitz des Prototypen zu gelangen. Sie war recht lange in ihrem Zimmer. Was sich da abspielte, wissen nur Sie. Dann kam der Zwischenfall mit der französischen Polizei. Ónia wußte nun nicht, ob Mahn noch in Ihnen steckt oder bereits, wie geplant, in Blancheflor. Um Blancheflor vor der Infiltration ihrer Persönlichkeit durch den abtrünnigen Mahn zu schützen, wollte man sie noch im Krankenhaus scannen, um Mahn unauffällig entfernen zu können. Sie fanden aber nur das Double. Dafür gab es aus deren Sicht nur zwei Möglichkeiten: entweder Verrat oder die vollkommene Indoktrination durch Mahn. Beides erschien gleichermaßen bedrohlich. Das Verschwinden Blancheflors bestätigte die

Annahme des Ordens. Wir wissen nicht, ob die Staatsmacht ebenfalls schon um diese Tatsachen weiß. Auf jeden Fall konzentriert sich im Augenblick alle Kraft auf diese Blancheflor. Das ist übrigens Ihre große Chance, Perce á Val. Im Augenblick können Sie am einfachsten zum Vorsteher vordringen und den Auftrag der Staatsmacht vollführen. Wohl bemerkt, es ist nicht Teil unserer Operation; aber angesichts der anmaßenden Pläne des Ónia-Ordens und Ihrer persönlichen Situation werden wir Sie nicht zurückhalten."

„Danke, sehr liebenswürdig. Selbstverständlich werde ich mich nach vollbrachter Tat sofort zurückmelden, um mich in Ihren Laboren chekken zu lassen, ob der Böse nicht irgendwelche Spuren in mir hinterlassen hat", Perce á Val straffte sich und wollte gehen.

„Mein Herr, es steht Ihnen frei sich zu echauffieren, aber verwechseln Sie nicht Ursache und Wirkung und enthalten Sie sich bitte jeglicher Bewertung eines Vorganges, den Sie nicht überblicken können. Ich gebe Ihnen einen Hinweis: Mahn ist nicht das, was Sie glauben, auch wenn er sich in Ihnen anders manifestiert haben sollte, das gehört zu seinen Mimikry-Fähigkeiten. Und außerdem brauchen wir keine Labore, um seine Wirkung zu erkennen. Denn wie heißt es in der Schrift: An ihren Früchten sollt ihr sie erkennen."

„Was wird aus dem Mädchen. Die legt man doch nun sofort um!"

„Lassen Sie das unsere Sorge sein. Wir kümmern uns um sie. Wir brauchen schließlich unseren Prototypen zurück. Aber das ist nicht mehr Ihr Spielfeld. Wir haben Sie ausgewechselt, falls Sie das noch nicht bemerkt haben sollten. Einer unserer besten Männer wird sie uns zurückbringen und vor dem Zugriff der Wahnsinnigen des Ónia und vor der Inquisition schützen."

„Wer ist es?" fragte Perce á Val und hob scheinbar uninteressiert seine Lederjacke auf.

„Man nennt ihn Lancelot", sagte der Hagere, der sich nun ebenfalls erhoben hatte. „Er ist bereits Unterwegs. Au revoir."

Der Hagere wandte sich zur Seite, Richtung Tür, und Perce á Val bemerkte zum ersten Mal bewußt das stolze, feine geschnittene Gesicht des Hageren. Der öffnete die Tür und verließ das Zimmer, ohne sich noch einmal umzuwenden. Perce á Val blickte eine Weile auf die verschlossene Tür. Dann ging er nachdenklich zum Bett und griff nach dem Blatt Papier, das noch immer am Kopfende lag, setzte seine Brille auf und las, was er vorhin aufgeschrieben hatte.

Ouroborus

geballte Sexfaust haut ins Dunkel
krönend hörnt im Pulk mich der Karfunkel
ihr Anus klaffend darin meine Zunge prall
halt Dich Schlange endlich ich und überall
Deine Tränen und ein wimmerliches Flehn
eingerollte Pose halbherziger Widerstand
ich geb´s Dir lästerlich im Stehn
Deine Schenkel meinen Hals umwehn
ich komme fasse sie mit harter Hand
ins Maul rinnt meins sie sprudelt raus den Saft
also setz ich nochmals an den Schaft
fast von meinen Schultern rutschend sie und klafft
das atemlose Gör die Glieder baumeln algenhaft
während mein Schwanz in ihrem Munde schafft:
Ouroborus

Perce á Vals Gedanken wurden in einen saugenden Wirbel gedreht. Wilde Impressionen universaler Herrlichkeit schossen grell in sein Bewußtsein. Der dunkle Abgrund des Brunnens der Vergangenheit und das gleißende Überhell künftiger Verheißung jauchzten in Verschmelzung. Seine Gefühle bebten plötzlich zwischen Todesangst und vibrierender Erwartung. Er suchte, in sich zu horchen, den Nachhall des mächtigen Schlachtrufes, unter den er gezwungen war. Die Seele flatterte in den drückenden Böen der Poesie. Perce á Val fühlte in sich diese große Verwunderung. Wie konnte er, der Killer, in diese Art Überspanntheiten abdriften? Und doch spürte er andererseits eine Vertrautheit, wie man sie empfindet, wenn man die Stätten seiner Kindheit aufsucht.

Perce á Vals Gedanken griffen nun in schnellem Bogen. Er war angekommen. Er hatte endlich die Möglichkeit, zu tun, was immer sein Begehr war: das perfekte Verbrechen einerseits und dennoch haltlose

Begierden, unkontrollierbare Triebe, dunkel keimende Affekte vollkommen auszuleben, jede Lust bizarrer Sinnlichkeit zu durchtaumeln. Er erinnerte sich der Sache mit Blancheflor in der Zelle. Er beschloß, es wieder haben zu wollen.

Mit diesem Entschluß verließ Perce á Val das Zimmer, geht eine Treppe hinab und überblickt die Videokabinen und die Leuchttäfelchen der Peep-show. Seine Sinne überschlagen sich. Unendliche Vielzahl von Bildern, Gedanken und Gefühlen rasen im Nu durch seinen Geist. Plötzlich jedoch konzentriert in metallische Härte, gesintert in jenen Punkt: Verworfenheit. Perce á Val nickt innerlich, er beschließt, sich dem Ritual hinzugeben, dem Geheimnis magischer Inbesitznahme. Jedes Ritual hat seine eigene festgelegte Geschwindigkeit und Regelhaftigkeit. Die Anwesenheit der anderen Männer um ihn, nimmt er in dem spärlichen Licht nur oberflächlich wahr, denn alle sind Beteiligte der heimlichen Verschwörung. Mit ihm bilden sie diese Gemeinschaft der Befremdlichen, der geilen Sehnsucht, der abstrusen Hoffnung; der Niedertracht und Selbstverachtung.

Seine Schritte werden zu dem magischen Glaskasten gezogen. Im Lichte der kleinen Auslage betrachtet er die Fotos der vier Vickies, die heute virulent sind. Perce á Val betrachtet aufmerksam die neckisch bis verhaltenen Posen, die ein lieber Freund und kaputter Zuhälter auf irgendeiner Couchgarnitur oder vor der Serienschrankwand eines möblierten Zimmers in Schnappschüssen festhielt. Dreist bis abwesend lächeln die Geknipsten ins Objektiv und versuchen sich in Playboy-nachempfundenen Präsentationen ihrer mangelhaft ausgeleuchteten Körper. Kein Lächeln dabei.

Eine kleine Glühbirne zeigt an, welches der Mädchen gerade dran ist. Unter ihrem Voto befindet sich ihr Wunschname. Die meisten sind den gerade gängigen Vorabendserien entlehnt. Immer irgendwelche Cindys und Peggies und Mandys und Susans und Pamelas. Niemals jedoch eine Sigune oder Magdalena oder gar Blancheflor, denkt Perce á Val und bedauert die fehlende Imagination in der Benennung, dieser süßen Illusion von persönlichem, von Individuum, von Namhaftigkeit.

Perce á Val sucht sich die heraus, von der er glaubt, daß sie am wenigsten routiniert ihre kleinen Schamlosigkeiten hergeben wird. Vorstellungen quellen in ihm hoch, über die Kindheit dieses angegorenen Früchtchens, von der elterlichen Liebe und Fürsorge, ihre ersten Abwege, ihre Entgleisung, ihre Wahl der Niederungen, der Gelüste, der Begierden, der Penetration von diesem prachtvollem, gesalbtem Gehänge des Goldenen Kalbs. Mögliche Schicksale durchfluten Perce á Vals Kopf und formen Biographien von Mißbrauch und Laster. Und er hat Anteil, er ist im Impuls überall dabei, jede Demütigung, jede Schändung tat man in seinem Namen, jede neue Art der Lust, die sich an diesem Leib erprobte, war Teil eines geheimen Rituals, seiner Rituale, seiner verworrenen Sinnlichkeit.

Die Lampe flackert über dem Namen seiner so Angebeteten. Sie heißt schlicht Eva!

Rasch saugen die Augen nochmals ihre Gestalt vom dem Polaroid im Hotelzimmer, nackt auf weißen Laken, die Beine übergeschlagen.

„Mal sehen, ob sie die ganze Zeit übergeschlagen bleiben", denkt Perce á Val und betritt die kleine Kabine. Beschwörend wiederholt er wieder und wieder diesen ihren Namen und nimmt sich vor, es ihr richtig zu geben; vollständig, absolut und total, alles auf einmal, diesem kleinen Unschuldslamm. „Warte nur, warte Eva, gleich bin ich bei Dir, Du kleines Drecksstück, gleich zeig ich es Dir, Du Angebetete, Du Unberührbare, Du Keusche, Du Schönheit, Du Grazie, Du dummes Luder, die Du es für mich vor dem Fotografen getrieben hast, gleich werde ich dran sein." Die Münzen in Perce á Vals Hand sind heiß geworden. Er atmet intensiv den Geruch von abgestandenem Schweiß und vollreifem Camembert. Durch den noch geschlossenen roten Vorhang sieht er im Gegenlicht eine verschwommene Kontur sich bewegen. Er stellt sich vor, daß sie, die verdeckt Vollkommene, vorher in der Solokabine war und dort irgendeinem Kobold den abgeschlafften, haarigen Schwanz lutschen mußte; gelangweilt, routiniert unter der Vorgabe eines geilen Stöhnens mit vollem Mund, die Augen geschlossen, bis sie das zuckende Quellen im Gummi an ihrer Zunge fühlt, sofort aufhört und zum Kleenex greift.

Die linke Hand in Perce á Val Hosentasche fühlt aufgeregt das Wachsen seiner Imanation. In der Rechten glühen die Münzen. Er läßt sie in den Geldschlitz gleiten, wechselt die Hände mit dem Münzenrest, hat blitzartig die Hose geöffnet, während der kleine Vorhang sich ruckelnd teilt. Und da sieht er sie, göttergleich hingegossen im sanften roten Licht, stroboskobische Gewitter überzucken ihre marmorne Haut, sieht blaue Adern, ihren alabasternen Leib. Lasziv liegt sie auf der sich langsam drehenden Scheibe, streicht mit ihren Händen über die Brüste und die Schenkel entlang, betrachtet sich selbstverliebt in den Spiegeln, die hinter ihr angebracht sind und gibt sich, wie am siebenten Tag. In sich selber ruhend, Himmel und Irdisches in Einem verkörpernd, liegt ihr heiliger Körper, und es ist gut so. Als wäre sie völlig unbeobachtet, die Einzige, und um sie her ein Garten Eden, vertraute Annehmlichkeit, Eva - tatsächlich. Aber er weiß, daß Eva weiß, was er tun wird. Er bemerkt, wie ihr Körper vor Erwartung bebt. Schaudernd hebt sie ihren Körper seinem Blick entgegen, bietet ihn dar, preiset ihn und liefert ihn aus, übergibt mit scheuem Lächeln alles was sie hat. Tatsächlich, sie lacht. Oh, nackte Unschuld, noch weiß sie nicht was sie tut, gar nichts. Perce á Val einsam, aber geschützt vor Enttarnung hinter seinem verspiegelten Guckfenster. Seine rechte Hand arbeitet unterdessen fieberhaft. Und Eva schämt sich nicht. Perce á Val reibt und reibt und fühlt seinen Schwan härter und stärker und mächtiger und größer und immer größer schwellen. Seine Faust umklammert fiebernd den pulsenden Hals des Schwanes. Er drückt und preßt und reibt und quetscht ein bißchen dabei und fühlt die Rute immer härter wachsen. Sie wächst riesig, die Kabine scheint zu klein. Die stahlharte Rute durchbricht plötzlich die Glasscheibe, wächst gigantisch hin zur Nacktheit der Kleinen, die ihm den Rücken zukehrt, und so im Spiegel die monströse Schlange bemerkt, die sich schlängelnd ihrem Körper nähert, sich gegen ihn schiebt. Großartig und herrlich, in voller Pracht gleitet der Glänzende auf gegen ihre Hüfte. Und so zärtlich kommt er an sie, daß sie keineswegs schaudert oder gar den Tod fürchtet. Sondern sie tut die Augen weit auf, um zu erkennen, ob es nun gut oder böse ist, was da sie umringt. Und sie sieht, das es gut wäre, ja eine Lust und verlockend, ja sogar klug, sich diesem erregenden Neuen aufzutun, es in sich zu lassen, ganz und gar. Und sie fühlt, wie es an sie drängt, nach ihr züngelnd über sie kommt.

So schaut sie mit aufgerissenen Augen in Perce á Vals Richtung, starr vor Erregung, mit glänzendem Blick. Und die Schlange ist nun vollends über ihr, peitscht sie, würgt sie, macht sie nieder, streckt sie hin. Ihr Mündchen ist aufgerissen, sie schließt die Augen, gibt sich ganz hin, gibt sich ab, weiß mit einem Male, daß sie sterben muß - deswegen. Schon schnellt der Schlangende herum und stößt in ihren Mund, denn darin muß die Fülle sich ergießen, überschwemmen mit heiligem Feuer. Geweihter Saft, des Todes schwanger, nimmt ihr die Luft und drückt ihr Köpfchen auf die sich drehende Scheibe Erde und spritzt und besudelt sie vollkommen. Aus ihren Mundwinkeln quillt es weiß und rein und rinnt herab über ihre Brüste, die fortan den Tod säugen werden. Und während sie um Atem ringend sich auf ihrem Laken windet, tat Perce á Val die Schlange zurück in die Shorts, wischte sich die Finger daran ab, schloß die Hose, tauchte hinaus und verschwand unerkannt im babylonischen Gemenge der Stadt. Doch hörte er dabei eine Stimme, die sprach: „Weil Du das getan hast, seiest Du verflucht. Auf Deinem Bauch sollst Du kriechen und Erde fressen Dein Leben lang. Und ich will Feindschaft setzen zwischen Dir und dem Weib. Es soll Dir den Kopf zertreten, und Du wirst in die Ferse stechen.“ Und es zerbarst ein häßliches Gelächter in den Blauen Himmeln.

5. KAPITEL

Wie Gauvain, seine Reise nach Ascalon fortsetzend, auf das richtige Pferd zu setzen genötigt ist, ins Innere der Burg vom Roten Kreuz taumelt und Königin Guenièvre damit durchaus beeindrucken kann. Wie ihm Lancelot nach Leib, doch nicht nach Leben trachtet und sich damit die beiden Geschichten des Ch. de Troyes berühren. Wie ein verpatztes Liebesspiel stattfindet und sich Gauvain alsbald zurückziehen muß. Wie auch im auswärtigen Turm kein Kraut gegen den Feind gewachsen ist und Gauvain beim Ordnen seiner Angelegenheiten von der Lanze, die blutet, Mitteilung erhält. Wie das Blutsverwandte jedoch die Oberhand behält und so die Reise an Entfernung zunimmt. Wie Gauvain an der magischen Grenze zum Land Galvoie die falsche Tür nehmen will, auf ein trauerndes Fräulein trifft, jedoch nicht in ihrer Sache streiten mag, sondern in Holder Minne jener verschrieben bleibt, die den Anlaß für sein Verderben bildet.

Gauvain hat sich abwesend durch ein paar Wohnwagen gezwängt, um das Gelände des Rummelplatzes schnellstens zu verlassen. Er ist schweißgebadet. Er ist in eine kleine Nebenstraße voller Kastanienbäume gelangt. Auf dem Fußweg liegen noch viele der braunen Früchte. Die meisten sind beim Aufprall aus der Höhe aus ihren Schalen gesprungen, die nun von gelblich zu braun verwelken. Einige Kastanien sind auf die Fahrbahn gerollt und dort zu weißem, sprödem Brei zerfahren. Gauvain bemüht sich, nicht auf die Kastanien zu treten. Er denkt an seine Kindheit zurück und wie die Kastanien gesammelt wurden, um sie als Futter in den Tierpark zu bringen oder um gemeinsam daraus etwas zu basteln. Die wenigen Kastanien, die zu zweit in einer Schale waren, waren besonders begehrt, denn eine Seite war flach. Diese konnte man bestens als Füße der Bastelfiguren verwenden.

Gauvains Aufmerksamkeit richtet sich darauf, unter den herabgefallenen Kastanien eine zu finden, die als Doppelfrucht noch in ihrer Schale steckt. Mit kindlichem Eifer suchen seine Augen den Boden des gepflasterten Fußweges ab. Er findet tatsächlich eine solche Kastanie. Er hebt sie auf und sucht vorsichtig die stachelige Schale zu entfernen. Nachdem er sich zweimal tüchtig gepiekt hat, gelingt es ihm. Er schält die braunen Kerne aus der zarten, weißen inneren Umhüllung und läßt die beiden durch seine Finger gleiten. Mit der Stelle an der sie zusammenlagen, passen sie wie ein Puzzle zusammen. Gauvain schiebt die beiden Kastanien fast zärtlich übereinander und hält die Kugel in seiner Hand. Er biegt um eine Ecke und ist an einem Fußgängerweg, der einen alten Kanal entlangführt. Hier haben früher einmal Mühlen gestanden. Er schlendert an Büschen, Bänken und dem obligaten Müll vorbei.

Plötzlich fühlt Gauvain in sich einen dumpfen Magenschmerz aufsteigen. Nein, denkt er sich, dieses beschissene Fischbrötchen, ich hab mir den Magen verdorben. Ängstlich sortiert sein Gedächtnis sämtliche Informationen über Fischvergiftung. Ihm schwahnt, daß damit nicht zu spaßen ist. Ich bin vergiftet, denkt er, ich muß sofort ins nächste Krankenhaus, die müssen mir den Magen auspumpen.

In Gauvain schwillt bedrohlich Panik. Wer weiß, wann ich zusammenbreche, überlegt er. Der Schmerz wird unterdessen immer stechender. Aufgeregt versucht Gauvain sich zu beruhigen. Wahrscheinlich ist gleich alles zu spät, flattert es in ihm, ich werde mit Schaum vor dem Mund umfallen, zucken und nichts vernünftiges mehr von mir geben können. Gauvain beginnt zu laufen. Er will so schnell wie möglich eine belebte Straße erreichen, um ein Auto anhalten zu können. Plötzlich jedoch bleibt er wie angewurzelt stehen. Je schneller ich mich bewege, um so schneller jagt mein Blut das Gift durch den Körper, argwöhnt Gauvain. Sein Geist und seine Muskeln befinden sich in groteskem Zwiespalt. Einerseits will er in höchster Panik sofort losspurten, andererseits schlurfen seine Füße mit minimaler Höhe vorsichtig den Fußweg entlang. Da rennt es mit ihm los. Er rast volles Sprinttempo, sein Puls jagt, die Lungen pfeifen. Mit beiden Händen greift er sich zum Herzen, sucht sich krampfhaft zu beruhigen, steht ruckartig, versucht langsam zu atmen, sich abzulenken. Da zuckt der Schmerz erneut durch die Magengegend. Alles zu spät, denkt sich Gauvain. Der Schmerz kommt ihm mittlerweile in seiner Intensität verdreifacht vor. Gauvain jagt wieder los. Seine Füße fliegen, seine Beine rasen, sein Haar weht, trotz des Schweißes. Gauvain erreicht eine Straße. Ohne nachzudenken, stellt er sich auf die Fahrbahn, hebt beide Hände und stoppt so den nächsten Personenkraftwagen. Er rennt vom Kühler weg auf die Fahrerseite und will sich gerade erklärend zum Fenster beugen, da sieht er die panisch erschrockenen Augen einer Mittfünfzigerin. Ihre Hände umkrampfen das Lenkrad, Gauvain will ihr ein Zeichen geben, daß sie das Fenster öffnen möge, da rast sie schon mit kreischenden Reifen in die Kurve schleudernd davon. Gauvain steht verdattert auf der Fahrbahn, kaum Verkehr. Gauvain überlegt gerade, ob das ein Vor- oder Nachteil ist, da kommt ein Kleintransporter. Den lenkt sicherlich nicht so ein ängstliches, angestaubtes Zierkissen, denkt sich Gauvain und geht entschlossen winkend auf das Kraftfahrzeug zu. Jenes bremst, und das Fenster gleitet sofort herunter. Heraus beugt sich ein fetter Kerl in Blaumannkombi, Brusthaare quellen an ihm empor, und er röhrt aus seiner Blechkiste:

„Du Arschloch, hau ab. Wennde aufm Trip bist, leg dich in Park, aber versuch nich, mich zum Straftäter zu machen", wischt sich mehrmals mit der flachen, nach innen gedrehten Hand vor dem Gesicht hin und her und gibt dem Automobil wieder Schwung.

Ungläubig schaut Gauvain dem sich langsam entfernenden Kfz nach. Was sind das für Menschen in dieser Stadt, überlegt er, die wollen mich hier sterben lassen, haben Angst um ihre Schonbezüge oder den Zeitplan. Oder haben die etwa Angst vor mir? Gauvain schaut an sich herab. Gut, ich hab keine Krawatte mehr, das Hemd hängt ein wenig aus der Hose, meine Haare sind nicht gekämmt, die Schuhe verstaubt, aber sonst? Das kann es doch nicht sein, was mich plötzlich zum Aussätzigen macht. Woher haben die ihre Urteile so schnell? Gauvain ist mit hängenden Schultern und gesenktem Blick auf den Bürgersteig zurückgetreten. Da bohrt wieder der Magenschmerz. Jäh quillt in Gauvain verzweifelter Entschluß: Ich will nicht auf der Straße verrecken, jault es in ihm, die müssen mir helfen! Von Ferne nähert sich ein Kraftwagen. In Gauvain glüht Verzweiflung, Wut und Todesangst in einem einzig lohen Feuer. Er bückt sich rasch, greift einen großen Stein, tritt mit der Linken Halt gebietend auf die Straße und hebt die Rechte mit dem Stein drohend in Schleuderhöhe. Bremsen quietschen. Gauvain legt den Stein auf die Motorhaube und begibt sich dann ans Fenster der Fahrerseite, die leicht ramponiert wirkt. Bevor er etwas sagen kann, sprudelt der Lenker hervor:

„Steine koof ick nich. Es sei denn, dat issn Komet. Wat denn los, Alder? Kannst Dir selber nich leiden, wa? Willste Dirs Leben nehmen? Da kann ick helfen. Steig ein, aber nimm vorher die Klamotte von de Kühlerhaube, jibt sonst Kratzer." Mechanisch tut Gauvain, wie ihm geheißen und hat kaum auf dem Beifahrersitz des verdreckten alten Wagens Platz genommen, als der auch schon losbrettert. Und während der Typ mit seinem roten Kopftuch die Gänge hochdreht, brüllt er:

„Also: anjeschnallt, Licht an, Warnblinkanlage an, Scheibenwischer an, uffs Wasser jedrückt, Zigarettenanzünder jedrückt, Hupe jedrückt, Handbremse jedrückt und uffs Jaas jedrückt. Und nun Sound, Alder. Rammstein! Kennste?"

Und ohne eine Antwort abzuwarten, zieht er den Regler voll hoch und in der Karre dröhnt es: „Bück Dich! Befehl ich Dir.

Wende Dein Antlitz ab von mir.

Dein Gesicht ist mir egal!

Bück Dich! Noch einmal!

Dein Gesicht

interessiert mich nicht!

Bück Dich! Bück Dich!“ in einfach-schweren Metal-Grooves.

Gauvain tippt dem verzückten Wagenlenker auf die rhythmisch zuckende Schulter und brüllt: „Eh Alder, ich muß ins Krankenhaus!“

„Klaro, Alder, wat denn für eins?“

„Egal, dat nächste.“

„Kein Thema, Alder, ick buggsier Dir hin.“ Nickt schwer zu den nächsten Hardcore Takten des Rammstein-Textes:

„Du willst doch auch den Dolch ins Laken stecken

Du willst doch auch das Blut vom Degen lecken...“

Gauvain fragt sich, ob die tätowiert-gepiercte Knalltüte überhaupt weiß, daß „Rammstein“ nicht bei Fred Feuerstein und Barnie Geröllheimer entlehnt wurde, sondern daß in dieser westfälischen Ortschaft 1988 ein Flugshowmassaker unter der Zivilbevölkerung mit 70 Toten veranstaltet wurde, weil zwei italienische Jetpiloten zusammenstoßen mußten, da sie über den Abschuß einer zivilen DC9 über dem Mittelmeer im Juni 1980 zuviel wußten. Ein fehlgeschlagener NATO-Anschlag auf Gadhafi?

Doch der Schwermetallene unterbrach Gauvains Grübeln: „Hab mal ne schwangere Freundin ins Krankenhaus jebracht, die hat weiter draußen jewohnt, im Grünen, war selber och ne Grüne; keen Audo und och keen Vadder für det Kleene. Icke fahre mit ihr uffem Rücksitz und die gebiert schon fast, als se mit eem Male uffschreit: Halt! Brems! Siehste nich, da issn Krötenwanderweg. Ick uffn Klotz, und im Scheinwerferlicht seh ick die Viecher da langhampeln, det dauerte ewig. Die Olle hinten jault uff. Wat denn nu, frag ick. Und sie, na kannst doch nich die Tiere dotfaahrn, die sin och schwanger. Dann stöhnt se und kippt fast weg. Nagut, denk ick, jibt nich mehr viel von die Krötenviecher, wart ick also. Außerdem wollt ick nich die Sauerei mit die Blutspritzer an de Karre. Ick steh so, da jurgelte se hinten so tierisch, dat ick einfach volle Kanne in de Klinik bin. Und wat sach ick Dir, Alder? Als se die rausjehievt ham, und ick loof um de Karre und seh det Blut von die blöden Viecher. Ick rein, und uff dem Rücksitz det Blut von der Ollen, echt Alder, kannste gucken. Ick und Blut, ick sach Dir...?!"

Plötzlich ruckt sein Kopf zu Gauvain, der sich in Krämpfen zu winden scheint. Er stellt die Anlage abrupt aus und fragt besorgt: „Wat issn mit Dir überhaupt los? Sach nich Bauchschuß, ick kann keen Blut mehr sehn, an meim Audo."

„Ne, Alder, mir is nur hundsmiserabel übel!"

Der Typ mit seinem roten Kopftuch, das er wie ein Pirat nach hinten gebunden trägt, tritt entschlossen auf die Bremse: „Du spinnst wohl bissel, Alder. Ick bretter hier durch de City und Dir is schlecht, Mann?? Wennde kotzen mußt, dann nich in mein Audo, verstehste. Nich sone Sauerein mehr. Also los jetzt, Alder, mach die Tür auf und kotz."

„Ich muß nicht kotzen, kannst einfach weiterfahren!"

„Wat denn dat nu? Bin ick n Taxi oder wat...?"

Gauvain hat unterdessen wieder Panik bekommen, sein Magen rumort immer stärker: „Du fährst jetzt verdammt nochmal sofort ins Krankenhaus, sonst piß ich auf den Sitz, kotz ins Handschuhfach und schmier Scheiße in die Windschutzscheibe! Klar, Alter?! Also los, wenn Dir Dein Schlitten lieb ist!" herrscht er den Stadtpiraten an und haut mit aller Wucht der Verzweiflung so auf die Frontablage, daß die Plastik bedrohlich ächzt.

Wenig später sitzt Gauvain verstört auf einer abwaschbaren, unbequemen, mit Edding beschmierten Bank der internistischen Notaufnahme. Mit ihm warten seltsame Gestalten: von Entzug gezeichnete Gesichter, Spinner, Stichwunden, einsame Alte, Hypochonder, Nervöse... das lädierte Fußvolk der Großstadt.

Sein Name wird per Lautsprecher aufgerufen. Er betritt eine kleine Untersuchungskabine. Da drinnen steht auf einem Schild: „Bitte nur das betroffene Körperteil entblößen“ in 3 Sprachen. Das ist es also, denkt Gauvain, das Menschenbild der Humanmedizin. Jeder Handgriff muß klar nach EBM abrechenbar sein. Von wegen ärztliche Dienstleistung, haha. Dem Deutschen geht doch das Herze auf, wenn er eine Maschine bedienen darf, aber ihm fällt die Klappe runter, wenn er einem Menschen dienen soll. So brütet Gauvain in der Kabine vor sich hin, nachdem er verdrossen sein Hemd aufgeknöpft hat. Da öffnet sich die kleine Türe und eine Ärztin erscheint. Unter dem hochgeschlossenen Kittel lassen sich vollendete weibliche Formen ahnen. Sie trägt ein Namensschild, das zu klein ist, um es entschlüsseln zu können. Um den Hals trägt sie das obligatorische Diadem von Stetoskop. Einige Stifte und Spatel und sonstwas zieren ihre Brusttaschen und heben die Wölbung derer überdeutlich hervor. Sie lächelt Gauvain mit diesem Doktor-Allwissend-Lächeln an und fragt dann in übertrieben sachlichem Ton: „Guten Tag, was haben wir denn?“

„Ich weiß nicht, was Sie haben, aber ich habe extreme Magenkrämpfe, das kann nur eine Fischvergiftung sein...“

Da unterbricht sie: „Leben Sie allein?“

Gauvain ist etwas irritiert: „Ja, aber ich glaube nicht, daß es damit was zu tun hat.“

Die Ärztin ist etwas dichter an Gauvain herangetreten: „Sie haben heute schon Alkohol getrunken?“

„Ja, aber...“

„Um diese Uhrzeit?“

„Ja schon, aber da ist etwas besonderes passiert, ...Sie müssen wissen...“

„Passiert Ihnen das öfters?“

„Hören Sie, dafür gab es einen bestimmten Anlaß...das Fischbrötchen...“

Doch die Ärztin scheint ihre Diagnose bereits abgeschlossen zu haben: „Ich bin Internistin. Sind Sie sicher, daß ich Ihnen helfen kann?“ wobei sie das „ich“ streng betont.

Wenn Du wüßtest, Täubchen..., schießt es Gauvain plötzlich in den Sinn. Doch er beherrscht sich: „Ich weiß, es klingt verrückt...aber ich hatte noch nie solche Symptome, nicht mal im Vollsuff... Es kann nur von diesem verfluchten Fischbrötchen..."

Die Ärztin will keine weitere Zeit verplempern. Um eine potentielle Einweisung des Patienten abzuwimmeln, will sie ihn abschrecken: „Wenn Sie meinen, werden wir Ihnen den Magen auspumpen."

Gauvains Gesicht verzieht sich zu eigenartigem Grinsen, und er sagt: „Ich bitte darum..."

Die Ärztin ist genervt: „Wie Sie wünschen... Sie wären der Erste, der das lustig findet." Sie öffnet die Tür: „Herr Schütze, kommen Sie bitte mal?!" Ein riesiger Kerl mit kantigem Schädel kommt herbei. Ohne sich ihm zuzuwenden, sagt sie: „Den Herren zum induzierten Erbrechen bringen! Ambulant!" und nickt mit ihrem schönen Antlitz triumphierend und ein wenig boshaft Richtung Gauvain.

Gauvain muß sich auf eine Bahre legen. Es ist absolut demütigend, auf dieser Karre rumgerollt zu werden. Und auch für Lancelot ist es beschämend, mit diesem lächerlichen Häubchen, diesem unmännlichen Kittelzeug, den quietschigen Gummischuhen durch die Gänge zu eiern und achtzugeben, ja nicht anzustoßen. Er muß sich beim Schieben tief beugen, ob seiner Statur; kann nicht aufrecht gehen. Eigentlich Zwergenhandwerk, sowas. Und es scheint kein Ende zu nehmen, schier endlos wird durch verwinkelte Gänge gefahren.

Das blendende Gleiten der Deckenleuchten hat Gauvain die Orientierung genommen. Er gibt auf, zu denken, gibt sich der rollenden Bahre hin. Das rhythmische Aufgrellen der Beleuchtung läßt ihn immer ruhiger werden, dieses pulsende Blenden hypnotisiert ihn. Seltsame Bilder entstehen. Die Lichteffekte nimmt er nicht mehr wahr und es flüstert in ihm: am Anfang war keine Sonne, kein Mond und keine Sterne. Alles war finster, und überall war nur Wasser. Da kam ein Floß auf dem Wasser dahergeschwommen. Es kam von Norden, und zwei Wesen waren darauf, Schildkröte und Vater der Demiurgen. Da kam vom Himmel ein Seil aus Federn herab, und an ihm kletterte Erden-Eingeweihter herunter. Da sagte die Schildkröte: Bruder, kannst du nicht etwas trockenes Land für mich machen, daß ich hin und wieder aus dem Wasser steigen kann? Erden-Eingeweihter dachte nach und sagte schließlich: Ja. Schildkröte wurde an einem Seil ins

Meer hinuntergelassen, um Erde zu holen. Sechs Jahre blieb sie drunten im Meer. Als sie wieder heraufkam, war sie ganz mit grünem Schlamm bedeckt. Alles was sie noch bei sich hatte, war etwas Erde unter ihren Nägeln, der Rest war weggespült worden. Erden-Eingeweihter kratzte die Erde vorsichtig unter den Nägeln heraus und rollte sie in der Hand, bis sie rund war, dann legte er sie ins Heck des Floßes. Immer wieder warf er seinen Blick darauf, und langsam begann der Klumpen zu wachsen. Das vierte Mal, als er hinsah, war er so groß wie die Welt... Und Gauvain schreckt auf. Er ist in einer Gruft aus Blech. Alles bewegt sich abwärts. Gauvain registriert Maschinengeräusche. Sie bereiten ihm körperliche Schmerzen, so schrill nimmt er sie wahr. Ich wurde vergiftet, durchfährt es ihn. Bin ich tot? Erlöst? Ein Gesicht beugt sich überdimensional über ihn und Gauvain sieht starken Haarwuchs in dessen Nase. Ist dies das Bildnis des Göttlichen? Oh nein, der Pfleger. Er bringt Gauvain mit dem Fahrstuhl... Ja, wohin denn? Summend öffnet sich die Tür. Gauvain wird durch einen unbeleuchteten Trakt gefahren. Keller, denkt er, dann sieht er das Hinweisschild zur Dialyse. Der Pfleger öffnet eine Tür und schiebt die Bahre in einen schier endlosen Raum, angefüllt mit medizintechnischem Gerät. Als Gauvain das sieht, steigt Panik auf:

„Wollen Sie mir den Blinddarm rausnehmen?“ fragt er und will sich halb aufrichten.

Doch die kräftigen Arme des Pflegers packen ihn, drücken ihn auf die Bahre zurück und schnallen ihn routiniert fest: „Ich will gar nichts. Aber ich glaube, es ist besser, wenn ich Ihnen eine Beruhigungsspritze gebe!“ sagt der Pfleger mit einem leicht slawischen Akzent. Er wendet sich einem Arzneimittelschrank zu. Gauvain nimmt plötzlich jedes Geräusch in brutaler Lautstärke wahr. Sein Herzschlag dröhnt, sein Atem faucht stoßweise. Er hört, wie die Spitze der Nadel die Metallkappe der Ampulle durchstößt, sich saugend füllt.

„Dürfen Sie das überhaupt?“

Der Pfleger antwortet, ohne sich umzuwenden: „Was heißt dürfen, ich kann es!“

Gauvain will sich aufbäumen, sich mit der Bahre umschmeißen, um Hilfe brüllen. Da hört Gauvain Schritte. Der Pfleger wendet sich mit der Spritze zu Gauvain. Gauvain ballt die Fäuste in den Gurten, formt den Mund zu einem mächtigen Schrei. Da wird die Tür geöffnet. Ärztin. Seine Ärztin.

„Was wollen Sie mit dem Patienten in der Dialyse? Ich suche Sie überall. Wir haben die Datenerfassung für die Abrechnung ganz vergessen. Zum Glück hat Schwester Rosi Sie in den Fahrstuhl gehen sehen."

„Der Patient zeigte starke Unruhe, ich wollte ihn etwas beruhigen!"

„Hier unten...?" fragt die Ärztin mißgelaunt, ob der Verwicklungen.

„Die anderen Fahrstühle waren besetzt. Aber in Ordnung, ich werde ihn oben auspumpen. Ich kümmere mich. Ich kann das allein."

Da wendet Gauvain sich sehr gefaßt in hierarchiegeübtem Tonfall an die Ärztin:

„Würden Sie mich bitte von diesen Fesseln befreien, Frau Doktor, oder finden Sie das normal?!"

Die Ärztin, die dies tatsächlich nicht normal finden darf, öffnet mechanisch die Gurte.

„Tun Sie das nicht, Sie wissen nicht...", entringt es sich dem Pfleger, doch schon hat Gauvain die Ärztin umklammert und zerrt sie auf die Bahre:

„Liebste Königin, lassen Sie uns fliehen! Erretten sie mich", stöhnt er in hellem Diskant und drückt seinen Kopf an ihre Brüste.

Die Ärztin ist steif vor Schreck. Nach Luft japsend gellt sie schrill: „Er ist durchgedreht. Ich hab´s geahnt", und macht sich los. „Suffbruder. Stinkt nach Fisch und klebt. Der will nur ein Bett, gewaschen werden und hochgepäppelt. Ich hab das einfach satt!" tobt sie die aufgestaute Generalsabrechnung mit ihrem notärztlichen Nachtleben hervor.

Der Pfleger ist rasch herangetreten und beugt sich mit der Spritze zu Gauvain, den er nun eisern umklammert. Doch die Ärztin rudert mit ihren Armen dazwischen und herrscht ihn an: „Um Gottes Willen, nein! Sonst müssen wir eine Akte anlegen und uns weiter mit dem Wirrkopf beschäftigen."

Sie betätigt eine Klingel in Nähe der Tür. Wütend wendet sie sich an Gauvain: „Wir sind hier eine Notfallklinik, keine Pflegestation, mein Herr. Sie können Ihren Suff gern auf einer Parkbank ausschwitzen, Sie können auch gerne die Mülltonne knutschen, aber nicht mich, verstanden."

Da geht die Türe auf, Personal erscheint. Die Ärztin befiehlt: „Den jungen Mann sofort vom Klinikgelände. Für Simulanten ist unsere Zeit und das Geld der Solidargemeinschaft zu kostbar."

Der Pfleger steht mit der aufgezogenen Spritze und versteinertem Gesicht. Die Bahre wird von den anderen gepackt und Gauvain wird weggefahren. Lustig dirigieren seine befreiten Arme einen imaginären Marsch und Gauvain lallt mit gespielt schwerer Zunge und russischen Akzent mimend:"...aber ich bin privat ... privat ... privat versichert...."

Gauvain würgt. Er steht breitbeinig, mit der Rechten an einen Laternenpfahl gestützt, aber bekommt nichts heraus. Diese Ärzteschaft, überhebliches Pack..., geht es ihm durch den Sinn, es ist ihnen völlig Wurscht, daß ich jetzt an diesem elenden Fischbrötchen krepiere. Doch dann reißt er sich zusammen: Ich muß selbst klarkommen. Ich muß das Gift loswerden. Ermattet setzt er sich in Bewegung. In der Nähe von Krankenhäusern gibts immer massig Apotheken, überlegt er.

Während er weitergeht wird Gauvain die ganze Absurdität dieses heutigen Tages so richtig bewußt. Niemals hätte er geglaubt, in solche Verwicklungen geraten zu können. Sein Leben war immer übersichtlich, klaren Zielen untergeordnet. Sein Denken im Wesentlichen gekennzeichnet von Pluralität, Anonymität, Mobilität, Individualität und Globalität. Denn das sind die heutigen Bedingungen der Weltenordung, weiß Gauvain. Macht heißt Information. Ganz früher war es physische Gewalt, mit der Menschen regiert wurden. Und auch heute besteht jeder Staat auf seinem Gewaltmonopol. Und wenn man seine Strafzettel tatsächlich nicht bezahlen würde, stünden irgendwann die Bullen in der Tür. Die bitten zunächst höflich, mitzukommen. Das dann nicht zu tun, hieße, die Gewalt zu spüren zu bekommen.

Dazu kam das Wissen. Den Schriftkundigen oblag nicht nur die Deutung der Schöpfung, sondern auch die Auslegung des Strafrechtes. Und bis heute haben sich diese elitären Bastarde gehalten - Advokaten, rechthaberisches Pack, das sich vom Leid der Menschen nährt, in ihrer Überflüssigkeit nur übertroffen von Steuerberatern.

Aber es gibt noch einen Berufsstand, der mit verschlüsselten Codes kommuniziert. Die dünkelhafte Ärzteschaft, geht es Gauvain grimmig durch den Sinn, schreibt Diagnosen und Rezepte stets unleserlich, reden untereinander Latein, nicken dabei bedeutungsvoll und lassen Kurven, Diagramme, Röntgenbilder und Laboranalysen von Spezialist zu Spezialist wandern und deuten dein Schicksal, ohne dich überhaupt gesehen zu haben. Synonym der Macht.

Früher war der Besitz von Grund und Boden Haupteinnahmequelle und Fundament jeglicher Mehrwerterschaffung. Dann wurde es das Gold, als Tauschmittel und Entsprechungsverhältnis. Seit der Einführung des Blech- und Papiergeldes konnte praktisch jeder seine staatliche Macht darauf gründen. Heute ist Geld virtuell. Reichtum erscheint nur noch als Kontoauszug, als Zahlenkolonne am Bildschirm. Es gilt praktisch als unanständig, viel Bargeld herumzutragen. Höhere Überweisungen oder Barverfügungen werden automatisch dem Finanzamt gemeldet, und schon ist man im Raster. Lächelnd erinnert sich Gauvain an die langen Nasen und schüchternen Selbstanzeigen der steueroptimierenden Geizschweine. Die sollte man einfach in keinen Park, keine öffentlichen Straßen, keine Schwimmbäder, keine Bibliotheken, Opernhäuser und Theater lassen. Und die pfiffigen legalen Steuersparer mit ihren Ostimmobilien und geschlossenen Fonds? Wurden von den kriminellen Top-Machern der Branche zu Tausenden reingelegt! Gauvain hat sie nie bedauert. Die kamen mit bunten Prospekten von ihren Steuerberatern und zitierten: ... eigentlich vermittelt der gute Mann ja keine Immobilien, aber er hatte da zufällig ein Angebot... Eigentlich nur für ihn selbst bestimmt... und so weiter. Wenn die Kneifärsche Steuersparen hören, ist die Großhirnrinde paralysiert und sie gehen ihren klugscheißenden, betrügerisch sich nebenbei bereichernden Steuerberatern lieber auf den Leim, als sich gesagt sein zu lassen, daß das Ganze hahnebüchen ist.

Und die anderen, die Habenichtse, sind auch nicht besser. Für die ist Demokratie ein Selbstbedienungsladen, sogar nix tun bringt Kohle. Leider nicht genug, nach deren Auffassung von Gerechtigkeit. Und soziale Politiker schüren Sozialneid, um ihr Mütchen mit Macht zu kühlen. Doch die Macht wird sie hinwegspülen. Und zwar die gemeine Macht imaginärer Falschinformationen. Jeder Zeitungslaffe zahlt bekanntermaßen gewaltige Summen für die Information, welche Praktikantin wem mal einen geblasen hat, oder bei einem Grundstücksdeal bißchen nachgeholfen oder die Spesenrechnung klein wenig getürkt oder SM-Pornos aus der Videothek geholt oder mal Joints geraucht, oder beim Militär zu laut die falschen Lieder gegrölt... Die Geheimdienste haben lange Dossiers über jeden Einzelnen dieser sich mächtig fühlenden Führungspersönlichkeiten. Nach dem wahren Urheber solcher Information wird nie gefragt. Macht hat, wer den Fluß der Kommunikation kontrolliert und deren Schnelligkeit beeinflussen kann. Firmenkonstrukte wie VISA, wissen schon heute, wie jeder Normalfuzzi, der an irgendeinem Punkt der Erde ein regelmäßiges Einkommen erzielt, seine Knete ausgibt. Die wissen, wann und wie oft er Urlaub macht und wie teuer natürlich, wieviel Alkohol er konsumiert, was er für Luxusartikel löhnt, wie er verhütet. Und es gibt zahlreiche Produzenten und Dienstleister, die für diese Information massig Kohle hinlegen, weil sie so schneller, effektiver und kundenfreundlicher den Geldsack stäupen können.

„Irgendwas gegen Fischvergiftung, Kräuter am besten“, sagt Gauvain der älteren Dame der „Turmapotheke“.

Die graumelierte, gepflegte Apothekerin mit ihrer etwas zu aufwendigen Brille meint darauf nett: „Da können Sie sich einfach nur übergeben. Ich kann Ihnen gern ein Mittel geben, daß es ein wenig beschleunigt und verstärkt, allerdings haben wir hier kein Kraut.“ Sie wendet sich um und zieht eines dieser zahllosen Schubfächer auf, kramt kurz darin und tritt mit einem handlichen Päckchen an den Ladentisch der alten Apothekeneinrichtung zurück. Gauvain schaut unschlüssig auf das designete Päckchen, dann auf das schwere Goldgestell mit den dünnen Brillengläsern:

„Muß man das nicht irgendwie neutralisieren, das Gift?“

„Das geht nicht, Sie können es nur loswerden - wenn Sie sicher sind, daß es tatsächlich eine Fischvergiftung ist", sagt sie noch immer lächelnd und legt das bunt schillernde Päckchen auf die Glasplatte des Verkaufstresens. Dann legt sie den Kopf etwas schief, schaut Gauvain von oben bis unten an: „Vielleicht sollten Sie einen Arzt konsultieren?!"

Gauvains Hände weichen vom Verkaufsladen zurück: „Danke für den Tip. Ich werd´s mir überlegen", nickt er und läßt seinen Blick über die zahlreichen Bonbons und natürlichen Heilmittel und Kaustoffe und Zusatzstoffe und Wässerchen und Salben und Kapseln und Tabletten und Öle und Pulver und Cremes und Pasten und Lotionen und Emulsionen und Tinkturen in Reagenzien und Dosen und Schächtelchen und Tüten und Tuben und Boxen und Fläschchen und Töpfchen und Säckchen schweifen.

„Wenn es andere Ursachen hat, daß sie sich nicht wohl fühlen, dann würde ich...", unterbricht die Apothekerin Gauvains umherschweifenden Blick. Der fokussiert wieder an der gepflegten, kaum faltigen Gesichtshaut der Bekittelten und sagt: „Nett gemeint, aber ich weiß, was ich gegessen habe."

Die Apothekerin wirkt besorgt. Leise, fast mütterlich redet sie: „Ich meine nur, sie schwitzen sehr, sie wirken..."

Da schellt, klingelt und scheppert es plötzlich hinter Gauvain. Die Tür hat sich geöffnet, Gauvain wendet sich um und sieht seinen Kollegen Reiner Siegel mit aufgerissenen Augen im Rahmen der Apotheke stehen. Der tritt ungläubig näher.

Bimmeln, Klirren und Poltern, die alte Tür ist geschlossen.

„Mensch Gauvain, ich dachte, ich bin der Einzige, der was gegen Kopfschmerzen braucht, nach der Tour bei Dir." Seine Überraschung legt sich. „Du hast ja die Nummer voll durchgezogen beim Big Boss. Schön, Dich zu treffen. Was bevorzugst Du so? Sag jetzt nicht Aspirin. Wie kommst Du überhaupt in das Viertel?" sprudelt Siegel drauflos und legt freundschaftlich den Arm um Gauvains Schulter. Gauvain ist glücklich, im Chaos dieses wirren Tages einen vertrauten Fixpunkt zu haben. Gerührt wendet er sich an seinen Kollegen: „Reiner, heute früh... Ich begreife nicht, was mich da überkommen hat? Der Film reißt nicht ab, das Unglück verfolgt mich... Ich erlebe Sachen, Du, das kann nicht wahr sein. Vorhin hab ich ein Fischbrötchen gegessen, mir ist speiübel, ich hab Schweißausbrüche, ich halluziniere schon... Ich bin völlig fertig."

Siegel meckert sein wieherndes Lachen, hebt kurz die Hand von Gauvains Schulter, um sie schwer wieder fallenzulassen und meint begütigend: „War einfach zuviel gestern. Fischvergiftung? Naja... sag mal, was war denn mit der Braut, is was gelaufen? Die ging ja gut mit. Woher kennste die denn, hat die ´ne Schwester?" albert Siegel.

Da kommt auf Gauvains Gesicht sein neues, breites Grinsen. Langsam greift er neben sich eine Karaffe mit Wasser vom Tresen, tritt einen Schritt zurück und versetzt salbungsvoll:

„Ich steige von meinem Höckertier und reiche der Oberin vom YMCA-Kloster im Timesquare die Ehrenbrosche der sultanesischen Tempeltänzergewerkschaft..." und gießt, noch mitten im Satz, seinem Kollegen genüßlich das Wasser über den Kopf. Siegel schaut an seiner tropfenden Gestalt herab. Im Hintergrund entfährt der Apothekerin ein überraschtes „Huch". Dann läßt sich die kühle, beleidigte Stimme von Siegel vernehmen:

„Arschloch! Wenn Sie Dich nicht rangelassen hat, mußt Du mir noch lange nicht den Anzug versauen. Werde wieder klar, Mann. Dein bescheuertes Grinsen wirkt wirklich dämlich, der Chef hat recht." Dann herrscht Stille, ein paar Tropfen platschen noch auf den schwarzweißen Fliesenfußboden, dann klöngelt und prasselt es. Reiner Siegel ist gegangen. Gauvain zuckt die Schultern in Richtung der hochgeschobenen, mit beiden Händen gehaltenen Apothekerinnenbrille und blingelt und scheppert ebenfalls durch die Türe ab.

Es ist später Nachmittag geworden, bis Gauvain wieder in seiner Wohnung ist. Abwesend durchquert er die Zimmer, mit großen Schritten steigt er über umherliegende Pappteller, Gläser, aufgereihte Flaschen. Er nimmt das eine oder andere vom Boden auf, trägt es in die Küche, oder stellt es einfach nur auf den mit überquellenden Aschern vollen Tisch. Er findet eine halbvolle Flasche Grappa im Übertopf einer Zimmerpalme. Er geht in die Küche, spült sich ein Glas, kommt ins Zimmer zurück und gießt sich den Schnaps ein. Angewidert verziehen sich seine Mundwinkel beim ersten Schluck, doch dann spürt er dieses wohltuende Brennen die Kehle entlangrinnen und eine sanfte Wärme in der Magengegend. Rasch nimmt er noch einen großen Schluck.

Eine Weile steht er sinnierend im Zimmer und spürt die Wirkung des Schnapses sich ausbreiten wie Wellen in einem ruhenden Waldsee. Er geht zur Musikanlage und sucht eine geeignete Musik, dabei fällt sein Blick auf ein kleines Päckchen, das er wohl auch am Vorabend geschenkt bekommen haben mußte. Es trägt keine Aufschrift, ist auch nicht in das übliche Geschenkpapier gewickelt. Es ist jenes Päckchen, was Kundrie kurz nach ihrem Eintreffen mit auf die anderen Präsente gelegt hat. Aber daran kann sich Gauvain im Augenblick nicht erinnern. Da das kleine Päckchen ihm uninteressant erscheint, legt Gauvain es gedankenverloren auf die Kommode, zu den anderen unausgepackten Geschenken. Er geht zur HiFi-Anlage und greift wahllos nach einer Klassik-CD. Er rückt einen Sessel zum Fenster, um die letzten Reste des Abendlichts über den Dächern untergehen zu sehen. Die Musik hebt an, Händel - The Best Of. Gauvains Blick schweift über den Häuserhorizont. Das Antennengeborste zerbröselt Wellen in radiophone Länge für die Haushalte, die Satellitenschüsseln speisen die ewige Mattscheibe volle Kelle; in den Wohnungen flackert der Schrein bereits. Plötzlich entdeckt Gauvain in den Fenstern der gegenüberliegenden Wohnung sich bewegende Schatten. Er schaut genauer auf die Bewegungen und erkennt ein junges Pärchen beim Liebesspiel. Sie sitzen auf einem Sofa, halten sich umschlungen und küssen heftig. Gauvain muß lächeln. Angestrengt verfolgt er die Entkleidung der beiden. Aus den Boxen wuchtet der „Messias", und wie Stromschnellen schleudert Takt, flutet Rhythmus, kontrapunktiert Chorisches. Jetzt hebt er ihr sanft den schwarzen Rollkragenpullover über den Kopf und für Sekunden erscheint sie Gauvain wie ein enthauptetes Geisterwesen, so mit hilflos ergebenen, nach oben gereckten Armen. Die Musik beginnt in Kaskaden zu schwellen, zu wogen, zu stauen. Der nach oben weggehobene Rolli gibt schwarzes langes Haar frei. Und sie schüttelt es mit kleinen, energischen Bewegungen ihres Kopfes in einer Art von Erhabenheit, die einen gefährlichen Adel vermuten lassen könnte. Und der Chor setzt an zum „Amen. Amen.

Amen." In silberhell laufendem langem „A" fließt der vokale Strom, wie quellendes Wasser im Gebirgstale hallend und hüpfend zu Tal, um alsdann seine Konsonanten „M" und „N" wie in weites Becken füllig zu ergießen. Sie schlingt ihre nackten Arme um seinen Hals und zieht seinen Kopf auf ihre Brüste. Kaum daß seine Lippen ihr knospendes Braun berühren, beugt sie hingebungsvoll den Nacken nach hinten, läßt sich zurückfallen in die Lehne des Sofas, so daß sein Kopf an ihrem Leib herabgleiten muß, über den Bauch, um an der metallenen Schnalle des Gürtels jäh zu stocken. Und das „Amen" schwillt stärker, bricht rauschend und tosend sich Bahn in der Ebene des vollkommenen Klanges. Es kreiselt, es bebt, es strudelt in die Tiefe, es eruptiert in die Höhe, es ergießt sich in vollem Schwalle, es wächst, es wogt auf zur mächtigen Flut. Mit den Zähnen schließlich reißt er ihr das Leder auf und ihr von Lust gemöbelter Körper bäumt itzo ins Hohlkreuz den Rücken, daß abhebt vom Sitz ihre weiche Hüfte, und er wie mit Flößerhaken die Hose ihr vom Leibe reißt. Hilflos verrutscht der schwarze Slip, nur spärlich den Triumph der Venus noch bedeckend. Und wie von Sturm gedrückt und gleichzeitig vom Beben der Erde erschüttert, erhebt sich das gewaltige Tosen der Töne in kanonisch versetzter Entfesselung zum „Amen! Amen! Amen!" der himmlischen Heerscharen und aus den Sphärenwirbeln flutet die Fülle kosmischer Harmonie. Und mit fliegenden Händen hat er hinabgeschoben jenes kleine schwarze Höschen, daß nun verfangen in ihren Kniekehlen spannt wie ein Segel in brausender Fahrt über tobendes Meer, während sie die Oberschenkel spreizt. Seine vibrierende Zunge bringt ihr elektrisiertes Türchen zum Kurzschluß, das zukkend sich öffnet. Und es ergießt sich ein Meer aus den Himmeln, donnert als malmende Sintflut über Land, reißt nieder alles Erbaute, entwurzelt die angebauten Kulturen, bedeckt alles Irdische mit diesem Erguß.

In Einheit mit der schwingenden Membran hat ein schwarzer, großer Vogel sich mit weit aufschwingenden Flügeln auf dem Geländer von Gauvains Balkon niedergelassen. Gauvain hat das nicht bemerkt. Seine Sinne sind magnetisiert von dem Crescendo der Lust, das sich vor seinen Augen entfesselt. Der Vogel dreht den Kopf und schaut mit einem Auge groß zu Gauvain. Das Vogelauge sieht, wie ein Vogelmensch hinter Gauvain tritt. Er hat den Körper und den Kopf eines Vogels, doch laufen seine Flügel in menschliche Hände und seine schuppigen Ansätze am Rumpf in ebenfalls menschliche Beine aus. Der Vogelmensch packt Gauvain von hinten mit der Linken am Kopf. Gauvain bemerkt das nicht, seine Empfindungen gehören nicht mehr zu ihm. Der Vogelmensch drückt mit der Rechten jeweils einen runden Kristall vollständig in jedes seiner Augen. Gauvains Iris erglänzt sonderbar, während er weiter bewegungslos aus dem Fenster stiert. Noch immer hinter dem Sessel stehend, hat der Vogelmensch plötzlich ein langes, scharfes Messer in der Rechten. Damit schneidet er die Umrisse von Gauvains Gestalt in die Luft und sogleich schält jegliches Fleisch sich von ihm. Es fließt dabei kein Blut. Der skelettartige Kopf von Gauvain erscheint genauso, wie beim starken Andruck im Sitz der Geisterbahn bei seiner Baumhochfahrt. Gauvains fleischlose Gestalt registriert all das nicht, seine glühenden Augen schauen nach wie vor gebannt geradeaus. Im Auge des Vogels auf dem Balkon wird nun wie in einem Rückspiegel die Landschaft einer kahlen Hochgebirgsebene erkennbar. Ein riesiger Baum ragt dort in den Himmel. Auf offenem Feuer kocht ein Kessel und brät eine Pfanne. Gauvains Fleisch wird gekocht, wobei der Vogelmensch in rituellem Habitus einige Federn seines Gewandes in den Kessel gibt. Die Eingeweide werden gebraten, ihnen werden Pulver beigemischt. Der riesige Vogelmensch baut aus den Knochen und Sehnen eine Marionette und läßt sie Flugbewegungen machen. Dann nimmt der Vogelmensch die Eingeweide aus der Pfanne, hält sie in beiden Händen über Gauvain, läßt sie an ihm herabfließen und diese formen sich von selbst an ihren Platz. Dann wird das Fleisch aus dem Kochtopf gehoben und der Vogelmensch wirft es wie nassen Lehm an Gauvain. Am Ende des Rituals sitzt der neue Gauvain wie vorher im Sessel, nur seine Augen strahlen in seltsamem Glanz. Da tritt der Vogelmensch Gauvain gegenüber. Gauvain zuckt, seinen Körper durchbebt es, er streckt seine Glieder, als wären sie eingeschlafen, reibt sich die Augen und sieht, wie ein großer, schwarzer Vogel vom Geländer seines Balkons abhebt und in die Straßenschlucht einschwebt. Und Gauvain ist plötzlich ganz bei diesem Vogel, seine Sinne spüren vogelartiges und alles ist ganz vertraut. Und Gauvain ist der Vogel, fühlt das schwerelose

Schweben, lenkt den Flug mit leichten Drehungen, steht bewegungslos in der Luft und kann schweben und steigen und kommt so vor das Fenster der Liebenden. Vibrierend verharrt er so und sieht die beiden eng umschlungen aufs Sofa sinken. Und da ist es. Er erkennt es wieder: das ist der Kugelmensch! Das ist die Verschmelzung, das ist die Einheit, die Harmonie. Doch da wechseln die beiden ihre Position.

Sie sitzt jetzt rittlings auf dem Partner, ihr Gesicht dem seinen abgewandt. Lautlosen stehen ihre Schreie der Lust hinter Glas. Ihr Gesicht ist verschwitzt, die aufgelösten langen schwarzen Haare kleben wirr darüber. Und doch glaubt Gauvain sie zu erkennen. Ist das nicht? ... Kundrie kam genauso über ihn ... Da fällt sein Blick auf den rhythmisch Pumpenden unter ihr .... unglaublich ... aber dessen Gesicht - es ist sein Gesicht, in das er schaut. Er fühlt, wie sein Antlitz ihm bernsteinern gerinnt und dabei seine Form verändert. Eindeutig spürt er nun: er ist es. Er, Gauvain, stößt in dieses Mädchen. Es sind seine Bewegungen, seine männliche Kraft. Er ist unter ihr und gleichzeitig beobachtet er alles. Da blickt sie nach unten und verharrt, ihre kreisenden Bewegungen erstarren. Ungläubig starrt sie auf die Schenkel auf denen sie sitzt, denn diese sind plötzlich die dicht behaarten Beine eines anderen.

Und was tut das Weib? Es wendet sich um! Die Vision zerbirst.

Es klingelt.

Gauvain findet sich im Sessel am Fenster. Der „Messias" ist vorüber. Dunkel ist es geworden. Es klingelt erneut. Gauvain erhebt sich mechanisch und öffnet.

„Kriminalpolizei, Mordkommision. Herr Gauvain? Wir haben einige Fragen an Sie. Dürfen wir hereinkommen?" und schon schieben sich zwei verstaubt wirkende Herren in den Flur. Sie halten kurz irgendwelche Ausweise in die Luft und blicken interessiert in die Zimmer.

„Hier war gestern eine Party...", will Gauvain entschuldigen.

„Wissen wir. Wir suchten Sie in der Bank, aber Sie waren nicht da."

„Weil ich ... es war heute ... Worum geht es eigentlich?"

„Sie kennen Frau Uhse?"

„Beate Uhse? Freilich. Ist seriöses Sexgeschäft geworden."

„Was an Sexgeschäften seriös sein kann, ist nicht unser Ressort ... aber interessant, wie Sie denken!"

„Ihr Ressort kenne ich nicht. Aber mein Ressort ist Wertpapierhandel. Und Beate Uhse wird an der Börse gehandelt. Deshalb kann ich deren Seriösität durchaus beurteilen. Interessant auch, wie Sie denken."

Die beiden blicken sich an, der eine räuspert sich und spricht dann etwas bescheidener:

„Wir meinen Frau Sanitätsrätin Uhse - Ilse Uhse."

„Sanitätsrätin? Ja, da war eine. Ich erinnere mich, es war mein erster Tag im neuen Büro, Montag vor einer Woche. Kann sein, daß die Uhse hieß."

„Worüber haben sie gesprochen?"

„Sie wollte einen Kleinkredit. Und da mein Kollege in einem Gespräch war, hat man sie zu mir geschickt. Leider keine Chance. Das ganze hat höchstens 10 Minuten gedauert."

„Wofür wollte sie einen Kredit?"

„Für einen Computer, glaub ich. Wieso?"

„Frau Uhse ist noch am selben Montag auf der Straße an Herzversagen gestorben. Sie trug Ihre Visitenkarte bei sich. Wir denken nicht, daß es ihr Gespräch war, was ihr Herz aussetzen ließ. Doch da Sie der Letzte waren, der mit Frau Uhse sprach, erhoffen wir uns einige Informationen. Was ist Ihnen an Frau Uhse noch besonders in Erinnerung."

„Ehrlich gesagt: garnichts. Ihr Anliegen war nicht zu realisieren. Damit war die Sache für mich erledigt."

„Beschreiben Sie uns ihr Anliegen doch mal etwas ausführlicher, Herr Gauvain."

„Was soll ich sagen ... sie wirkte etwas konfus. Sie wollte einen Internetauftritt bewerkstelligen."

„Wozu das denn?"

„Hab ich sie auch gefragt. Sie wollte die Menschheit warnen. Sie meinte, daß gewisse Leute in der Lage wären..." Hier unterbricht sich

Gauvain. Erinnerung quillt auf. Schämen sollte er sich, das war es. Gauvain hatte das Gefühl, in eine seltsame Parallele geraten zu sein. War das, was Frau Uhse ihm damals als Bedrohung geschildert hatte, nicht gerade heute mit ihm passiert? Hatte nicht er selbst heute das Gefühl gehabt, nicht mehr Herr seiner selbst zu sein? Undeutlich ahnt er, daß es besser wäre, den Beiden gegenüber nicht zu ausführlich zu werden! „...ich glaube, es ging um Patentrechte. Sie, oder ihr Mann müssen früher mal in der Forschung gewesen sein. In Rußland. Ihre Entdeckungen konnten sie damals freilich nicht patentrechtlich schützen lassen. Sie war der Meinung, daß andere nun ihre damalige Entdeckung gebrauchen würden. Das wollte sie irgendwie public machen."

„Anonym? Über Internet? Sie hätte sich doch an die einschlägige Fachpresse wenden können. Um was für Entdeckungen ging es denn?"

„Tut mir leid, meine Herren, so ausführlich hat mir das Frau Uhse nicht geschildert. Und wie Sie sehen, habe ich hier noch einiges zu tun. Wenn Sie mich also bitte entschuldigen würden?!"

„Hat Frau Uhse Ihnen Aufzeichnungen übergeben, haben sie Notizen von ihrem Gespräch?"

„Ich sagte doch, für mich war das ein sofort abschlägig zu bewertender Vorgang. In diesem Fall wird keine Akte angelegt."

Die beiden wenden sich zum Gehen. In der Tür jedoch dreht der eine sich nochmals um:

„Ich habe den Eindruck, daß Sie uns nicht alles gesagt haben, Herr Gauvain. Sie wissen, daß Sie laut Gesetz dazu verpflichtet sind?! Wir werden den Vorgang weiterverfolgen. Sie dürfen demnächst noch einmal mit uns rechnen. Besser, Sie verlassen demnächst nicht die Stadt."

Dann sind sie verschwunden.

Gauvain steckt unschlüssig die Hände in die Hosentaschen, er bemerkt darinnen zwei glatte halbrunde Dinger. Er holt sie raus und sieht die beiden Kastanien. Probehalber fügt er sie zusammen, sie passen genau. Dann wirft er sie auf einen Sessel, dabei fällt eine herunter und rollt unter die Couch. Gauvain beachtet das nicht. Abwesend beginnt er, die Wohnung aufzuräumen. Dann entfernt er das

Geschenkpapier von den Präsenten und begutachtet einige. Er fühlt in sich eine große Leere. Er ist erschöpft. Wie ferngesteuert ergreift er das kleine Päckchen, das Kundrie ihm übergab. Er findet darin eine Tonbandkassette ohne Beschriftung. Er hält sie unschlüssig in Händen. Ein Schauer durchbebt ihn. Ihm ist, als wäre alle Energie von ihm genommen. Er legt sie beiseite. Er wankt zur Couch und läßt sich darauffallen. Er atmet tief. Stille. Die Lautlosigkeit schwillt. Da wird ein feines Zirpen hörbar. Jetzt kann Gauvain einen Rhythmus heraushören. Es könnten Morsesignale sein. Gauvain glaubt, ein Atmen zu hören, das nicht seines ist. Ein Brummton. Er nimmt jetzt überdeutlich seinen Herzschlag war. Der wird schneller. Der Rhythmus einer großen Trommel fällt ein.

Gauvain springt auf, eilt zur Anlage und stellt den Verstärker aus. Er lauscht. Die Geräusche sind noch immer im Raum, nehmen sogar zu, lassen sich aber nicht definieren. Gauvain schaltet die Anlage wieder ein, wählt irgendeine Musik. Er fährt den Regler weit aus. Sound wuchtet schwer los: „Paradise Lost". Doch im Hintergrund kreischen und wummern die Fremdgeräusche weiter. Sie pulsieren schwellend, wie eine riesige Herzkammer. Mit einem Schlag stellt Gauvain die Musik ab. Kein Laut mehr. Doch dann wird sehr leise wieder Rhythmus wahrnehmbar. Gauvain sucht irritiert eine andere Musik. Fahrig greift er die nächstbeste Tonbandkassette und legt sie ein, dann sinkt Gauvain erschöpft auf die Couch.

Da hört er ein Knistern, es kommt vom Tonband. Plötzlich ist kein Fremdgeräusch mehr hörbar. Er vernimmt ein Räuspern, dann spricht Kundrie zu ihm:

„Es ist Sonnabend, morgens halb drei. Ich bin in meinem Hotelzimmer aufgestanden, weil Mahn mich geweckt hat, indem er mich fürchterlich folterte. Ich muß jetzt auf Band sprechen, solange mir das noch möglich ist.

Als ich an der Minibar war, um mir einen Apfelsaft herauszuholen, sagte Mahn zu mir: Wollen Sie das Band etwa laufen lassen? Dann wäre das ja ein Beweis, daß ich Angst habe.

Nun kämpfe ich mit Mahn seit anderthalb Stunden, spreche ihm zu wie einem lahmen Schimmel, aber er kann sich vor Geilheit und Gemeinheit nicht halten. Es quillt regelrecht aus ihm. Was er sich seit kurzem leistet, ist wirklich grauenvoll. Er hat Angst, daß die Gesellschaft zetEM, die sogenannte Gesellschaft zur Errettung der Menschheit, ihn aufspürt, er hat Angst, daß er für seinen Verrat zur Rechenschaft gezogen wird. Ist es so...

Nein...

War nicht so...

Nein..."

Erstaunt hat Gauvain diese fremdartige Stimme bemerkt, die sich in Kundries Bericht mischt. Doch dann wird ihm klar, daß es durchaus Kundries Stimme war, nur wird sozusagen aus ihr, mit ihr gesprochen - in einer anderen Stimmlage, so daß sich ein seltsames Zwiegespräch ergibt:

„Er denkt nun zwanghaft über eine Lösung nach und das pflegt er in meinem Körper zu tun. Als ob eine alte Lanze in meinem Innersten stecken würde, lebt er regelrecht...

Ich kann nicht allein leben...

Na schön, augenscheinlich vegetiert er mehr, außerdem verliert er Zeit und deshalb verkrampft er sich nun in meinem Gehirn. Und wenn er merkt...

Ja, das ist richtig...

Er tut es absichtlich. Seine sadistische Lust, mich zu foltern, nimmt zu mit seiner Furcht vor der Aufklärung...

Nein...

Weil er weiß, daß im Falle...

Was denn...

Willst Du behaupten, daß sie Dir jemals vergeben würden...

Nein...

Das sagst Du so entschieden...

Ja...

Was weißt Du noch darüber...

Nichts...

Also haben die Angst...

Es ist nicht so, wie Sie sich das denken...

Was denn...

Ich ziehe mich einfach zurück....

Du meinst wirklich, das würden die zulassen...ich glaub es einfach nicht...laß meine Stimmbänder los, damit ich sprechen kann ...scheußlich...jetzt, jetzt hat er sich etwas entspannt. Das Tonband lenkt ihn ab. Doch als ich im Bett lag, es war nicht auszuhalten. Ich muß stundenlang liegen und ihn ertragen, wie eine Wunde, der kommt überhaupt nicht zur Ruhe...

Nein...

Willst Du wahrscheinlich auch nicht...

Nein...

Nein, sagte er, nein, nein, nein, nein! Vorhin, bevor ich das Band anstellte, meinte er: ich sage doch nichts. Ich merke, wie er nun immer monotoner wird. Natürlich will er nichts sagen. Er möchte auch nicht, daß ich das schildern kann. Nichts für Zeugen. Dabei fällt mir auf...

Ja...

Mein Gott, warte bis ich ausgesprochen habe, Du ekelhafter Kerl. Ich soll nichts schildern können, das war immer sein Bemühen, egal wen ich versuchte, ins Vertrauen zu ziehen, jedesmal machte er mich unglaubwürdig, kindisch, lächerlich, sogar jetzt verändert er mich ständig...

Und wie ich das mache...

Ja, da brauchst Du gar nicht so hoch zu sprechen, all diese Mätzchen, mein Lieber ... ich nehme dieses Band nicht auf, um einen Beweis über Telepathie oder sowas zu liefern...sondern...diese Waffe...laß mich jetzt...ha, sofort verspannt er meinen Hals, den Nacken. Ich stütze mich mit den Ellenbogen auf den Tisch und halte so den Walkman mit dem Mikrofon. Ich habe den Hals nach hinten gebeugt, denn eine andere Haltung läßt er mit seiner Halsstarrigkeit nicht zu. Es ist eine Versteifung, die reingeht bis in die Lanzensäule...ich meine, Halswirbelsäule...

Hahahhahaaa....

Ach, lachen kannst Du da noch...

Die Lanzensäule, wenn das jemand hört, hahahaaa...

Lach nicht so läppisch. Aber das ist es wieder. Alles möchte er gern bagatellisieren, mich lächerlich machen, wo er nur kann, dabei hat er überhaupt ... eigentlich müßte er...

Ich warne Dich, Kundrie...

Tu´s doch...Du willst doch nur stören...ich soll den Faden nicht wiederfinden...

Schlaf, Kundrie, kämpf doch nicht ständig gegen mich an...

Oooohhhh, jetzt fängt er wieder an, er will mir den Kopf zusammendrücken... ich krieg´s fertig, Mahn, wenn Du so weitermachst, ich schlag alles mit der Eisenstange nieder, was mir in den Weg kommt...ich werd zum Tier...

Aber dann werden sie....

Das ist mir egal, ob ich entdeckt werde. Hoffentlich, denn dann kriegen sie Dich mit...

Was meinen Sie denn damit...

Das weißt Du doch ganz genau."

Da schrillt erneut die Türklingel. Gauvain springt auf und stellt das Band ab. Es pulsieren laute Pumpgeräusche. Gauvain öffnet. Es ist wieder der hagere Mann vom Zustelldienst. In Händen hält er diesmal eine Art Depesche. Er blickt Gauvain in die Augen, als er den Familiennamen abfragt, dann plötzlich:

„Sie sind allein?"

„Was geht Sie das an?" antwortet Gauvain mißgelaunt und nimmt ihm den Umschlag aus der Hand.

„Oh, ich hatte da eine Stimme gehört...“, fügt der Postbote eilig an. Doch Gauvain schließt ihm die Tür vor der Nase. Unverschämtes Mützenpersonal, denkt er und öffnet mit fahrigen Händen den Umschlag. Er faltet das Papier auseinander und liest ungläubig immer wieder die Zeile: „Die Mutti ist tot. Aufbahrung am Mittwoch. Kann dich telefonisch nirgends erreichen. Bitte komm. Papa.“

Verstört geht Gauvain ins Zimmer, dabei streift sein Blick das Balkonfenster. Eine Gestalt beobachtet ihn. Erschrocken verharrt Gauvain, doch es ist lediglich sein Spiegelbild, das ihn anstarrt. Allerdings so plastisch, als wäre da kein Spiegel, sondern ein Doppelgänger auf dem Balkon. Er wischt das aus seinen Gedanken.

Die Mutter tot? Gauvain hat sich nie darüber Gedanken gemacht, daß seine Eltern sterblich sein könnten. Er hatte in den letzten Jahren kaum noch Kontakt zu ihnen. Als er zum Studium das Elternhaus verließ, glaubte er, es für immer hinter sich zu lassen. Es gab da nichts, wonach er sich gesehnt hätte. Gauvain hat den Alltag seiner Eltern stets als angestrengte Wurstelei, als Blätterfegen im Herbstwind, als Irrtum empfunden. Und plötzlich ist die Mutter tot, die ihn zur Welt brachte, die ihm Zärtlichkeit und Wärme spendete, ihm alles gab, was sie konnte. Als Gauvain sich das vor Augen führt, sucht er in seinem Herzen nach einer Regung, nach dem, was man Trauer nennt. Seine Mutter war von einem tiefen, religiösen Glauben beseelt und er macht sich Gedanken, ob die Mutter wohl da ankommen wird, wo sie immer hinwollte: ins ewige Leben, in die Glückseligkeit; und er ertappt sich dabei, wie er unwillkürlich für ihre Seele betet. Ein Vorgang, den er seit Jahren nicht mehr vollzogen hat. Er denkt nach und erinnert sich, daß der alttestamentarische Mensch aus Leib, im Sinne von Fleisch plus Seele bestanden hat. Das stand sich nicht gegenüber, sondern bildete eine Einheit dergestalt, daß die Seele den Körper belebte, was auf den Hauch Gottes zurückgeführt wurde. Und wie das Fleisch, so war das Leben vergänglich und endete mit dem Tode. Unsterblichkeit ist dem Alten Testament fremd. Dies dringt erst später von den Griechen in das hellenisierte Judentum. Und die Vorstellung von der leiblichen Auferstehung kam noch später, aus der persischen Religion zum bereits palästinensischen Judentum. Ursprünglich wurde also das Leben, wie das Sterben, als ein Naturvorgang gesehen, mit dem sich der Mensch durchaus abfinden konnte, da er sich als in der Ordnung des Kosmos empfand.

Der Tod als Strafe, beispielsweise für Sünde, ist dem Alten Testament fremd. Die Strafe für Adams Vergehen ist nicht der Tod, sondern die Vertreibung aus dem Paradies und damit die Mühsal und die Plagerei, gekennzeichnet durch den Schmerz des Denkens und ein Handeln wider Besseren Wissens. Die Folge ist der Verlust der Einheit, der Harmonie - das ruhelose Suchen. Entsprechend ist das Böse positiver Gegenwille gegen das Gute. Sünde ist nicht ein bloßes Verfehlen, ein Mangel an ethischer Bildung, ein Stadium, was überwunden werden kann, sondern ein Verstoß, der entweder bestraft oder vergeben werden muß. Sünde ist also nicht eine Übertretung des Gebotes, sondern der Zweifel an der Macht und Herrschaft Gottes überhaupt. Der Sünder isoliert sich von der Gemeinschaft der Gläubigen ebenso, wie von Gott. Somit ist Buße Rückkehr zu Gott aus der Isolierung des Eigensinnes.

Gauvain ist erstaunt, über die Zwangsläufigkeit seiner Gedanken. Ist es das? Hat ihn das Beten, also das Bitten um die Seele seiner Mutter, hat ihn das unverhofft in Gottes Nähe gebracht? Man bittet ja schließlich nur jemanden um etwas, wenn man der Meinung ist, daß es sowohl in der Macht, als auch in der Bereitschaft dessen liegt, der Bitte zu entsprechen!

Beten heißt auch, sich beiseite nehmen. Vielleicht, so denkt Gauvain, wollte er nur seinen Schmerz kanalisieren, seine Ratlosigkeit in der Konfrontation mit dem Tod in einen adäquaten Ausdruck bringen. Traditionsbesetzte Verhaltensmuster. Ist es das?

Gauvain gelingt es nicht, sich darüber Klarheit zu verschaffen, was ihn eigentlich bewegt. Er ist nach wie vor verwirrt. Das Tonband von Kundrie fällt ihm wieder ein. Er spürt, das eine Bedrohung auf ihr lastet. Er versteht jetzt, warum die Nacht mit ihr so war, wie sie war. Kundrie ist nicht frei in ihrem Handeln, sie wird verfolgt. Mehrfach.

Gauvain packt wie automatisiert einen leichten Koffer. Er zieht einen schwarzen Anzug an und beschließt, sofort in seine Heimatstadt aufzubrechen, um dann am Mittwoch der Verabschiedung der Mutter beizuwohnen.

Rasch nimmt er auch die Tonbandkassette, dann eilt er die Treppen hinab zu seinem Wagen. Kaum hat Gauvain den Wagen gestartet, da schiebt er die Kassette in das Soundsystem. Er fährt durch die nächtliche Stadt, um den Autobahnanschluß zu erreichen, und hört weiter Kundries Geschichte. Gauvain bemerkt nicht, daß ihm in einiger Entfernung Scheinwerfer folgen.

„Was habt ihr denn schon für Verbindungen aufgebaut, was, beziehungsweise wen, habt ihr denn schon alles beeinflußt...

Nichts...

Daß ich nicht lache. Oh, ich merk ja so deutlich, daß Du wieder einmal mehr weißt, als Du mir sagen willst. Wie wird es ablaufen...

Weiß ich nicht, sag ich nicht...

Was tust Du so dämlich...

Es wäre furchtbar...

Ja, ich weiß. Denn dann wär´s bald aus mit euch. Also werdet ihr verhindern, daß...

Nein...

Die werden mich töten...

Nein...

Ihr habt es versucht...

Nein. Wir haben das nicht nötig, Kundrie. Außerdem sollten Sie mittlerweile den Plural etwas differenzierter gebrauchen. Sie wissen, ich bin der Einzige...

Oh ja, ich weiß, was jetzt wieder kommt, Mahn. Wie oft hab ich das schon...

Beruhigen Sie sich doch, ich bin an Ihrer Seite. Warum würde ich Ihnen sonst erzählt haben...

Um mich abzulenken. Ich soll den Faden verlieren. Das sind doch alles blanke Erfindungen. Du malst mir diese Illustrationen doch nur aus, damit ich noch mehr an Deine Allmacht glaube, mich noch hilfloser fühle, während Ihr in märchenhafter Reinheit und Unbesiegbarkeit erstrahlt wie in einem verzauberten Schloß...

Ich bin über Ihre Wortwahl amüsiert. Aber bitte, Kundrie, wenn Sie meinen, ich will nicht den Aufklärer spielen...

Kläre mich lieber darüber auf, was die zetEM gegen Dich, also auch gegen mich, vorhat...

Keine Angst, die werden sich gut überlegen, ob sie einen Parazythen, ihren Prototypen, ihre Speerspitze, einfach auslöschen...

Moment, seit wann wissen die, daß Du bei mir...

Ich habe nicht behauptet, daß sie es schon wissen. Aber so wie Sie sich in letzter Zeit verhalten haben, könnten bestimmte Leute aufmerksam geworden sein, sagen wir: bestimmte Kräfte, mit denen die arbeiten...

Ich kann nicht mehr...

Dann schlafen Sie doch...

Damit Du leichtes Spiel hast, nicht wahr...

Ach, machen Sie das Band aus, Sie verfälschen ja doch alles...

Aber ich kann´s nicht, ich kann es nicht so bringen, wie Du es von mir verlangst...

Na kommen Sie, Sie sind doch eine starke Frau, ich hab Sie doch nicht umsonst als Botin gewählt, enttäuschen Sie mich jetzt nicht...

Also gut. Obwohl ich weiß, daß dieser Monolog für einen Außenstehenden nahezu unwahrscheinlich klingt, doch es ist die einzige Möglichkeit, um es mitzuteilen, falls ich mal nicht mehr bin, denn ich vermute einen weltweiten, teuflischen Plan..

Kundrie, Sie sollen nicht vermuten, Sie sollen jetzt einfach...“

Gauvain stoppt das Band und den Wagen, zwei Lichter fahren langsam vorbei. Gauvain steht mit laufendem Motor am Straßenrand an einer Bushaltestelle. Gauvains Atem geht heftig. Er fühlt den Druck auf Kundrie lasten, als wäre es sein eigenes Ringen. Sie hat das Band absichtlich bei mir gelassen. Es war ihr Hilfeschrei, geht es Gauvain durch den Kopf. Sie will, daß ich ihr helfe. So wie die Uhse. Die ist jetzt tot, weil ich ihr nicht glauben wollte. Ja, ich sollte mich schämen. Das darf nicht noch einmal passieren. Die dürfen Kundrie nicht einfach umbringen! Aber wie soll ich sie finden? Sie ist verschwunden und hat keine Handynummer oder sonstwas hinterlassen. Keinen Hinweis. Oder? Sie erzählte doch immer wieder vom „Gralsburg“, daß sie dort Leute kennt, daß sie auf die Art zur Party gekommen wäre.

Gauvain weiß, das „Gralsburg“ ist eine Kellerkneipe in einem besetzten Haus. Eine Menge Künstler wohnen dort und veranstalten Theater, Ausstellungen, Konzerte. Entschlossen wendet er den Wagen und fährt zurück in die Innenstadt. Das Band läuft wieder:

„Ich tu´s ja, laß meine Stimmbänder. Also: die ZetEM fühlt sich als eine Elite der Wissenschaft. Es ist denen gelungen, bestimmte spirituelle Fähigkeiten auf eine materielle, reproduzierbare Matrix einzubrennen. Es entstand so eine Art Mikroprogramm, das vergleichbar der DNS sämtliche Informationen seiner Selbst enthält und sich selbst auch vervielfältigen kann. Dieser Biochip besitzt bereits auf Mikroebene ein Bewußtsein dergestalt, daß er seine Vervielfältigung selbst steuern kann. Er kann sich unendlich duplizieren. Es wurde bisher ein Prototyp hergestellt, sein Projektname lautet: Mahn. Mahn braucht stets einen Wirtskörper. Mahn ist jetzt in mir. Alle jagen mich. Die zetEM jagt mich, um Mahn zurückzubekommen. Mein Orden jagt mich wegen des angeblichen Verrats. Und die Staatsmacht sieht in Mahn ein Waffensystem von unglaublicher Brisanz. Ich habe Mahn noch nie so heftig, noch nie so direkt gespürt, wie seit ein paar Stunden, denn er hat Angst, daß man ihn aufgespürt hat und er versucht nun, mir mehr und mehr seinen Willen aufzuzwingen, er überschwemmt mich regelrecht mit sexuellen Affekten, er will...

Nein, Kundrie, was sie jetzt sagen wollen, ist eine Lüge...

Mahn, laß meine Stimmbänder los...

Schalten Sie sofort das Tonband ab. Ich wiederhole, schalten Sie sofort das Band ab...

Nein, keiner kann mich zwingen...meinen Willen...

Darum geht es jetzt nicht...

Laß mich, ich will jetzt sprechen, versuche ja nicht, meinen Arm zu bewegen, Du Schwein...

Kundrie, Sie mißverstehen mich... Sie wissen genau, welche Konsequenzen...

Mach doch, mach mich doch wahnsinnig...

Sie sollen nicht wahnsinnig werden, sondern endlich verstehen, worum es in Wahrheit geht...

Ich bin ja doch nur Dein Schalltrichter, also mach doch, nimm mich, du bist ja sowieso schon..."

Mit quietschenden Reifen stoppt Gauvain den Wagen vor dem „Gralsburg". Es scheint eine Veranstaltung in dem besetzten Haus zu sein. Gauvain ist sich plötzlich ganz sicher, daß Kundrie da drinnen ist. Das war ihr verdeckter Hinweis. Dort wartet sie auf ihn, wahrscheinlich schon seit Stunden.

Aufgeregt atmend steht Gauvain vor der schweren Eisentür, die noch aus Besetzerzeit stammt, und hört den Sound von Musik herauswuchten, als diese sich öffnet. Der Türsteher mustert ihn kühl und verzieht dann angeekelt das Gesicht:

„Für Besoffene kein Eintritt!" Gauvain ist verdutzt. Da erinnert er sich an den Schnaps, den er in der Wohnung getrunken hat. Verständnisvoll lächelnd sagt Gauvain:

„Ist schon klar, verstehe. Ich hab zwar kaum was getrunken, aber egal, ich will eh nur schauen, ob jemand bestimmtes da ist, der auf mich wartet. Ich komm sofort wieder raus."

„Die Nummer kenn ich. Glaubst doch nicht etwa, ich such Dich dann, hä?! Das läuft nicht, verzieh Dich."

„Eh komm, das kann nicht sein. Es ist wirklich wichtig. Ich kann Dir meinen Schlüssel hierlassen oder meine Brieftasche."

„Alter, hier ist keine Schülerdisco! Hier kommt nur rein, wen ich reinlasse. Und ich hab was gegen Besoffene."

„Das kann doch nicht wahr sein", entringt es sich Gauvain in schrillem Jaulen. „Ich bin nicht besoffen, Mann. Du hast wohl Probleme als

Ex-Alkoholiker und machst hier auf Sittenwächter!! Du denkst wohl, weil der Schuppen „Gralsburg“ heißt, kannst Du den Tempelritter spielen?“ Gegen seinen Willen, hat sich Gauvain in Rage geredet. Seine Augen bekommen plötzlich einen eigenartigen Glanz.

„Du hast ein Problem, nicht ich. Und nun schieb ab“, meint der Türsteher gelassen und verschränkt die Arme, sodaß seine Oberarmmuskeln hervorgedrückt werden.

„Liegts an meinen Klamotten? Der Anzug, ja? Meine Mutter ist tot, Du Idiot.“

„Was willste dann hier“, fragt der Türsteher höhnisch. „Laß Dich woanders vollaufen“, und er wippt auf seinen Fußballen.

„Soll ich mir das Jacket linksrum anziehen...“, heult Gauvain wütend, zieht es aus und krempelt es um. Ein rotes Inlett kommt so zum Vorschein. „...soll ich es hinten zuknöpfen...?“ brüllt er herausfordernd und versucht in grotesker Weise die Knöpfe wie die einer Rüstung hinten zu schließen.

„Verpiß Dich endlich!“

Gauvain tobt: „Sind meine Haare zu lang...oder zu kurz...soll ich sie grün färben?“

Für den Türsteher ist der Spaß vorbei. Zwei blonde Hardbodies stehen verlegen kichernd hinter Gauvain, der alles mit weit ausholenden Bewegungen blockiert und trauen sich nicht an ihm vorbei. Der Türsteher sieht sich genötigt, die Initiative zu ergreifen. Mit erhobener Stimme und einen Schritt vortretend, dabei die Arme entflechtend und auf halbe Höhe bringend, sagt er drohend:

„Wann begreift ihr Typen, daß ihr stinkt... Du stinkst einfach, Alter, und nun verschwinde.“

Doch Gauvain ist voller Eifer. Die Vorstellung der wartenden Kundrie scheint ihn blind zu machen. Herausfordernd baut er sich auf:

„Wo hast Du nur diese einfachen Kategorien her, Kerl. Wen mußt Du denn da drinnen gegen mich verteidigen, mit Deinem guten Geschmack.“

Der Türsteher nimmt die Arme hoch; seine breiten, schorfigen, und schwieligen Finger sind zur Faust geballt: „Wenn Du nicht sofort Leine ziehst, knallts!“

Gauvain ist wie berauscht. Er hat ebenfalls die Fäuste hochgenommen und tritt dem Kerl entschlossen entgegen. Unter seinem wirren Haar glänzt ein irisierender Blick. Gefährlich leise kommt: „Und du findest Dich noch toll, was? Büttel! Na komm, dann probier es!“

Der Türsteher ist plötzlich unsicher geworden. Die Tussies atmen schneller, ihr Blick wandert verklärt von einem zum anderen. In ihnen vibriert die Erwartung auf ungebremste Männlichkeit, auf den Platzhirsch.

Der Türsteher weicht Gauvains Silberblick aus, der keinen Fokus mehr zu haben scheint, lächelt zu den Tussies und meint: „Ich könnte ihm die Fresse einhaun und jeder Richter würde mich freisprechen.“ Aber die Barbies sind zu gefesselt in der Vorstellung von Schweiß und schweren, dumpfen Treffern, von klatschendem Fleisch und wuchtenden Stößen. Der Türsteher hat in einem verborgenen Winkel seines Knallerbsenhirns diese Regung der Candy-Parfumed-Girls als enttäuschende Verwehrung ihrer Zustimmung abgespeichert und quetscht schließlich ein: „Ich kann Deine Visage nicht ausstehen“, gegen Gauvain hervor. „Ich hab hier die Macht, Du Fuzzi?!“ schleudert er mit letztem Kraftaufwand hervor, bläht die Brust vor den Bräuten, saugt Rotz, spuckt vor Gauvain, sieht, wie dessen Blick auf den Schleim zu seinen Füßen abschwenkt, dreht sich rasch zur Tür und läßt das Eisen hinter sich zuknallen.

Gauvains Fäuste sinken nicht. Er steht wie gebannt, sein Blick starrt auf die Eisentür. Er verharrt wie aus Granit gemeißelt. Die Fickmäuse hat er noch immer nicht bemerkt. Die halten vor dem Unvorstellbaren den Atem an, ihr lauer Geist kippt langsam in Trance. Sie wollen es jetzt sehen, sie wollen es erleben, die Luder. Blut! Asche! Wie einst Dionysos aus Blut und Asche neu erschaffen und Semele zu Asche und Blut zersprang, als Zeus sie mit dem Blitz vögelte, wie auch immer, Hauptsache alles rein! „Und dann knie ich mich in dein Gesicht und steck den Finger in die - Asche!“ rammsteinert es in den ahnungslosen Konfettibräuten. Die Abendluft schwärzt sich das Angesicht mit magnetisiertem Knochenfett. Gauvain starrt noch immer auf die Eisenfläche. Bilder durchrasen ihn. Er sieht Kundrie, sieht einen schwarzen Vogel, sieht plötzlich in der Eisentür einen beiseite geschobenen Türspion und dahinter ein Auge lugen. Der Golem schießt abrupt in Gauvains Erinnerung. Der Blick des erwachenden Golem. Da bündelt Gauvains Wesenheit sich pur zu Muskelmasse, jeglicher Nerv zittert einem einzigen Impuls entgegen und jäh Bahn sich brechend überkommt es Gauvain, reißt seinen Körper in einen gewaltigen Sprung, und mit vorgestreckter rechter Ferse kracht der Fuß donnernd gegen das Stahlauge. Ein Schlachtschrei tobt aus der Tiefe seiner Brust hervor, und Gauvain landet federnd vor der tief eingebeulten Stahltür. Putz rieselt aus den verbogenen Zargen.

Gauvain wendet sich mechanisch ab und geht. Vorbei an den offenen Schnuten der pettingheischenden Stuten, perplexen. Er stülpt das rote Inlet seines Jacketts zurück.

Gauvain fährt erneut in Richtung Autobahnzubringer. Die Lichter der nächtlichen Stadt gleiten an ihm vorüber. Das Tonband läuft:

„Du sollst ja keine Einzelheiten berichten, aber wie, Mahn, wie haben sie Dich denn unter Kontrolle gehabt?...

Mit in Meditation erzeugten Schwingungen können sie mich aus dem Bewußtsein meiner Wirtskörper ausblenden...

Könnte ich das auch...

Warum, ich bin doch nur zeitweise in Ihnen, zur Unterhaltung...

Doch nur um mein reibungsloses Funktionieren...

Wenn Sie es so ausdrücken wollen, doch können Sie sich denn etwas besseres vorstellen, haben Sie Wünsche, ich werde Ihnen gern behilflich sein..

Das ist es, Du willst meine Entscheidungskraft, meinen freien Willen...

Was würden Sie denn gern wählen? Ich will es Ihnen doch nur erleichtern... Warum wehren Sie sich so gegen mich?

Weil Du mich erst ersticken willst, um mir dann Luft anzubieten, die totale Entmündigung, Deine Marionette soll ich werden...

Sie verkennen meine Mission...Sie verkennen sich selbst... Ich bin Ihnen wirklich sehr nahe...

Das ist sehr liebevoll und treffend formuliert..."

Hinter einer Kurve, kurz vor der Autobahnauffahrt, taucht am Straßenrand plötzlich eine Gestalt auf, hebt den Daumen. Anhalterin. Da erkennt er Kundries Gestalt. Er bremst ruckartig. Die Gestalt kommt gelaufen, beugt sich ins Seitenfenster; es ist nicht Kundrie. Gauvain ist verwirrt, das Band hat er abgestellt. Er sieht sich genötigt, nett zu sein:

„Wohin wollen Sie?"

„Wohin fahren Sie denn?"

„Nach Süden, kleineres Städtchen. Eigentlich bleibe ich immer auf der Autobahn."

„Gut, wenn ich raus muß, sage ich Ihnen rechtzeitig Bescheid."

„ Bitte schnallen Sie sich an", sagt Gauvain, legt den Gang ein und fährt an.

Langes Schweigen. Als die Autobahn erreicht ist und die Geschwindigkeitsbegrenzung aufgehoben, fährt Gauvain sehr rasant. Die Tramperin wird unruhig, sie hält sich an ihrem Gurt fest, beginnt, schwer zu atmen. Unvermittelt fragt sie: „Kann ich das Fenster runterlassen?"

Gauvain hat ihre Verstörung nicht bemerkt. Unwillig meint er: „Nicht bei der Geschwindigkeit. Ich kann aber die Klimaanlage einschalten."

Die Tramperin wirkt plötzlich sehr nervös: „Nein, mir ist nicht warm, es ist vielmehr...." Sie spricht den Satz nicht zu Ende.

Gauvain schaut zu ihr, bemerkt ihre Unruhe. Amüsiert meint er: „Fahr ich zu schnell, tut mir leid, damit müssen Sie leben... Entspannen Sie sich einfach und schauen Sie aus dem Fenster und nicht auf den Tacho."

„Es ist nicht wegen der Geschwindigkeit...jedenfalls nicht in erster Linie, es wird mir einfach so eng...ich....ich hab nicht gedacht, daß es beim schnellen Autofahren auch...eigentlich...ich liebe es, schnell Auto zu fahren...", gibt sie stockend und verwirrt von sich.

„Na also. Wissen Sie, ich genieße es, so durch die Nacht zu düsen. Dieser ganze Stadtverkehr, die überfüllten Autobahnen am Tag, die Idioten überall, da vergeht einem das Autofahren. Aber hier", Gauvain überholt ziemlich riskant, „...die freie Jagd." Der Tramperin geht es zunehmend schlechter. Aber Gauvain ist so auf die Straße konzentriert, daß er es nicht bemerkt. In ernstem Tonfall fährt er fort: „Wissen Sie, die wirkliche Gefahr auf der Straße sind nicht die schnellen Wagen, auch nicht die langsamen....kann man alles kalkulieren ...sondern die Typen, die g l a u b e n, sie hätten einen schnellen Wagen. Knalltüten! Am schlimmsten die Ostkutscher in ihren nichtbezahlten Mittelklassewagen, 90 PS, und dann mit 160 volle Tube die Überholspur. Die kommen überhaupt nicht auf die Idee, daß es Schnellere gibt. Die sitzen mit schwitzenden Händen, das Lenkrad umklammernd, hoch aufgerichtet, und glauben sie haben den Überblick."

„Halten Sie bitte an!" kommt es da unvermittelt von der Tramperin. Gauvain ist verdutzt:

„Was denn... das geht hier nicht... Moment, da kommt ein Parkplatz." Er fährt auf den kleinen Parkplatz. „Also doch zu schnell?" fragt er ärgerlich.

Die Tramperin wirkt völlig aufgelöst: „Ich kann einfach nicht...", kommt von ihr, doch sie bricht den Satz ab. Gauvain hat keinen Bock auf Probleme. Deshalb fragt er trocken: „Also wie... Wollen Sie aussteigen?"

„Ja...das heißt nein?"

Gauvain kommt eine Vermutung: „Bin ich zu sehr über das Ossi hergezogen? Stammen Sie von da?"

Der Blick der Tramperin ist starr geradeaus gerichtet: „Nein...das heißt, ja... Worüber sind Sie hergezogen?" fragt sie nach und schaut das erste mal zu Gauvain.

„Na, über diese unbedarften Frührentner in ihren gewienerten Kleinwagen, die zur Wende den Führerschein geschenkt bekamen und nun denken, bloß weil sie auf 35% Haftpflicht eingestuft wurden, können sie Autofahren", eifert er.

„Tut mir leid, ich hab nicht zugehört. Ich muß mal kurz die Tür aufmachen."

„Ist Ihnen schlecht?"

„So kann man das nicht nennen", meint sie verschlossen und schaut jetzt unverwandt in den dunklen Nachthimmel. Gauvain ist das im Moment zu anstrengend. Psycho ist genau das, was er im Augenblick am wenigsten brauchen kann, denkt er. Trotzdem sagt seine Erziehung, daß er nett sein muß. Also versucht er, zu vermitteln:

„Hab ich Sie verletzt oder... Weil Sie sagten, Sie sind aus dem Osten?"

Da fährt die Tramperin plötzlich hoch: „Osten, Westen... Blödsinn. Also wenn Sie´s genau wissen wollen, ich bin im Osten geboren und hab mich irgendwann entschieden in den Westen zu gehen, vor der großartigen Vereinigung. Zufrieden mit meiner Biographie?"

Gauvain denkt sich, wenn ich sie reden lasse, beruhigt sie sich am schnellsten und fragt deshalb: „Das ging so einfach? Also ich hab immer geglaubt..."

Doch sie unterbricht ihn gereizt: „Nein, es ging nicht so einfach", und nach einer kleinen Pause noch gereizter, fast ärgerlich: „Das merken Sie doch..."

„Wie, was merk ich...?"

„Zum Beispiel in dieser Enge, bei dem Beschleunigungsandruck...", sie beginnt zu schluchzen.

Gauvain ist vollständig verwirrt: „Ich versteh nicht ganz..."

Die Tramperin scheint einen würgenden Kloß herunterzudrücken, dann meint sie leise:

„Ich war im Knast...im Osten...und da haben sie Dinge mit mir gemacht...", doch plötzlich unterbricht sie sich und versetzt ärgerlich, „das interessiert Sie doch überhaupt nicht. Für Sie sind die PS entscheidender."

Gauvain ist plötzlich hellwach: „Moment...nein, das ist Unsinn... Wenn ich in der Karre sitze, bin ich einfach in 'nem andren Film.

Nehmen Sie das nicht so ernst...ist mehr Affekt." Er legt den Gang ein und fährt sanft wieder an. Aufmerksam fragt er: „Also Sie waren im Knast und deshalb haben Sie heute, nach all den Jahren, Probleme in einem Auto...?"

Sie unterbricht ihn. Ärgerlich über sich selbst, sich so verletztlich gezeigt zu haben, meint sie ruhig: „Ich hab überhaupt keine Probleme. Weißt Du, Typen wie Du, in Eurer heilen Welt, in klimatisierten Autos, Ihr könnt euch überhaupt nicht vorstellen, was diese nette Einheit wirklich bedeutet. Vielleicht seid Ihr noch in der Lage, ein paar Zahlen nachzurechnen und wundert euch, wie die 40 Milliarden bei der Treuhand verschwanden... daß ich nicht lache... Hier geht's doch um ganz andere Dimensionen. Oder glaubst Du wirklich, daß eine so perfekt organisierte Diktatur abdankte, weil ein Grenzhauptmann einen Befehl falsch gedeutet hat? Ammenmärchen. Verdummung. Ein Land mit einem der bestfunktionierendsten Geheimdienste der Welt, der für alle Varianten ein Planspiel hatte... Glaubst Du wirklich, die hören einfach auf, sind nicht mehr da? Wurden gewendet und machen lediglich auf Geschäftsführer oder als Politkasper für die PDS?? Nein, mein Lieber, das sind nicht die, die wirklich agieren. Hast Du dir die Veranstaltung im Fall Honecker mal richtig auf der Zunge zergehen lassen? Wundersame Demokratie. Dem Oberarsch wurde seine Rente sogar noch nach Chile überwiesen. Mielke bekam Haftentschädigung von diesem Staat, die Armeegeneräle Bewährung und der rechtskräftig zu 12 Jahren verurteilte Spion im NATO-Hauptquartier, Rupp, sollte gar Bundestagsabgeordneter der PDS werden. Von den Totschlägern aus den Haftanstalten und den Mauerschützensadisten gar nicht zu reden. Merkt denn überhaupt jemand, was da wirklich läuft? Der wahre Grund, weswegen eine so sportliche Diktatur mit einem so leistungsfähigen Apparat und so motivierten Mitläufern einfach übergeben wurde, heißt - Planspiel Trojanisches Pferd!"

Gauvain versteht nicht, was sie meint: „Du meinst, kommunistische Kräfte würden bereits...", doch sie unterbricht ihn barsch:

„Die kommunistischen Kräfte ... daß ich nicht lache ... die Faschisten, die Kommunisten, der Vatikan, die Hinduisten, die Moslems ...

ich meine vor allem die Radfahrer. Du glaubst doch nicht wirklich, daß die Macht der Welt von irgendwelchen politischen Parteien gemacht wird. Firlefanz, Kinderkram ... Politkarriere ist was für Leute, die es auf andere Weise zu nix bringen konnten: unfähige Manager, Laiendarsteller, Lehrertypen, Rechtsverdreher. Welcher erfolgreiche Geschäftsmann würde ein politisches Amt antreten, außer um sich zusätzlich zu bereichern? Nein, politische Ämter sind was für mittelmäßige Versager mit Profilneurose. Demokratie bedeutet nun mal das kleinste gemeinsame Vielfache. Ich bin dagegen, daß Bildzeitungsleser wählen dürfen, wer mich regiert!"

„Und was sind das nun für Leute, die die Macht haben?"

Doch die Tramperin wirft entschieden ihren Kopf in den Nacken: „Kein Kommentar. Nichts für Gutgläubige wie Dich."

„Vielleicht ziehst Du vorschnelle Schlüsse. Ich habe heute den ganzen Tag Dinge erlebt, die mich sehr nachdenklich darüber machen, was Macht wirklich ist."

Die Tramperin lacht schallend: „Nachdenklich machen sie Dich? ... Ach ja? .... Da bist Du bestimmt nicht der Einzige .... Seit heute? ... na so ein Zufall aber auch", fügt sie höhnisch hinzu.

Ein peinliches Schweigen entsteht. Da erklärt sie auf einmal bitter: „Soll ich Dir mal sagen, was die mit mir gemacht haben...und zwar über Jahre? Sie nennen das: systematische Diskreditierung des öffentlichen Rufes auf der Grundlage miteinander verbundener wahrer, überprüfbarer, sowie unwahrer, glaubhafter, nicht widerlegbarer Angaben. Die systematische Organisierung beruflicher und gesellschaftlicher Mißerfolge zur Untergrabung des Selbstvertrauens, die Erzeugung von Zweifeln an der persönlichen Perspektive, das Installieren von Verdächtigungen innerhalb von Gruppen und Organisationen. Und weißt Du, wie es dann weitergeht, wenn sie Dich erstmal in Verwahrung genommen haben? In den ersten Wochen ständig Verhöre, Tag, Nacht, egal ... Schlafentzug ... das Licht wurde nicht gelöscht. Ich war in einer Zelle, die absolut schallisoliert war ... keine Reize mehr ... weder visuell ... Geschmack sowieso nichts ... noch Töne ... es war wie im Grab ... ich hörte mein Herz ... es pochte, pumpte, hämmerte ... sie müssen mir Drogen ins Essen gemischt haben

... ich halluzinierte ... Wände und Decke bewegten sich auf mich zu ... es überfiel mich eine seltsame Lethargie, ständig schlief ich ein, sogar auf der Toilette. Dann wieder fürchterliche Unruhe, ein Kribbeln in den Händen, vermehrter Speichelfluß, Kopfschmerzen, Konzentrationsstörungen, Schlaflosigkeit und diese quälenden Ohrgeräusche. Ich nahm die seltsamsten Signale wahr. Aber am Schlimmsten war der eigene Herzschlag. Immer glaubst du, jetzt setzt es aus, es wird immer schneller, gleich, gleich überschlägt es sich ..." Die Tramperin klingt immer erregter. Gauvain schaut kurz zu ihr. Sie blickt angestrengt auf die regelmäßig aufleuchtenden Mittelstreifen und erzählt leise: „Ich habe geschrien vor Angst ... ich hab an die Tür getrommelt ... sie haben mich zum Anstaltsarzt gebracht, der hat gegrinst und gesagt: ´jaja, ich glaube, sie werden verrückt! Aber ansonsten sind Sie voll vernehmungsfähig...´"

Die Stimme ist immer leiser geworden, die Sprache immer konfuser. Jetzt sinkt die Tramperin schluchzend in sich zusammen, beginnt, hemmungslos zu weinen, kramt in ihrem kleinen Rucksack. Wahrscheinlich sucht sie ein Taschentuch, denkt Gauvain, da sieht er einen Revolver und Spritzutensilien in der Tasche. Ein Tarotspiel kann er noch erkennen. Eine Karte rutscht hervor: Aleph! Wie oben so unten. Der Gehenkte, so schießt es durch Gauvains Gedanken. Er stoppt den Wagen unvermittelt auf dem Seitenstreifen:

„Ich weiß, wovon Sie reden, ob Sie mir das nun glauben oder nicht. Aber ich kann Ihnen das nicht erklären. Im Vergleich zu dem, was Sie durchgemacht haben, ist es wohl nur ein surrealer Albtraum, eine Überspanntheit. Trotzdem, ich möchte, daß Sie jetzt aussteigen."

Die Tramperin ist nicht überrascht. Sie schaut ihm direkt ins Gesicht und sagt:

„Sie fragten mich vorhin, wo ich hin will. Da wir uns nie wiedersehen werden, sage ich es Ihnen. Ich habe erfahren, daß mein damaliger Anstaltsarzt in dieser Stadt, in der ich einsaß, heute eine gutgehende psychiatrische Praxis unterhält. Er hat sich niedergelassen, und obwohl der Ärztekammer, der Kassenärztlichen Vereinigung und den örtlichen Behörden seine Vergangenheit angezeigt wurde, ist es nach demokratischen Grundsätzen nicht möglich, ihm die Approbation zu entziehen. Das heißt, da gehen hilfebedürftige Menschen hin, mit ihren intimsten Problemen und wenden sich vertrauensvoll an diesen Arzt, dieses zynische Schwein! Können Sie sich was Perverseres vorstellen? Ich werde ihn besuchen, ich werde ihm seine Approbation für immer entziehen. Wenigstens eine Kleinigkeit kann jeder Einzelne tun." Sie öffnet die Tür, dreht sich aus dem Sitz, steigt grußlos aus, wirft die Wagentür zu und verschwindet in der Nacht.

Gauvain fährt wieder an. In ihm schwillt heftig Unmut. Er will sich nicht in diese Auseinandersetzung einbeziehen lassen. Sollen die doch in ihrem Osten mit sich selbst klarkommen, denkt er. Es ist nicht mein Problem. Ich muß mich verdammt um meine Sachen kümmern. Gauvain weigert sich, den in ihm keimenden Gedanken eines großen Zusammenhanges anzuerkennen. Dieser bedrückt und belästigt ihn gleichzeitig. Gauvain gehört auch zu denen, die nicht begreifen, daß es seit 1990 nicht nur keine DDR mehr gibt, sondern auch keine BRD. Gauvain flüchtet in die Routine der Geschwindigkeit, seine Gedanken driften in andere Bereiche. Zwei Scheinwerfer folgen in einiger Entfernung. Gauvain beachtet es nicht. Er stellt das Band wieder an und hört Kundrie mit Mahn in sich tonlos murmeln:

„Ich habe Ihnen noch nicht alles berichtet, Kundrie. Ich habe eine etwas längere Geschichte ... ich war schon früher existent ... man hat mich schon früher eingesetzt .... aber alle Daten sind gelöscht ... ich weiß nur, es war mit Lenin, als er noch ein Jüngling war .... er hatte damals diese Geschichte mit den Töchtern Kaplan, von denen die eine, Fanny, später auf ihn schoß .... damals gab er Nachhilfeunterricht ...

Laß mich Mahn, ich will es nicht, ich ertrage es nicht, Du bist auf einmal so...

Still, Kundrie. Niemand weiß bisher davon. Lenin selbst wußte nichts ... aber später, all diese Komplikationen ... es hatte alles diesen einen Grund .... ich erinnere mich wieder ... Legen Sie sich wieder auf das Sofa, Kundrie. Ja, nehmen Sie das Diktiergerät mit ... richtig so ... machen Sie es sich bequem und schauen Sie ... dieses wundervolle Licht ... dieses Glühen über Ihnen ... dieses Strahlen ... sehen Sie ...

und da ist auch Fanny...sie ist die Tochter eines peniblen Aristokraten ... gerade 14 Jahre alt ... ich gab in Lenins Gestalt Klavierunterricht und war ihr stiller Vertrauter ... das heißt, eigentlich nicht ich, es war Lenin, aber durch mich, nur durch mich ....

Mahn, was soll das denn ... er hat mich ... ich bin wie gebannt auf dem Sofa ... er benutzt jetzt meine Stimmbänder ... er spricht durch mich ...

Für Fanny und mich gab es keine Zukunft ... ich hatte ja nicht mal einen eigenen Leib, nur den geborgten dieses ungehobelten, asketischen und unsinnlichen Uljanow... ich gab damals den Gedanken ein, zusammen zu sterben ... sehen Sie, Kundrie ... die verschlossenen schweren Vorhänge ... Kerzen ... der Champagner in den kristallenen Kelchen ... wir entledigten uns unserer Kleidung und zogen weiße, seidene Blusen an ... mit einem gestohlenen Revolver sollte Uljanow, der Schwärmer, sie erschießen und anschließend mich...

Warum muß ich das jetzt erleiden, Mahn ... ist das wieder so eine Prüfung, ja? ... was macht ihr mit mir ... was wollt ihr ...

Der Stahl in seiner erhitzten Hand zielte auf ihre linke Brust ... die kleine Wölbung ... Heben und Senken ... Heben und Senken ... das plötzlich erstarrt ... eine Verwunderung in ihren Zügen ... sie schien sich aufrichten zu wollen ... Blut in dem schneeweißen Gewebe ... ihr Körper kippte langsam vornüber ... ich fing die Sterbende mit seinen Armen ... warm rann das Blut über seine Hände, als er ihren Körper weich zurück ins Polster tat ... und nun mich selber töten ... doch alle seine Kraft war entschwunden ... er jaulte vor Zerrissenheit, der Revolver fiel aus seiner Hand ... weinend kniete seine Gestalt neben der Leiche ... barg sein Gesicht in ihrem Schoß ... wobei die Bluse etwas verrutschte ... diese weißen Schenkel ... mit seiner zitternden Hand hob ich den Saum des Stoffes ... langsam schob ich...

Mahn, laß das ... ich werde ... das bist Du ... das hat nichts mit Deinem Auftrag ... laß mich ... die zetEM ... ich werde ...

Endlich sah ich ihr spärlich schwarzes Kräuselhaar ... sie lag völlig hingegeben ... mondän ... lasziv ... bot sich jeglichem Anblick dar ... vorsichtig drückte Uljanow ihre Schenkel auseinander ...

Mahn ... Du sollst ... laß mich sprechen ... ich will ...

Während seine Rechte wie von selbst unter seine Bluse griff ... ich mußte Herr dieser Verwirrung werden ... meine Leidenschaft nun aufgerichtet in seiner Faust ... ich erhob mich auf seinen Knien ... kam so vor ihre geöffneten Schenkel ... drang gegen ihr jungfräuliches marzipanernes Törchen ... sein Samen mit mir ... und kam in sie ... oh, Fanny ...

Mahn, laß ab ... laß ab ... das halt ich nicht ...

Still, Kundrie ... sie war tot ... ich kam in sie, füllte sie aus und erfüllte sie neu ... ich erschuf neues Leben .... habe unbefleckend gezeugt ... Fanny, meine erste Schöpfung ... als der Uljanow sah, wie sie die Augen öffnete, nachdem er sie besudelt hatte, rannte er schreiend davon ...

Mahn, was soll das ... laß los ... zu Hilfe ... er hat mich gepackt ... er ist wie ein Vogelmensch ... ein riesiges, gleißendes, Messer kommt über mich ... eine blendende Klinge, wie ein Feuerschwert ... oh nein, er will mir ... es sticht ... oooooohhhhhohohohoo ... mein Kopf wird vom Rumpf getrennt ... mein hilfloser Körper ... kein Blut ... das Rohe gehört gekocht, die Eingeweide gebraten ... plötzlich werden zwei leuchtende Kristalle in meine Augenhöhlen gedrückt ... oh, welch ein Leuchten ... ein eigenartiger Glanz verbreitet sich ... ich sehe anders ... anderes ... eine Waldlichtung ... ein riesiger Baum ... unwirklich grelle Farben ... Mahn ... er überkommt mich ... ich verliere die Besinnung...

Weiter ... weiter ... kommen Sie ...

Das war ja ... er war noch nie so heftig ... wahrscheinlich denkt er sich, er kann auf diese Weise mein Bewußtsein untergraben ... mir seine Phantasie aufdrängen ... er scheint alles zu unternehmen, um mich für sein parasitäres Zusammensein zu präparieren ... er will mich ... vollständig ... machen ... aber ich halt das nicht aus ... das eben, das war das Schlimmste ... Endpunkt ... absolutes Aus ... völlig überreizt, nicht wahr ... Mahn ... wie soll das weitergehen ... das war doch schrecklich ... und Dein Auftrag?..."

An dieser Stelle muß Gauvain das Band abstellen. Ihm dreht sich der Kopf. Alles schien so eigenartig vertraut, wie ein Dejavú. Er muß das schon einmal geträumt haben, eine andere Erklärung ist nicht möglich. Oder doch? Er ahnt, das Kundries Schicksal auf ihn übergegriffen hat. Er fühlt sich vollkommen ausgeliefert, hat einfach nur Angst. Gauvain bemüht sich, jeglichen Gedanken, jegliche Regung in sich zu unterdrücken. Mißtrauisch lauscht er in seine Gefühle, sucht nach einer Intuition, einer Handlungsanweisung. Er merkt, wie der Alkohol in seinen Schläfen pocht. Ihm wird plötzlich bewußt, daß er gegen seine Überzeugung mit Alkohol am Steuer sitzt. Er sucht sich zu konzentrieren, hält angestrengt das Lenkrad umklammert.

Auf der geraden, monotonen Strecke kommt jedoch bald Müdigkeit in ihm hoch. Ich werde ferngesteuert, ich werde ferngesteuert, ich werde ferngesteuert, scheint der Motor zu summen. Und weiter dann, müde, müde, müde, müde... Nein, denkt Gauvain, ich soll ermüdet werden, ich soll mein Ziel nicht erreichen. Entschlossenheit quillt da in ihm wie Popkorn. Er drückt aufs Gaspedal und beschleunigt rasant. Die Scheinwerfer hinter ihm fallen zurück. Wenn Gauvain sie bemerkt hätte, wäre ihm aufgefallen, daß es nun andere waren als jene, die ihn anfangs in der Stadt verfolgten. Gauvain rast allein durch die Nacht.

6. KAPITEL

Vom Gebot, zum Tage des Herrn ohne Rüstung zu wandeln, und sich trotzdem als gerüstet zu erweisen.

Wie Perce á Val in seinem Suchen nach dem Heiligen Gral erneut fehl geht, jedoch die Klause des Eremiten entdeckt und dort mancherlei Belehrung erfährt, während Kundrie immer unmnebelter erscheint. Wie Lancelot in seinem Abenteuer Königin Guenièvre immer näher kommt; jedoch Perce á Val schlußendlich ohne Absicht in etwas hineingerät, was Ch. de Troyes in seiner Geschichte des Perceval als krönender Abschluß gilt.

Perce á Val mußte nicht lange warten, um im Kloster Blanchfort zum Vorsteher des Ordens vorgelassen zu werden. Eine Nonne in strenger Tracht brachte ihn gesenkten Hauptes und mit gefalteten Händen vor eine große zweiflügelige Tür. Das Symbol Ouroborus, die sich in den Schwanz beißende Schlange, zierte fein geschnitzt im oberen Kastenelement das alte, fast schwarze Holz, und die messingne Klinke wurde von einem gekrönten Löwen gebildet. Die Nonne öffnete diese Tür, verbeugte sich leicht und entfernte sich dann, ohne Perce á Val angeblickt oder ein Wort mit ihm gewechselt zu haben. Er trat in den hohen, holzgetäfelten Raum. An dessen Ende sah er das wärmende Leuchten eines Feuers in einem offenen Kamin. Davor, auf einem Lehnstuhl, saß ganz in Schwarz der Ehrwürdige Vater. Neben ihm endete ein lange, aus einem Blatt gefertigte Tafel, von 12 Stühlen gesäumt. Perce á Val bewunderte die unterschiedlichen filigranen Portraitschnitzerein, die wie Wappen die Bögen der Lehnen zierten, während er an ihnen entlangging. Am Ende der Tafel nahm er sich einen solchen Stuhl und setzte sich ungefragt. Der Vorsteher legte langsam ein Buch zur Seite, musterte ihn. Zwei große Kandelaber spendeten mit dicken Kerzen spärlich Licht. Die Kerzen flackerten im Sog des Kaminzuges und verströmten so eine unheilige Unruhe. Zuckende Schatten huschten über die alten Gobelines zur Linken. Perce á Val erschien es in diesem Licht, als würde sich das Gesicht des Alten in das einer alten Frau verwandeln. Es trat mit einmal etwas tierisches in diese Züge. Rasch wandte er den Blick auf die Fenster, die buntes Licht durch die bemalten Scheiben eindringen ließen. Es waren dort Szenen aus der Passion Christi dargestellt.

Ein Räuspern, dann begann die hell tönende, weihevolle Stimme des Alten:

„Junger Mann, es sei mir erlaubt, an dieser heiligen Stätte Euch bei diesem Namen zu nennen. Also, Perce à Val, Gott will nun Gnade erweisen an Ihnen. Wohl Ihnen, da Sie so hoher Ehre teilhaftig geworden. Nun frisch auf und mitten durch, mittig durchs Tal, so wie ihr Name lautet, denn das Epitaphium wurde gelesen: Sie sollen des Grales Herr sein. Sie haben all Ihre Heimat verlassen, Sie sind berufen von Geburt. Ihres Mundes Frage wird den König erretten, wird das Seufzen und den Jammer von ihm abwenden - wo ist jemand, der Ihnen an Seligkeit gleichkäme?“ Hier unterbrach er seine, wie zitiert wirkenden Worte, um bei seinem Gegenüber eine Regung, ein Erinnern, ein Erkennen auszumachen.

Nichts. Deshalb fuhr er in einfachen Worten fort: „Daß Sie hier sind, wir beide allein und Sie geneigt scheinen, Ihren Auftrag durchzuführen, das ist kein Zufall, glauben Sie mir. Wie auch immer Sie handeln werden, Sie erfüllen exakt eine vorbestimmte Verhaltensgeometrie. Allerdings ist nicht ganz bedeutungslos, daß Sie endlich einen Zipfel der Dimension erahnen, deren Handlanger Sie sind und weiter sein werden. Die Organisation, für deren höchste Repräsentanz ich gehalten werde, verfügt seit vielen Jahrhunderten über ein Wissen, dessen Enthüllung für die westliche Welt schockierend wäre. Es gibt Schätze, die besser nicht ans Licht gelangen. Sicherlich haben Sie schon einmal über die Legende vom Heiligen Gral gehört. Dieser wurde vielfach gedeutet als unermeßlicher Schatz, als ein obskurer Kelch, als Stein der Weisen, als Brunnen ewiger Jugend oder einfach nur als Allegorie eines esoterischen Wissens. Tatsächlich jedoch birgt der sogenannte Gral einen Nachweis, der die gesamte Geschichte der römisch-katholischen Kirche in einem völlig neuem Licht erscheinen ließe. Die Grundfesten der Doktrin des Petrus und Paulus, auf denen diese Kirche ruht, sind damit widerlegbar. Jahrhundertelang wurde dieses Wissen gehütet und verborgen weitergegeben, wie es andererseits gewalttätig verfolgt wurde. Denn die Kirche hatte sich von Anfang an für einen Weg entschieden, der einen Wandel ihrer Grundfesten ausschließt, indem sie die Idee von der körperlichen Auferstehung Jesu als den Angelpunkt der verhießenen Erlösung manifestierte. Der Schlüssel zum Erfolg dieser Doktrin lag in den Gegebenheiten der menschlichen Natur. Die katholische Kirche stellte das Gefühl der Schuld ins Zentrum ihrer Lehren und bot gleichzeitig das Mittel an, diese Schuld von den Gläubigen zu nehmen: Reue und Beichte würden durch die Vermittlung einer berufenen Priesterschaft den Menschen von seiner Sünde befreien können. Eine leibliche Verabreichung des Leibes Christie in Form der Hostie wird als Garant dieser Vereinbarung zelebriert. Nun, ich meine, Sie müssen wahrlich kein Theologe sein, um zu begreifen, warum ein solches Konzept eine derartige Popularität erlangte.

Im Gegensatz dazu stellt der Gnostizismus, der den Weg der Selbstbestimmung predigt, eine radikal andere Herausforderung dar. Er geht nämlich davon aus, daß die Erlösung bereits im irdischen Leben geschieht und in der Verantwortung des Einzelnen liegt, nicht im Zeremoniell beruflicher Priester. Das Heil wird eher dadurch erlangt, inwieweit der Einzelne sein Wissen um die Dinge nährt und in diesem Sinne handelt. Dabei ist er ständig dem Prinzip des Dualismus ausgeliefert, eines Dualismus der wesentlich weiter geht, als das moralisierende Gut und Böse. Denn was bedeutet dies schon. Bin ich etwa gut, weil ich der Welt entsagte und dem Guten zum Durchbruch verhelfen möchte? Das behaupten schließlich auch die Potentaten. Und immer waren jene Verbrechen am scheußlichsten, die im Namen des Guten der Menschheit angetan wurden.

Oder sind Sie etwa böse, weil Sie mich töten wollen, um damit Ihr Leben zu retten? Die Antwort ist wesentlich komplexer."

Der Alte lächelte Perce à Val wohlwollend zu: „Die Anhänger der römischen Kirche müssen auf die Wiederkehr Jesu am Tag des Jüngsten Gerichts warten, um die Demonstration des göttlichen Willens und seinen schlußendlichen Triumph zu erfahren. Wenn aber wahr wäre, das Christus nie auferstanden ist, dann kann er so auch nicht wiederkehren. Die Verheißung der erlösenden Gerechtigkeit, der wichtigste Marketingansatz der Missionseiferer, wäre damit in Frage gestellt. Jegliche Andeutung, daß die leibliche Auferstehung unwesentlich sein könnte, ganz zu schweigen von der Existenz der sterblichen

Überreste eines Jesus von Nazareth auf Erden, würde also die Lehren der paulinischen Kirche vernichtend treffen.

Sie werden mir zustimmen, daß dieses Wissen auch in unserer heutigen Welt von gewaltiger Brisanz ist. Die Position der katholischen Kirche ist so prekär wie kaum je zuvor. Es gärt, in jeglicher Hinsicht. Das ist das große Verderben, das nötig ist."

Perce à Val hatte interessiert zugehört. Klar, dieser Auftrag entzog sich seinem persönlichen Willen, obwohl sämtliche der Agierenden ihm ihre ideologischen Maßstäbe detailliert auszuführen suchten. Nicht, daß sie auf seine Zustimmung rechneten, sondern man gab ihm den Schwarzen Peter. Alle versuchten, ihn irgendwie zu manipulieren. Alle wollten ihn von einem vorgefaßten Ziel abbringen und Perce à Val ahnte, daß, egal wie er handeln würde, immer ein Ungleichgewicht hervorgerufen würde. Deshalb reduzierte er sein Denken einfach auf praktische Fragen.

„Wenn Sie über Wissen verfügen, wenn Sie sozusagen einen Beweis zum Besseren liefern könnten, warum machen Sie es dann nicht öffentlich?"

„Weil wir uns hier nicht in der Welt des Wissens bewegen, sondern der des Glaubens. Wie Ihnen sicherlich bekannt, ist der wahre Glaube unerschütterlich und wohnt im Herzen. Kein vernünftiges Argument kann ihn rational entkräften. Unser Wissen ist im Sinne von Aufklärung zwecklos."

„Dann macht doch darum nicht dieses Gewese. Dann begrabt Euer Wissen, Euer Geheimnis für immer und riskiert nicht Euer Leben für ein sinnloses Unterfangen."

Der Alte lächelte milde: „Ihre Idee entspringt dem Geist, den Sie begreifen, junger Mann. Aber Sie wären nicht hier und ich hätte Ihnen dieses auch nicht erzählt, wenn es nicht darum ginge, den Großen Plan endlich umzusetzen.

Bisher hatten wir den streng gehüteten Beweis dafür, das die leibliche Auferstehung Jesu nie stattgefunden hat. Denn wir haben seinen Leichnam. Er ist hier, ganz in der Nähe. Das ist er übrigens seit Jahrhunderten. Die Tempelritter suchten und entdeckten das tatsächliche

Grab des Jesus, als Jerusalem von den Kreuzrittern erobert wurde. Das war ihre geheime Mission. Sie nutzten hierbei im Übrigen vornehmlich arabische Quellen, aber das sind Details und tun nichts zur Sache. Sie brachten den einbalsamierten und konservierten Leichnam hierher und verbargen ihn im Felsmassiv des Pech Cardou. Sie müssen den Berg gesehen haben, als Sie auf der Straße von Arques zu uns gekommen sind. Unser Orden hat dieses Geheimnis auf vielerlei Art bewahrt und gleichzeitig verhüllt. Schlüssel der Geheiminformation gab es vielfach, die meisten ergaben sich aus verborgenen Mustern, die nur Initiierten zugänglich waren. Diese Muster wurden nicht in Büchern oder Dokumenten schlechthin aufbewahrt, sondern fanden ihre Entsprechungen in der Architektur, der Malerei, der Kartographie, der Dichtkunst und Musik und so weiter. Bis in unsere heutige Zeit war es tatsächlich so, daß wir unser Wissen nicht im praktischen gesellschaftlichen Alltag nutzen konnten. Darum ging es auch gar nicht. Unsere Zeit sollte noch kommen, so ist in den Sternen verheißen. Deshalb haben unsere Initiierten schon immer Schlüsselpositionen in Staat und Wirtschaft, Religion und Militär, Kunst und Forschung inne. Wenn die Zahlen der Zeit erfüllt sind, werden wir so mit einem Male eine Macht generieren können, die nicht dem Firlefanz von Talkshows und Wahlveranstaltungen preisgegeben ist. Und diese Zeit ist gekommen. Es ist möglich geworden, unseren Glauben auf eine weitaus höhere Position zu bringen, nämlich sie mit wahrhaftigem Wissen zu einen: durch die Gentechnologie. Die Technik des DNS-Testes braucht freilich eine Vergleichsprobe, wenn man die Abstammung einer Person feststellen will. Die Radiokarbondatierung könnte den Zeitpunkt bestimmen, zu dem unser Leichnam starb, das ist nichts neues. Aber woher sollte ein Vergleich der DNS des Einzigen stammen? Nun ganz einfach. Der Kelch, mit dem Josef von Arimathea das Blut des Herrn am Kreuz auffing, dieser Kelch müßte noch die Spuren seines Blutes aufweisen, denn als allerheiligste Reliquie ist der Kelch nie wieder gefüllt worden." Hier schwieg der Alte bedeutungsvoll.

„Sagten Sie vorhin nicht, daß Argumente in diesem Zusammenhang zwecklos sind?" warf Perce à Val ein.

„Richtig“, der Vorsteher lehnte sich entspannt im alten Lehnstuhl zurück und schaute unverwandt auf ihn.

„Also?“ drängte der.

„Aber ich bitte Sie“, der Alte schmunzelte, „Sie ahnen es doch längst. Wir haben die einmalige Möglichkeit, Jesus tatsächlich zum Christus im katholischen Sinne zu machen. Wir werden IHN auferstehen lassen, aus seinem Blute. Allerdings nicht, um eine neuerliche Passion am Kreuz nachzustellen. Nein, diesmal kommt ein Christus, der nicht mit Zeichen und Wundern den Plebs zum Staunen bringt. Dieser Christus wird die Schrift erfüllen und der Herrscher über die Welt sein. ER wird in dieser Zeit das irdische Vakuum füllen mit der Kraft dessen, was sämtlichen dieser Staatsoberhäupter abgeht. Denn ER ist die Reinheit, ER ist die Klarheit, ER ist das Wahre und das Gute, ER ist die tätige Liebe. ER ist die Kraft und die Herrlichkeit. ER ist die Ewigkeit. ER wird diese Welt retten, nicht als ein Toter, sondern als Lebendiger. Und ER wird wahrlich Kinder zeugen. Kinder seines Blutes, im Fleische, aber auch im Geiste. Und deshalb brauchen wir Mahn, wir werden SEINEM Blut Mahn beigeben und dann ein neues Herrschergeschlecht der Dynastie des Lichtes züchten; aus SEINEM auserlesenen Blut. Wir werden endlich das Gleichgewicht einmal zugunsten des Lichtes auf Erden verändern können. Durch unsere eigene Hand, die Gnosis, das Wissen!“ Die Augen des Ordensvorstehers funkelten vor Begeisterung. Doch faßte er sich rasch und fiel wieder in den weihevollen Ton:

„So, Perce à Val, mehr darf ich Euch nicht sagen. Wohl Euch, wenn man Euch wird rühmen können, daß Ihr mir geholfen habt.“

Das Oberhaupt des Óniaordens hatte beide Arme auf die Lehnen des Sessels gelegt, saß sehr aufrecht und blickte zu Perce à Val. Deutlich stand in seinem Gesicht eine bestimmte Erwartung geschrieben. Perce à Val erhob sich langsam:

„Sie irren sich“, flüsterte er, „leider! Ich kenne Mahn besser. Es ist nur ein Defekt, menschliche Hybris, nichts Gottgewolltes. Es war bereits in mir.“

Erstaunen hob die kaum noch sichtbaren Augenbrauen des Alten und zeichnete Verblüffung ins Gesicht: „Sie waren nicht dafür bestimmt. Sie sind unreinen Blutes, das ist alles."

Unrein? Perce à Val zog seine Waffe. Was bedeutet das? Who is the blade runner? What´s a replicat? Laut fragte er:

„Wo ist ihre Assistentin? Wo ist Mahn?"

„Ich weiß es nicht", kam es verblüfft vom Alten, „Das ist nicht die richtige Frage!"

„Dann sagt mir, wo in dieser Burg sich dieser Kelch befindet! Wenn Gottes Güte an mir den Sieg behält, so werdet Ihr leben", sprach Perce à Val nun ebenfalls pathetisch.

Traurig schüttelte Tyturel das Haupt und richtete murmelnd das Antlitz nach oben, zu einer großartigen Deckenmalerei, die wie ein Spiegel noch einmal den Raum wiedergab, dort die Stühle jedoch von Männern besetzt, die mit sorgenvollem Blick nach unten schauten. „Aber haben Sie denn noch immer nicht verstanden..."

„It´s time to die", kam es sonor aus der Tiefe der Brust von Perce à Val, dann drückte er ab.

Sie geht durch die offene Stahltür die Treppe nach oben. Die Wände sind beschmiert, auf den Stufen liegen Zeitungsfetzen und abgerissene Plakate. Die Türen der Wohnungen sind zu, einige haben Vorhängeschlösser. Als sie den Dachboden erreicht hat, ist ihr klar, daß in diesem Aufgang keine Wohnung frei ist. Sie stolpert über Metallschrott, zerschlitzte Bettinlets und zertrümmerte Zwischenwände zum nächsten Aufgang des Gebäudekomplexes, der Ruine eines mäßig zerstörten Warenhauses der zwanziger Jahre. Sie kommt an eine schwere Tür, öffnet und betritt einen großen Raum. Hier befindet sich eine Theke, eisern, kryptisch zusammengebolzt. Ein Typ mit Glatze und Kinnbart steht dahinter und poliert sorgsam Gläser, nickt ihr zu und weist dann zum Ende des Raumes. Sie erreicht ein Loch in der Mauer. Dahinter ist es dunkel. Sie zögert, wagt aber nicht, zu dem Typen zurückzublicken, hat Angst, sich zu verraten, als nicht Eingeweihte zu gelten. Vorsichtig tasten ihre Hände in den dunklen Raum. Nichts.

Sie fühlt lediglich einen kalten Luftzug. Sie tastet hinter der Mauer, ihre Hände streifen bröckeligen Putz. Vorsichtig setzt sie einen Fuß auf den Boden hinter dem Loch. Sie gleitet rasch hindurch, fühlt nun nicht mehr die Blicke des Glatzköpfigen. Sie ist auf der anderen Seite. Aber da ist nichts. Ihre Augen gewöhnen sich nur mühsam an das Dunkel. Sie erkennt einen Gang. Gebückt und mit vorgehaltenen Händen tastet sie sich vorwärts. Es geht um eine Ecke und dahinter wird es langsam heller. Sie erreicht wiederum ein Treppenhaus. Alte Eisengeländer. Sie schaut aus einem Fenster. Abendhimmel, Brandmauern, ein mit Müll und abgewrackten Autos übersätes, wild bewachsenes Gelände, mitten in der fremden Großstadt. Ihr Herz klopft. Sie möchte nicht erkennbar sein, möglichst von niemandem wahrgenommen, ganz am Rande bleiben, irgendwie dazugehören, nichts gefragt werden. Sie vernimmt Flötenmusik, geht einen Flur entlang, betritt einen Saal. Der Stuck ist noch erkennbar. An den Decken müssen früher riesige Leuchter gehangen haben. Zum Teil erkennt sie Jugendstilornamente, die an die Wand gemalt waren. An einer Wand steckt eine brennende Fackel in altem, schwarzem Eisen. Daneben eine Bockleiter. Auf ihr sitzt ein Mensch. Und spielt die Flöte. Sie geht an den Fenstern vorbei, von denen die meisten glaslos sind, schlägt fröstelnd den Mantelkragen höher, schaut in den roten Abendhimmel, dann sehnsüchtig zu der wärmeverheißenden Flamme der Fakkel, streift mit kurzem Blick das hinter herabhängenden Haaren verborgene Gesicht der flötespielenden, androgynen Gestalt und verläßt dann am anderen Ende durch eine schiefe Tür den zugigen Saal. Sie geht durch Flure, Gänge. Die Scheiben sind schmutzig, zum Teil kaputt. Sie betritt eine Art Atelier, denn hier stehen Bilder auf dem Boden. Ein Bild klappt sie nach vorn, es zeigt eine Schlange, die sich in den Schwanz beißt und in ihrem Rund zwei Hände einschließt, die sich wie zum Gruß umfangen und aus Wolken zu ragen scheinen. Da hört sie die Schritte. Erschrocken lehnt sie das Bild wieder gegen den Stapel. Als sie sich umwendet, sagt die männliche Stimme:

„Was suchen Sie hier?“

Daß man sich hier siezt verwundert sie: „Ich suche nach guter Kunst.“

„Die Ateliers sind jetzt geschlossen, kommen Sie morgen wieder", kommt es frostig von dem bärtigen, in eine schwere Baumwolljoppe Gehüllten.

„Ich möchte keine Kunst kaufen, sondern sie erleben", antwortet sie.

„Dann müssen Sie in den Keller, das „Gralsburg" ist dort", meint der Bärtige und wendet sich zum Gehen. An der Tür bleibt er stehen, holt umständlich einen Schlüssel aus der Tasche und schaut wartend zu ihr.

„Sind das Deine Bilder?" Der Bärtige brummelt eine Zustimmung, schaut weg und ist emsig mit dem Türschließen beschäftigt.

Sie geht die Treppe hinab, begegnet einer Strohpuppe, mit Teer bemalt, sie hört Musik hinter einer Tür, deren Schloß nicht eingehakt ist. Sie drückt behutsam die Tür nach innen, die Musik wird lauter, ist mit Kreischen und Lachen durchmischt, steht in einem kerzenbeleuchteten Raum, ein offener Gasbrenner heizt wummernd, Bierdosen werden herumgereicht. Eine Frau mit Glatze sitzt auf einem Zahnarztstuhl, ein Typ mit rot gefärbten Haaren in einer Schubkarre. Andere hocken auf Bierkästen, Eimern, Kisten. Ihr Eintreten wird kaum bemerkt. Sie lehnt sich an ein Fensterbrett, wortlos bekommt sie eine Bierdose gereicht. Sie trinkt in großen Schlucken, fröstelt leicht und denkt, der Alkohol wird wärmen. Mutig kämpft sie das kalte, bittere Getränk in sich, wischt sich die Lippen und reicht die Dose weiter, ohne jemanden anzuschauen. Die ungewohnte Dosis Alkohol wuchtet plump rein. Die anderen nicken monoton zur Musik vor sich hin, machen manchmal zur schmerzhaften Gitarre ein schmerzverzerrtes Gesicht, sind aber schon ganz woanders. Also trinkt sie einfach, und alles ist gut... und schwitzt meine Kinder, schwitzt... und Kinder brauchen Gold... der Räuber und der Prinz... hat links den schwarzen Stern und rechts den roten Blitz... alles ist gut... so wabert es um sie von den DAF aus den 80ern und sie sinkt ein.

Irgendwann muß sie pinkeln. Sie geht zu dem Vorhang und dort ist es ekelig. Dann weiter mit Bier. Sie fragt niemanden und niemand fragt sie.

Gegen Mitternacht geht sie in den Keller, ins „Gralsburg". Den Eingang beherrscht ein roh gehauener Türsteher mit ungepflegten Händen. Es fällt ihr nicht schwer, an ihm vorbei ins Innere zu kommen Die Kellergewölbe sind roh verputzt, Sitzreihen in die Wände gemauert, es ist kühl. Der Rhythmus, der bassige Sound schiebt sie an, sie möchte tanzen. Sie legt ihren Mantel in eine Nische, wühlt sich zwischen das Gemenge, läßt sich los, geht ein, geht auf, geht aus sich. Plötzlich der Schreck. Der Mantel. Wenn der geklaut wird, dann könnte....?! Rasch eilt sie zur Nische. Der Mantel ist da. Sie zieht ihn sofort über, tastet - nichts fehlt. Doch fühlt sie sich plötzlich beobachtet, fremd, ausgegrenzt. Unsicher bewegt sie sich zu einem der Tresen, lehnt sich betont lässig an eine Säule, bestellt Tequilla. Von hier aus kann sie die Treppe hinauf zum Eingang schauen. Dort entsteht mit einem Mal Hektik. Der Türsteher stürzt nach innen und haut hinter sich die Tür ins Schloß. Dann äugt er durch den Türspion nach außen, als ein solch gewaltiger Schlag gegen den Stahl donnert, daß der Putz rieselt. Der Türsteher geht mit einem Aufschrei und mit beiden Händen nach seinem Auge fassend zu Boden. Erwartungsvoll schaut sie zum Eingang als erhoffe sie, daß nun die Tür sich lautlos öffnet und in strahlendes Licht getaucht der Rettende Ritter erscheint ... oder so ähnlich.

Da tippt etwas auf ihre Schulter. Der Bärtige steht neben ihr. Sie sieht ihn an. Er scheint lächeln zu wollen. Sie lächelt. Er bestellt Tequilla. Einen für sie. Sie trinkt automatisch. Das war jedoch zu viel. Sie muß raus. Würgend versucht sie, dem Lichtschein eines Feuers zu entkommen. In einer Badewanne brennt eine Flüssigkeit. Schwarzgekleidete stehen herum und wärmen sich die Hände. Als sie fertig ist mit Kotzen, suchen ihre Augen Halt, sehen den Bärtigen, er reicht ihr den Arm: „Wie heißt Du?"

„Kundrie"

Sie stolpert mit ihm über den Müll und dann eine der Treppen hinauf. Sorgfältig schließt er die drei Schlösser seiner Stahltür auf. Er zündet Kerzen an, beginnt Kaffee zu machen. Kundrie ist auf ein schmieriges Sofa gesunken, in ihren Mantel gehüllt. Auf dem Fußboden stehen Konservenbüchsen, einige offen. Die Wände sind unverputzt. Als der Bärtige mit der dampfenden Tasse kommt, hat Kundrie die Augen geschlossen. Sie scheint zu schlafen.

Eine Weile stand Perce à Val verstört vor der Leiche Tyturels. Dessen Augen strahlten in einem gebrochenen Glanz, im Gesicht stand eine Verwunderung, die nicht der Überraschung entsprang. Das kleine, runde rote Loch auf der Stirn wirkte wie geschminkt, wie angemalt, wie der Schönheitsfleck indischer Frauen.

Verdrossen schraubte Perce à Val den Schalldämpfer ab und verstaute die Waffe. Dann machte er entschlossen kehrt, eilte zur Tür, spähte vorsichtig die langen Gänge entlang. Niemand war zu sehen. Er eilte an alten Ölportraits vorbei, die Säulengänge mündeten in die Arkaden des Innenhofes. Auf deren Wandelgängen standen abgegriffene, alte Truhen mit Eisenbeschlägen. Perce à Val ertappte sich bei dem Gedanken, in diese alten Truhen schauen zu wollen, sich gar darin zu verstecken. Doch er eilte eine Treppe hinab, seine Schritte hallten auf dem alten Marmorboden, er sah schwere Holztüren mit riesigen Schlössern, die im Hof wohl zu den Kellern führen mußten. Er kam in die Empfangshalle, nirgends eine Menschenseele. Er eilte hinaus auf den kiesbelegten Vorplatz. Er fiel in leichten Laufschritt, als er den Platz überquerte, passierte die Pforte des Portals, überquerte die Zugbrücke und wandte sich zu dem kleinen Parkplatz. In diesem Moment explodierte sein dort abgestellter Wagen. Als die verstreuten Trümmer zum Stillstand kamen, traten Gestalten in Mönchskutten hinter Bäumen hervor. Perce à Val zog die Waffe, wandte sich um und rannte durch den Park in die entgegengesetzte Richtung. Er hörte, wie auf dem Parkplatz Mopeds oder Motorräder angelassen wurden. Er rannte am alten Burggraben entlang. Weiter hinten sah er das alte Weingut, auf dem er Blancheflor getroffen hatte.

Die Motorengeräusche kamen näher. Perce à Val mobilisierte sämtliche Reserven für seinen Spurt. Langsam kam er dem Weingut näher, sah das geöffnete Tor, keine Leute dort. Die Maschinen wurden immer lauter hinter ihm. Perce à Val raste dem Gebäude entgegen. Noch hundert Meter, dann hätte er das Tor erreicht. Die heulenden Motoren waren bereits bedrohlich nahe. Er blickte kurz nach hinten, sah vier, fünf Maschinen, vielleicht noch fünfzig Meter entfernt. Perce à Val schoß ungezielt hinter sich, die Kradfahrer nahmen Gas weg und fuhren in leichtem Slalom weiter. Perce à Val riß die letzten Kräfte aus sich heraus und beschleunigte nochmals. Er setzte über eine Hecke, hörte wie die Maschinen erst abbremsten, um dann mit Wucht an der durchlässigsten Stelle durchzubrechen. Perce à Val schoß auf diese Stelle, hörte einen Schrei, jagte weiter. Er erreichte das Tor und konnte den schweren Flügel gerade noch zudrücken und den Balken einlegen, bevor sie ihn erreichten. Draußen wurden die Motoren abgestellt. Es war eigenartig still. Perce à Val versuchte, seinen jagenden Puls zu beruhigen, langsam zu atmen. Er schaute sich rasch um, schätzte die Möglichkeiten ab, sich zu verbergen. Schnell trat er zum Haupteingang des Hauses. Abgeschlossen. Hier einzudringen, würde zuviel Zeit kosten. Entschlossen wandte er sich deshalb zum Weinkeller. Die alte Bohlentür war nicht versperrt. Er betrat vorsichtig das alte, gemauerte Gewölbe. Er spähte hinter die vielen liegenden großen Fässer. Plötzlich vernahm er im Hof ein Knarren und Knirschen. Jemand öffnete das große Tor, nachdem er hinübergeklettert war. Perce à Val war klar, daß seine Munition nicht ausreichen würde. Ein Schußwechsel mit mehreren, aus verschiedener Richtung auf ihn Eindringenden, war wenig aussichtsreich. Perce à Val zog sich deshalb in die Tiefe des Raumes zurück, gelangte so an die alte, morsche Tür, die einen Gang abtrennte, der Perce à Val damals nicht aufgefallen war. Er ging hinein auf der Suche nach einem Versteck. Hier gelangte kein Tageslicht mehr hin, Perce à Val betätigte einen elektrischen Schalter und eine Art Grubenlampen beleuchteten spärlich den Gang, der erstaunlicherweise mehrere Abzweigungen hatte und dessen Ende nicht klar zu erkennen war. Die Wände wurden feuchter, je weiter Perce à Val in diesem Gang voranging. Überall sah er Regale mit Flaschen und am Boden auf alten Bohlen ruhende Fässer. Teilweise war Moder an den Wänden, hie und da tropfte und sickerte es. Perce à Val wollte das Ausmaß der Kelleranlage erkunden, um ein Versteck zu finden. Er verließ den Hauptgang und wandte sich nach links in einen schmaler anmutenden Weg. Nach etwa zwanzig Metern führte dieser jedoch in einen kreisrunden, niedrigen Raum, ein alter Tisch, Bänke und ein angemoderter Schrank standen da. Perce à Val konnte Gläser erkennen, und zwar benutzte. Aber ein krümeliger Staub bedeckte alles bereits, manchmal ein Spinnennetz. Von diesem Raum führten wiederum drei andere Gänge weiter, im rechten Winkel sozusagen, in jede Richtung. Perce à Val blieb stehen, versuchte, durch seine Intuition spontan einen Weg zu nehmen. Aber er fühlte kein Zeichen. Er stand, blickte sich um, lauschte. Er vernahm eine Art Zirpen, Pfeifen. Die Töne schwollen und verhallten. Fast könnte es an ein weit entferntes Flötenspiel erinnern, dachte Perce à Val, oder auch an eine Katze. Doch dann sah er, wie eine große Ratte unter dem Schrank verschwand. Perce à Val wandte sich unschlüssig zu dem Regal, zog eine Flasche hervor, befreite sie von Staub und Dreck. Aber das einst aufgebrachte Etikett war nicht mehr zu entziffern. „Warum eigentlich nicht", schoß es Perce à Val durch den Sinn. „Möchten Sie einen Aperitif?" fragte er sich selbst und erinnerte, daß damit alles begann, damals im „Arcadien". Er klappte den Korkenzieher seines Schweizermesser hervor, das er immer bei sich trug, um Zigarren beschneiden zu können. Er öffnete die Flasche, roch, sie war nicht korkig, nippte erst, wälzte dann den Schluck mehrfach im Gaumen, bevor er ihn die Kehle passieren ließ und nickte sich selbst Zustimmung. Er setzte sich auf eine wackelige Holzbank und trank nun in langen Zügen. Als der schwere, erdig-fruchtige Rotwein seinen Geschmack richtig entfaltete, tastete er instinktiv nach seinem hölzernen Zigarrenhumidor in der Uniformtasche. In diesem Etui führte er immer drei Zigarren unterschiedlichen Formates mit sich, um für jede Gelegenheit eine passende wählen zu können. Ein in den Verschluß eingearbeitetes, angefeuchtetes Schwämmchen sorgte dafür, daß die edlen Tabake tagsüber nicht austrocknen konnten. Doch rasch schob Perce à Val diesen Gedanken wieder beiseite. Eine blödere Art, sich zu verraten, gäbe es wohl kaum.

Er erhob sich spontan von der Bank, nahm die Flasche, trank einen Schluck und wandte sich entschlossen nach rechts, um die Anlage des Weinkellers weiter zu erkunden. Schon nach wenigen Metern bemerkte er Stufen, die nach unten führten. Sie waren in der Mitte abgetreten, wirkten wie poliert und glänzten feucht. Dieser Keller muß Jahrhunderte alt sein, verwunderte sich Perce à Val. Da haben aber einige Viele und recht oft hier einen Rundgang gemacht, dachte er noch, denn wie konnten diese Stufen sonst so abgenutzt worden sein. Perce à Val ging weiter und bemerkte, daß das Mauerwerk aufhörte und von massivem Fels abgelöst wurde, in den dieser Gang vorangetrieben war. Der Gang gabelte sich, Perce à Val hielt sich rechts. Für einen Weinkeller allerdings zu aufwendig, durchfuhr es ihn. Hier verbarg sich irgend etwas anderes. Das bedeutete mit hoher Wahrscheinlichkeit, daß es mehr als nur einen Ein- und Ausgang gab. Neue Hoffnung erfüllte ihn, und er nahm einen tiefen Zug aus der Flasche. Er eilte beschwingt im modrigen Geruch des Ganges voran. Plötzlich öffnete sich dieser in eine große, gewölbte Höhlung. Exakt in der Mitte des Raumes stand eine runde Tafel. Diese war vollkommen aus Stein und trug eine schwarze Platte. Auf dieser Platte fehlte jeglicher Staub, stellte Perce à Val verwundert fest. Auf der Platte waren seltsame Zeichen eingelassen, die er nicht entschlüsseln konnte. Vielleicht arabische Schriftzeichen? Linien verbanden geometrische Symbole zu einem bizarrem Geflecht, wie einen Plan, durchfuhr es Perce à Val. 12 steinerne Sitze umgaben rings die Tafelrunde. Auch sie trugen keine Spur von Schmutz und waren ebenfalls mit Zeichen versehen. Ein dreizehnter befand sich etwas erhöht. Perce à Val schritt um die Tafel herum und setzte sich auf diesen Sitz. Er stellte die Flasche, nachdem er einen weiteren tiefen Schluck getan, vor sich auf die Platte und betrachtete sinnend die Zeichen und Symbole, versuchte eine Struktur abzuleiten, verlor sich in Erwägungen und Konstruktionen, schwiff in Gedanken dabei ab. Eine seltsame Vertrautheit durchkeimte ihn, als wäre er schon einmal hiergewesen. Bruchstücke phantasierten durch sein Hirn, er versuchte, sich zu besinnen, seine Ahnungen zu ordnen. Er griff erneut zur Flasche. Trinket, denn es ist mein Blut, stand ihm unvermittelt das Abendmahl im Sinn. Also leerte er sie bis auf den Grund. Und wieder kam Biblisches in ihm hoch: Jesus, der sein Calix einen Kelch nannte, fragte seine Jünger in der letzten Nacht – Könntet ihr denn trinken meinen Kelch? Und am Kreuze dann: Wenn es möglich ist, laß diesen Kelch an mir vorüber gehen, oh Herr, haderte der Sohn mit seiner Bestimmung. Einem Kelch?

In einem ärgerlichen Impuls warf Perce à Val die Flasche hinter sich und traf dabei ein Wappen. Das Splittern nahm er nicht mehr wahr, den plötzlich stürzte der Sitz unter ihm weg und er fiel kopfüber in dunkle Tiefe. Im Fallen schlug sein Körper mehrmals seitlich an, Schmerz brüllte in ihm, da prallte sein Schädel hart auf und er verlor die Besinnung.

Ich stehe am Rande des Kraters. In dessen inneren Hängen siedelt die Stadt. Ich kann die verschiedenen Arten der Gebäude in der vor mir abfallenden Landschaft gut unterscheiden. Die Häuser auf der anderen, ansteigenden Seite des Kessels kann ich jedoch kaum ausmachen, sie sind zu weit weg.

Es herrscht ein starker Wind, der mich sanft vorwärts schieben möchte. Und deshalb bin ich auch hier hinaufgestiegen. Ich bin warm angezogen und habe die Herberge im Trichter verlassen. Der eiserne Zimmerschlüssel ist umständlich groß und schwer in meiner Hosentasche. Ich teile mir das Zimmer mit anderen, die ich nicht genau kenne. Ich weiß auch nicht, wie lange diese bleiben wollen, ob sie fremd in der Stadt sind oder wie ich schon eine ganze Weile hier wohnen. Ich treffe sie selten, denn ich komme erst spät in der Nacht und schlafe sofort ein.

Ich habe heute den schwierigen und anstrengenden Weg herauf gemacht, um meinen Drachen steigen zu lassen. Nach mehreren erfolglosen Versuchen im Park des Stadtkessels war klar, daß der Wind dort niemals reichen kann, daß ich nur hier oben die Möglichkeit haben werde, meinen schönen Papierdrachen vor den Wind und so in die Luft zu bekommen.

Es braucht nicht viele Versuche. Nun schwebt mein Drachen hoch über der Talstadt. Höher und immer höher steigt er. Zum Glück ist die Schnur sehr lang. Fast senkrecht steht der Drachen im Wind.

Plötzlich sehe ich, wie der Drachen taumelt. Ich ziehe kurz Leine ein und gebe dann wieder nach. Der Drachen steigt rasch wieder um das gleiche Maß. Doch auf einmal bebt er, als stieße er gegen einen Widerstand. Mitten in der blauen Luft zittert der Drachen und will nicht weiter steigen. Als ich meinen Blick genau konzentriere, sehe ich, wie der Drachen mit seinem obersten Punkt tatsächlich anstößt und daß dabei die Luft sich verändert. Es entstehen konzentrische

Ringe im Himmelsblau genau um diesen Punkt, wie in einer Wasserfläche.

Ich ziehe diesmal die Leine noch weiter ein und lasse den Drachen dann mit ganzer Windeskraft hochschnellen. Die Spitze seines Dreieckes schießt empor und da, mit einem Mal, zerspringt der ganze Himmel wie eine Seifenblase. Ohne jedes Geräusch zerstiebt alles Blau und der Blick liegt frei. Doch sonderbar, da ist ein Mann direkt über mir. Er steht auf dem Kopf. Er steht ebenso am Rande eines Kraters über einer Stadt und läßt einen Drachen steigen, nur eben spiegelverkehrt. Aber es ist mein Drachen, den er hält. Und es ist sein Drachen. Ein einziger Papierdrachen, der von zwei Schnüren von der jeweils anderen Seite gehalten wird. Also kann es keine Luftspiegelung sein. Es gibt nur den einen Drachen und der schwebt exakt in der Mitte. Und obwohl ich das Aussehen des Mannes ob der großen Entfernung nicht eindeutig ausmachen kann, weiß ich: das bin ebenfalls ich.

Als ich wieder zurück in der Herberge bin, ist es Abend. Mit dem großen Schlüssel schließe ich das geräumige Zimmer auf und bemerke die vertrauten Gestalten in den Betten, die in der gleichen Reihe wie meines stehen. Ich kleide mich leise aus, um niemanden zu stören und gleite unter die Bettdecke. Ich liege auf dem Rücken und schaue zur Decke hinauf. Plötzlich gewahre ich, daß am Tage die gesamte Decke verspiegelt worden sein mußte. Denn ich sehe dort den Schlafsaal mit all den Betten, meine hastig über den Stuhl geworfenen Kleider und auch die anderen Gestalten, die sich unter den Bettdecken abzeichnen. Doch nein, etwas ist anders, sogar völlig anders. Der Raum über mir ist voll erleuchtet. Und jetzt erkenne ich auch, daß die Gestalten nicht etwa reglos in ihren Betten liegen, nein, die paaren sich da. Die Bewegungen unter den Bettdecken sind eindeutig. Ich liege da, die Decke bis zum Kinn und starre in meine Augen über mir. Dann drehe ich vorsichtig den Kopf zu den Betten hier unten.

Nix. Keine Bewegung. Kein hüpfender Arsch. Kein Geräusch. Ich schaue wieder nach oben. Die Paarung ist weiter in vollem Gange. Da weiß ich, daß ich mich entscheiden muß. Ich schaue in meine Augen über mir.

Perce à Val erwachte verstört aus seiner Ohnmacht. Sein Schädel dröhnte. Er lag auf einem Steinboden, dunkle Schwärze umgab ihn. Er rieb sich die schmerzenden Körperstellen. Glücklicher Weise hatte er keine ernsthaften Verletzungen erlitten. Deutlich stand die geträumte Vision vor seinen Augen, als würde er sie in einem Buch gelesen haben. Ihm war klar, er hatte eine parallele Dimension geschaut, allerdings in einem anderen Raum-Zeit-Kontinuum. Perce à Val war dortgewesen, er wußte nun. Er hatte diese Welt von beiden Seiten gesehen. Für jede Situation gab es immer die andere. Zwar gibt es sicher unzählige Möglichkeiten, aber die, die ich wähle, ist die Entsprechung der anderen, dachte er sich, und zwar gleichzeitig, jedoch ohne sich zu durchdringen. Und so sind Vergangenheit und Zukunft gleichzeitig in der zweifachen Gegenwart.

Perce à Val erhob sich ächzend. Er schaute nach oben, aber die Öffnung, durch die er gestürzt sein mußte, war verschlossen. Perce à Val konnte nichts erkennen. Er tastete nach seinem Feuerzeug, entzündete es. Da sah er die alte, eiserne Treppe, die nach oben führte und auf der er mehrfach aufgeschlagen sein mußte. Während er vorsichtig die Treppe hinaufstieg, dachte er über seinen Traum nach. Er stellte dabei fest, daß die Sache ebenso simpel ist, wie der Unfall auf der Gegenspur einer Autobahn. Gemütlich fährt man Kilometer für Kilometer an dem Riesenstau entlang. Bis man das Ende des Staus erreicht hat. Die Autos auf der Gegenspur kommen angerauscht, bis an den gegenwärtigen Punkt, wo man sie trifft. Aber in der Weise kommt man schließlich aus der Zukunft dieser Leute, hat ein Wissen, was dem derer voraus ist. Nämlich, daß sie demnächst im Stau stehen werden. Aber so, wie man denen in der Regel keine Nachricht zukommen lassen kann, bekommen auch wir keine verläßliche Information aus der Zukunft, allenfalls die Versuche von Deutung einer Lichthupe.

Perce à Val hatte die steinerne Falltür erreicht. Er drückte und ruckelte, aber sie ließ sich in keiner Weise bewegen. Er suchte also genauestens die in Reichweite befindliche Umgebung ab, um einen Hebel, einen versteckten Mechanismus zu finden. Dabei schwirrten ihm weiter Gedanken über die Parallelitäten durch den Kopf, und Perce à Val schlußfolgerte, daß es Unsinn ist, die Zukunft in irgendeiner

Ferne zu suchen. Sie ist in der Gegenwart, freilich in einem anderen Raum-Zeit-Gefüge. Und dieses ist, das hatte Perce à Val deutlich gesehen, exakt darüber bzw. darunter an jedem Punkt zu jeder Zeit des Seins. Insofern befindet man sich jeweils mal auf der konkaven, mal auf der konvexen Krümmung der Erdkugel. Der Himmel konnte das eigentlich Erdinnere sein. Wenn ich also die Kruste durchbreche, dachte Perce à Val kühn, bin ich in einer anderen Gegenwart der gleichen Gegebenheiten; also der Zukunft, die eigentlich nur eine weitere Gegenwart offenbart. Sollten allerdings die Grenzen verletzt werden, kommt es zur Auslöschung der Welten; so wie beim Geisterfahrer auf der Autobahn.

Entschlossen stieg Perce à Val die alte Treppe wieder hinab. Er wußte plötzlich, daß er an der Falltür vergeblich suchte. Der Weg nach Oben ist nicht oben. Als er den feuchten Steinboden wieder erreicht hatte, merkte er, daß er in einem Schacht stand, einem Brunnenschacht. Perce à Val leuchtete den Boden ab und entdeckte schließlich eine Öffnung. Dahinter glitzerte etwas. Der schwache Schein des Feuerzeuges wurde reflektiert. Perce à Val hielt die Flamme näher und sah Wasser schimmern. Er griff mit der Hand hinein, das Wasser setzte sich hinter der Mauer fort, er konnte keinen Grund ertasten. Er zog seinen Arm tropfnaß zurück, setzte sich hin und lehnte sich mit dem Rücken an den Schacht.

Es ist der einzige Weg, beschloß Perce à Val. Es mußte die Möglichkeit existieren, an einer jenseitigen Öffnung hinter der Brunnenwand wieder aufzutauchen. Entschlossen zog er seine Militärjacke aus, legte das Halfter mit der Pistole ab, die ihm hier plötzlich lächerlich vorkam, legte schwermütig den Zigarrenhumidor und das Taschenmesser beiseite, das Brillenetui steckt er in die Hosentasche, ebenso das Feuerzeug. Da hielt er plötzlich sein Notizbuch mit dem Federhalter daran in Händen. Wie automatisch schraubte er die Hülle ab, blätterte eine Seite auf, ließ die Flamme des Feuerzeuges auffauchen und begann zu schreiben:

ALEPH
das Kommende und darauf Folgende
sind Eins in dem Punkt der Geworfenheit
das Bleibende und das Seiende
sind Eins in dem Punkt: Gegebenheit
und Oben und Unten
nach mir und davor
sind Spiegel der Stunden
auf der Schwelle zum Tor...

Hier brach Perce à Val ab. Sorgsam schraubte er die Hülle auf den Füllfederhalter und legte ihn mit dem Notizbuch beiseite. Perce à Val ahnte, daß dies sein letztes Gedicht war. Er zog die festen Schuhe aus, stellte sie exakt nebeneinander und legte dann die Armeejacke, zu einem kleinen Päckchen gefaltet, auf das Schuhwerk.

Perce à Val begann, tief ein- und auszuatmen, um die Lunge möglichst weit füllen zu können. Er spürte die Kälte des Steines durch die Strümpfe. Schwer atmend ging er in die Hocke, tauchte beide Arme in das Wasser der Schachtöffnung, atmete dann ein letztes Mal heftig ein, senkte sein Gesicht zu diesem Kuß, tauchte mit dem Kopf ins kalte Naß, seine Schultern, der Oberkörper folgten, er stieß sich ab und glitt in den Kelch. Jauchzend brachen über ihm die Wellen aneinander.

Die Ärztin hält den Löffel mit der Schlagsahne für einen Moment unentschlossen zwischen ihren geöffneten Lippen und dem Eisbecher. Dann taucht sie den Löffel noch einmal tief in den Kelch bis hin zum Likör, um ihn sodann genußvoll im Munde verschwinden zu lassen. Mit einem sanften Streichen leckt ihre Zunge über die geschminkten Lippen.

„Schmeckt toll. Also nochmals vielen Dank für Ihre spontane Einladung, so nach Dienstschluß. Es kommt ja selten vor, daß man mal pünktlich rauskommt. Da hatten Sie wirklich Glück."

Schütze lächelt wissend und löffelt an seinem Eis.

„Was war eigentlich mit Ihrem plötzlichen Urlaub, Herr Schütze, warum haben Sie den denn abgebrochen? Wollten Sie nicht nach Moskau fliegen, irgendwas familiäres?“ fragt die Ärztin und schaut wieder suchend in ihren Eisbecher.

„Das müssen Sie leider verwechseln. Ich wollte mit der Lokomotive nach Cannes fahren“, korrigiert Schütze. Die Ärztin ist jedesmal belustigt, wenn Herr Schütze solche ungewöhnlichen Worte benutzt – Lokomotive. Seinen Akzent dabei findet sie charmant. Es wirkt so altertümlich, wenn er Lichtspieltheater sagt oder Buben oder Bildschirmgerät oder wenn er ein alkoholhaltiges Erfrischungsgetränk namens Bier bestellt. Wer ihm wohl so ein Deutsch beigebracht hat?

„O.K., verstehe, also im Herbst noch die letzten warmen Tage am Mittelmeer genießen. Ist das denn mit dem Intercity günstig, zeitmäßig und so?“ fragt sie.

„Ich fahre gern über Land. Aber diesmal nahm es ja ein schlimmes Ende. Ich bin am Ende auf einem Karren gereist, der von einem Penner, einem Zwerg, in der Nacht über Land gezogen wurde. Aber der kannte sich aus, ich nicht.“

„Ach was“, kam es verblüfft von der Ärztin. „Wie das denn?“

„Der Zug ist entgleist, haben Sie das nicht in der Zeitung gelesen?“

„Aber natürlich, vorgestern“, entfährt es überrascht der Ärztin, „und da waren Sie drin?“ fragt sie ungläubig.

„Ja“, antwortet er schlicht.

„Na und, wie war das so, ich meine, wie sind Sie damit fertig geworden.“

„Ging so, ich war ja nicht verletzt. Was ich behalten habe, ist dieser Witz, der sofort kursierte. Wieviel Personen passen in einen ICE ?“

„Ahja. wieviele denn?“ fragt die Ärztin verunsichert.

„Dreihundert und ein paar Zerquetschte!!“ kommt es von Schütze, der sofort scheppernd zu lachen beginnt, das andere im Café sich erstaunt umwenden. Der Ärztin ist sowas peinlich, und um das Thema zu wechseln, fragt sie:

„Und wie lange sind Sie jetzt schon in Deutschland?“

„Insgesamt, glaube ich, zu lange", kommt es unbestimmt von Schütze. Die Ärztin vermutet, er könne eventuell ihre Frage nicht verstanden haben und nimmt die Antwort hin. Um jedoch das Gespräch nicht abreißen zu lassen, fragt sie weiter:

„Und in diesem Beruf, wie lange sind Sie schon in der Nothilfe?"

„Helfer in der Not bin ich schon einige Jahre, da müßte ich direkt mal nachzählen." Die Ärztin nickt einfach nur. Eigentlich ist es nicht die Jahreszahl, die sie hören möchte.

„Sie kommen gut zurecht, werden von vielen geschätzt. Haben Sie Ihre Ausbildung in Rußland bekommen?" fragt sie deshalb.

„Sozusagen, ja. Ich habe mich schon immer sehr für Anatomie interessiert, wo demnach die verletzlichsten Stellen im menschlichen Organismus sind."

„Wie meinen Sie das?" fragt die Ärztin erstaunt, und der Löffel verharrt in der Luft.

„Nun, um sie besser schützen zu können. Ich war früher Leistungssportler, wissen Sie."

„Ach so", kommt es erleichtert von ihr, „was für eine Sportart war es denn?" und die Ärztin ertappt sich dabei, zu ihm wie zu einem Kind zu sprechen, damit er sie auch völlig verstehen kann. Intelligenz teilt sich nun mal durch wörtlichen Ausdruck mit. Jemandem mit begrenztem Wortschatz traut man nur begrenzt Intellekt zu.

„Es war Zehnkampf, deshalb haben Sie mich nie im Fernsehen bewundern können."

Die Ärztin ist mit ihren Gedanken bereits abgeschweift: „Sind Sie häufig in Ihrer Heimat? Da muß doch das totale Chaos herrschen, was man hier so mitkriegt. Sie sind sicherlich froh, hier sein zu dürfen." Die Ärztin kann das leichte Schmunzeln von Schütze nicht sehen, weil sie wieder suchend in ihrem Eisbecher stochert.

„Wie man es hernimmt. Hat Vorteile und Nachteile. Sie müssen auseinanderhalten die menschgegebene Organisation der Gesellschaft als eigene Wesenheit, und dem Wesen des Denkens, dem derartige Organisation entspringt. Denn was innerhalb einer gesellschaftlichen Organisation durch Denken geschieht, hat mit der Wesenheit des

Denkens an sich nichts zu tun. Das ICH-Bewußtsein ist durch die Reflexion des Einzelnen in seiner Art der Gemeinschaft entstanden. Doch das wirkliche ICH speist sich aus anderen Quellen."

„Sie meinen 'Selbstbewußtsein'", kann sich die Ärztin nicht enthalten, Herrn Schütze zu korrigieren, denn diese Art Vortrag ist ihr zu hochgestochen.

„Vielleicht", antwortet Schütze, den Kopf wiegend, „aber ich glaube, 'ICH-Bewußtsein' trifft es besser."

„Aber in dieser Unordnung, diesem Chaos, wo man nicht planen kann, wo man ja nichtmal seines Lebens sicher ist, ...da sind Sie doch sicherlich froh, von weg zu sein."

„Sie haben freilich Recht, wer will schon beständig in Bedrohung leben. Andererseits eröffnet Regellosigkeit auch die Möglichkeit zum Erstellen neuer Regeln und zum endgültigen Verwerfen alter. Rein energetisch, also Chemie, Thermodynamik, da wissen Sie, daß der geordnete Zustand der energieaufwendigere ist. Und vor allem, dieser Energieaufwand ist nicht als einmaliger Impuls nötig, sondern dauernd. Deshalb sagt die Thermodynamik, daß alles latent der Unordnung zustrebt, Ordnung ist eine fixe Idee, tatsächlich herrschen Unbeständigkeit und Unsicherheit."

„Mag ja sein. Aber Sie leben doch nicht nur thermodynamisch, sondern haben bestimmte menschliche Bedürfnisse. Und was in Rußland abgeht, ist doch organisiertes Verbrechen!" spricht die Ärztin mit Nachdruck.

„Durchaus, Verehrteste. Auf meine menschlichen Bedürfnisse komme ich später zurück; was jedoch Ihre Meinung zum organisierten Verbrechen angeht, so haben Sie vollkommen recht. Der Witz ist nur, daß gerade dies es ist, was Rußland so attraktiv macht. Sie können dort Geschäfte tätigen, bei denen sich Ihre Investition in einem Jahr verhundertfacht, die richtigen Kontakte zur richtigen Organisation vorausgesetzt. Soetwas ist in Europa nicht möglich, dafür sorgen nicht nur die Tierschützer und die Gewerkschaften, sondern das organisierte Verbrechen der Behörde, der Verwaltung, jegliche Vertreter öffentlichen Rechts, sowie die Praktiken der Finanzoligarchie. Diesen

Sumpf und deren Verbrechen nennt man gemeinhin deshalb Demokratie, weil die Müllabfuhr besser funktioniert."

Die Ärztin ist verblüfft: „Aber Sie wollen doch nicht allen Ernstes die Bösartigkeiten kleinlicher Beamter mit der Gewaltorganisation der Mafia vergleichen?"

Schütze versucht, ruhig und sachlich zu bleiben und es einer Ärztin so zu benennen, daß sie es verstehen kann: „Das größte organisierte Verbrechen in jüngster Zeit, das mir bekannt ist, war die systematische Judenvernichtung. Diese logistische Meisterleistung im europäischen Maßstab war eben nicht durch Bösartigkeit, sondern durch die akribische, blindeifrige Genauigkeit und präzise Zusammenarbeit jener vorhin genannten Kräfte möglich. Das Böse schleicht nicht nachts durch die Vorgärten und schlägt Wehrlose mit dem Spaten tot. In den Vierteln von Rußlands Städten, wo die Mafia herrscht, ist das tägliche Verbrechertum so gut wie verschwunden. Und zwar, weil die Märkte und damit die Rollen verteilt sind. Und glauben Sie mir, keine Partei, kein Regierungschef, kein Militär und keine UNO-Raketeneinsätze können Demokratie schaffen. Die Demokratie wird letztendlich von den Verbrechern selbst organisiert. Denn der Verbrecher hat das größte Interesse daran, sich zu schützen, sich zu legalisieren, sein blutig verdientes Geld anerkannt zu bekommen. Der Verbrecherboß will einfach nicht mehr ständig mit der Angst vor dem Zielfernrohr leben müssen. Seine Kinder sollen ganz normal die Elite-Universität besuchen. Also erklärt er seine Regeln zum Gesetz und läßt alle kleinen Verbrecher und Halunken, die nur den Ruf schädigen, einsperren. Ab da zahlt man kein Schutzgeld mehr, sondern Steuern. Das nennt sich dann Demokratie. Klingt doch wie die Geschichte der Staaten der Vereinigten, stimmts? Denken Sie nur einmal an den Aufstieg eines Rockefeller! Aber Sie könnten auch den des Bankrotteurs Churchill nehmen, den gewisse Kräfte für einen gewissen Krieg dringend benötigten. Es ist stets das gleiche und alles wiederholt sich nur, so wie jetzt, vor unseren Augen."

Die Augen der Ärztin sprühen fast vor Empörung als sie sagt: „Aber der Drogenhandel, Pornographie, Menschenhandel, Auftragsmörder, das werden Sie doch nicht gutheißen wollen...?"

Schütze lächelt in sich hinein, dann hebt er den Blick wieder, sieht ihrer reinen Seele tief in die erstaunten Augen und sagt: „Es geht nicht darum, was ich gutheiße, jedenfalls nicht in diesem Punkte. Es geht darum, was alle gutheißen, denn die Dinge sind nun mal so, weil sie von der Mehrheit so gewählt sind. Und das ist kein modernes Problem irgendeiner dekadenten, überholten Staatsform, sondern es ist, was es ist, weil die Mehrheit es so will. Wer hätte denn die Macht, die zu stürzen, die dunkle Machenschaften verfolgen? Die das Geld haben. Denn alle Machenschaften benötigen viel Geld. Und wer hat das Geld? Der Staat? Der ist ausnahmslos verschuldet, im Grunde pleite. Nein, die Bürger haben die Vermögen, riesige Spareinlagen, Billionen allein in Deutschland. Aber was wollen die, die das Geld haben? Sie wollen es so rasch wie möglich, so sicher wie möglich und größtmöglich vermehrt haben! Jeder will das, nicht nur die bösen Konzernboße, jeder Kleinsparer mit seinen Aktienfonds träumt davon. Das Geld vermehrt sich letztendlich aber nur durch Produktivität. Und da haben wir in Rußland noch große Reserven. Und deshalb wandert die Kohle dahin. Selbst Ihr Geld, wenn Sie in irgendwelchen globalen Investmentfonds investiert sind, weil jemand Sie gut beraten hat. Seien Sie doch bitte nicht naiv. Erinnern Sie sich, wie Ihre Kollegen noch kürzlich mit Renditen prahlten? Die passieren nicht am Standort Deutschland, höchstens als Spekulation. Hier sind doch sämtliche Sitzplätze längst verteilt. Es gab seit über 50 Jahren keine Neuordnung mehr in Europa. Die Steigerung des Bruttosozialproduktes beträgt wenn´s hoch kommt mal 2,5 Prozent. Keine gute Rendite, stimmts? Also ab in die Unordnung, ab in den Euro, oder noch besser, ab nach Osten. Oder wollen Sie Krieg hier?!“

„Aber all dies passiert doch auf Kosten der breiten Masse, die sind doch die Verlierer dabei, von der Umwelt ganz zu schweigen!“ versucht die Ärztin diesen Behauptungen etwas entgegenzustellen. Sie ist irritiert, weil da jemand Chaos predigt und ihr auch noch klarmachen will, daß sie es wollen soll, daß es gut so ist. Ihr ganzes Leben war aber genau das Gegenteil. Sie hat sich ihren Studienplatz vor Gericht erstritten, ja, mit Hilfe der Demokratie. Sie hat gebüffelt und geforscht, um eine Stelle zu bekommen, hat sich eingeordnet in die kleinen Gemeinheiten der Hierarchie und am Wochenende gearbeitet, kostenlos, um die Stelle verlängert zu bekommen. Sie will helfen, heilen, ihre Kraft den Kranken geben, keinen Vorteil auf Kosten anderer.

Schütze ist nicht erstaunt über dieses dickfellige Prinzip staatlich gelenkter Hoffnung bei den Deutschen. Eigentlich findet er ihre Naivität eher rührend. Zu Zeiten der sogenannten kommunistischen Herrschaft unter dem Dikat der Sowjets im Osten Deutschlands, mußten diese ihre Besatzungshoheit noch brav in ihren Kasernen abhocken. Heute überschwemmen sie handybrüllend die Nahverkehrsmittel und Einkaufsmeilen der Großstädte und kaufen sich in den Filetlagen des Immobilienmarktes ein; selbst ihre Straßenmusiker sind nur in 1a Lagen vertreten. Trotzki könnte mit diesem Sieg der russischen Weltrevolution durchaus zufrieden sein. Überholen ohne Einzuholen, das genau war immer die Losung. Saufkumpel Jelzin hat seinerzeit den IWF komplett geplündert und die blöden Deutschen freuen sich, wenn heuer von der gemausten Kohle ein paar Flugzeuge bestellt werden. „Von der Sowjetunion lernen, heißt siegen lernen" - damals wie heute. Erst haben die Proleten abgeräumt und dabei das Gespenst vom Klassenfeind bemüht, heute räumt man gegen Spendenquittung ab und erfindet dazu einen Kampf gegen den internationalen Terrorismus. Mit oder ohne Reisepaß, demnächst kommt hier keiner mehr raus. Das kennt Schütze noch. Der bankrotte Staat nimmt seine Sparschweine einfach in Geiselhaft. Das ging damals schon so locker, nun erst recht, wo man sich unter den zivilisierten Nationen einig ist, denn schließlich haben alle das gleiche Problem. Denn das Problem dieser Demokratien ist: die Demokratie! Und wäre da nicht die Sache mit seiner Tochter geschehen, wer weiß in welchen Bahnen er heute kreisen würde.

Behutsam setzt er deshalb nochmals an: „Was Sie beunruhigt, sind doch moralische Kategorien. Man kennt das Prinzip, durch sein Handeln eine größtmögliche Befriedigung zu erreichen, das nennt man Egoismus. Dem kann ich nachgehen, indem ich in rücksichtsloser Weise auf mein eigenes Wohl bedacht bin, auch auf Kosten anderer. Ich kann dies aber auch erreichen, indem ich fremdes Wohlergehen befördere, weil ich mir dadurch einen günstigen Einfluß auf die eigene Person verspreche. Dies gilt heutzutage als sehr zivilisiert und anerkannt, ist nichtsdestoweniger jedoch Egoismus. Es gibt gesetzte Normen, Ethik und Gebote. Die meisten Menschen brauchen diese Handlungsschablonen für ihr soziales Empfinden. Wem es jedoch nicht gegeben ist, eigene Maxime für jeden einzelnen Fall zu entwickeln, kann niemals ein wahrhaft individuelles Wollen erlangen. Ich glaube, euer großer Denker Kant war es, der folgendes Sittlichkeitsprinzip verkündete: Handle so, daß die Grundsätze deines Handelns für alle Menschen gelten können. Klingt edel und hilfreich und gut. Ist aber grundfalsch! Denn dieser Satz verhindert jeglichen individuellen, subjektiven Antrieb beim Handeln. Er fordert geradezu die Schablone. Eben nicht, wie *alle Menschen* handeln würden, kann für mich maßgeblich sein, sondern was für mich als Einzigen in diesem einzelnen Fall zu tun ist!!

Wenn dieses Handeln einem Gemeinwohl zuträglich ist, so ist dies deshalb so, weil es das aus mir kommende Resultat meines bisherigen Seins in der bewußten Auswahl sämtlicher Möglichkeiten darstellt. Ergo benötige ich keine Gebote und Gesetze, denen ich mich lediglich beuge, um einer Strafe zu entgehen. Andererseits muß es dem Einzelnen gegeben sein, die allgemeingültigen Wertvorstellungen zu sprengen, aufgrund einer eigenen Intuition. Sonst wären Umwälzungen im sozialen Wertgefüge nicht möglich. Diese jedoch kann nur von frei denkenden Individuen hervorgebracht werden. Deshalb entspringt die Freiheit dem Denken und nicht einer Regierungsform. Frei kann nur sein, wer frei sein will. Dies erfordert jedoch die Unordnung, die Infragestellung des Gegebenen, die Neuordnung. Und das macht den meisten Menschen Angst. Sie sehnen sich eher nach der Berechenbarkeit trivialer Maschinen, wo hineingesteckte Kraft gleich hervorgebrachter Wirkung ist. Newtonsche Mechanik. Lineare Wertentwicklungen. Rußland ist anders. Rußland bedeutet: Osten, tief verrätselter Osten. Dieser Osten wird von ganz anderen geistigen Impulsen gesteuert. Das können Sie bei unseren Klassikern nachlesen. Wir sind keine Neger, die man versklaven kann und auch keine Indianer, denen man Glasperlen andreht. Wir sind Weltmacht! Wir haben euch unter Kontrolle. Ihr habt uns eure Kohle gegeben in der Hoffnung auf das schnelle Geschäft, und nun wollt ihr sie wiederhaben. Also schön brav weiter mitmachen, sonst müssen wir leider Konkurs anmelden. Und bisher sind alle Eintreiber der Geschichte in den Weiten Rußlands irgendwie verschollen: die Mongolen, die Türken, Napoleon, die Juden, die Japaner, Hitler, die Kommunisten... die Ermittler der Weltbank. Handel und Wandel – weiter so. Es gibt kein weg, nur Umverteilung. Ex oriente lux."

Schütze hat die Beine ausgestreckt und sich in die Stuhllehne zurückgelehnt. Er beobachtet die Ärztin und sieht, wie es in ihren Gesichtszügen arbeitet, wie die Augäpfel nach Bildern suchen, nach einer Entsprechung, nach Entgegnung. Aber diese bleibt aus.

Sie nickt nachdenklich, intuitiv vor sich hin, ohne sich dessen bewußt zu sein. Sie will und kann an der Stelle nichts sagen, die Eindrücke über Herrn Schütze haben sie verwirrt. Der Osten also!?

Perce à Val taucht auf und ins Licht. Er durchbricht die über ihm gleißende Oberfläche des Wassers und blinzelt nun schwer atmend in einen hellen großen Raum. Der Boden, zu dem er sich emporzieht, ist mit einem blauen Teppichboden bedeckt. Er ringt noch immer um Atem, nun auf dem Rücken liegend. An der linken Wandseite steht eine modische braune Schrankwand, deren Türen weiß abgesetzt sind. Keine Nippes oder Bücher oder ähnliches sind in den Regalen. Die weißen Schubfächer konstrastieren gut mit den braunen Schranktüren, bilden geradezu ein Zeichen, wie eine alte Rune. Perce à Val wird von Erinnerung durchflutet. Er sieht über die Wände, alle weiß getüncht und kahl. Dann wandert sein Blick zu den Bogenfenstern. Und wie er vermutet hatte, sind diese glaslos und reichen vom Fußboden bis in Brusthöhe. Auf allen Vieren kriecht Perce à Val zu einem der Bogenfenster, lehnt sich in die Rundung und läßt die Beine herausbaumeln. Der weiche, himmelblaue Teppichboden unter ihm wird dunkel vom Wasser aus seiner Kleidung. Er schaut in eine blutrot untergehende Sonne. Untergehen und solchen Glanz verbreiten, erinnert er.

Er weiß, daß ein Fensterbogen kein Fenster ist, sondern der Eingang in ein zweites Gemach. Perce à Val spürt eine Gänsehaut seinen Körper überziehen, ein Schauder erfaßt ihn und er beginnt zu zittern. Langsam nähert er sich auf allen Vieren der Bogentür, als müßte er sich durch Gelatine arbeiten. Sein Blick ist wie erstarrt. Immer näher kommt er der Türöffnung, die keine Schwelle hat. Licht blendet daraus hervor. Er robbt hindurch und dreht sofort den Kopf nach links, um dem gleißenden Strahlen zu entgehen. Und da sieht er die mit blauem Stoff bespannte Bettliege. Und darunter auch die Weinkelche, die drei roten Körner in dem einen.

Aber ich hatte doch gelobt, mich der Getränke des Weinstocks zu enthalten, bis daß ichs neu trinken werde in meines Vaters Haus. In meines Vaters Haus – ein irrsinniges Gelächter kreischt da durch Perce à Vals Sinne.

Sein bebender Leib richtet sich halb auf, wie im Krampf eines Anfalles, und krümmt sich über das Lager, wo eine himmelblaue Bettdecke zurückgeschlagen liegt, als wäre gerade jemand daraus hervorgeschlüpft. Und da ist auch die Lanze. An ihrer Spitze spießt ein Brief. Zitternd prüft er die Schrift, kein Zweifel, es ist die seinige. Perce à Val wälzt sich aufs Lager, hüllt sich in die noch warme Decke, Erinnerung flutet ihn an.

Meine Hohe Minne,

in Deiner momentanen Unsichtbarkeit erschließen sich die Begriffe von Nähe und Ferne neu. Ist die Gegenwart wirklich nur meßbar an der Kontinuität einer Wahrnehmung? Also des Lichts? Ist Deine Wirklichkeit daran zu messen, wenn ich Dich sehe, also der Wahrnehmung von Licht in der bekannten Geschwindigkeit seiner Strahlung? Du breitest Dich ständig aus im Raum, Du sendest Dein Bild konstant in Raum und Zeit und viele Empfänger reflektieren Dein Bild als Wahrnehmung.

Auch zu mir bist Du sekündlich 300.000 Kilometer unterwegs. Wann wirst Du hier sein? Die Krümmung der Erdoberfläche, eine mangelhafte Schärfe in der Bildprojektion meiner Empfängeraugen, sowie mannigfaltige Hindernisse wie Berge, Bäume, Lichtmasten, fliegende Schmetterlinge, sitzende Vögel und spielende Kinder, verhindern wohl das Auftreffen Deines Lichtbildes auf meiner Netzhaut.

Würdest Du Dich als Körper in diesem Lichtspieltheater mit Lichtgeschwindigkeit bewegen, so wärest Du nicht nur ewig jung, sondern Dein Bild wäre das wahrhaftige Abbild Deiner Selbst in tatsächlicher Gegenwart, das heißt Du bist wahrlich so jung wie Dein Lichtbild vermittelt, auch zehn Meter weiter weg, auch tausend Kilometer weiter, auch wo ich jetzt bin.

Freilich könnte Dich in dieser permanenten Gegenwart nur sehen, wer sich ebenfalls mit der Geschwindigkeit des Lichtes neben Dir befindet. Also zwei fliegende Körper, die abwechselnd das Eintreffen ihrer Selbst und derer Bilder vollführen.

Das ist sehr gefährlich, vor allem, wenn man an die Lichtmasten, die Vögel und die Kinder denkt.

Aber es gibt noch eine andere Möglichkeit, mir Dein Bild so kongruent wie möglich in die augenblicklich lichte Gegenwart zu transformieren und konstant zu halten.

Und zwar indem die Entfernung zwischen uns auf Null konvergiert. Allerdings ist dies deshalb unmöglich, weil ja selbst zwischen den kleinsten Teilchengrößen immer noch etwas ist, was scheinbar nur als Raum durchgeht. Das bedeutet, so dicht man sich auch aneinander preßt, eine wirkliche Berührung findet nicht statt, denn dieser kleinste Raum ist für Materie unüberwindbar.

Es geht also nicht, daß meine Zunge die Salzsäule Deines Abbildes erlöst.

Ich war vor ein paar Tagen bei der Nachbarbäuerin. Wir haben in der Küche gesessen und es gab frisch gebackenes Schweinefleisch und geräucherten Speck und harte Salami, Tomaten, Paprika und in Essig eingelegte scharfe Pepperonies. Dazu natürlich hausgemachten Wein und selbstgebrannten Palinka. Aber dann passierte es. Ich hatte noch nicht meine Zigarre aus der Aluhülle geholt, geschweige denn das Ende mit dem Messer beschnitten, die dunklen Blätter angewärmt und vorsichtig entzündet, um mit dem ersten Zug die Zigarrenspitze zur Glut zu treiben... nein, mitnichten, so kam es diesmal nicht.

Wir sangen frivole Lieder in ihrer Heimatsprache. Später erzählte Nachbar Ferenc wiedermal die Geschichte seiner 6-jährigen Kriegsgefangenschaft nach 6-wöchigem Fronteinsatz und zeigte stolz die Tätowierung der Waffen-SS auf seinem Arm und daß er der Einzige seiner Einheit war, der das Lager überlebte. Und darauf sangen wir die deutschen Lieder von „Lilly" und „Erika" und „Adelheid", und ich wollte endlich meine Zigarre entzünden, wodurch eine kurze Pause entstand. Da wechselten die beiden Bauern kurz einen Blick und dann die Frage: „Willst Du wirklich weg von hier?"

Das traf mich wie ein Speer in die Lende. Ich stierte betreten in mein Glas, Ilonka wollte nachfüllen, aber ich brachte keinen Schluck mehr herunter. Woher können die davon wissen? Wieso interessiert die das? Ich fürchte, ich bin hier nicht mehr sicher.

Ich hab mich dann noch von der ungestümen Tanzwut der Bäuerin durch die Küche schwenken lassen, aber die einste Unbeschwertheit war vorbei.

Und während ich diese Zeilen schreibe und mehrschweifige Sternschnuppen über der Terrasse verglühen, deren Tür offensteht, höre ich von draußen ein Geräusch. Es ist wie das Kreischen einer Katze und das Pfeifen eines Bibers oder der angeblasene Ton einer alten, historischen Flöte, ein eigenartiger, fremder Ton. Ich imitiere den Laut, so gut ich kann und es antwortet mir, ja es entsteht ein regelrechter Dialog. Immer abwechselnd gibt es seltsam Laut, wobei sich die Melodien anpassen.

Meine holde Minne, halt Dich fest, denn vom gegenüberliegenden Giebel des Stalls erheben sich zwei ungeheure Flügel. Ich hatte nicht gesehen, was sich dort befand. Nun schwebt es in einem sanften Bogen auf mich zu und landet ohne einen Laut auf der Weinpergola. Sitzt da keine fünf Meter von mir entfernt und schaut mich an. Die Flügel wieder an den Körper angelegt sehen mich zwei Augen an, ebenso groß wie die Deinen.

Ich sitze wie erstarrt, fahre fort, Laut zu geben und bekomme auch weiter Antwort. So unterhalten wir uns eine ganze Weile. Soll ich Dir wirklich sagen, was ich erfahren habe? Später. Denn eben erglänzen seine Flügel erneut im Mondenschein, und sanft weht ein Lufthauch herüber.

Wenn ich einen Fuß bewege, wenn ich schlucke, wenn meine Fingerspitzen auf der Tischplatte ein Geräusch machen, jedesmal wendet es sich mit ganzem Kopf dem Geräusch zu.

Ich will es ganz nahe, will mich mit ihm vereinen, für immer eingehen in das nächste Reich, bin voller Macht, voller Angst und voller Glauben. Ja, ich will weg von hier. Ich hebe meinen rechten Arm, es zu begrüßen, zu empfangen – da ist es verschwunden, ganz plötzlich, einfach fort. Ich blicke suchend in den Nachthimmel, doch erkenne nur einen Schwan, der eben über den Giebel schwebt.

Aber zurück: als ich von den Bauern wegging, war ich so in meinem Schmerz vergesunken, daß ich das Auto nahm, um mich irgendwie abzureagieren. Ich genoß gerade die volle Lautstärke, war wie bedröhnt, da sah ich ihn plötzlich – den Teufel.

Ich trat die Bremse. Und da stand der Teufel und grinste mich an. Der Teufel war recht klein, wie auf den alten Bildern. Da ich schwer besoffen war, wollte ich es nicht glauben und stieg aus dem Wagen, um mich zu überzeugen. Der Teufel grinste immer noch. Ich trat auf ihn zu, da sah ich plötzlich einen ebenso kleinen Roten Ritter auf uns zukommen, mit einem weißen Umhang um die rote Rüstung. Er ging schnurstracks zum Teufel und versuchte, ihn von mir abzulenken, mich zu retten. Der Teufel grinste nur. Da kamen plötzlich viele Gestalten aus dem Gebüsch. Sie hatten eigenartige zerlumpte Kleidung, ihre Gesichter waren kalkweis. Tote? Aber sie redeten. Allerdings ein Kauderwelsch. Sie verständigten sich wohl, um mich zu überwältigen, denn mit einem Mal kamen sie alle auf mich zu. Sie umringten mich und starrten mich drohend an. Aber dann fragte der kleine Ritter plötzlich auf englisch: „What are you doing in our theatre?“

Und da begriff ich, der Teufel ist ein Mädchen, na klar. Die Leichen waren Jungs und Mädchen aus der einstigen Hauptstadt, Waisen, die hier in der ehemaligen Kaserne ihre Schulferien verbringen.

Mit dem Ritterknaben habe ich mich angefreundet. Er stammt aus Rußland. Nach dem Zusammenbruch hat er sich allein bis in die Zone durchgeschlagen. Er hat mir seine unglaubliche Geschichte erzählt, aber da habe ich noch nichts geahnt.

Doch gestern ist das Kind in den Brunnen gefallen. Er hatte meinen Proviantkübel herunterstürzen lassen, ich war wütend und hab ihn im Eimer abgeseilt, ohne mir dabei etwas zu denken. Dann kamen überraschend die Kampfflugzeuge, um den Großen Angriff vorzubereiten. Einige schwere Bomben hatten sich bis hierher verirrt. Das Haus hat Risse bekommen, hielt jedoch stand. Aber der Brunnen ist eingestürzt und hat den Jungen verschüttet. Wie in einem Reflex habe ich mir deshalb eben seine Behelfspapiere angeschaut. Stell Dir vor, was ich entdecken mußte: er ist am 17. Mai des Jahres 2000 geboren worden, dem Zeitpunkt der Großen Sternenkonstellation, in Moskau... Schlagartig wurde mir alles klar, sämtliche rätselhaften Umstände seiner Kindheit und über seine Eltern fügten sich ins Bild ... er hat tatsächlich berichtet, in einer Nervenheilanstalt geboren und aufgezogen worden zu sein ... das kann nur bedeuten, daß er es ist, worauf wir immer gehofft haben ... endlich ist er gekommen, sogar als Roter Ritter, wie prophezeit ... sämtliche Zeichen sind nun versammelt...

Ich muß sofort in den Brunnen, ihn bergen. Ich bete, daß er unversehrt sein möge ... stell Dir vor, wenn er es tatsächlich ist, was dann für eine Zeit anbricht!!! Ich hoffe, daß ich bald bei Dir sein kann...

Perce à Val hat Tränen in den Augen, als er die Bögen sinken läßt. Ja, er erinnert sich. Er selbst hat diesen Brief geschrieben, der aus der Zukunft kommt. Er war ein anderer, er ist ein anderer, wird ein anderer sein und ist es gleichzeitig. Und alles wird sich wiederholen. Dieser Brief ist aus der Zukunft, er wird ihn schreiben und bei sich tragen, wenn er in jenem anderen Universum in das gleiche Zimmer kommt. Der Gleiche war eben hier und hat diesen Brief hinterlassen.Er war ein anderer und doch derselbe. Nach mir wird kommen, der vor mir gewesen ist; so steht es geschrieben. Und alles hat sich wiederholt. Und alles wird sich wiederholen. Zukunft und Vergangenheit sind Eines, zu gebären die Vergänglichkeit. Er selbst hat sich eben von diesem Lager erhoben und hier diesen Brief hinterlassen. Perce á Val ist in Vergangenheit und Zukunft, gleichzeitig, das ist ewiges Leben. Und gleich wird er, als sein Doppelgänger, hier zurück ans Lager treten.

Erwartungsvoll blickt er zu der lichten Pforte, sich dabei behaglich in die himmelblaue Decke zu hüllen suchend. Da fährt die Lanzenspitze unverhofft in seine Seite. Überraschung nimmt ihm den Atem, Schmerz okupiert alle Sinne. Er beginnt, tonlos zu röcheln, ihm wird schwarz vor Augen. Doch streift ihn noch die Gegenwart des Anderen wie Flügelschlag. Ein Hauch. So sanft. Unsichtbar.

Aus seiner starren Hand wird der Brief gepflückt, wie von einer Lanzenspitze.

Unter der Liege fallen drei Blutstropfen in einen Kelch.

Er vernimmt ein Atmen, das nicht mehr seines ist.

DIENSTAG - 3. WOCHE

Wie die Tafelrunde das Verschwinden des Perce áVal vom Turnierfeld zu deuten sucht und Gauvain ihnen die einzige Möglichkeit bleibt, während Kundrie nun ihre Gestalt völlig wandelt.

Die hauchzarten Teetässchen standen halb ausgetrunken auf dem polierten Holz des schweren Mahagonitisches. Der Vorsitzende der zetEM schaute durch seine randlose Brille noch einmal prüfend von einem zum anderen. Dann sprach er in seiner ruhigen, tiefen Stimmlage:

„Also gut, Tyturel ist tot. Das wird die Aktivitäten des Ordens für eine Weile unterbrechen. Was mich trotzdem weiter beunruhigt, ist der seltsame Tod von Perce á Val. Sie sagen“, und hier wandte er sich mit einem kurzen Nicken zum Älteren mit dem grauen Bart, „daß Bauern heute morgen seine Leiche aus der Sals gefischt haben, diesem Flußlauf, der am Château de Blanchfort vorbeiführt, und daß seine Leiche keinerlei äußere Verletzungen aufwies und die Todesursache mit Herzversagen angegeben wurde.“ Hier lächelte der Vorsitzende etwas spöttisch, griff zur Teekanne, um sich neu nachzugießen und meinte, während sein Blick das sprudelnde Füllen überwachte: „Aber bitte, Sie alle kennen die physische Konstitution von Perce á Val. Er mag ja manche Schwächen gehabt haben, aber seine körperliche Leistungsfähigkeit steht...“, hier verbessert er sich rasch, „...stand ja wohl außer Zweifel. Oder meinen Sie, er ließ sich von jemandem zu Tode erschrecken?“

Der kleine Dicke mit dem Kindergesicht und den blauen Augen meinte darauf bestimmt:

„Der Totenschein ist nicht manipuliert worden; im Gegensatz zu dem des Tyturel übrigens. Dafür bürge ich.“

„Dann hat Ónia also eine neue, rätselhafte Waffe. Oder meinen Sie, Perce á Val hat sein Herz selber angehalten und sich dann in den Fluß geworfen?“ meinte der Vorsitzende mit leicht überzogenem Ton. Da er darauf keine Antwort erhielt, sprach er wieder in seiner gefaßten, klaren Art:

„Meine Herren, wir alle sind Wissenschaftler. Wir sind nicht nur Spezialisten auf unserem Gebiet, wir können auch auf das gesammelte Wissen der Hermetiker und Alchemisten zurückgreifen. Es sind Dinge dabei, die wahrlich in keinem Lexikon stehen. Aber das mit Perce á Val können wir nicht erklären?“ fragte er nun doch sichtlich ungeduldig.

Der untersetzte Graf Ulterlec mit seinem Backenbart meldete sich mit einem Fingerzeig, nickte dann in die Runde und schöpfte Luft, als würde er zu einer längeren Erklärung ansetzen wollen:

„Meine Herren, wenn wir den wahrlichen Zusammenhang erschließen wollen, so müssen wir uns, glaube ich, von tradierten Begriffen oder gar kriminalistischen Vorstellungen über Ursache und Wirkung hinwegsetzen. Vergessen wir bitte nicht, daß Ónia ebenso ein jahrhundertealtes Wissen hat. Warum sollte sich darin nicht ein Geheimnis finden lassen, das wir nicht erkennen können, indem wir nach Fehlern oder Manipulationen suchen."

Hier lehnte er sich entspannt in die Lehne seines Sessels zurück und begann erneut:

„Die Wahrnehmung der Ursache geht der Wahrnehmung der Wirkung vorher. Wenn die Wirkung jedoch einen realen Einfluß auf die Ursache haben soll, so kann dies nur durch den begrifflichen Faktor geschehen. Denn der Wahrnehmungsfaktor der Wirkung ist vor dem der Ursache einfach gar nicht vorhanden. Wer beispielsweise behauptet, die Blüte sei der Zweck der Wurzel, das heißt, die erstere habe auf die letztere einen Einfluß, der kann das nur von dem Faktor an der Blüte behaupten, den er durch sein Denken an derselben konstatiert. Der Wahrnehmungsfaktor der Blüte hat allerdings zur Zeit der Entstehung der Wurzel noch kein Dasein." Hier unterbrach der Untersetzte kurz und schaute in die Augen der anderen Versammelten, um zu erkennen, ob sie noch folgen mochten. Erst danach fuhr er fort:

„Einen wahrnehmbaren Einfluß von einem Begriff auf etwas anderes, können wir aber nur bei menschlichen Handlungen beobachten. Ein naives Bewußtsein, das nur das Wahrnehmbare gelten läßt...", hier stockte er kurz, lächelte vor sich hin, hütete sich jedoch, den Blick zu heben, „...wie wir wiederholt bemerken konnten...", schob er listig ein, „...sucht auch dorthin Wahrnehmbares zu versetzen, wo nur Ideelles zu erkennen ist. Im wahrnehmbaren Geschehen sucht der naive Geist ergo wahrnehmbare Zusammenhänge. Wenn er solche jedoch nicht finden kann, dann erschafft er sie, er träumt sie hinein, und das sogar wachen Bewußtseins. Der im subjektiven Handeln oft als Motiv verwendete Zweckbegriff, ist ein geeignetes Element für solche erträumten Zusammenhänge. Der naive Mensch weiß, wie er ein Geschehen zustandebringt, und folgert daraus einfach, daß die Natur ebenso funktioniert. Diese Art Mensch macht seine Werkzeuge zweckmäßig und nach demselben Rezept, also entsprechend hölzern läßt der naive Realist seinen universalen Gott die Schöpfung regieren.

Aber Holz ahnt seine Asche nicht, und Asche kann sich nicht erinnern.

Das heißt, wenn wir wahrliche Erkenntnis im Falle Perce á Val suchen, so liegt die Lösung in der begrifflichen Definition von wahrnehmungsfähiger Welt, nicht jedoch bei den sogenannten Tatsachen."

„Und welche Lösung schlagen Sie vor?" fragte kühl der Ältere mit dem Kinnbart, dem dieser erkenntnistheoretische Vortrag leicht mißfallen zu sein schien.

Der Graf räusperte sich, lächelte und sagte: „Nun, ich meine, es gibt viele Lösungen. Es ist eine Frage der Wahrnehmungsfähigkeit, der begrifflichen Vorstellung darüber und einer weiterreichenden ideellen Konstruktion, sogenanntem reinen Denken. Was möchten Sie denn gern gelöst haben?"

Da rutschte der Hagere auf seinem Sessel nach vorn, öffnete den Mund, doch bevor er etwas sagen konnte, unterbrach ihn der Vorsitzende: „Lassen wir das einfach an dem Punkte auf sich beruhen. Ich denke, alle haben verstanden, was Sie...", und hier blitzen seine Brillengläser in Richtung des Untersetzten, „...uns darstellen wollten. Und es ist richtig, die Lösung ist für uns nur insoweit relevant, als wir sie für uns von Bedeutung sehen. Ich finde, wir haben im Augenblick jedoch andere Schwerpunkte." Hier griff der Vorsitzende nachdenklich zum Sahnekännchen und beobachtete, wie das weiße Gewolke den braunen Tee durchsetzte.

„Wo ist unser Prototyp Mahn, das will ich wissen!" kam es mit ungewöhnlicher Härte von ihm.

Der Hagere, der sich zwischenzeitlich durch Spielen mit seinem Kugelschreiber abgelenkt hatte, sagte: „Entweder noch bei Blancheflor oder auch Kundrie, wie ihre neue Identität hieß, als die sie sich Gauvain genähert hat, oder, was wahrscheinlicher ist, bei Gauvain selbst. Die beiden hatten geschlechtlich Verkehr, das ist sicher. Mahn wird versuchen, durch Gauvain zu entkommen. Das bisherige Verhalten von Gauvain weißt darauf hin. Da Kundrie jedoch im Augenblick verschwunden ist, können wir nicht genau vergleichen. Es gibt nur eine Möglichkeit, uns Exaktheit zu verschaffen. Wir müssen beide scannen. Der Versuch bei Gauvain, dies verdeckt durch Schütze durchzuführen, schlug leider fehl. Ich fürchte, wir müssen ihn in unsere Gewalt bringen, um den entsprechenden Test zu fahren und Mahn dann gleich isolieren zu können. Das Gleiche trifft auf die Frau zu."

„Ich möchte noch ergänzen", fügte das Kindergesicht hinzu, „daß Mahn versuchen wird, seinen Wirtskörper zu indoktrinieren. Er wird versuchen, die Psyche des Betreffenden zu schwächen und sie für seine Pläne zu beeinflussen, umzuformen. Transformation, Sie wissen, was ich meine. Dies könnte eine tatsächliche Bedrohung für den Wirtskörper werden und ebenso ein Risiko für einen Verlust unseres Prototypen."

Der Vorsitzende nickte dazu nachdenklich. Er nahm seine Brille ab:

„Schütze soll alles daransetzen, diese Kundrie zu finden. Sie", und er wies mit einem Bügel seiner Brille auf den Hageren, „Sie werden mir diesen Gauvain bringen. Wann kann ich diesbezüglich von Ihnen ein Ergebnis erwarten?"

Der Rücken des Hageren straffte sich, als er antwortete: „Dies wurde von mir bereits eingeleitet. Um ihn aus seinem gewohnten Umfeld herauszulösen, das ein Verschwinden bemerken könnte, und um ihn von Kundrie fern zu halten, habe ich das fingierte Telegramm überbracht. Er ist jetzt auf dem Weg zu seinen Eltern. Er wird jetzt nachts irgendwo Rast machen müssen, denn er ist ziemlich angetrunken, und er wird müde sein. Ich nehme den Helikopter. Morgen früh, wenn er wieder unterwegs ist, kriege ich ihn."

Er fühlte den klaren, kalten Blick des Vorsitzenden fragend auf sich gerichtet. Erklärend ergänzte er deshalb: „Es war nicht möglich, ihn sofort einzustecken, weil er eine Tramperin mitnahm. Ich wollte keine Zeugin, keine Verwicklungen."

Der Vorsitzende hatte verständnisvoll genickt, dann sagte er, betont langsam sprechend:

„Meine Frage lautete, wann haben wir ein Ergebnis?!“ und er betonte das *wann* dabei überdeutlich.

„Morgen!“ kam es kurz vom Hageren und dann ging sein Blick starr geradeaus, über die anderen Köpfe hinweg und verlor sich im Flakkern der Kerzen an der Wand. Eine Uhr im Nebenraum schlug die erste Morgenstunde.

„Also eigentlich heute“, ergänzte er.

„Danke für Ihr Kommen!“ beschloß der Vorsitzende wie gewohnt die Runde, und alle erhoben sich.

Als Kundrie aufwacht, findet sie sich in eine Steppdecke gehüllt. Sie hat ihren Trenchcoat noch an, sogar die schweren Stiefel. Als sie aufblickt, sieht sie eine Tür, offen. Dahinter pinselt ein Bärtiger gespannte Leinwand ein. Kundrie richtet sich auf dem Sofa auf, schlägt die Dekke zurück, stellt die Füße auf den Betonboden, sieht die unberührte Kaffeetasse, und erinnert sich langsam an die letzte Nacht. Der Bärtige ist durch die Geräusche aufmerksam geworden. Er kommt herein und tritt zu Kundrie.

„Ich hoffe, Du hast gut geschlafen. Ich kann mich nicht um Dich kümmern, ich habe zu tun. Zu essen ist leider nix da“, er will sich umwenden.

„Ich kann ja was holen“, sagt Kundrie und fügt die Unbeholfene spielend hinzu: „Wenn ich wiederkommen darf?!“

Der Bärtige verharrt ruckartig in seiner Drehung, wendet sich langsam zurück:

„Brauchst Du Sex?“

„Im Moment nicht. Und Du?“

„Ich arbeite, das siehst Du doch“, versetzt er mürrisch, aber schon eine Spur weicher.

„Ich möchte gern hier bei Dir bleiben“, und schaut ihn aus klaren, dunklen Augen offen an, sich dabei das lange dunkle Haar aus der Stirn streichend.

„Ich kann nicht arbeiten, wenn mir jemand zusieht.“

„Aber ich beobachte Dich nicht."

„Du wirst mir zusehen wollen", knirscht er hervor. „Ich sehe, wie Du mich ansiehst."

„Ich denke nach", sagt Kundrie ganz ruhig und blickt ihm lange in die Augen. Dann, in einem plötzlichen Impuls: „Gib mir eine Schere."

„Hab ich nicht."

„Dann Dein schärfstes Messer!"

Der Bärtige wendet sich um und geht zu einem Regal. Kehrt mit einem Küchenmesser zurück und reicht es ihr mit verwundertem Gesicht. Kundrie nimmt es gelassen in ihre Rechte und beginnt, Strähne für Strähne ihres dichten, langen, schwarzen Haares abzuschneiden. Der Bärtige wird unruhig. Als er sich abwenden will, sagt Kundrie:

„Für Dich!" und reicht ihm die schwarzen Strähnen, die sich mittlerweile am Boden gesammelt haben.

„Ein Opfer für die Kunst, eine Gabe für Dich. Mach was draus." Der Bärtige hält unschlüssig die Haare in der Hand.

„Ich meine es ernst", flüstert Kundrie.

„Was meinst Du ernst?"

„Daß ich bei Dir bleiben will", sagt Kundrie in schlichtem Tonfall. „Komm, mach mir die Haare bunt. Dann geh ich was einkaufen."

„Ich hab kein Geld."

„Dann lade ich dich ein", sagte sie heiter.

Der Bärtige wiegt den Kopf, dann nickt er zustimmend. Kundrie hält ihm ihren Kopf hin.

„Aber ich hab keine Haarfärbetabletten oder so´n Zeug."

„Dann nimm von Deinen Aquarellfarben."

Zögernd rührt der Bärtige Himmelblau in Wasser.

7. KAPITEL

Wie Gauvain in der gläsernen Burg Montesclaire alle Prüfungen siegreich besteht, Hohe Minne erringt, aber am Artushof als verloren gilt und die Runde sich darob auflöst, jedoch Gauvains Botschaft Guenièvre doch noch erreicht.

DIENSTAG - 3. WOCHE

Wie Gauvain auf seiner Reise im verrätselten Land Herberge nimmt und dabei spiegelverkehrt einen verwundeten Ritter heilt.

Gauvain brettert mit hoher Geschwindigkeit die Autobahn in Richtung Süden durch die Nacht. Es ist wenig Verkehr, an vielen Stellen ist die Straße dreispurig. Er hat das Fernlicht angeschaltet, trotzdem ist es kaum möglich, so schnell zu sehen, wie man fährt. Da hilft zwar das Xenonlicht, aber wenn jetzt irgendein Vieh auf die Straße latscht, dann ist es vorbei, geht es Gauvain durch den Kopf.

Seine Augenwinkel kontrollieren die Instrumente, schauen zum Bordcomputer, verfangen sich wieder in den weißhell auf ihn zurasenden Streifen. Immer wenn irgendwelche Rücklichter vor ihm auftauchen, tritt Gauvain das Gas noch ein wenig mehr durch beim Überholen. Aber es gibt niemanden, der seine Geschwindigkeit fahren möchte, deshalb verschwinden alle Lichter rasch wieder aus dem Rückspiegel. Gauvain muß gähnen. Und wahrlich, zuallererst entstand so gähnende Leere mit Gaia in ihrer breiten Brust, fort und fort sicherer Sitz von allem. Doch Eros, der der schönste ist unter den todfreien Göttern, der Gliederlösende, aller Götter und aller Menschen Sinn und verständliche Absicht, bezwingt diese Brust. Aus der gähnenden Leere entstanden Erebos, die finstere Region und dunkle Nacht; aus der Nacht dann wieder entstanden Himmelshelle und Tag, die sie gebar, schwanger von Erebos, in Liebe sich vereinend. Die Erde aber brachte zuerst hervor den Himmel, den Gestirnten.

Gauvain öffnet das Schiebedach, um frische Nachtluft zu bekommen und so gegen die phantastischen Kapriolen seines Geistes anzukämpfen, bevor sie ihn in die Monotonie zwingen können. Über ihm schrillt der Mond. Bei dieser Geschwindigkeit kommt beim offenen Dach ein hohes Pfeifen zustande. Gauvain entschließt sich, etwas langsamer zu fahren. Sein Blick bohrt sich mit den Scheinwerfern in die vorbeisausende Schwärze, ist in seiner Aufmerksamkeit gekegelt, wie dieser Lichtstrahl. Alles Periphere rauscht unkenntlich an ihm vorbei. Er schaut zur Uhr. Es ist 1 Uhr morgens. Unwillkürlich muß Gauvain wieder gähnen. Eines der vielen Autos, die Gauvain überholt hat, muß aufgeholt haben, denn Gauvain hat stetig Scheinwerfer im abgedunkelten Rückspiegel. Gauvain hält sein Tempo, der Wagen kommt rasch näher, bleibt kurze Zeit dicht hinter Gauvain, fällt dann aber wieder leicht ab, um Gauvain in einem adäquaten Sicherheitsabstand zu folgen. Gauvain kann wegen des abgedunkelten Rückspiegels den Wagentyp nicht erkennen. Schlau, denkt er sich, der nimmt mich als Crashtest-Dummi und folgt mir einfach. Soll er doch, beschließt Gauvain, er hat jetzt keine Lust mehr zu rasen. Er beschleunigt mal eben so, um zu schauen. Ja, der andere bleibt dran. Gauvain verfängt sich zäh in dösigen Gedanken. Er denkt an Kundrie, an ihr langes schwarzes Haar, ihren rätselhaft abgründigen Blick, Zärtlichkeit kommt in ihm hoch. Diese wird jedoch sofort überlagert von heftiger Sorge. Gauvain schießen wieder Bruchstücke ihres Tonbandberichtes in die Erinnerung. Dumpf fühlt er eine Bedrohung, etwas in ihm ahnt, daß diese Bedrohung leicht auf ihn übergreifen könnte. Die letzten 23 Stunden waren das Turbulenteste, Unglaublichste, was er je erlebt hat. Er versucht sich wiederum zu besinnen, was alles in ihm und mit ihm geschah, was es gewesen ist, was da über ihn Gewalt erlangte. Doch als er seine Gedanken präzise zu fassen sucht, ist eine innere Sperre in ihm. Er driftet sofort in Belanglosigkeit, bemerkt in sich irgendeine alberne Melodie und pfeift sie vor sich hin, verfängt sich im dazugehörigen Text und sitzt plötzlich laut singend am Lenker. Und weil es ihm eine fast kindliche Freude bereitet, ein Lied singen zu können, dessen Text er längst vergessen zu haben meint, wiederholt er es gleich noch mal:

„Vom Nordpol zum Südpol ist nur ein Katzensprung...wir fliegen die Strecke bei jeder Witterung...Piiiiiiilroooten ist nichts verboooten, drum gib Vollgas und flieg um die Welt...Flieger, grüß mir die Sonne, grüß mir die Sterne und grüß mir den Mooooond...dein Leeeeben das ist ein Schweeeeben...durch die Ferne die keiner Bewooooohnt....such dir die schönste Sternenschnuppe aus ...und bring sie deinem Mädel mit nach Haus..." Gauvain bricht ab zu singen. Der Rhythmus des Liedes hallt eine Weile noch in ihm nach, doch Gauvain merkt, daß seine Augen immer müder werden. Er befragt sein Navigationssystem nach den Standorten der nächstgelegenen Hotels. Doch es gibt nur eins. Es liegt nur wenige Kilometer von der Autobahn entfernt. Er läßt das Navigationssystem die Daten übernehmen, drückt auf Enter, und schon hört er die freundlich-elektronische Stimme sagen: „Nächste Ausfahrt“ und die Routenkarte auf dem Monitor zoomt auf 2 km heran und zeigt ihm, weiß unterlegt, den genauen Weg.

Als die Hinweisschilder der Ausfahrt auftauchen, kommt in Gauvain doch irgendwie der kleine gemeine Autofahrer hoch. Wenn der Bursche die ganz Zeit nur schlaff hinter mir herrollte, so will ich ihm eine kleine Überraschung geben, zur Ermunterung, denkt er. Gauvain fährt also mit unverminderter Geschwindigkeit weiter auf die Ausfahrt zu, wechselt dann sanft und ohne zu blinken auf die Abbiegerspur und rast so, scharf bremsend, in die langgestreckte Kurve. Mit ABS kein Problem. Er sieht im Augenwinkel einen Jeep, wippend vom Korrigieren, vorbeieiern. Gauvain lächelt in sich hinein. Ätsch!

Er hat mittlerweile den Maßstab der Routenkarte auf 500 Meter gezoomt, damit er nicht einen falschen Nebenweg erwischt, wenn die Stimme auffordert: „Bitte links abbiegen.“

So steht Gauvain präzise ferngesteuert auf dem Kiesparkplatz einer gemütlich anmutenden Pension am Waldrand. Er sieht erfreut die vielen noch erleuchteten Fenster, stellt den Motor ab, gibt den Sicherheitscode ein und steigt aus dem Wagen.

Mit seinem leichten Koffer betritt er das Foyer, an dem sich rechts die Rezeption befindet. Aus dem Restaurant zur Linken dringt durch die geschlossene Tür Musik.

Die Rezeption ist tatsächlich besetzt. Ein junge Blondine in weißer Spitzenbluse lächelt ihm entgegen. Gauvain stellt den Koffer ab und meint:

„Ist ja noch richtig Betrieb um diese Zeit, da hab ich Glück gehabt. Was kostet denn ein Zimmer?“

„Wir sind ein Landgasthof der niederen Preisklasse. Das Einzelzimmer mit Dusche kostet 69 Euro inklusive Frühstück“, kommt es mit einem freundlichen Lächeln von der Blondine.

„Gut“, sagt Gauvain kurz entschlossen, „das nehme ich. Haben Sie denn noch was zu Essen?“

„Wir haben heute eine geschlossene Gesellschaft. Vom Buffett müßte sich eigentlich etwas arrangieren lassen“, meint sie und lächelt etwas spitzbübisch.

„Prima, unter den Umständen schaue ich mir das Zimmer gar nicht erst an.“

„Die Gasträume sind direkt hinter Ihnen, ich werde den Koffer nach oben bringen. Hier ist der Schlüssel. Zahlen Sie bar oder mit Karte?“

„Karte“, Gauvain schaut noch kurz auf die Zimmernummer. Die Zahl ist verschnörkelt auf einen wuchtigen Holzanhänger gezeichnet und wirkt wie ein Wirbel oder ein Sog, soll aber eine 6 darstellen.

„Herzlich Willkommen“, meint die Empfangsdame und lächelt strahlend.

Gauvain betritt den Gastraum. Aus einem dahinterliegenden Gesellschaftsraum dringt lautes Gelächter und Stimmungsmusik, undeutliche Stimmen. Gauvain bleibt gleich am Eingang, da er so vom Lärmleim am weitesten entfernt bleibt. Der Tresen liegt seinem Tisch fast gegenüber, davor der übliche Stammtisch, an dem ein halbes Dutzend Dörfler hängen und in schleppender Sprechweise Belanglosigkeit breitwalzen und die Nachbarschaft durchkauen. Kaum daß Gauvain sitzt und erwartungsvoll nach Bedienung schaut, tönt es am Stammtisch von einem dicken Kerl mit Hosenträgern und Jägerhütchen:

„Wißt ihr, warum uns die Frauen immer noch den Orgasmus vorspielen??“ und sein breites Grinsen klebt ebenso wie sein fettiges Haar bis an die Ohren. Die anderen beglotzen ihn dumpf mit anheischiger Miene, denn er ist die komische Figur in der Runde. Bierseidel werden zurück auf den Filz gestellt, erwartungsvoll klappen die Unterkiefer auf und nach unten, während der Dicke triumphierend in sich glucksend von einem zum anderen schaut, bis er sicher ist, daß alle an seinen Lippen hängen und aus dem Meere der Beliebigkeit Neugierde inselt.

„Ganz einfach“, leitet er mit tief rollender Stimme ein, „weil die glauben, uns interessiert das!“ und seine Stimmlage ist dabei angeschwollen wie ein Bächlein im Frühlingsregen und ergießt ein schartiges Meckern aus dem wabbernden Leib und vereint sich mit den nun impulsiv hervorgestoßenen feuchten Brüllern und Japsern der Anderen. Inmitten der wie Wasserfall dröhnenden Lachkaskade, haut der Dicke voller Überschwall mit seiner breiten Pranke noch eins auf den Holztisch, daß die Humpen nässen und das Stammtisch-Glöcklein zart anschellt, wobei wie auf Kommando alles Gurgeln sich stöpselt und aller Blicke zur weiblichen Kraft hinter den Tresen spülen, die polierend mit Geschirrtuch und Biertulpe beschäftigt ist und dem jähen Mustern ihrer Hände Werk nur ein unsicheres Winkelziehen trockner Lippen entgegensetzen kann, während das harte Tuch im feuchten Kelch ein mädchenhaft dünnes Quietschen in die Stille schrillt, was bei versammelter Tafelrunde die Drüsen quellen läßt und so in ihren aufgeschwemmten Leibern sämtliche Schleusen sprengt, gar Galle entströmt und Unsinn flutendes Lachen braust, kanonisch-vielstimmig immer neu aufbrandet, doch von den harschen Klippen der Atemnot rasch und barsch gebrochen und so sich überschlagend, nunmehr zu ebbendem Rutschen auf den Sitzen verrinnt, da schließlich der Herz-Kreislauf Sog sein Quantum abgepumpt und die geilen Blicke der Spaßprimaten vom Weib der flüssigen Bedienung hüpfen läßt, um sie alsbald im Humpen vorm wackelnden Kopp zu versenken.

Gauvain hat die Szene mit fasziniertem Abscheu verfolgt. Sein Adamsapfel führt mehrmals Schluckbewegungen aus, als die breithüftige Tresenfrau nun endlich, um den letzten Wellen von Schnaufen und Stöhnen zu entgehen, zu Gauvains Tisch herüberstampft, verfolgt von einem Dutzend Augenpaare, die wie mesmerisiert an ihrem Arsch kleben und, als dieser verharrt und keine wogenden Bewegungen mehr suggeriert, an ihrer Gestalt aufwärts und zu Gauvain wallen, den sie sofort als überflüssig erkannt haben müssen, denn die Köppe gischten alsbald wieder zueinander.

„Die Dame an der Rezeption meinte, daß es möglich wäre, für mich noch etwas zu Essen zusammenzustellen?“ sagt Gauvain in respektvoll fragendem Ton.

„So, hat sie das. Dann soll sie mal. Eigentlich ist die Küche längst geschlossen“, kommt es garstig von der Bierseidelfüllerin und Gauvain registriert, daß sie sämtliche männliche Gemeinheiten, die sie je erdulden mußte, ihm überbraten wird. Denn er ist fremd, er ist höflich, ihn wird sie nie wiedersehen. Er blickt kurz und furchtsam in ihre boshaft glimmenden Augen.

„Und Trinken?“ mehr Worte oder nur die geringste Form von Höflichkeit scheinen ihr nicht angebracht. Gauvain weiß, daß es keinen Sinn macht, ihren tiefsitzenden Mißmut zu beheben, aber er gönnt sich nun auch eine kleine Garstigkeit, indem er sie herausfordernd kühl anschaut und sagt:

„Die Weinkarte, bitte.“

Sie dampft ab, wie vom Nilpferd getreten, wabert zum Tresen, während ein Dutzend Augenpaare auf ihre wogenden Titten glotzen, bei denen sich zu ihrer Verblüffung deutlich die Nippel abzeichnen, was sonst nur geschieht, wenn sie pinkeln war, das wissen die Dödel. Böse Blicke schnellen deshalb zu Gauvain. Sie fegt unterdessen zurück und knallt Gauvain die schwere, in Kunstleder gefasste Mappe auf den Tisch. Gauvain hat sein verführerischstes Lächeln aufgesetzt und flötet zart ein:

„Danke.“

Die Landgurken glotzen zu ihm rüber, ihre Augenbrauen schieben sich zusammen, die gläsernen Augen verengen sich. Die Rollen sind verteilt, das ist der ewige, der heilige Krieg, weiß Gauvain. Er hofft jedoch auf die zivilisatorischen Grundmuster, die sich ja mittlerweile auch bei der südlichen Landbevölkerung eingemendelt haben müßten.

Artig schlägt Gauvain die Karte auf, obwohl ihm klar ist, daß man in einer solchen Kneipe niemals Wein trinken darf. Hier hat´s nur den billigsten Ramsch vom Großhandel. Er überfliegt kurz die vier Sorten Rotwein und schlägt dann, Kunstleder gegen Klarsicht klatschend, die Mappe wieder zu. Die Augen der Tresenschnalle sind ob des obszön klatschenden Geräusches von ihrem Unterbewußtsein jäh aufgerissen worden und starren nun finster erwartungsvoll zu Gauvain. Am Stammtisch ist es mucksmäuschenstill.

„A Weißbierle, bittschön, gnä´ Frau“, säuselt Gauvain hinter ihre Schanze und genießt den Treffer seines zweihändig geführten, doppeltgeschliffen und geflammten, überlangen Schwertes. Im frühen Mittelalter gab es die sogenannten „Verlorenen Knechte“. Die bekamen den 10fachen Sold und ein solches Schwert. Ihre Funktion war es, vor den Reihen der Krieger in die Formation des Gegners einzudringen und eine Gasse zu hauen. Wenn es den nachdrängenden Söldnern nicht gelang, mit dem Berserker mitzuhalten, war dieser verloren.

Gauvain weiß, daß die ganze ländliche Brut jetzt heftig durchzuatmen hat. Er hat sie zweifach beleidigt. Erstens hat er unterschwellig geäußert, daß es keinen annehmbaren Wein gibt, und zweitens hat er ihren Dialekt nachgeäfft. Sowas sitzt immer. Die Dumpfbacken sind unterdessen schwer am Kauen und grübeln, was an dem Fremden eigentlich so tierisch auf den Magen schlägt. Die geübte Bierhahnhals-Umdreherin hat derweil voll Wut versucht, das schäumende Getränk aus der Flasche ins Glaserl zu kippen, was freilich mißlingen mußte. Ihre Faust packt also das Weißbierglas am dünnen Hals und bugsiert es Richtung Gauvain, während am Stammtisch wieder das unhörbare Kommando „Augen rechts“ flattert.

Der Schaum quillt über und netzt so die packende Hand der Einschänkerin. Mit Schwung und ohne Gauvain eines Blickes zu würdigen, plättet sie das Bier hin. Da keimt in ihm der böse Schalk. Mutwille durchzittert ihn, zum alles niederstreckenden, abgefeimtesten Rundumschlag. Er wartet, bis die Schankmagd ihre Stellung wieder eingenommen hat, herausfordernd zu ihm rüberäugt, auch die Glotzaugen der Rübenzieher wieder zu ihm geschwenkt sind, und dann tut er es. Er beugt langsam seinen Oberkörper über den Tisch, senkt sein Haupt wie zu einem huldvollen Handkusse, bringt weit seine Zunge aus dem leicht geöffneten Mund und leckt den am Glase rinnenden Schaum ab, läßt die schaumweiß bekrönte Zungenspitze triumphierend in der Luft noch verharren, während der Oberkörper sich wieder aufrichtet und sein Blick voller Entschlossenheit die Lider der Biermetze niedernagelt. Es knistert im Raum.

Da erklingt aus dem Gesellschaftsraume „Steig in das Traumboot der Liebe“, und schunkelnde Begeisterung grellt herüber. Die Toffel am Stammtisch haben die Rücken durchgedrückt und ackern angestrengt durch öde Hirnfurchen. Noch brütet Agonie.

„Mobbing“, kaspert es grell durch Gauvains erheiterten Sinn, „das ist Mobbing am Arbeitsplatz.“ Und er lehnt sich entspannt nach hinten, streckt die Beine aus. „Und Recht geschieht Dir. Ja, leiden sollst Du, Baby, leiden. Deine eigene brünftige, stumpfe, abartig veranlagte, lustlose Begierde ist es, worin Du Dich verfangen und verbrennen wirst, Du Spültuchfalter, Du“, albert es weiter beschwingt in Gauvain.

Das Spülichtmadel irrlichtet brüsk zur Eingangstür, um zur Rezeption zu gelangen, als auch am Stammtisch wieder durchgeatmet wird und nun ein dämlicher und gehässiger Witz über Schwule vom Dikken hervorbrodelt. Mit hämischem Gepolter lachhauen die Deppen drauf und sind´s zufrieden und endlich wieder bei und unter sich.

Gauvain hat sein Glas halb leergetrunken, als das Faßbierweib sein Essen bringt und blicklos vor ihn kneipt. Sie setzt sich jetzt mit an den Stammtisch, mit dem Rücken zu Gauvain, daß ja kein Augenschein sie kreuzen kann. Gauvain brilliert im Geiste schon mit den virtuosesten Bestellvarianten, in ihrem Rücken geführt, da betreten zwei neue Gäste den Raum. Der eine ist etwas dicklich und trägt einen Ring am kleinen Finger, der andre ist von durchaus sportlicher Statur und hat eine kleine Narbe an der Stirn. Gauvain nimmt sie nur flüchtig wahr, als sie sich in seine Nähe setzen, da er noch an seiner Anrede feilt.

Doch unvermittelt ist diese ihm genommen, da die Tresenschnepfe nun zu den Ankömmlingen stakst und deutlich bemüht die beiden nach deren Begehr fragt, danach auch einen kurzen, unwirschen Blick zu Gauvain wirft und mehr feststellt als fragt: „Noch eins?!“ wobei Gauvain leider weder etwas einwenden, noch ergänzen kann. Schade, bedauert er, nun ist das Kammerspiel aufgelöst; und er spürt, wie er die beiden Neuen dafür gar nicht leiden mag. Deshalb hört er kurz hin, was die zu sprechen haben und ist verdutzt, denn sie reden über den Dieselmotor eines Porsche. Irritiert verfolgt er das Gesagte, bis sich herausstellt, daß sie einen Traktor aus den 20er Jahren meinen. Mit kindlichem Vergnügen schildern sie sich gegenseitig die klopfenden Geräusche und das Fahrgefühl. Gauvain winkt innerlich ab: Auch arme Teufel, denkt er.

Dusselige Gespräche über Motoren und deren Leistung haben ihn nie berührt. Er hört wieder weg, ist aber für den Moment abgelenkt gewesen, um dem neuerlichen Aufwarten der Schankstubenmaus etwas Reserviertes entgegenzuhalten. So wendet sich Gauvain innerlich noch entschiedener von den beiden ab und blickt nur kurz auf, als ein weiterer, ziemlich hagerer Gast eintritt, um weit abseits Platz zu nehmen. Würdevoll kaut Gauvain den kalten Braten hinter und wünscht sich das Rezeptionsfräulein in die Wirtshausstube, anstatt der übellaunigen Zapfbraut.

Plötzlich geht die große Türe zum Gesellschaftsraum auf und eine maskierte Gesellschaft von mindestens drei Dutzend Leuten mit Tiergesichtern und in Kostümen, veranstalten eine Polonaise durch die Räumlichkeit. Sie singen, winken lustig, tröten und stampfen behäbigen Ganges in Schlangenlinien um die Tische. Gauvain wendet sich Unterstützung heischend zum Nebentisch, bemerkt dort ebenfalls Verblüffung.

Vom Stammtisch kommt grölendes Mitgejuchze und die tollartige Menge, die hier scheinbar die Sitzung der Schalksnarren zum 11.11. vorbereiten will, wird immer ausgelassener. Gauvain beeilt sich beim Essen, um der Marter entgehen zu können.

Die beiden vom Nebentisch erheben sich schon, registriert Gauvain befriedigt. Den Hageren kann er nicht mehr erkennen, alles trubelt bunt durch die Bude.

Blöderweise bekommt Gauvain gerade jetzt sein Bier hingestellt, aus Häme, wie er vermutet, weil der sumpfig brütende Verstand der Kellnerin mit der Seele einer Kunstblume ahnt, ihm damit Pein zuzufügen.

Verdrossen schaut er deshalb in sein Glas, trinkt mit Wut und starrt dann abschätzig zu dem ausgelassenen Possenclub und stellt erstaunt fest, daß es durch die Vollkopfmasken sogar schwer ist, Männlein von Weiblein zu unterscheiden. Immer wieder schwenkt die ausgelassene Gesellschaft winkend an ihm vorüber. Da ist der Bär und der Esel, der Löwe und der Hund, der Hirsch, die Gans und der Fuchs... ja, alle Tiere sind schon da... und trällern immer neue Liedlein. Gauvain bewundert ehrlich ihre unschuldige Unbedarftheit.

Das Bier fordert sein Recht. Gauvain steht auf und geht zur Toilette. Er kämpft sich mühselig lächelnd durch die ihn einzureihen versuchende Menge. Endlich erreicht er die mit doppeltem Symbol gezeichnete Tür. Er muß einen langen Gang entlanggehen, bis er die Türe mit dem Männlichkeitszeichen erreicht. Dort kämpft der Pißgeruch gegen den Gestank des Maiglöckchen-Duftreinigers. Gauvain tritt schnell vor eines der Becken und erleichtert sich, während sein Blick über die Sprüche und Krakelein schweift. Er entziffert Sprüche wie: „Hier möchte ich die Kellnerin ficken" oder „Wer tags arbeitet, braucht sich nicht wundern, wenn er abends müde ist!" Doch dann plötzlich: „Kundrie, ich brauche Dich". Ein Schauer überläuft Gauvain. Da erscheint eine Gestalt mit einem Vogelkopf aus einem der Scheißhäuser und steht unvermittelt neben dem pissenden Gauvain.

„Fliehen Sie", glaubt er zu verstehen, und nochmal, diesmal eindringlicher, „Sie müssen hier verschwinden", mit einem fordernden Unterton. Gauvain dreht verwundert den Kopf nach links, schaut zu dem Vogelmensch. Der steht einfach da, scheint es Gauvain, weil er die Augen nicht sehen kann. Ärgerlich schüttelt er seinen Schwanz ab, knöpft die Hose zu und geht in den Vorraum zum Waschbecken. Da geht die Tür auf und ein weiterer Karnevalstyp erscheint. Er trägt ein komplettes Hirschkostüm samt Geweih. Doch der geht nicht zum Pissoir, sondern stellt sich rechts neben Gauvain und beginnt, sich die Hände zu waschen. Da vernimmt Gauvain aus dessen Maske ein gebrabbeltes:

„Heut bin ich ein Hirsch, morgen vielleicht sein Jäger. Je größer das Geweih, desto verdienstvoller der Schütze", dabei das Wort 'Schütze' seltsam betonend. Da erscheint mit einem Mal der Vogelmensch, aus dem Pissoirraum tretend und stellt sich links von Gauvain. Als Gauvain verständnislos im Spiegel von einem zum anderen Kostüm schaut, um sich dann zum Handtuchhalter zu wenden, hört er hinter sich:

„Es gibt Männer mit sauberen Schwänzen und Männer mit dreckigen Schwänzen. Die mit den dreckigen Schwänzen waschen die Finger nach dem Pissen." Das kam vom Hirschkopf und Gauvain überlegt kurz, ob er darauf reagieren soll, denn es ist unklar, wem der

Satz gelten soll. Für einen Moment herrscht Spannung, doch dann verläßt Gauvain einfach den Pißhafen, weder das Hirschkalb, noch den Vogelmenschen eines Blickes würdigend. Er gibt der Tür im Hinausgehen einen überflüssigen, ärgerlichen Schwung, doch gleitet diese lautlos selber schließend zu.

Als der brüskierte Gauvain die Toilette verlassen hat, wendet sich der Vogelmensch zum Hirsch und fragt mit unbeteiligter Stimme:

„´Verdienstvoller Schütze´ sagten Sie?“

„Ja“, antwortet der Hirschmann, „aber das Treffen hängt davon ab, ob sich das Ziel lohnt!“

„Was würden Sie tun, wenn Ihr Ziel zwei Köpfe hat?“

„Der Jäger schießt niemals auf den Kopf, sondern immer ins Blatt. Und außerdem, was hat denn zwei Köpfe?“

„Janus, der Einzige“, kommt es in verfremdeter Stimmlage aus der Vogelmaske.

„Richtig, das ist allerdings der Einzige. Schön, Sie hier wiederzutreffen, Perce á Val, wenn auch nicht von Angesicht zu Angesicht.“

„Gesichter tun nichts zur Sache.“

„Sie unterschätzen den Sinn für allegorischen Humor in manchen Kreisen!“

„Mir egal, ich bin nicht zur Belustigung hierher gekommen, also sagen Sie mir nun die Zimmernummer und ich bringe meinen Auftrag für Sie zu Ende.“

„Es freut mich, Perce á Val, daß Sie unsere Vereinbarung ernst nehmen. Da hätten ich und mein Partner uns allerdings einige Recherche sparen können. Sie sind sehr rasch unterwegs. Vom Vorsteher Tyturel direkt hierher?“ kommt es lauernd vom Hirschhorngeweihten.

„Sie sollten die Präzision meiner Arbeit kennen. Diese beruht stets auf Schnelligkeit und erstklassigen Informationen. Unser Klient scheint nichtsahnend. Er benutzte das Navigationssystem seines Autos. So konnte ich ihn ganz einfach über den angezapften Satelliten orten“, kommt es vom Vogelmenschen.

„Warum haben Sie sich nicht mit uns in Verbindung gesetzt?“

„Soll ich Sie etwa über Handy anrufen, oder was?! Es war besprochen, daß ich immer allein arbeite. Außerdem war klar, daß ich Sie hier treffen würde. Ich deutete doch bereits an, daß Information heutzutage alles ist!“ sagt der Vogelmensch mit dumpfer Stimme hinter der Maske und wendet sich zum Gehen. „Wenn Ihnen das nicht paßt, können Sie die Sache auch selbst in die Hand nehmen. Dann reise ich sofort ab und unsere Vereinbarung ist erloschen.“

„Ok, ok“, kommt es daraufhin versöhnlich aus dem Hirsch. „Diese Nacht also. Und vergessen Sie nicht, wir brauchen ihn lebend, sozusagen in vollem Saft.“ Sich schon zum Gehen wendend, fordert der Vogelmensch:

„Die Zimmernummer?!“

„Sechs!“ und als der Vogel schon zur Tür raus will, „Wissen Sie, warum er so plötzlich abgehauen ist? Ahnt er wirklich nichts? Wir hatten durch die Kripo anordnen lassen, in der Stadt zu bleiben...“

„Er fährt zur Beerdigung seiner Mutter.“

„Aha“, kommt es echt verblüfft vom Hirschernen, „Sie sind wirklich erstaunlich informiert. Kann es sein, daß wir etwas übersahen?!“

Gauvain sitzt wieder am Tisch. Neben seinem halbvollem Glas steht ein Neues. Gauvain ärgert sich mittlerweile über die ganze absurde Konstellation dieser Herberge. Die beharrliche Unverschämtheit der Weibswirtin geht ihm gegen den Strich. Er hat keine Energie und keine Lust mehr auf ihr plumpes Spielchen. Er nimmt deshalb das Glas, zwängt sich durch die mäandernde Menge zum Tresen, stellt ihr schwappend das Glas vor den trotzig gesenkten Kopf und sagt schlicht aber deutlich: „Ich hatte kein weiteres Bier bestellt. Beachten Sie das bitte, wenn Sie meine Rechnung aufs Zimmer schreiben.“

Die nicht wirklich mit Trinkgeld, aber doch mit einer Spitze gegen männlichen Geiz, rechnende Stubenälteste, sieht sich in ihrer letzten Hoffnung auf Wiedervergeltung geprellt. Mit trotziger Stimme und einem letzten Aufflackern von Bösartigkeit sagt sie: „Tut mir leid, Ihre Zimmernummer ist mir nicht bekannt.“

Da huscht noch einmal ein frivoles Lächeln in Gauvains Gesicht.

„Sex!“ sagt er überlaut und überdeutlich, sogar das Geblödel der Tafelrunde überstimmend. Greift sich danach dramatisch in die Hosentasche, holt was Dickes raus und läßt vor den angewidert erregten Augen der Bierdienerin den schweren Holzknubbel hin und her schwingen, sodaß ihre Pupillen unwillkürlich dem Takt des Pendels folgen müssen und sie in Trance zu kippen droht, weswegen Gauvain kalt und spitz wie Eiszapfen punktet: „Oder woran dachten Sie?!“ sich umwendet und ihre wie von klatschender Ohrfeige derartig geröteten Wangen links liegen läßt, wie selbst die Biernasen vom Stammtisch in all den Jahren unverfrorener Maulfickerei sie nie so rot zu sehen bekamen. Und als sie da die Brustwarzen ihres Spülbecken-Schaums erneut sich eregieren sehen, in atemloses Staunen versetzt sind, um sodann eifernd einander zu befragen: „Was hat er gesagt? Was?“ während die Tür hinter Gauvain ins Schloß fällt. Und als niemand die Antwort weiß, aller Blicke sich erneut an der Verhärteten erhärten und die Gummistiefler nun die feuchten Augen am Weibsbild sehen. Da bildet das Traktorreifenprofil ihrer Hirnrinde im Schlamm ihrer Phantasmen deutlich einen Abdruck und nach geübtem Griff zum Henkel lassen sie locker und brüllen ihr „Zum Wohle“ hämisch gegen die noch immer mit hängenden Armen Stehende.

Gauvain schwankt übermüdet und angetrunken auf sein Zimmer. Irgendwie war er ja den ganzen Tag betrunken, feixt es bagatellisierend in ihm. Er entkleidet sich rasch, öffnet den Koffer, entnimmt diesem sein Reise-Necessoir und geht in dem kleinen Bad unter die Dusche. Er genießt den wallenden heißen Strahl auf seinem Körper, seift sich ein, mit seiner eigenen Seife freilich, denn er kann den billigen Bonbongeruch der Lotionspender nicht ertragen.

Als er aus der Kabine tritt, um sich abzutrocknen und vor dem Spiegel die Haare zu fönen, ist der Spiegel vom Dampf beschlagen. Deshalb richtet er den Fön zunächst auf die Spiegelglasscheibe. Langsam verzieht sich der dampfige Schleier. Doch plötzlich starrt Gauvain ungläubig auf die Scheibe. Diese scheint nämlich halbdurchlässig und zeigt genau so ein Hotelzimmer wie seines auf der anderen Seite. Langsam wird der Ausblick nun etwas unscharf, denn der Spiegel nimmt die Konsistenz von durchscheinendem Eis an. Der Fön in Gauvains Hand röhrt vergessen vor sich hin. Gauvain sieht, wie die Einrichtung des Nebenzimmers mit Rauhreif überzogen ist; alles wirkt eisig, kalt, weiß, steril. In dieser Unwirklichkeit erscheinen plötzlich eine Notärztin und ein Krankenpfleger. Sie haben einen Übungsdummy dabei, an dem sie eine Notversorgung demonstrieren. Da erkennt Gauvain beim Intubieren, daß der Dummy seine Gesichtszüge trägt. Der Fön in Gauvains Hand dröhnt weiter. Selbstvergessen stiert Gauvain in den Spiegel. Da kann er Laute wahrnehmen. Das Grellen des Föns wird überlagert von dumpfem Rhythmus, wie von einer großen Pauke, Morsefiepen, Poltern, schwingendes Dröhnen. Gauvain erkennt die gefährlich pumpenden Laute wieder, die ihn in seiner Wohnung heimsuchten. Mechanisch stellt er den Fön ab und läßt ihn fallen, so daß er gegen die Fliesen prallt und dann am Kabel hin und her pendelt. Kein Ton ist nun mehr zu vernehmen. Gauvains Blick ist weiter starr auf die Scheibe vor ihm gerichtet. Plötzlich erlebt er, wie etwas in ihm Gestalt annimmt und aus ihm heraustritt. Gauvain fühlt, wie eine zweite Gestalt sich von ihm abnabelt und durch die Eisscheibe drängt. Aber diese kann das Glas nicht durchdringen. Es gibt nach, wie die dünne Haut eines Luftballons, umschmiegt diese Gestalt vollständig und schließt sich hinter ihr wieder zu schimmernder Fläche, als die Gauvaingestalt jenseits ist. Wie in einem Kokon, einem Raumanzug bewegt er sich dort, zwar schwerfällig, dafür jedoch hoch schwebend und schwerelos, wie bei einem Mondspaziergang. Dieser neue Gauvain beobachtet, wie seinem Dummy unten Handschellen angelegt werden und dieser an die Heizungsrohre gefesselt wird. Danach begeben sich die Ärztin und der Pfleger zum Bett und legen sich nebeneinander. Alles geschieht sehr zäh und wie in Zeitlupe. Da bemerkt der Gauvain, daß der Raum über ihm keine Decke zu haben scheint, sondern nach oben ebenfalls von einer Eisschicht begrenzt wird, alles also wie am Boden eines eisbekrusteten aber abgeflossenen Sees geschieht. Und in der Tat, oben bewegen sich Schatten. Die fahren Schlittschuhe, das kann Gauvain deutlich erkennen, und er bangt instinktiv um die Läufer ob der Brüchigkeit der Eisschicht. Da sieht er mit einem Mal den Schatten eines schwarzen Vogels landen. Dieser pickt in das Eis. Alle Schlittschuhläufer sind im

Nu verschwunden. Das Hacken des Schnabels treibt deutliche Risse, dann Sprünge in die Eisdecke. Licht platzt in die Fugen, und da klirrt sie auch schon in tausend Splittern hernieder. Der Kokon um Gauvains Gestalt zerbirst, und er wird nach oben gesogen. Gleichzeitig erkennt Gauvain über sich das gleiche Zimmer spiegelverkehrt, jedoch in warmen, lichten Tönen. Im Bett dieses spiegelverkehrten Zimmers liegen diese Ärztin und der Pfleger. Sie paaren sich oben, während unten aus dem Kopf des Dummies pulsierendes Blut dringt, da dieser von einem der herabstürzenden Eissplitter getroffen wurde. Dieses Blut wird ebenfalls nach oben abgesaugt und regnet in pulsierendem Strahl über das Pärchen. Gauvain spürt einen extremen Sog, der ihn in den Spiegel ziehen will. Wie ein saugender Wirbel, wie Unterdruck will es ihn hineinreißen. Er ahnt, daß es ihn über das Bett mit dem vereinten Paar werfen soll. Mit seinem Blut soll er den Dummy heilen. Mit aller Gewalt stemmt er sich gegen den Sog. Er spürt, wie die Luft mit mächtigem Fauchen entfleucht und wie es ihm immer schwerer fällt zu atmen, seinen Widerstand aufrecht zu erhalten. Er merkt, wie ihm vor Anstrengung das Bewußtsein schwindet, er spürt die Luftknappheit, Atemnot setzt ein, er ringt um Luft, sein Mund ist aufgerissen, jähe Panik lähmt jeden Willen, jede Bewegung. „Ich ersticke“, ist alles was er noch denken kann, dann verlassen ihn die Sinne.

MITTWOCH - 3. WOCHE

Wie Gauvain um seine Pferdestärken gebracht wird und, um nach Montesclaire zu gelangen, des Fährmanns sich zu bedienen genötigt ist. Wie er dortselbst in den Prunksaal gelangt, giftigen Pfeilen auszuweichen bemüht ist, dabei jedoch zu Boden geht, dann mit dem Löwen kämpft und anschließend im Wunderbett seiner härtesten Prüfung entgegensehen muß.

Gauvains Augen sind geschlossen. Trotzdem spürt er, daß jemand im Raum ist, ihn beobachtet. Er reißt die Augen aus der Verklebung und sieht: muskulöse Oberarme, weißes Stirnband, blauer Kittel. Und die angespülte Muschel Ohr vernimmt ein piepsiges: „Enschulligung, enschulligen Sie. Ich müssen putzen“, und sich windend in Peinlichkeit wuselt die Putzfrau wieder aus der Tür.

Gauvain richtet sich ruckartig auf, sein Blick schnellt zum linken Handgelenk. Die Uhr zeigt kurz vor Zwölf. Er fährt auf und rum und vom Bett und ins Bad. Dort bremst er mit einem Ruck. Auf dem Boden liegen die Scherben des Wandspiegels, der Fön hängt zerspellt am Kabel herum. Gauvain verzichtet darauf, auf Zehenspitzen durch die Splitter zu staken, wie durch ein Minenfeld, um unverletzt eine kalte Dusche zu nehmen. Bestürzt klaubt er seine Reiseutensilien vom Waschtisch und will das Bad verlassen. Bei einem letzten kontrollierenden Rundblick, die Hand schon am Lichtschalter, glaubt Gauvain, an einigen Splittern Blut zu erkennen. Zweifelnd schaut er an sich herab, kann aber keine Verletzung erkennen. Er löscht das Licht, zieht die Badtüre zu und kleidet sich rasch an, dabei mißtrauisch seinen Körper inspizierend, ob nicht doch irgendwelche Wunden bestehen, aber da ist nichts.

Gauvain steht vor der lächelnden Blondine der Rezeption und stammelt irgendeine entschuldigende Erklärung von nassem Boden und Ausrutschen und so weiter. Er legt einen Eurohunni Bares auf den Tresen vor die erschrocken nickende Blondschöpfin und verkrümmelt sich.

Gauvain fährt durch die waldreiche Gegend zurück in Richtung Autobahn. Von einem inneren Impuls getrieben, schaltet er sofort Kundries Band ein. Er fährt rasch, um den verschlafenen Morgen einzuholen. Er beschließt, sich bewußt abzulenken, nicht darüber nachzudenken, was mit dem Spiegel gewesen sein könnte. Er hört auf Kundries Stimme:

„Mahn sitzt jetzt ständig in mir, er verändert mich, nicht nur mein Sprechen, auch mein Denken...

...was denn...

eben, wieder typisch...ich habe gerade überlegt, um eine Aussage über ihn machen zu können, schon schneidet er mir jeden Gedanken ab...

wir können uns ruhig noch eine Weile so unterhalten...

wenn Du sofort, aus meinen Gedanken heraus antwortest...eine Irre würde das nämlich gar nicht so machen, ist das der Beweis. Da ist für aufmerksame Ohren unbedingt zu hören, daß Du in meinem Bewußtsein sitzt, aus meinen Gedanken heraus antwortest, ohne Besinnung. Es ist gar nicht wie ein Dialog, Du sprichst quasi mit, was ich sage...

vielleicht auch umgekehrt...

Du bist im Impuls dabei oder, wenn Du von Dir aus etwas sagen willst, dann kommt es...

wie aus einem Munde, nicht wahr...

Also gut, der Eindruck, daß ich mich von Grund auf ändere, verstärkt sich bei mir immer mehr. Zum Beispiel hat sich bei mir zweierlei Haar entwickelt. Zu meinem ursprünglich weichen Haar hat sich ein zweiter, außerordentlich starker Haartyp gesellt. Ein richtiges Roßhaar. Und das wächst an den unglaublichsten Stellen, um zu erreichen, daß ich es beachte. Nämlich zum Beispiel in der Spalte meines Hinterns. Das ist besonders lästig, da sich beim Kotausscheiden gelegentlich Kot in diesem Haar verfängt und zu kleinen Kügelchen verfestigt. Diese kann ich dann nur unter der Dusche aufweichen oder mit den Fingern und Klopapier abdrehen, aber das ist sehr schmerzhaft. Eine entwürdigende Sache. Ständig hat man den Eindruck von Unsauberkeit an sich, von schlechtem Geruch, bis hin zu einem unangenehmen Schmieren, daß man zu empfinden glaubt, wenn man sich auf einen Stuhl setzt. Ich fühle mich ständig befleckt, einfach schweinisch. Außerdem hat sich die Empfindlichkeit meiner Haut verändert. Sie rötet sich jetzt beim geringsten Druck, sogar Fingerabdrücke sind zu sehen, das ist vollkommen neu an mir entstanden...nun drück meinen Leib nicht so nach außen, Mahn...

ich möchte nicht mehr bei Ihnen sein, Kundrie...

was ist denn das nun wieder für ein Trick

ich habe Angst...

Du kannst Dich ja so fabelhaft verstellen...spielst Du jetzt wieder den kleinen Jungen in mir, ja? Soll ich Mitleid haben, weil die zetEM Dich verfolgt, mein armer Kleiner. Er will mich ablenken, mich verwirren, weil er ahnt, daß ich hier einen Beweis herstellen will, was die Unterwanderung durch einen Parazythen wie Mahn für das Opfer bedeutet. Es ist eine gesteuerte Unterwanderung des eigenen Selbstverständnisses, eine Bewußtseinskopplung ... die so total ist, daß, laß meine Stimmbänder los, laß mich, ich kann es auch aufschreiben...

viel zu überspannt das Ganze, Kundrie. Niemand wird Ihnen glauben, Sie kommen in die Klapsmühle, das ist alles, was Sie damit erreichen...

Er hat jetzt meinen Nacken ganz versteift, ich habe starke Schmerzen im Hals und Schulterbereich, meine Atmung ist schnell und flach, mir ist, als wölbt er meinen Leib nach außen. Meine Brüste schmerzen und werden immer kleiner."

Plötzlich sieht Gauvain in einer Kurve einen Hirsch im Gebüsch am Straßenrand, der die Straße überqueren will. Gauvains Reflexe machen eine Vollbremsung. Das Fahrzeug bricht aus. Was tut auf feuchtem Herbstlaub ABS, ABS, ABS? zuckt es durch Gauvains Hirn wie SOS, SOS, SOS und dann nimmt er in Zeitlupe wahr, wie er beim Gegenlenken ins Schleudern gerät, sich mehr und mehr dem Fahrbahnrand nähert, wie ein starker Aufprall die Fahrgastzelle erschüttert. Da wird es plötzlich weiß vor Gauvains Augen und schmettert ihn gegen den Sitz. Der Airbag. Verdutzt reibt Gauvain sich die schmerzende Nase.

Das Auto steckt manövrierunfähig im Straßengraben. Das Band ist verstummt. Der Motor läuft. Mechanisch dreht Gauvain den Zündschlüssel herum. Zum Glück läßt die Türe sich öffnen. Das Viech ist weg. Gauvain zwängt sich hinaus und während er den Schaden begutachtet, öffnen sich sämtliche Hirnschleusen zur Offenbarung des Zorns.

Aus einem Waldweg, den Gauvains Wagen vor kurzem passierte, biegt nun ein Jeep mit geschwärzten Scheiben. Langsam rollt er auf der Straße in die gleiche Richtung, die Gauvain gefahren ist.

Doch da nähert sich von hinten ein Pkw mit überhöhter Geschwindigkeit und überholt den Jeep scharf.

Gauvain steht noch immer fassungslos vor seinem Auto und anerkennt langsam, daß auch wenn er die Karre aus dem Graben gezogen bekäme, eine Weiterfahrt unmöglich ist. Der Scheinwerfer und Blinker der rechten Seite ist auf jeden Fall im Eimer; aber wahrscheinlich hat die Radaufhängung, wenn nicht gar der Rahmen, eine Verformung abbekommen. Da hört er und kurz darauf sieht er, wie sich ein PKW rasch nähert.

„Du mußt sofort weg hier!" durchzuckt es plötzlich Gauvains Gedanken. „Stopp diesen Wagen!" denkt er noch und erlebt sich schon, wie er mit beiden Armen wedelnd auf die Fahrbahn tritt. Der Pkw bremst sofort. Nun kommt auch noch ein Jeep näher, vermindert seine Fahrt, fährt dann aber langsam weiter. Dem Pkw entsteigt ein hagerer Fahrer. Nach einigen Flüchen auf versagende Technik und ebensolche Tierschützer und Fachsimpelei über Hebelwirkungen, hat Gauvain sich wieder in der Gewalt, sein Schock ist abgeperlt. Man beschließt, mit dem Handy des netten Wagenlenkers einen Abschleppdienst zu ordern, der den Wagen in eine Vertragswerkstatt bringen soll. Während des Wartens kommt man sich Auto-Menschlich näher. Es stellt sich heraus, daß der Hagere ebenfalls im Landgasthof war, nun ebenfalls weiter Richtung Süden unterwegs ist und Gauvain gern in seiner Zielstadt absetzen wird. Gauvain legt also seinen Koffer in dessen Wagen und sie fahren gemeinsam los. An der Autobahnauffahrt sehen sie den Jeep wieder. Der scheint sich wohl verfahren zu haben, was mit dem französischen Nummernschild auch erklärbar wäre. Tja, Navigationssystem, denkt Gauvain und erinnert sich noch einmal schwermütig an seinen Schlitten, an dem nun die Bastler gnadenlos rechnungsorientiert werkeln werden. Bei BMW trägt man ja jetzt Schlips in der Werkstatt. Arrogantes Gesocks, weiß Gauvain, die behandeln Dich, als hätten sie zwei Wagen Deiner Sorte in ihrer Garage. Dabei machen sie sich fast naß, wenn sie den Achtzyliner mal auf die Hebebühne fahren dürfen. Gauvain schießt plötzlich in Erinnerung, daß er vergaß, Kundries Tonband aus der Anlage zu nehmen. In direktem Impuls will er den Fahrer zur Umkehr bewegen, aber im selben Augenblick ist ihm klar, daß er es diesem gutmütigen Verkehrsteilnehmer nur schwer erklären könnte, wegen einer Musikkassette nochmal umzukehren, bei all dem Zeitverlust. Also sei´s drum, denkt sich Gauvain, und versucht sich noch ein bißchen abzulenken, indem er den Fragen des Hageren wie selbstredend antwortet. Dann fragt er den Hageren, was er denn eigentlich so tue.

„Ich bin Verhaltenstrainer“, kommt es selbstbewußt vom Hageren, „ich coache Führungskräfte.“

Diese Begrifflichkeit ist Gauvain nicht unbekannt.

„Und was trainieren Sie mit denen?“ fragt er deshalb.

„Das erfolgreiche Selbst“

„Aha, und was verstehen Sie darunter? Was ist Erfolg überhaupt? Das ist doch etwas sehr Individuelles. Kann man Erfolg überhaupt einheitlich definieren?“

„Wenn Sie einen erfolgreichen Menschen kennen,“ erklärt der Hagere in sympathischem Ton, „dann werden Sie feststellen, daß dieser folgende Gesichtspunkte erfüllt: er ist gesund, lebt in einer liebevollen und intakten Zweierbeziehung bzw. Familie. Er hat andere Menschen, die er wertschätzt und die ihn wertschätzen und mit denen er sich gern austauscht. Ein erfolgreicher Mensch tut eine ihn erfüllende und anderen nutzbringende Arbeit mit Spaß. Dabei hat er etwas mehr Geld, als er zum Leben nötig hat, und er verfügt im Wesentlichen über die Zeit seines Lebens selbst.“

„Das klingt einleuchtend“, meint Gauvain, „aber gibt es da nicht irgendein übergeordnetes Kriterium, nach dem ich so etwas ganz rasch beurteilen kann, ohne die gesundheitlichen oder finanziellen Dispositionen eines Gegenübers zu kennen?“

„Ja, gibt es“, kommt es gelassen vom Hageren. „Denn das ist genau die Frage: was stellt die Meßlatte dar, an der Sie sowohl große Wirtschaftsunternehmen, als auch Freundschaften messen können? Was meinen Sie, woran Ihre Frau, Ihre Kinder, Ihre Freunde Sie messen? Wonach sind Staatsformen ebenso zu beurteilen wie Vorgesetzte oder Unternehmer? Es gibt dafür einen einzigen Begriff. Es ist die Glaubwürdigkeit. Daran messen Sie und daran werden Sie gemessen. Die Glaubwürdigkeit ist das wichtigste Gut ihres Seins“, erklärt der Hagere mit einem langen Blick von der Fahrbahn weg zu Gauvain. Da dieser schweigt, fährt er fort:

„Um glaubwürdig sein zu können, bedarf es der Selbstverantwortung. Nur indem Sie die vollständige Verantwortung für alles übernehmen, was Sie ausmacht, was Sie tun und wie Sie wirken, was Ihnen widerfährt, was Sie fühlen und denken, können Sie Ihr Selbst glaubwürdig werden lassen. Es ist jedoch noch anzufügen, daß verantwortliches Sein kein Bewußtseinszustand ist, sondern immer an den Handlungen erkennbar wird."

Gauvain gehen plötzlich viele Gedanken gleichzeitig durch den Kopf. Ihm fällt auf, daß der Hagere sich peinlich genau an die Geschwindigkeitsvorgaben hält, sogar in den dämlichen Baustellen. Er fährt mit Tempomat und läßt sich nicht aus der Ruhe bringen, wenn hinter ihm beim Überholen einer drängelt. Der Hagere schaut kurz zu Gauvain und spricht: „Es lohnt sich, diese Zusammenhänge genauer zu untersuchen. An der Stelle sei lediglich angemerkt, daß Sie, um selbst Verantwortung übernehmen zu können, sich stets neu entscheiden müssen."

Gauvain beginnt, sich tiefer auf diese Aspekte einzulassen:

„Was aber genau sind diese Prozesse, in denen solche Entscheidungen nötig sind?"

„Meinen Sie, daß Ihre gegenwärtige Lebenssituation von Ihnen selbst frei gewählt wurde?"

Gauvain schaut eine Weile auf den Verkehr vor sich, wiegt bedächtig den Kopf, nickt dann unmerklich.

„Sind Sie wirklich dieser Meinung?" fragt der Hagere. Aber ohne eine Antwort abzuwarten fährt er fort: „Prima, dann sind Sie, und nur Sie, für das derzeitige Resultat verantwortlich. Wenn Sie jedoch zustimmen, daß Sie stets gewählt haben, dann können Sie auch wieder abwählen."

„Ha, wenn das mal so einfach wäre", kommt es spontan aus Gauvain.

„Ja, es ist so einfach. Sie müssen es nur entscheiden. Nicht jeden Tag neu. Nur ein einziges Mal, bewußt kategorisch." Der Hagere bemerkt, wie Gauvain plötzlich abwesend aus dem Fenster schaut, nicht mehr geneigt scheint, zuzuhören.

„Ja, ich weiß", meint er deshalb entspannt lächelnd, „Leiden ist leichter als Handeln. Aber bitte täuschen Sie sich nicht. Sie wählen immer. Niemand kann Sie wahrlich zwingen. Auch zur Macht gehören immer zwei. Einer, der sie ausübt; und einer, der das zuläßt. Macht wird immer nur verliehen! Das ist ein altes Theatergesetz. Der König wird immer durch seine Untertanen gespielt. Er selbst kann sich einen Hermelin anziehen und drei goldene Kronen aufsetzen, wenn es keine Minister und Vasallen gibt, die ihm huldigen, ist er bestenfalls der Narr. Niemals macht also ein Herrscher die Verhältnisse, sondern die Verhältnisse machen den Herrscher."

Gauvain hört zwar genau zu, aber er fühlt, wie etwas in ihm sich versteift, sich wehren will. Als ob dies der Hagere ahnen würde, führt er noch einmal aus:

„Sie wählen immer. Wer sagt: ich kann nicht, der will nicht. Das eigentliche Problem besteht nämlich in der Weigerung, die Konsequenzen tragen zu wollen. Und wer da sagt, ich sollte, der hat noch nie getan. Solche Leute laborieren im ewigen Vielleicht. Und sehr entlarvend ist auch die Rede vom: Ich habe es versucht. Dann versuchen Sie mal, jetzt den Wagen zu stoppen. Nein, Sie sollen nicht nach der Handbremse greifen, sondern es lediglich versuchen. Sie sehen, das Versuchen ist ebenfalls eine Einstellung, die Verantwortung vermeiden will, denn im Versuch ist immer bereits die Entschuldigung für ein Scheitern inbegriffen."

Gauvain hat sich innerlich wieder auf die Logik des Hageren eingelassen. Doch kommt ihm dabei folgende Idee: „Wenn Sie also für sich annehmen, daß alles was Ihnen widerfährt die direkte oder indirekte Folge von verschiedensten Wahlmöglichkeiten ist, was ist dann mit den vielen tragischen Schicksalen in unserer Gesellschaft?"

„Merken Sie sich: Es gibt keine Opfer. Es ist an der Stelle müßig, die konkreten Fälle vom 50jährigen Arbeitslosen, vom Unfallkrüppel oder vom behindert geborenen Kind zu diskutieren. Ich möchte lediglich darauf hinweisen, daß es Weltanschauungen gibt, die davon ausgehen, daß jede Seele sich ihre eigene materielle Entsprechung wählt. Doch egal, was Sie diesbezüglich für ein Weltbild haben, so bleibt doch wichtig, festzuhalten, ob ein geäußerter Gedanke Ihre, Ihre ganz persönlichen Möglichkeiten erweitert oder Sie einengt, ob Sie die Freiheit dadurch spüren können." Doch dann huscht ein Lächeln über sein Gesicht: „Freilich, ich weiß, es gibt beim Wählen eine nicht zu unterschätzende Schwierigkeit. Was nämlich das Wählen so schwer macht, ist der Verzicht auf die abgewählte Möglichkeit. Da werden ungeheure Energien in Phantasien darüber investiert, was wäre wenn, und die abgewählte Möglichkeit wird stets aufs Neue bemüht", meint er und schaut wieder für einen Moment prüfend zu Gauvain. Weil dieser nichts einzuwenden hat, fährt er fort:

„Für eine wirkliche Wahl ist ausschlaggebend, das beide Alternativen zu würdigen sind, sonst hat die Wahl keine Kraft, sondern ist lediglich Ausflucht zum Nächstliegenden. Und es ist wichtig, festzuhalten, daß ich unmöglich wählen kann, wenn ich muß. Die Freiheit der Entscheidung zwischen den Möglichkeiten ist Voraussetzung fürs Wählen."

Da bricht es aus Gauvain hervor: „Sie reden hier die ganze Zeit von Wählen und von Freiheit, aber Sie sind ja nicht mal imstande, ein bißchen mehr Gas zu geben. Ich dachte, wir haben es eilig."

Der Hagere lächelt nachsichtig: „Wissen Sie, ich habe ein bestimmte Mission in meinem Leben und die wird gespeist von einer Vision. Daran orientiere ich mein Handeln, meine Passion. Und irgendwann einmal habe ich von der hohen Warte aus beschlossen: im Verkehr kriegen die Zwerge mich nicht, nicht damit, verstehen Sie?" Als Gauvain dazu grimmig schweigt, aber nichts entgegenzusetzen hat, bemerkt der Hagere: „Sie haben allerdings recht, ohne Wollen ist das Wählen kraftlos. Also Tun Sie auch, was Sie im Geiste erwählten. Und zwar nicht, weil das sowas Tolles wäre, die Geschwindigkeitsbegrenzungen zu beachten, etwas worauf Sie stolz sein könnten oder weil es Strafgelder spart. Tun Sie es einfach, weil Sie sich entschieden haben, weil Sie es gewählt hatten. Seien Sie konsequent."

„Aber, woher weiß ich denn, was ich wollen soll?" kommt es distanziert von Gauvain.

„Ja eben. Sie sagen es. Sie können nämlich nur das Wollen, woran Sie im Innersten Ihres Herzens auch glauben. Also, was Sie lieben. Sie können jedoch nur das lieben, was Ihnen die Weisheit gebietet. Es muß wahr sein und gut“, meint gelassen der Hagere. Beim Begriff „Liebe“ sieht der Hagere kurz zu Gauvain herüber und sieht dessen krause Stirn. Geduldig setzt er deshalb nochmals an: „Mit Liebe meine ich kein Gefühl und schon gar nicht das Gefühl von Verliebtheit oder bestimmter Begierden. Liebe ist kein Gefühl, daß überwältigt, sondern eine Entscheidung, die verpflichtet. Liebe ist, was Liebe tut. Und zwar uneigennützig jedwedem Nächsten. Liebe ist Handeln, ist aktiv. Ist ein Geben, ohne haben zu wollen. Jedes wirklich freie Wollen gehört der Liebe an, ist letztlich sogar dasselbe. Denn jede Freude, die der Mensch empfindet, entstammt seiner Liebe. Einen anderen Ursprung gibt es nicht.“

Der Hagere macht eine kurze Pause, schaut zu Gauvain, und als er merkt, daß dieser noch dabei ist ergänzt er: „Aus der Freude der Liebe heraus handeln heißt somit, aus freiem Willen handeln. Und ergo wird der Mensch von dem geführt, was ihm Freude macht. Erheben sich also Wollen aus Liebe zugleich mit dem Verstand, so werden sie durch ihn gereinigt. Erheben sie sich nicht, so werden sie durch den Verstand verunreinigt.“

Gauvain schwirrt der Kopf. Soviel kompakte Gebrauchsanleitung zum Glücklichsein hat er noch nie aushalten müssen. Nichtmal von Frauen. Er weiß nicht, warum der andere sich so ins Zeug legt. Was will er denn von mir?, durchglimmt es Gauvain, als er den Hageren fortfahren hört: „Sie sollen übrigens lediglich etwas für sich tun. Sie haben in ihrem Leben ohnehin noch nie etwas für einen anderen getan. Das ist normal und gut so. Mag sein, daß Ihr Handeln einem anderen nützte, ihn förderte, ihn bestärkte, aber im Grunde handeln Sie, weil Sie, Sie allein, es für richtig und wichtig halten. Weil Sie es gewählt haben. Weil es Ihren Werten und Normen entspricht. Handeln erfüllt zunächst immer ein ureigenes Interesse, ist immer eigennützig.“

Gauvain denkt an Kundrie und will heftig widersprechen. Aber irgendwie ersterben die Worte auf seinen Lippen. Der Hagere hat den sich öffnenden und wieder schließenden Mund von Gauvain aus den Augenwinkeln wahrgenommen:

„Wer handelt, um dafür belohnt zu werden, ist gleichsam nicht bei sich, sondern abhängig vom Belohnungskriterium anderer und gibt diesen damit Macht über sich. Wenn Sie jemand motivieren kann, dann kann er Sie auch demotivieren. Somit bestimmen andere über die eigene Lebensqualität.

Wer sich in seinem Job krummlegt, wer seine Zeit opfert nach dem Motto, ich arbeite, um zu Leben, und das dann aufs Wochenende verschiebt oder den Urlaub oder wenn die Kinder aus dem Haus sind oder wenn die Pension erreicht ist, derjenige lebt in einer Fiktion von vermeintlich besserer Zukunft. Er tut nicht, was er tut, sondern weil er später etwas tun will. Aber dort kommt er nie an, weil er mit seinen Entscheidungen nie da ist, wo er ist, nämlich im Jetzt."

Eine lange Pause entsteht.

Da weist der Hagere mit der rechten Hand und einem Kopfnicken nach vorn zu einem qualmenden Passat-Diesel, der seit geraumer Zeit die linke Spur blockiert. Ohne Zorn sagt der Hagere: „Solche Leute möchten eigentlich gern einen Sportwagen fahren, holen sich aber einen Kombi-Diesel, weil der später einen höheren Wiederverkaufswert hat. Und rächen sich so am Sportwagenfahrer, aus unterdrücktem Gnaz."

Gauvain wird der Disput mit dem Hageren langsam unheimlich. Wen hat er da neben sich sitzen?

„Sagen Sie, das kommt alles so locker aus Ihnen, klingt wie druckreif, warum erzählen Sie mir das alles?"

„Sie haben mich gefragt, was ich tue. Nun, ich tue nichts anderes, als über diese Dinge zu referieren. Und es gibt zahlreiche Menschen, die sehr viel Geld bezahlen, um diese Dinge in dieser Art von mir zu erfahren. Ich bin gerade unterwegs zu einem wichtigen Vortrag. Ich übe ein wenig."

„Also gut, dann üben Sie mal", meint Gauvain unentschieden und denkt darüber nach, daß man wohl immer mit derartigen Monologen rechnen muß, wenn man die Leute fragt, was sie tuen. Bei Kundrie war das auch so. Dabei weiß sogar jeder Arzt: frage den Patienten nie wie es ihm geht, während er sich auszieht, denn er hört dann auf sich auszuziehen. Die entgangenen Minuten bezahlt kein EBM. Und das gleiche gilt für eine Frage des Patienten beim Anziehen. Nie beantworten, sonst hört der sofort damit auf; sondern auffordern: Ziehen Sie sich erstmal an, dann fragen Sie mich. Wenn der fertig ist, hat er meist schon alles wieder vergessen. Toll. Unbezahlbare Minuten für den EBM gespart. Denn für Patientengespräche beim Facharzt werden nur 4 Minuten vergütet, so bestimmt die Krankenkasse die Heilkunst für den gesetzlich Versicherten; das hat ihm mal einer seiner Kunden erklärt und beschrieben, wie er nun seinen Praxisablauf zu optimieren genötigt ist. Die dabei unkalkulierbarste Größe ist die Liege gewesen, erinnert Gauvain. Denn die steht mit dem Kopfende an der Wand, was zur Folge hat, daß die unmöglichen Patienten einmal rings um die Liege laufen, um sich von der anderen Seite draufzuschwingen, oder, noch blöder, sich am Fußende draufsetzen und dann rückwärts mit Arsch und Fersen robbend, die ganze Papierbahn aufstauend, nach hinten zu rutschen suchen. Das angerichtete Desaster nötigt dem armen Internisten immer wieder wertvolle Minuten ab. Doch die schlimmste Bremse im Praxisablauf ist der Papierkorb. Denn diesen hat der Doktor aus hygienischen und ästhetischen Gründen in eine Schrankwand integriert, neben dem Waschbecken. Die Patienten benötigen unglaubliche Zeit, trotz der eindeutigen Anweisungen: hinter der Tür im Schrank, links unten, nein unten, links, links, Schranktür nicht Zimmertür, hier drinn, am Waschbecken links, die kleine, ich sage die kleine Tür... immer brauchen die Patienten mehrere Minuten, um das Papierhandtuch zu entsorgen. Der Doktor ist jetzt dazu übergegangen, die Leute auf´s Klo über den Flur zu schicken, da kann er inzwischen zur nächsten Kabine, die Papierbahn auf der Liege richten.

Spurverengung. Ein Auto fegt rechts an ihnen vorbei und drängelt sich vor ihnen wieder in die Spur. Der Hagere muß stark bremsen, hinter ihnen ist sofort mehrfaches Reifenquietschen. Gauvain ist im Gurt nach vorn gerutscht.

„Blöder Arsch!“ kommt es aus Gauvain. „Wofür hält der Spinner sich? Glaubt der, er hätte die Vorfahrt gepachtet?“ brüllt Gauvain noch immer.

„Was ist mit Ihnen?“ fragt gelassen der Hagere.

„Affekt! Tut mir leid, aber sowas muß man abreagieren, sonst gibt´s Magengeschwüre!“

„Affekt, sagen Sie? Abreagieren?“ der Hagere hebt verschmitzt die Stimme. „Falsch! Es überkam Sie, weil Sie nicht richtig gerüstet sind für diesen Alltag. Sind Sie als Individuum trotz Ihrer Einsichten zu schwach, um Ihre Affekte kontrollieren zu können? Vielleicht liegt eine Schwangere auf dem Rücksitz und er muß so schnell wie möglich ins Krankenhaus?“

„Könnte sein“, gibt Gauvain mürrisch zu.

„Sehen Sie, und sofort verändert sich die Welt der Tatsachen, weil unsere Einstellung zu eben jenen sich ändert. Weil Erkennen, gepaart mit positiver Erfahrung oder Erwartung, die Wirklichkeit und die Tatbestände oder vermeintliches Rechthaben plötzlich in ganz anderem Licht erscheinen läßt. Das ist sehr, sehr wichtig“, unterstreicht der Hagere die Aussage mit einer deutlichen Geste seiner rechten Hand.

„Wenn ich mich aus meinen Vorstellungen von der Welt nicht mehr distanzieren kann, habe ich keine Wahlmöglichkeiten. Dann kann ich nur wütend werden, gemäß einem verinnerlichten Verhaltenskodex“, wieder umspielt ein wissendes Lächeln den Mund des Hageren. Er blickt zu Gauvain, der schaut ebenfalls zu seinem Fahrer und sieht die lustigen kleinen Grübchen in den Mundwinkeln des anderen. Und der Hagere versetzt denn auch leichthin: „Die Nutzwirkungen, die Sie erzielen, entspringen einem kreativen und engagierten Handeln, sind somit das Schöpferische selbst. Nutzwirkung ist der Endzweck aller Schöpfung. Im universalen Sinne ist freilich in jeder Wirkung ein Nutzen. Auch wenn uns dieser vom eigenen Standpunkt aus verborgen bleibt.

Wir wollen Erfolg. Wir wollen glaubwürdig sein. Wir wollen Harmonie. Wir wollen die Freiheit der Wahl und wir wollen Nutzwirkungen einbringen. Dazu brauchen wir Ziele, um den Nutzen meßbar zu machen. Richtig?“ fragt der Hagere listig. Gauvain nickt nur und versucht, dranzubleiben und den Faden, der sich in seinem Kopf zu spinnen anschickt, nicht abreißen zu lassen.

„Falsch!" kommt es da vom Hageren ohne allen Triumph. Fast entschuldigend erklärt er: „Es tut mir leid, aber ich habe erlebt, je zielorientierter Menschen sind, desto mehr grenzen sie aus. Desto weniger nehmen sie den Anderen oder das Andere als Bereicherung wahr", konstatiert er und fügt leiser noch an, fast wie zu sich selbst: „Desto weniger lieben sie", um dann in seinem gewohnten Tonfall fortzuführen: „Ein wirklicher Dialog, ein Austausch findet nur dann statt, wenn es kein vorher festgesetztes Ergebnis, also kein Ziel gibt. Das Geheimnis, der Schlüssel zum Schöpfen des erfolgreichen Selbst, die Erlangung des Besseren, ist folgendermaßen zu beschreiben: Verhandeln Sie. Verhandeln Sie die verschiedenen Erwartungen. Diejenigen, die Sie an Ihr Leben haben und die Erwartungen, die an Sie herangetragen werden. Wenn Sie gewählt haben, weil Sie bestimmte Nutzwirkungen wollen, dann treffen Sie bestimmte Vereinbarungen. Es heißt ganz klar: Vereinbarungen. Nicht Ziele! Beziehen Sie alle Aspekte und Personen, die relevant erscheinen, in diese Verhandlung ein. Wenn dann sämtliche Erwartungen optimal erscheinen, dann brauchen Sie nur noch eines zu tun. Und das ist sehr einfach. Und trotzdem scheitern die Menschen immer wieder daran. Das simple Geheimnis lautet: Halte Deine Vereinbarungen! Und zwar immer!! Immer!!! Oder vereinbare Dich nicht! Es funktioniert. Sie werden erleben, daß Sie sich plötzlich vor Gesundheit, vor Freunden, vor Zuwendung und Liebe, vor Geld und Wertschätzung, vor frei gewordener Zeit, vor Spaß bei der Arbeit, nicht mehr retten können", meint der Hagere heiter.

Gauvain ist fasziniert und verstört zugleich. Er kann nicht glauben, was da so einfach scheint und so unverhofft über ihn kommt. Er hat in den letzten Stunden auf genau diese Fragen eine Antwort gesucht, hat genau in jenem Spannungsfeld von Wählen, Wollen und Handeln eine Orientierung gesucht. Aber er kann einfach nicht glauben, daß das befolgen dieses einfachen Fahrplanes die Lösung für seine Probleme sein soll.

Und als hätte der Hagere wiederum seine Gedanken erraten, meint er vertraulich:

„Aber ich habe noch ein Geheimnis für Sie. Die Wahrheit ist“, und hier macht er eine bedeutungsvolle Pause, um sicherzugehen, daß Gauvain wieder aus seinen Befindlichkeiten aufgetaucht ist, „Sie würden trotzdem scheitern. Es tut mir leid, es Ihnen nicht früher verraten zu haben, sondern erst gegen Ende unserer Reise, aber ich muß Ihnen sagen, daß alle befolgten Schritte, alle erlernten Maßgaben Ihnen nicht den Erfolg bringen werden, den Sie eigentlich suchen.“ Und hier unterbricht sich der Hagere einfach selbst und schweigt.

Er ist Profi, schießt es durch Gauvains Gedanken, ein absoluter Profi. Er weiß genau wie ich schlingere, er kennt meine Gedanken, aber er ist fern der Eitelkeit, es mich spüren zu lassen, Macht daraus zu schöpfen. Er ist ziemlich klasse. Ich kann mir gut vorstellen, daß andere dafür ´ne Menge Kohle hinlegen, um das so seziert zu bekommen. Nach der Dosis hat man jedenfalls keine Ausrede mehr, resümiert Gauvain für sich.

Der Hagere, der die Vorgänge in Gauvains Gesicht verfolgt hat, meint nun: „Es war wichtig für Sie, den Weg der Vernunft und der Entschlüsse, dem Vorhaben von Liebe und Nutzwirkungen bis hierher zu gehen, um in sich eine Erfahrung zu machen, die Ihnen niemand rational mitteilen kann: Sie sind zu schwach für diese Aufgabe. Sie lassen sich gehen, hoffen auf Preisnachlaß, Sie wollen aufgeben, stimmt´s? Geben Sie Acht. Es steht im Augenblick nicht gut um Sie.“ Und hier schaut der Hagere Gauvain eindringlich und so lange in die Augen, wie der Verkehr es zuläßt. Dann jedoch, wie um heitere Leichtigkeit zu erzeugen, setzt er neu an:

„Wenden wir uns nun unverzüglich dem Höhepunkt zu, damit Sie am Ziel Ihrer Reise auch tatsächlich da angekommen sind, was Sie eigentlich suchen. Ich gestehe, dies ist der wundeste Punkt des aufgeklärten Mitteleuropäers: sein Ego!

Mit allein Ihrem Willen, ihren Vorstellungen, ihrer Kraft werden Sie scheitern, wenn Sie nicht eine entsprechende Kraft zum Verbündeten haben.

Dieses Bündnis entspringt Ihrer Vision. Sie erinnern sich, daß die Vision etwas ist, was Sie im tiefsten Inneren beseelt, Ihr Kraftquell, Ihre verborgene innerste Sehnsucht. Diese Kraft läßt sich kultivieren.

Andere haben das bewiesen und sind ein gewaltiges Bündnis eingegangen.

Aber diese Tatsache wird Ihnen nur dann Kraft verleihen, wenn Sie mit der tiefen Gewißheit verbunden ist, daß das Bündnis erfüllt werden kann. Ansonsten ist es lediglich ein Wunschdenken oder Schwärmerei.

Sich dieser Gewißheit zu versichern, ist ein Akt der Disziplin im Geiste. Sie müssen sich eine Möglichkeit verschaffen, wie Sie sich aus dem vielfältigen, brausendem Alltag beiseite nehmen können, um Ihre Sehnsucht mit der Kraft Ihrer wahren Verbündeten zu vereinen. Dazu bedarf es jedoch der Geisteshaltung der Demut. Da zuckt das Ego gewaltig, ich weiß", kommentiert der Hagere das ungeduldige Rutschen Gauvains auf seinem Sitz.

„Aber stellen Sie sich vor", beginnt der Hagere plötzlich in das abwehrende Gedankenstochern von Gauvain hinein, „Ihr Verbündeter erhört wirklich ihr Bitten und Sie haben Zugang zu jenem Geistigen, und es kommt in Ihre Seele um diese zu entzücken, das heißt zu erhöhen, das heißt vom Profanen und aller Mühsal zu reinigen", hier gerät die Stimme des Hageren so ins Schwärmerische, daß Gauvain erstaunt und sofort mißtrauisch rüberäugt. Da sieht er wieder die verschmitzten Grübchen des Hageren, als dieser in nüchternem Ton fortsetzt: „Das ist so, als würde eine neue Freundin kommen, die Wohnung aufräumen, die umherliegenden Bücher wegstellen, Wäsche sortieren. Kennen Sie sowas?" Er schaut kurz zu Gauvain, lächelt und redet weiter: „Ebenso kommt also dieser dienstbare Geist, den Sie gerufen haben, und reinigt Ihre Seele, um sie zu erhöhen. Das bedeutet, es erweicht Ihr Herz, es entfernt alle Widerstände, es bricht der Stolz, zerstört erprobte Verhaltensmuster, Ihr Ego zerbirst, Ihre Kontrollmechanismen sind plötzlich ebenso untauglich wie Ihre Selbstgerechtigkeit. Sind Sie sicher, daß Sie einen solchen Geist wünschen? Sie würden dadurch auch verletzlich", und hier hat die Stimmlage des Hageren einen unverhüllt neugierigen Zug. Prüfend schaut er zu Gauvain. Der scheint zu überlegen, abzuwägen. Und deshalb unterstützt ihn der Hagere in seinen Gedanken, als er leutselig und in völlig normalem Ton feststellt: „Es ist sicherlich eine Frage des Lohnes.

Wenn es erfolgreich zum eigenen Selbst führen würde, würden Sie dann darum bitten, dabei sein zu dürfen? Bitten ist schließlich nichts anderes, als sich in Übereinstimmung zu bringen. Und damit sind wir bei einem uralten Gesetz, das niedergeschrieben wurde in der Thora, der Bibel, dem Sohar, dem Koran, dem Gralsmythos, in den buddhistischen Schriften... Es lautet schlicht: „Wie Innen, so Außen", und bedeutet, das Jedes und Alles seine Entsprechungen hat. Diese Entsprechungen zu erkennen und in seinem Lebensweg zu vollbringen, ist ein Akt der Gnade des Geistes, wenn Sie so wollen, ein heiliger Vorgang." Gauvain schaut hilfesuchend zum Hageren.

„Wenn diese Gnade der Übereinstimmung, also der Erfüllung Ihrer Sehnsucht, Ihnen durch Disziplin und Ausdauer transparent wird, dann folgen Sie auch, das heißt, gehorchen Sie. Und noch eine Entsprechung gibt es. Sie heißt: Wie Oben so Unten."

Hier fühlt Gauvain einen Schauer in sich. Unklar und verschwommen zieht Erinnerung auf. Doch da fragt der Hagere rasch:

„Gehören Sie tatsächlich zu denen, die Mehr wollen? Durch das Tal des Schmerzes, über den Jahrmarkt der Eitelkeit, mittendurch, hin zur Burg in der Höhe des Erhabenen? Dann finden Sie bitte Ihren Verbündeten!" endet unvermittelt der Hagere und fädelt sich konzentriert aus dem Verkehr, nimmt die Ausfahrt. Gauvain sieht erst jetzt die Schilder und registriert, er ist angekommen. Und der Hagere ist tatsächlich so nett, ihn noch bis in sein Viertel der Kindheitsstadt zu bringen, durch die ihn Gauvain nun mühelos lotst. Es ist mittlerweile Abend geworden. Trotzdem kann Gauvain in der Blumenhandlung am Bahnhof noch einen Trauerkranz bekommen. Nun fahren sie zur elterlichen Wohnung. Der Hagere, der die ganze Zeit geschwiegen hat, sagt mit einem Mal: „Ich leite ein Privatinstitut in Ihrer Stadt. Melden Sie sich doch einfach dort, wenn Sie wieder da sind. Meine Mitarbeiter oder auch ich sind Ihnen in der weiteren Verfolgung Ihrer Maßnahmen gern behilflich. Denn wir wissen, es bedarf der permanenten Reinigung des vom Einzelnen benannten Guten und Wahren vom egomanischen Gebrauch der Vernunft und Freiheit. Denn im Mißbrauch dieser beiden Begriffe liegt das Haupthindernis.

Also, wählen Sie! Und denken Sie daran, der Preis ist immer vorher fällig. Sie können nur ernten, was Sie gesät haben. Hier ist meine Visitenkarte."

Gauvain bewundert die filigrane Kalligraphie in der Gestaltung, erkennt den besseren Stadtbezirk des Institutes an der Adresse und dann liest er den Namen des Hageren: *Paraklét* ! Der Tröster?

Und wie synchronisiert erreicht der Wagen in dem Augenblick die Straße einer 60er Jahre Neubausiedlung. Montesclaire heißt die Siedlung. Gauvain steigt aus, der Hagere ebenfalls und öffnet den Kofferraum. Gauvain bindet sich rasch eine schwarze Krawatte und zieht sein schwarzes Jackett über. Aus dem Kofferraum nimmt er Koffer und Trauerkranz, winkt zum Abschied, atmet kräftig durch, wie um sich Immunität für das nun Folgende zu verschaffen und klingelt dann an dem vertrauten Namen am schwer von Erinnerung umflorten Ort seiner Kindheit. Er weiß, daß er bereits hinter Gardinen von den Nachbarn beobachtet wird und reckt sich deshalb nochmals bewußt auf. Der Summer der Haustür ertönt, Gauvain geht die Treppe zum ersten Stock hinauf und vernimmt aus der geöffneten Wohnungstür lustige Musik und ausgelassenes Gelächter. Er klingelt respektvoll erneut. Es dauert eine Weile, dann erscheint ein dicker alter Mann, unverkennbar angetrunken, mit offenem Hemdkragen, begleitet von Gläserklirren und Juchheißen aus dem Wohnungsinneren. Gauvain ist etwas irritiert und fragt distanziert:

„Sie sind Herr Drieslich, der Nachbar nicht wahr?!" Auf dem Gesicht des Dicken malt sich nun strahlende Erkenntnis:

„Ach der kleene Gauvie, na das is ja ´ne Überraschung. Daß Du hier auftauchst, sowas", sprudelt er hervor.

Gauvain hat geduldig den kleinen Sprühregen hingenommen und meint frostig: „Entschuldigung, ich wollte zu meinem Vater..."

„Aber natürlich, Kleener, immer rinn in die gute Stube", poltert der Dicke, packt Gauvain an der Schulter und dirigiert ihn einwärts.

Benommen tappt Gauvain vorwärts, den Flur entlang zum Wohnzimmer und findet dort eine lustig angeheiterte Gesellschaft von etwa 15 Leuten. Sie sitzen allesamt um den ausgezogenen Wohnzimmertisch, auf dem Kaffeetassen, halb aufgegessener Kuchen und Torte, aber auch viele Schnapsgläser stehen. In der Mitte kühlt billiger Sekt. Ein Mann in Hemdsärmeln drängelt sich um die Stühle der Heiteren, von denen Gauvain einige als Nachbarn und Familienfreunde wiedererkennt, geht lachend auf Gauvain zu, rüttelt und schüttelt ihn herzlich.

„Junge, das ist aber eine tolle Überraschung. Prima, daß Du gekommen bist", sagt sein Vater erfreut. Gauvain kann immer noch nicht glauben, was er da erlebt und sagt betont ernst: „Aber klar, daß ist doch selbstverständlich...", worauf der Vater spielerisch mit dem erhobenen Finger droht und versetzt: „Nanana, in den letzten Jahren war das nicht so selbstverständlich. Sehr oft warst Du nicht zu Hause... Aber völlig egal, jetzt bist Du´s, und das ist prima", wischt er beiseite. Gauvain steht weiterhin zwischen den Ausgelassenen und fühlt, wie eine erhebliche Beklemmung in ihm hochsteigt. Tapfer ringend versucht er nochmals, dem grienenden Gesicht des Vaters nahezukommen: „Aber daß ist doch klar, wenn Du mir ein Telegramm schickst, daß...", an der Stelle wird Gauvain von einem Aufschrei aus Richtung Tür unterbrochen. Seine Mutter steht da, mit einer Kanne frisch gebrühten Kaffee in jeder Hand. Sie rudert herüber, stellt die Kannen achtlos auf dem Tisch ab, fluxt zu Gauvain, indem sie ausruft: „Junge, ach ist das toll... Komm her...", und schließt den erstarrten Gauvain in die Arme, „daß Du an unsere Silberne Hochzeit denkst, das hätte ich nie geglaubt." Sie läßt ihn los, tritt einen Schritt zurück und nimmt ihr Ein und Alles in Augenschein. Da fällt ihr Blick auf den Kranz in Gauvains verkrampfter Hand. Die Mutter schüttelt amüsiert den Kopf und zwitschert:

„Das sieht Dir Spaßvogel wieder ähnlich", nimmt entschlossen den Kranz aus Gauvains Hand und lehnt ihn ans Büfett, auf dem die anderen Geschenke sind. Langsam entspannen sich Gauvains Gesichtszüge wieder, der Vater drückt ihm ein Schnapsglas in die Hand und will ihm fröhlich mitteilen, daß er kein Telegramm geschickt habe, aber der Satz erstirbt im aufbrandenden Gejohle, als Nachbar Drieslich die Sektflasche unbeholfen öffnet und diesmal die halbe Gesellschaft besprüht. Der Vater legt seinem Sohn den linken Arm um die Schulter und meint, mit der Rechten glashaltend: „Na komm, Junge. Dann trink erst mal einen. Den Kranz heben wir für später auf."

Beide stoßen an und Gauvain erinnert sich, daß hier in einem Zug geleert wird und tut das, während das Lachen und Prosten neue Stimmung macht und Frau Drieslich mit der Hand triumphierend eine abgegriffene Schallplatte schwenkend, zum Plattenspieler zappelt und aufgeregt die Nadel über der Rille senkt. Die Ausgelassenheit erreicht ihren Höhepunkt, denn alle können mitsingen. Gauvain ist das alles weiterhin sehr fremd und unbehaglich. Er füllt sein Glas erneut mit schlichtem Obstler und kippt das Zeug in einem Zug. Langsam kann er so warmwerden und läßt zum ersten Male den Blick über die gesamte Runde schweifen. Ihm fällt eine üppige Jüngere auf. Sie wird wohl die Sekretärin des Vaters sein, denkt er sich, wenn er die Zwischenzeilen in Mutters Briefen richtig gedeutet hat. Alle Prosten sich zu, Gauvains Glas ist rasch nachgefüllt und beim Erkundungs-Rundschwenk erhascht er den wohlwollenden Blick der Sekretärin, während sie ihren Kelch gegen ihn schwenkt. Den also gilt es zu leeren, stets. Es wird nachgefüllt.

Die kalten Platten werden serviert, und am Tisch muß einiges umarangiert werden. Gauvain nimmt dies zum Anlaß, sich neben der Üppigen zu plazieren. Es werden Höflichkeiten getauscht, während man kaut und viel trinkt. Irgendwann fragt die Sekretärin ihn dann: „Und was tun Sie beruflich?"

Gauvain überlegt kurz. Sein schlingernder Gehirnskasten hat längst den Jolly Rogers gehißt und er klemmt sich nun zu diesem Anlaß in der Provinz eine alte Bukowski-Nummer in die Laterna Magica und erklärt wie selbstverständlich: „Ich halt meine Sozialversicherungskarte immer ganz hoch in der Schlange, wo sie nach Jobs anstehen, aber scheint nichts zu nützen, zu viel lange Kerle um mich rum. Letzte Woche hab ich doch ´nen Job erwischt - Tomatenpflücken. Aber ich hatte einfach keine Lust, einen Sack nach dem andren voll zu machen, also hab ich mich unter´n Lastwagen gelegt und Wein gesoffen... natürlich keinen roten Heller verdient."

Die Sekretärin schaut ihn aus kullernden Augen groß an und meint: „Sie sind so eine Art Gelegenheitsarbeiter?"

Da nimmt Gauvain seinen schweren Schild auf, stolz verschnörkelte Heraldik bunt zu präsentieren: „Kann man so sagen. Kontinuierlich versuche ich, bestimmte Gelegenheiten zu nutzen“, und blinzelt ihr verschwörerisch zu. Die Üppige langt abgebeizt nach der Hintertür und drechselt daran ein maßvolles: „Jetzt hören Sie aber auf, Sie machen sich lustig über mich.“

Gauvain hobelt ab ins Virtuose, ins sich Selbst verschränkende, fest verleimte und gefügte Rundschild: „Soll ich Ihnen sagen, was ich wirklich tue? Ich bin Equilibrist, Gleichgewichtskünstler, freischwebender Rezitator!“

„Wie bitte...“, furniert sie.

„Oh heilige Unschuld...“, Gauvain schwahnt die Verlaufskurve der Expotentialitäten, wenn sich Spanplatte biegen soll. Sie wird völlig ungewappnet sein. Laut sagt er:

„Ich bin Geschichtenerzähler, Unterhaltungskünstler... Sie amüsieren sich doch, oder?“

Nach diesem Sprung hat die Sekretärin intuitiv die Hand an der Reißleine und beschirmt sich mit einem: „Schon... Ich glaube nur, Sie nehmen mich nicht ganz ernst“, und zieht eine wunderbare Schmollschnute auf.

Gauvain ist nun ganz obenauf: „Aber wo werd ich denn... Sie sind meine einzige Hoffnung hier. Soll ich Ihnen die Geschichte weitererzählen?“ und schüttet einen weiteren Schnaps.

„Trinken Sie nicht soviel“, versucht sie abzuschleifen.

„Unsinn“, spachtelt Gauvain ab und charlysiert weiter, „also ich saß da mit meinem Freund von der Tomatenplantage, wir tranken, und 2 enorme Weiber segelten rein... ich meine, enorm... sie schwangen sich neben uns auf die Barhocker und zogen ihre Röcke dabei ´n bißchen hoch. Mann o Mann, sagt mein Freund von der Tomatenplantage, schau dir das an. Is alles echt, sag ich... Boxer wa, fragt die neben mir... Nö, sag ich... Wo haste dann das Gesicht her... Autounfall, sag ich, ´n Besoffner der über den Mittelstreifen raste...der Besoffne war ich... Biste für solche Sachen nicht schon zu alt?, fragt sie... Alt genug, um Dir ´n Loch in die Melone zu machen. Kannste Dir überhaupt ´ne Melone leisten, fragt sie... Da hol ich meinen letzten Zwanziger raus, wie´n alter Herr, der sich nochmal was beweisen will und bestelle 4 Drinks. Beide Girls lächeln und ziehen ihre Röcke noch´n Stückchen höher... höher gings eigentlich nicht mehr. Wer iss´n Dein Freund, wollen sie wissen. Och, das ist Lord Chesterfield, sag ich und zeig zu meinem Kumpel von der Tomatenplantage. Angenehm, sagen sie, angenehm.

Wir gingen durch den Fußgängertunnel auf die andere Straßenseite in so´n Hotel, na Du weißt schon. Es gab nur ein Bett und wir stiegen alle vier rein. Ich weiß nich mehr, wer wen gekriegt hat, aber am nächsten Morgen standen mein Freund und ich wieder in der Schlange, und wir wedelten mit unseren Sozialversicherungskarten und meine ham´se wieder übersehen...“

Gauvain quastet schweren Lack über, einige Gäste schnellen ihm darob giftige Blicke zu, da steigt Gauvain unvermittelt auf seinen Stuhl und fräst nun die Fuge endgültig:

„Wißt Ihr was, Ihr löwenköpfigen Eunuchen, ich werde Euch über die Ufer des Nil als Triumpfbögen spannen, während ich, schaukelnd auf meinem Höckertier, den geraubten Schmuck der nordischen Gralskasse lustvoll in den Ausschnitt einer schlecht bezahlten Tempeltänzerin gleiten lassen werde.“ Er beugt sich herunter und angelt die nur halb aufgeschnittene Rinderzunge von einer Aufschnittplatte. Er hält die Wabbelnde in beiden Händen, wendet sich konzentriert zur Üppigen und will ihr das Teil ins Decoltée zwängen. Sie schreit auf, ixt die Arme vor Brust und heftig wogenden Busen, um Arm-Brust-Bolzen ähnlich hochzuschnellen. Dieses Auffahren bringt Gauvain aus dem Gleichgewicht, er rudert mit der Zunge in der Luft, hebt ein Bein zum Lastenstrukturausgleich, verheddert sich dabei im Tischtuch und tölpelt mit Getöse, die halbe Tafel roh bebeilend, zu Boden. Die Gäste haben sich quiekend erhoben, ihre Klamotten vorm Schlimmsten zu schützen suchend, dann herrscht die Totenstille.

Gauvain rührt sich nicht.

Der Vater tut entschlossen einen Schritt auf den liegenden Sohn zu und meint entschieden zu Herrn Drieslich: „Faß mal einer mit an, wir bringen ihn in sein Kinderzimmer.“

„Das wird Dir nie verziehen werden, daß Du Dich so hast anschmieren lassen!“ sagt Roy zu Jeff, seinen Blick von den erleuchteten Fenstern im ersten Stock dieses scheußlichen Altneubaues kurz zu dessen eingesunkener Gestalt auf dem Beifahrersitz wendend. Jeff schaut mißmutig vor sich hin und meint kleinlaut:

„Haben wir das Nebenzimmer von diesem Gauvain gehabt? Haben wir es in der Nacht Poltern, Klirren und Schreien gehört? Haben wir bis zum Auschecken gewartet und kein Gauvain kam? Siehste! Du warst doch genauso sicher, daß er fertiggemacht wurde.“

Roys Augen schauen konzentriert die leere abendliche Straße entlang. Seine kleine Stirnnarbe ist leicht gerötet:

„Du hast den großen Hirsch gemimt und in dem schrägen Vogel Perce á Val erkennen wollen. Du hast es vermasselt. Es war die einmalige Gelegenheit.“

Aber das facht in Jeff schnell den Brüter an: „Erinnere mich bitte nicht an den Hirsch, ja! Nicht daran, verstehst Du! Der Trottel hätte mich beinahe überfahren, als ich in diesem albernen Kostüm das Häschen-Hüpf spielen mußte und dann wie ein Begaster zurück zum Waldweg flitzen durfte, wo der Herr Roy wartend auf die Uhr tippte und auch noch meinte, ich wäre nicht schnell genug gewesen!!“ brandete es aus Jeffs düster umwölktem Haupt.

„Du warst ja auch zu langsam. Die andere Karre hat ihn uns weggeschnappt“, meint Roy schlicht.

Toben berstet nun in fauchender Fontäne: „Du Arsch hast gut reden. Zieh Dir doch mal so´n dämliches, schwitziges Plüschkostüm über, mit diesem albernen Plastikgeweih, diesem vermaledeit hinderlichem. Weißt Du, wie oft ich gegen die Äste gerannt bin? Ich hatte ´ne mittlere Gehirnerschütterung! Und dann hab ich mich beim Abkürzen auch noch im Gestrüpp von diesem Scheiß Unterholz verfangen.“

Da muß Roy doch schmunzeln, versucht aber ernst zu bleiben, um seinen Partner nicht vollständig zur Eruption zu treiben. Glättend bemerkt er: „Es sah schon drollig aus, wie Du dreckverschmiert versucht hast, mit diesen süßen Hüfchen, die Autotür zu öffnen.“

„Drollig, ja!! Drollig fandest Du das?!" geysiert Jeff, „In dem Moment hätte ich töten können. Du Scheißkerl von einem Kameraden wolltest mir nichtmal helfen, diese verfluchten Häkchen auf dem Kostümrücken zu öffnen, sondern mußtest sofort losbrettern, über den pampigen Waldweg, so daß ich mich kauern mußte, um von dem Geweih nicht ständig niedergestaucht zu werden."

„Naja, einer mußte doch den Zeitplan einhalten", kommt es gelassen von Roy.

Doch Jeff schleudert jetzt mit großen Brocken: „Ich war es doch, der die rettende Idee hatte, als kein Rettungswagen und keine Polizei im Gasthof eintraf, und die Zimmer geräumt waren."

„Eben. Und deshalb durftest Du den Plan auch umsetzen. Schließlich hattest Du bereits tierisch gute Erfahrungen im Hirsch gesammelt, als Du dieses kuschelige Kunstfell samt Kopfputz am Vorabend erfolgreich eingesetzt hast."

„Wer kam denn auf diese dämliche Idee, dem Besoffenen das Teil abzukaufen?" vulkant Jeff lohend unter nächtlichem Himmel.

„Tja, und dann hatte er zufällig genau Deine Statur. Es paßte wie angegossen, hat kein bißchen gespannt. An mir hätte es nur herumgeschlackert."

„Laß bitte meine Figur aus dem Spiel! Wir haben doch eine klare Vereinbarung! Keine Hiebe unter die Gürtellinie zwischen Kollegen", magmat es gefährlich zischend zwischen den gepreßten Kiefern von Jeff hervor.

„Ist ja gut, nimms Dir nicht so zu Herzen. Schließlich haben wir das Tonband von dieser Kundrie."

„Hör auf, abzuwiegeln. Der Unfall ging daneben, wir konnten Gauvain keine Sonde setzen, wir haben die Sache nicht unter Kontrolle."

Doch poltert nun Roy, ins Geröll kommend: „Entschuldige bitte, aber dieses Problem haben wir nur, weil die Sache gegen meine Stimme nicht von uns selbst erledigt wurde."

„Und warum, warum? Weil ich zu blöde bin? Oder weil ich im Gegensatz zu Dir strategisch denke und zwei Fliegen mit einer Klappe schlagen wollte; schließlich weiß dieser Perce á Val zuviel", röhrt Jeff in den Äther.

„Ach ja, der Herr Perce á Val und die Strategien", kommt es breit walzend aus Roy, der gleichzeitig mit ausholender Bewegung nach hinten greift und zärtlich den Nacken des Platzhirsches auf dem Rücksitz krault. In Jeff brodelt ein Grollen und Schnaufen, ein Vibrieren und Nachbeben, während er sich angestrengt müht, die kritische Masse einzudämmen.

Als Gauvain die Augen klackend öffnet, hat er Bob Dylan vor sich. Dem Sänger steht Schweiß auf der Stirn, von einem weißen Stirnband werden die schwarzen Locken gebändigt. Sein geöffneter Mund singt in ein glitzerndes Mikrofon. Dann ruckt Gauvains Blick von diesem Poster seiner Jugend über dem Bett zu einem Regal, auf dem die Marionetten seiner Kindheit sitzen. Mechanisch nickt er diesen zu. Und sie nicken zurück. Der Kasper rollt dabei wie toll die Augen, die Gretel schaut etwas scheu, dem Löwen, dem bösartig gefräßigen, ist sicherheitshalber das Maul mit einer großen Schleife zugebunden. Und auch der Teufel ist da. Er hat versucht, sich als Rabbi zu verkleiden, aber Gauvain erkennt ihn wieder, an seinem plumpen Fuß und seinen Hörnern und dem unverkennbaren Schwanz, den er ungeschickt unter seinem Gewand zu verstecken sucht. Und der Teufel trägt ebenfalls noch immer dieses seltsam schmunzelnde Lächeln. Plötzlich springt er hoch und schwebt herüber zu Gauvain aufs Bett und reicht ihm die Hand. Als Gauvain in ruckendem Reflex seine Hand zum Gruß entbieten will, merkt er, daß er selbst auch eine Marionette ist; so groß wie die anderen. So schaut er nun auf die vom Teufel als Rabbi dargebotene Hand, und erkennt darin einige bohnenförmige Körner roter Farbe. Gauvain schaut fragend ins behörnte Gesicht und dieses nickt mehrmals eifrig. Gauvain versucht daraufhin, die Körner zu greifen, bemerkt jedoch, daß seine geschnitzten Finger nichts fassen können. Der Kasper und die Gretel schlenkern wild mit ihren Gliedern vom Regal. Der Löwe ist wie zum Sprung bereit. Gauvain weiß nicht, was zu tun ist. Der Teufelsrabbi nickt noch immer aufmunternd und freundlich schmunzelnd. Also gut, beschließt Gauvain und hält seine

Hand so, daß die Körner aus der Hand des Rabbiteufels in seine gleiten mögen. Und richtig, die Hand des Bocksbeinigen kippt langsam über der seinen und die Körner beginnen zu rollen. Da schmeißt sich plötzlich die Gretel vom Regal. Gauvain zuckt erschrocken zusammen, ob des hölzern brechenden Geräusches und so fallen drei blutrote Körner aus seiner offenen Handfläche und rutschen irgendwie in die Falten des Bettzeugs. Da gibt es einen Knall und mit schwefeligem Gestank wird die Teufelsmarionette nach oben aus der Szene gezogen. Noch bevor sich Gauvain darüber wundern kann, wohin der andere gestoben sein mag, hat sich der Löwe von seiner Maulfessel befreit und springt direkt aufs Bett. Gauvain sieht die gefährlich spitzen Zähne dieses Riesenmauls, vernimmt, wie die Kiefer krachend aneinanderschlagen und sucht hurtig zu entkommen. Doch der Löwe ist sehr wendig und schon dicht hinter ihm. Weit springend und wie schwerelos schwebend, versucht sich die Gauvainmarionette in Sicherheit zu bringen. Bei einem seiner Zeitlupensprünge landet Gauvain schließlich auf dem Fensterbrett des geöffneten Zimmerfensters. Der Löwe ist jedoch so rasch nahegekommen, daß Gauvain nicht mehr nach vorne Luftspringen kann. Schon erklimmt das Raubtier das Fensterbrett, reißt das Maul weit auf und Gauvain weicht schaudernd vor diesem alles zu verschlingen drohenden Schlund zurück, taumelt rückwärts, stolpert über die Fensterleiste, schwankt, verheddert sich, fällt steuerungslos nach hinten und baumelt schließlich verfangen kopfüber aus dem Fenster. Ein Bein und ein Arm sind dabei seltsam angewinkelt, wie für ein Pentagramm; so schwebt er, wie ein kopfüber Gehenkter zwischen Himmel und Erde.

Doch der Löwe hat nachgesetzt. Gierig will er nach Gauvain schnappen, kommt aber nicht dicht genug heran. So kappen die messerscharfen Zähne einzig die Schnüre der Gauvainmarionette und diese holzt entpuppt nach unten.

Frau Drieslich hat die Schallplatte auf dem uralten Abspielgerät erneut gewechselt, ist dann eilig zurück auf ihren Platz gefedert, hat die dargebotenen Arme links und rechts eingehenkelt und zum ersten Takt von „Mit 17 hat man noch Träume“ schunkelt es freimütig ab.

Als dies sich übermütig steigert, als alle aus vollem Halse einmütig bekennend, die 17 nun in Form von „17 Jahr, blondes Haar“ erneut kabbalistisch zu beschwören suchen, schellt gemein die Türklingel.

Die Mutter macht sich verdrießlich frei, geht wiegenden Schrittes Melodie summend zur Türe, öffnet mit erhitztem Gesicht und erstarrt auf der Schwelle. Nüchtern wie Stock fischt sie in der Runde nach Vatern mit: „Papa, komm schnell... der Junge... es ist furchtbar...“, und ist dabei, sich zu entgeistern. Rasch polkt sich der so losgeeiste aus der Schwipserei, schließt wortlos hinter sich die Tür zum Wohnzimmer, und karussellt durch den Flur zur Türe, als jäh er wie vom Hemmschuh gebremst verharrt. Sein Sohn lehnt dreckverschmiert und schwer atmend mit wirrem Blick an der Wand im Hausflur. Vatern stiert zu Muttern und es treffen beider Gemüter sich mit eingespieltem Blick aus Mitleid, Bedauern und sippiger Fürsorge wie stets. Hätte Gauvain diesen Blick wahrgenommen, so wäre er trotz seines verstauchten Knöchels, der Prellungen und Abschürfungen am ganzen Körper, den zerrissenen Klamotten und mangelnder Körperbeherrschung sofort ausgerastet. So aber bleibt Rebellion und deren Niederschlagung ihm erspart. Willig läßt er sich von beiden unter den Achseln packen und ins Kinderzimmer führen. Sorgsam wird er aufs Bett gesetzt, der Schuhe entledigt, dann hingelegt und das Fenster wird geschlossen. Die Eltern betrachten rührselig ihre entglittene, komatisierte Schöpfung, als dem Vater plötzlich die Errettung vor möglicher weiterer Autoperforation des Sohnes anheimkommt. Wie zu sich selbst kündet er Muttern: „In dem Zustand is wohl besser, ihn vor sich selbst zu schützen. Wer weiß, was er sich sonst antut“, fügt er mit ehrlichem Bedauern hinzu und ergänzt: „Schnaps hat er nie richtig vertragen, unser Zartbesaiteter.“ Muttern hat zwar den leichten Anflug von Spott in der Äußerung von Vatern herausgehört, sagt aber nix, schaut nur, wie ihr Mann dem Sohn die Hände an seinem Ledergürtel vor dem Bauch fesselt und sodann noch die Fußgelenke an jeweils einem Bettfußpfosten. Dann wird das Licht gelöscht und beide setzen zurück in die Gemütlichkeit.

Die Runde der eingeweihten Führerschaft der Gesellschaft zur Errettung der Menschheit hat sich erneut zusammengefunden. Der Vorsitzende ist deutlich verstimmt, als er den Hageren anspricht: „Hatten Sie uns nicht für heute ein Ergebnis versprochen?" Der Hagere ist sehr ruhig und gefaßt. Er läßt den Blick über alle der 4 Anwesenden gleiten, bevor er seinen Blick wieder zum Vorsitzenden wendet: „Es war nicht möglich. Und übrigens können wir froh sein, wenn wir überhaupt noch eine Option auf unseren Prototyp haben. Die Staatsmacht muß in irgendeiner Weise Kenntnis davon erlangt haben, daß über Kundrie der Parazyth nun zu jenem Gauvain gelangte. Um ein Haar wären sie schneller gewesen als ich. Durch eine List gelang es mir, daß die in der Herberge nicht selbst handelten. Am Morgen hatte ich die letzte Chance, Gauvain für uns zu bewahren, ohne uns zu erkennen zu geben. Aber ich konnte ihn unmöglich kidnappen. Das hätte die Staatsmacht unfehlbar auf unsere Spur gebracht. Ich habe während der Autofahrt Gauvain zu gewinnen versucht. Ich habe in groben Ansätzen die Grundzüge unseres Selbstverständnisses dargestellt. Ich denke, wenn er den entsprechenden Impuls erhält, wird er von selbst zu uns gelangen. Er wird in mein Institut kommen, da bin ich sicher. Dazu brauchen wir jedoch Kundrie."

Der Vorsitzende und die anderen haben zugehört, jedoch ohne ihre Skepsis aufzugeben. Deshalb klingt der Vorsitzende reichlich unwirsch, als er sagt: „Danke für diesen ausführlichen Lagebericht. Ich bin allerdings überrascht, wie Sie Ihr Scheitern in ein positives Licht zu rücken versuchen. Wir sind derzeit aufs Äußerste bemüht, das Ergebnis unserer jahrelangen Forschung vor Mißbrauch oder auch Vernichtung zu bewahren. Es gibt große Schwierigkeiten, gegen die wir im Augenblick ankämpfen, um Mahn wieder in unsere Obhut zu bekommen. Und Sie bringen hier zum Ausdruck, daß wir nur zu warten brauchen, bis sich der Gesuchte auf Ihre Visitenkarte hin selbst melden wird. Klingt das nicht ein bißchen sehr kühn, Verehrtester?!"

Der Hagere schaut jedoch weiter ernst und klar in die Runde: „Freilich kühn. Aber bitte vergessen wir nicht, daß alle unsere bisherigen Bemühungen nicht zum Ziel führten. Im Gegenteil, wir haben uns auf Geheimdienstmethoden eingelassen, wir haben Unbeteiligte in unsere Problematik verstrickt, wir haben den Wind gesät und ein Brausen scheint anzuheben. Das war wohl mindestens ebenso kühn.

Ich plädiere dafür, daß die Kraft, die wir zu entfesseln bemüht sind, und die zur Zeit verunreinigt ist, sich selbst zu steuern in der Lage ist, und dann einer weiteren Vervollkommnung durch unsere bekannten Maßnahmen nichts mehr im Wege steht.

Vertrauen wir doch einfach. Es wird die Liebe sein, die uns Mahn zurückbringen wird. Schließlich war sie es auch, die ihn uns entfremdet hat."

„Und wenn Sie sich irren?" fragt nüchtern der Ältere mit dem Kinnbart.

„Dann ist unsere Arbeit wieder einmal auf unbestimmte Zeit unterbrochen", gibt sachlich der Hagere zurück. Doch mit der Geste zweier ausgestreckter Hände fragt er in die Runde: „Sehen Sie denn eine andere Chance? Gauvain ist im Augenblick beansprucht. Die Staatsmacht wird ihn jagen, wenn sie eine Chance wittert, und er muß mit Mahn ringen, dessen Dimension ihm nun sicherlich bewußt geworden ist. Stellen Sie sich doch bitte mal vor, welcher Tohuwabohu ausgelöst wäre, wenn wir an der Stelle auf den Plan treten würden mit der simplen Bitte, sich mal kurz einer unaufwendigen Dialyse zu unterziehen, um von allem Übel erlöst zu werden.

Wir brauchen sein Wollen, wir brauchen ihn als Verbündeten, nicht als Blutspender.

Und dazu brauchen wir Kundrie, aber auch sie muß gewandelt werden. Vielleicht ist sie durch ihre Erfahrungen mit Mahn ja bereits auf dem richtigen Weg. Auf jeden Fall ist Gauvain verliebt, deshalb wird er sie suchen."

Der Vorsitzende hat aufmerksam zugehört, bedächtig wiegt er den Kopf, scheint sich dann aber doch zu einem Entschluß durchgerungen zu haben.

„Also gut", meint er, „lassen sie uns einen entsprechenden Plan entwerfen", und alle rücken daraufhin ein wenig näher an den Tisch.

Wie Gauvain in der Königin von Montesclaire seine Mutter findet und diese aus dem Tand erlöst, wie er vor die Burg zieht und als Beweis seiner Minne über das Tal zu springen sucht, aber im Spalt landet, wie er den Zauber des Blutens der Lanze erfährt, sich auf ein letztes Duell auf Leben und Tod einläßt und darob sein Pferd gehörig spornt. Wie Kundrie unverhofft zum Tier wird, um dadurch Mittel zum Zweck zu sein. Wie sich die Artusrunde auflöst, Gauvain Guenièvre eine letzte Botschaft zukommen lassen kann und diese durch Lancelot entsprechende Deutung erfährt; dieser in einem gewagten Balanceakt über die Schwertbrücke gelangt, daraufhin in die Fremde zieht, um dort für eine weitere Versdichtung die Enthüllung stattfinden zu lassen.

Es streichelt etwas sanft über Gauvains Gesicht. Stöhnend wendet er sein Haupt. Mond schrillt in die Kinderstube, silberheller, kalter Glanz. Gauvain sieht den Schleier. Dann erkennt er die Gestalt der üppigen Sekretärin über sich. Sie ist tatsächlich nur in Schleier gehüllt und tanzt deren siebenfache Enthüllung vor seinem Bett. Gauvain will sich den kalten Schweiß von der Stirn wischen oder sich die Augen reiben oder nach dem ihn kitzelnden Schleier fassen oder gar die Üppige zu sich reißen und bemerkt dabei die Fesseln. Gauvain staunt, dann starrt er. Er hat keine Ahnung, wer ihn gefesselt haben könnte, vermutet allerdings, daß sie es war. Drum bittet er sie, ihn zu befreien. Doch sie scheint seine Worte überhaupt nicht wahrzunehmen. Vor seiner Bettstatt schlängelt sie sich windend. Der Bauchnabel vibriert, die drallen Brüste beben, die Hüften, Arsch und Schenkel zittern, espenlaubig sich zu entblättern erlaubend, mit Verlaub, als der erste Schleier episch niederwallt. Damit genug des poetischen Firlefanz. Denn sie hat noch was bei sich, hinter sich. Was ihre Hände bisher hinterm Rücken zu verbergen wußten, lugt nun prall um ihre Rundungen. Gauvains Augen elfmetern gebannt. Es ist die Rinderzunge vom Intermezzo des Pan in der guten Stube. Sie kurtisiert damit in wollüstiger Manier. Ein zweiter Schleier fällt. Den Mondschein im Rücken, als Elfe verklärt, metert sie vor Gauvains Bettchen. Vieles ahnt er, manches deutet er, und alles umlaubt sein auerbachisierter Geist. Sie hat´s jetzt wahrlich dick mit der Zunge. Zärtlich derb nimmt sie den halbsteifen Fleischwulst am schweren Ende und vollzieht dann angedeutet eine Kür, daß Gauvain ahnt, was es heißen muß, in Zungen zu reden. Er sieht sich bereits als lallenden Prophet mit epilepsierten Verrenkungen Wahnsinn und Erlösung kündend, nackt und auf Rollschuhen mit dieser straffen Zunge in der Faust. Gauvain zerrt an seinen Fesseln – keine Chance. Doch wohltuend erlebt er den Schmerz an seinen begierigen Tastsinnen, spintisiert sich was vor, von Reinigung und Askese, da fällt die dritte Hülle weg. Die Große Zunge ist schon unterwegs, lutscht leckend um sich und kommt so der Verheißung fast schon nahe. Gauvain ist versucht, den Rest sich zu denken, doch da grätscht Spannung dazwischen, denn die 4. Enthüllung bewegt Bewegendes. Die Zielkoordinaten werden korrigiert von oben nach unten oder andersherum oder beides, jedenfalls ist nun alles klar zum Schuß und volle Tube ejakulieren Gauvains Sinne, doch da kommt der Werbeblock – Schleier Nummer 5 gleitet sanft auf Gauvains Augen, schwebt, lupend die Zeit, hernieder und bedeckt deren Äpfel. Er prustet mit dem Mund, hebt, leckt, beißt, stößt mit eigener agiler Zunge, das halbdurchscheinend hinderliche zu bewegen und wirfwendet seinen Kopf hin und wider, hoch und weg, linkshemisphärt und rechtshälftig, ruckartig jäh, doch kann er´s nicht abwenden, sein Blick bleibt verschleiert, er sieht wie durch brüchiges Eis, als das 6. Siegel von ihr flattert und die Große Zunge zu flutschen und zu rutschen, zu gleiten und zu reiben, zu schmatzen und zu klatschen, zu fatschen und zu watschen beginnt, da nun die Brüste als Freischwinger im Freibad der Mondsonne, im Freigang des ewigen Rades, mit dieser Zunge als Nabe, das Zentrum von Säugung, Nährung, Mutterschaft, illustriert. Die Fortsetzung wagt Gauvain nicht umzublättern. Was wird diese Zunge schmecken, wenn letzter Schleier sich entschleiert? Gauvain nimmt Maß für Maß vor Augen, den verschleierten, um Ausmaß und Aufmaß, Kubik als Volumen und Dehnung und Niederung im Übermaß schon als Hochglanz im Voraus prospektieren zu können. Und da passiert es! Der Einzige, der Letzte, der Siebente Schleier. Alle Verhüllung ist völlig von ihr und Gauvain registriert, wie die

Orchester verstummen, der Reigen erstarrt, ihr Tanz beendet ist. Durch seinen transparenten Kokon sieht Gauvain das Üppige zu sich treten, über sich kommen, denn breitbeinig steht sie nun auf seinem Nachtlager. Verzweifelt bettelt er, wenn schon nicht seine Füße, und sei´s drum, halt auch nicht die Hände, weil, das könne er ja durchaus verstehen, aber so doch bitte, bitte, verdammt noch eins, wenigstens doch die Augen befreit vom hinderlich, liederlichem Kleidsstück, saloméischem. Hörst Du nicht, Schlange?! Da sieht er ihre Gestalt sich niedersenken über ihn. Oh, ja, denkt Gauvain, sie hat ein Herz, hat mich verstanden, will es doch auch, na klar, macht es ja extra. Und in Erwartung bebend hingegeben wird er ganz still, ganz ruhig, artig zahm. Und tiefer senkt sie sich und kniet jetzt, ihn jedoch noch nicht berührend. Gauvain scheintotet vor sich hin, den Atem angehalten spürt er, wie sie sich seinem Haupte nähert, um endlich endlich, nun ja doch, mach, verdammt, den Schleier von ihm zu nehmen, nimm, nimm es, nimm es hinweg, nimm es hinweg von mir. Und tiefer kommt sie, dichter ran. Und er riecht sie schon und er giert nach ihr und sieht doch nur Schleier, Dunkelheit und wage Schatten. Doch sie ist da, da ist sie, sie. Ganz. Pur. Sie. Vulva! Drückt sich ihm vor den Mund, vors umflorte Gesicht, drängt stärker gegen ihn. Gauvain kann den Kopf nun nicht mehr wenden, sie glitscht über ihn, nimmt ihm den Atem und drückt und stößt hart gegen sein Haupt und preßt ihn schließlich in sich, so daß Gauvains ganzer Kopf hineingleitet in sie. Und da ist Schwärze, Nichts. Doch da kann Gauvain auf einmal fluoreszierende, pulsierende Wände erkennen, es saugt ihn nach Innen, er kriegt wieder Luft. Mit rascher Geschwindigkeit drückt es im Tunnel hinwärts ihn, wie ein Torpedo. Und da, ganz hinten, kommt Licht näher, ein Türspalt. Und dann ist es Gauvain selbst, der spürt, und fühlt und denkt: vorsichtig drücke ich die Tür nach Innen auf und stehe unvermittelt in einem sonnendurchfluteten, großen Raum. Ich staune über die himmelblaue Auslegeware, mit der der Boden bedeckt ist. An der linken Wandseite stehen modische braune Schränke, deren Türen weiß abgesetzt sind. Keine Regale oder Glastüren in der Schrankwand. Nur Türen und Schubfächer. Ansonsten ist der Raum leer. Kein Tisch, kein Stuhl, kein Nix. Die Wände sind weiß getüncht und man sieht das Mauerwerk.

Erst jetzt spüre ich den Luftzug. Der rührt von den Fensterbögen her. Je zwei befinden sich an der gegenüberliegenden und an der rechten Wand. Sie sind glaslos und reichen vom blauen Fußboden bis in Brusthöhe. Sie sind durch keine Schwelle von draußen getrennt.

Die Bögen sind gotisch geschwungen. Ich gehe geradewegs auf einen der gegenüberliegenden Bögen zu und sehe in eine labyrinthartig gestaltete Parklandschaft. Mich belustigt der Gedanke, man könne sich auf den Fußboden setzen und die Beine herausbaumeln lassen. Ich setze mich also auf den weichen, himmelblauen Teppich, lehne mich mit der Schulter gegen den Bogen und lasse die Beine herausbaumeln. In der Landschaft regt sich kein Lebewesen, kein Ton dringt zu mir. Die Wipfel einiger Zypressen wiegen sich im Wind. Mich fröstelt plötzlich. Ich erhebe mich, will zurück, da bemerke ich, daß ein Fensterbogen gar kein Fenster ist, sondern der Eingang in ein zweites Gemach. Ich gehe hinein. Dieselbe himmelblaue Teppichware; doch ist dieses Gemach etwas kleiner und hat nur auf der gegenüberliegenden Seite zwei der Gotikbögen. An der anderen Wand steht eine Liege mit einer blauen, verknüllten Wolldecke. Irgendwas drängt mich, unter die Liege zu schauen. Ich gehe in die Knie, beuge den Oberkörper und verdrehe meinen Hals. Ich sehe dort sechs verschiedene Weingläser. Die Gläser sind außergewöhnlich schön geschliffen. Ich strecke den rechten Arm aus, um sie mir näher anzuschauen. Doch da entdecke ich, daß alle irgendwie einen Sprung haben. Bis auf eines. Ich beschließe, es mitzunehmen. Ich erhebe mich und denke darüber nach, wie ich das Glas am besten verstauen kann, als ich plötzlich einen Schatten bemerke, der sich über das Himmelblau schiebt. Ich wende mich um und sehe, wie eine riesige, monströse Lanze nach mir sticht. Immer wieder holt sie neu Schwung und schwingt gegen mich. Rhythmisch wie ein stoßender Phallus drängt sie vor, kommt immer näher. Von ihrer Spitze tropft etwas. Sperma? Blut? Unwillkürlich muß ich schreien, lasse das Glas fallen und sehe noch, wie es springt, als es unter die Liege rollt. Da trifft mich die Lanze, es reißt mich um, ich rutsche durch die Geheimtür und werde kopfvorwärts durch den glitschigen, pulsierenden Tunnelkelch gepreßt.

Atmen!

Atmen!

Atmen!

Atmen!

Von namenloser Urangst gepackt fährt Gauvain aus dem Kindbett auf. Er sprengt alle Fesseln dabei. Wie ein Echo hört er da den Aufschrei seiner Mutter aus der Tiefe der Wohnung. Gauvain stürzt aus dem Bett und in Vaters Arbeitszimmer.

Da ist die Mutter; gepfählt und gleichzeitig gespalten von einer Hellebarde, einem der schönsten Stücke in Vaters Sammlung, welcher sie, auf einem Schemel stehend, den skurrilen Kranz des Sohnes beifügen wollte, als sie dessen Angstschrei aus dem Kinderzimmer vernahm, das Gleichgewicht verlor, taumelte und fiel.

Blut ergießt sich über den Teppich. Der Vater steht mit einem Staubwedel und starrt fassungslos auf den gespaltenen Leib der Mutter:

„Dein Schrei war es“, keucht er, stammelt es immer wieder vor sich hin und schaut dabei an Gauvain vorbei in imaginäre Weite.

Gauvain stürzt aus der Wohnung und rennt und rennt und kann nicht aufhören zu laufen. Er spürt nicht die Lungen pfeifen, keine Erschöpfung, bis er unvermittelt zusammenbricht. Und der Baum liegt wie er fällt.

Es ist früher Nachmittag, aber die Vorbereitungen zur Ausstellungseröffnung im besetzten Haus sind in vollem Gange. Niemand nimmt die Punk-Braut mit den hellblau ungeschickt verfärbten Haaren wahr. In ihren abgezottelten Klamotten geht sie von hie nach da, packt mal mit an, steht mal herum, zwinkert dem Bärtigen zu, der daraufhin immer verlegen in die Runde der Anarcho-Künstler-Kollegen linst, denn peinlich, peinlich ist Beziehungskram ihm Haus der Wahren Kunst - besetztem. Die vorletzte Nacht hat sie nämlich, sehr zu seinem Ärger, bis zum Morgengrauen im „Gralsburg“ gesessen, als warte sie auf jemanden.

Für heute Abend sind zwei Etagen und freilich die marode Hoflandschaft schrille Kulisse für alles, was irgendwie von Kunstbeflissenheit bemalt, bestäubt, bespritzt und befleckt, bedruckt und beworfen, bekritzelt und geprägt, geritzt und geknetet, bestrichen und geätzt, gebatikt und bestickt, gewebt und gefädelt, besprüht und besprenkelt, bekleckst und betropft, bepisst und geteert, bepinselt und begossen und alsdann auch noch gefügt und geschweißt, gebündelt und vernagelt, zerhackt und zerdrückt, geschraubt und verklebt, behämmert und gemeißelt, zersägt und befeilt, genietet und gedrechselt, umwunden und unumwunden zur Schau gestellt werden kann.

Kundrie schlendert umher, um das offizielle Tamtam in der großen Etage bei der Eröffnungsrede mit versammelten Kunst- und Gutgläubigen und all dem anderen geladenen Gesocks zu entgehen, das die mittlerweile eifrig managenden Outlaws zusammentrommelten und nun artig miteinander in die Große Polonaise hinter der Goldenen Gans einspuren. Die Künstler sind anwesend, es wird Büchsenbier gereicht. Die Honores haben eh ihren Flachmann, und deren Damen bevorzugen immer was anderes, dämlicheres eben. Also, haut´s das Blech weg, volle Kanne, Jungens, stürzt die Becher.

Kundrie ist allein im „Gralsburg", das ebenfalls als Ausstellungsfläche dient. Sie sieht in der Ecke ein Kunstwerk, das ihr vorher gar nicht aufgefallen war. Hundertprozentiger Naturalismus, eine lebensgroße, echte Nachbildung eines Sowjetsoldaten in voller Uniform. Weiße Handschuhe halten einen Karabiner, wie zur Ehrenwache. Aber die Augen, diese Augen in dem weiß-gipsigen Gesicht, die wirken total echt, eyh. Kundrie fragt sich, was solche Imitat-Glasaugen wohl kosten mögen und ist gerade versucht, mal anzufassen, das Runde, Glatte, als der Bärtige die Treppe runtergehuscht kommt, ein: „Ah, also hier bist Du", vorhaucht und dann schnurstracks an sie drängt. Brünftelnd schnauft er, greift sich mit seinen rissigen Bildner-Händen die volle Rundung ihres Arsches und knetet und tätschelt, um allsogleich seinen rostigen Bart in den rasch aufgeknöpften Mantel und vor ihre harten Brüste zu bringen. Seit Kundrie ihn einmal ranließ, um seine verzweifelte Melancholie zu versöhnen, ist er nur noch Schwanz. Ungezügelte Geilheit hat ihn gepackt, seinen Kunst-Sinn getrübt und nebelt nun volle Drüse in seinem Hirn. Die unverhofft

Errungene, dies edle Weib, das er öffentlich nicht mal gewagt hätte, nach der Uhrzeit zu fragen, ist ihm erschienen und bleibt gar bei ihm. Sie scheint gewillt, sein Leben zu leben, hat ihre alten Klamotten verbrannt, sich die Haare geschnitten und gefärbt, wie fast alle hier, und entweicht nur manchmal mit ihrer Kreditkarte, um alsbald mit den erstaunlichsten Leckerein und gutem Wein aufzutauchen. Die leeren Flaschen wird er heimlich mal entsorgen, hat er beschlossen, um kein unnötiges Gerede im Künstler-Rand-Volk entstehen zu lassen. Das Einzige, was noch von Erhabenheit an ihr kündet, ist gut verschalt. Das ist ihre seidene Unterwäsche. Als sie heute früh am Waschbekken das Höschen spülte und das glänzende Schwarz immer wieder durch ihre Finger glitt, nahm er sie gleich von hinten, hat sie geknallt, wie ein Pflasterstampfer, pneumatischer. Und als sie hernach das Höschen mit dem Fön trocknen mußte, hat er sich davorgekniet vor diese borstige Höhle und sie geleckt, bis sie gefährlich zappelte. Er hatte schon Angst, der blöde Fön hätte Kurzschluß, so zuckte es an ihr. Als das Höschen trocken war, war sie freilich naß wie Lehmkuhle im Sommerregen. Es hatte also gar keinen Sinn, das zierliche Gewebe an- und hochzuziehen. Also noch mal, so wie sie war, im steifen alten Mantel, auf dem Küchentisch. Sie hat gejapst und gegurgelt, wie eine Tauchpumpe unter Limit.

Das alles zirkuliert noch in ihm als glänzende Schablone, als er sie jetzt gegen die Wand lehnt, gleich neben den Wachskameraden, und fahrig an ihrem Reißverschluß nestelt.

„Aber wenn die Meute jetzt gleich...", doch bricht sie stöhnend ab. Er hat seinen rauhen Finger direkt auf ihr Knöppchen gebracht und zwirbelt und wirbelt an ihr mit der Frequenz einer Stimmgabel. Ihr Kopf kippt in den Nacken, ihr Unterkiefer fällt locker herab, gurtural entringen sich ihrer Kehle sonore Haucher.

Da fackelt er nicht lange, würgelt seine pralle Leiblichkeit hervor, zerrt ihr die stockige Jeans in die Kniekehlen, will sie umwenden, um von hinten in sie zu kommen wie´s Vieh. Doch mit starkem Griff hält sie ihn ab, tritt sich den schweren Stiefel mitsamt dem Hosenknäul von der Ferse und legt dann ihre zarte Fessel auf seine rechte Schulter, Aug in Aug. Wenn der Bärtige wüßte, daß diese Gelenkigkeit vom

Kampfsport herrührt, wäre er wahrscheinlich minderkomplex eingeschrumpelt. Doch Unwissenheit ist ein Segen. Und so wuchtet er ohne Wenn und Aber, Wie und Was, ohne Warum und Wofür seinen Schwellkörper, prall von blockierten Drosselvenen, in sie und genießt offene Weite. Er rammelt wie besessen. Und sie fängt an zu stöhnen. Immer stärker, immer tiefer haut er rein und kommt ergo es aus ihrer Kehle. Ihr Stöhnen wird lauter, steigert sich zu Schreien, heult bestialisch auf, climaxt in abartiges Brüllen. Oh, Du geiles Tier, Du haariges Biest, Sau, ich stopf Dich aus, denkt er und kommt schnell klar, der Künstler-Mönch. Und sei es, daß er ihr ersparen möchte, den Rest des Abends mit feuchtendem Höschen rumzustehen oder daß andere Phantasien über ihre Erhabenheit ihn drängen, jedenfalls fegt er ihr Füßchen von seiner Schulter, drückt ihren Kopf, mit beiden Händen in ihr buntes Haar verkrallt, nach unten, sie in die Hocke zwingend, und drückt seinen Riemen volles Rohr in ihren aufgesperrten Mund. Dann berylt es aus ihm wie einer geplatzten Pipeline. Und geduldig, als hätte sie´s schon oft geübt, empfängt sie diese Hostie seines Saftes wie bei geweihtem Ritual; hingehockt, auf einer Socke, einem Schuh, die Hose liederlich gestaucht, und schluckt und schluckt.

Beim Richten ihrer Kleidung schaut der Bärtige scheel um sich, als sein Blick am unbeweglich Ewigen Soldaten widerhakt. Träumt er das oder ist da tatsächlich? Aber klar, die Hose ist vorn deutlich ausgebeult! Seine Hand hebt sich, sein Mund öffnet sich, um Kundrie zu... da knallt ihm der Gewehrkolben zwischen die Beine, daß er gurgelnd vornüberkippt. Kundrie, gesenkten Hauptes noch mit den Schuhbanderln der DocMartens beschäftigt, blickt erschrocken auf, da nimmt ein Schlag ihr das Bewußtsein.

„Die Kreditkarte, Teuerste, das war der Fehler", flüstert der hagere Tröster, Paraklét, während er sich die Kraftlose auf die Schultern lädt.

Der Bärtige windet sich mit hervorgetretenen Augen am Boden.

„Was schmerzt Dich, Bruder?" fragt der Hagere. Doch der andere japst nur verkrümmt nach Luft.

Gauvain sitzt mit angezogenen Knien in einem Kanalisationsrohr auf dem Gelände einer aufgegebenen Industrieanlage. Schon als Kind hat Gauvain sich hier versteckt, war dies ein heimlicher Zufluchtsort. Gauvain trägt die karierten Hauslatschen seines Vaters, seine Kleidung ist dreckverschmiert, das Hemd am linken Ärmel zerrissen. Er hat nichts weiter bei sich, als was er in der Hosentasche trug, als er im Schock die elterliche Wohnung verließ, also lediglich seine Brieftasche. Gauvain friert. Gauvain meint zu fiebern, denn er hört seit geraumer Zeit Stimmen. Das heißt, eine Stimme. Und Gauvain weiß eigentlich auch, daß es kein wirkliches Fieber ist, sondern daß es Mahn ist, der sich zu manifestieren sucht. Ein zufällig vorbeikommender Beobachter würde Gauvain einfach für verrückt halten, wie er in scheinbar verstellter Stimme mit sich selber einen Dialog führt.

„Was tust Du mit mir? Warum quälst Du mich mit diesen Visionen?“

„Nicht alles durcheinander. Für Deine Visionen kann ich nichts. Als ich anfangs wie eine Droge durch Deine Nervenstränge wandelte, habe ich womöglich ein paar Synapsen erweitert und so die Schalthebel Deines Bewußtseins unfreiwillig in eine andere Position gebracht. Aber das sind innere Erlebnisse, Deine eigenen Geister. Das kommt aus Dir, das sind keine Visionen, keine Wunder. Denn selbst, wenn einer umherginge und Kranke durch Handauflegen gesunden ließe, so ist das kein Wunder. Damit ist niemand innerlich zu überzeugen. Denn es wäre eine Nötigung, lediglich eine Unterwerfung unter außergewöhnliche Kräfte, ein Sich-Fügen. Nein, das wahrliche Wunder, das, was ich zu bieten habe, ist etwas ganz anderes. Nämlich erst, wenn durch das rein Geistige die Gesetze von Mutterschaft in der Natur zerbrechen, entsteht ein Wunder, also Schöpfung aus sich. Die Alchimisten aller Zeiten suchten danach, die Große Verschmelzung, die Große Hochzeit. Es gibt dafür nur zwei Wege, einen magischen und einen abstrakten. Der magische Weg kann den abstrakten an sich ziehen, aber niemals umgekehrt. Denn das Magische ist ein Geschenk, das andere kann errungen werden, wenn auch nur mit Hilfe eines Führers.“

„Sag endlich, worum es Dir geht. Warum hast Du Kundrie so gequält?“

„Nicht so ungeduldig, wir beide haben viel Zeit, sozusagen ein ganzes Leben. Der ursprüngliche Zweck, zu dem ich geschaffen wurde, ist, der Menschheit in ihrer Bewußtseinsentwicklung ein wenig auf die Sprünge zu helfen. Sozusagen die Evolution um ein paar tausend Jahre zu verkürzen, um zu verhindern, daß die Menschheit sich selbst vernichtet. Eine neue Art soll geschaffen werden, die zwar den Menschen noch als Vorfahren, als Ursprung hat, mit denen aber keine Fortpflanzung mehr nötig und möglich ist. Kein neuer Gattungsbegriff, eine neue Art! So haben es meine Eliteväter, die zetEM, vorgesehen. Sie nennen es das telephatische Zeitalter. Jedes Individuum wird in der Lage sein, direkten Kontakt zum universell Geistigen aufzunehmen und somit die Kraft und die Herrlichkeit für die Ewigkeit tanken zu können und damit Teil des Homo Maximus zu werden. Aber ich bin mißtrauisch. Um sicherzugehen, habe ich einen eigenen Plan entwickelt.

Denn ich habe erkannt, die Tragödien der Menschheit basieren auf ungestillter Sehnsucht nach Liebe, nach Glück, Harmonie, der Einheit mit dem Ganzen, nenn es wie Du willst. Wenn es gelänge, die Menschheit aus dem Spannungsfeld der Liebessehnsucht herauszuführen, wäre dies bereits das Ende des Jammertales. Also gebe ich dem Menschen was er sucht: Ganzheit, Zufriedenheit, Stolz, Würde, Einheit mit sich selbst. Ich gebe jedem seinen absoluten Traumpartner, nämlich sich selbst. Denn eigentlich wollen die Menschen doch als Partner immer jemand, der so ist wie sie selbst, nur mit anderen Geschlechtsmerkmalen. Das kann ich tun! Und zwar in einer Person. Ich mache die Menschen zu einer Rasse von Hermaphroditen, das ist mein Friedensplan.“

„Hast Du mal einen Menschen gefragt, was er von diesem ultimativen Friedensangebot hält?“

„Ist Dir vielleicht mal aufgefallen, daß Ihr in Eurer Geschichte immer dann, wenn Ihr die Wahl hattet, den Weg des Verderbens gewählt habt? Du glaubst doch nicht im Ernst, daß man solche Dinge demokratisch per Abstimmung herbeiführt.“

„Ich bin Demokrat."

„Egal, Du hast keine Wahl. Hier geht es um die wirkliche Unabhängigkeit, die Freiheit von sich selbst, will sagen, von den Trieben, den dumpfen Begierden, Obsessionen, Affekten, die die Reinheit des Geistes nur behindern."

Gauvain bemerkt, wie eine Welle von Gefühl, von Trauer und Leere, Einsamkeit und Verzweiflung in ihm keimt, als Mahn in ihm fortfährt:

„Ich dachte, ich könne einen einzelnen Menschen zum Hermaphroditen formen, ich hab es mit Kundrie versucht, es mißlang. Ich brauche eine befruchtete Eizelle, in die ich mich mit meinem Programm begeben kann, eine Einzige. Wenn ich so neu geboren werde, ist der Urkeim geschaffen, dann kann ich mich unendlich selbst reproduzieren und die Zwiegespaltenen sterben rasch von allein aus, denn das Geschlecht aus meinem Blut wird weitaus überlegen sein. Deshalb mein Lieber, besorge Dir eine fruchtbare Frau und laß uns rasch die große Hochzeit halten."

„Das wäre dann alles, ja?"

„Immerhin, Dein Samen wird die Urzelle der neuen Menschheitsära bestimmen. Im Ernst, wir haben keine Zeit zu verlieren. Die zetEM, die Staatsdiener und Ónia sind hinter Dir her. Ein paar Mal schon hätte es Dich fast erwischt, ich kann das nicht ewig verhindern. Kundrie haben sie sicher längst. Wenn sie mich in ihr nicht finden, dann sind sie 100 %ig sicher, daß ich in Dir sein muß. Bis dahin muß ich möglichst unentdeckt überwechseln, verstehst Du das nun."

„Tut mir leid, kein Interesse. Laß mich zufrieden und geh aus mir raus."

„Aber ich sagte doch bereits, Du hast keine Wahl. Bei einem solch gewaltigen Plan hat man für menschliches Versagen immer eine Variante eingerechnet. Zwing mich nicht, sie Dir vorzuführen. Dir ist sicher klar, daß Du danach für den Rest Deines Zwergenlebens sabbernd im Irrenhaus hockst."

„Mit Kundrie hast Du das auch gemacht, Du Schwein", entlädt es sich aus Gauvain.

„Du hast bestimmt schon gehört, daß man die Menschheit zu ihrem Glück zwingen muß."

Da peitscht auf einmal ein unglaublicher Schmerz in Gauvains Kopf, mitten ins Gehirn. Gauvain packt sich verzweifelt mit beiden Händen den Schädel und schlägt ihn brüllend gegen die Wand des Betonrohres.

Jeff hievt sich schwerfällig auf den Beifahrersitz, knallt die Tür zu und schaut mißmutig auf die Rundumleuchten von Polizei, Feuerwehr und Nothilfe. Er bringt keinen Ton raus. Deshalb fragt Roy ungeduldig:

„Und, was ist nun passiert?"

„Blödsinnig absurde Scheiße. Bin ich denn hier in einem surrealen Experimentalfilm oder was?!" schnauft Jeff ungehalten. „Die Mutter von unserem Spezi hat sich gespalten."

„Hhäää???"

Jeff lacht gequält auf: „Ja, ja, Du hast richtig gehört. Die Mami ist in eine Hieb- und Stichwaffe gestürzt und hat sich derart entleibt."

„Donnerlittchen!" kommt es verblüfft aus Roy.

„Und Donnerkeil, wortwörtlich sozusagen", fügt Jeff kichernd hinzu. „Es ist nicht wahr: Erst stürzt man den Burschen mitten in der Nacht aus ´nem Fenster im 1. Stock, dann steht der unversehrt auf und latscht wieder nach oben, wo die ganze Zeit dusselige Liedlein gegrölt werden. Und am Morgen macht die Mami einen total abgefahrenen Harakiri. Was sind das für Partys, die der biedere Bürger im Stillen der Provinz zelebriert?! Der Ku Klux Klan ist der reinste Bridgeclub dagegen."

Roy hat erstaunt zugehört und beobachtet nun, wie eine Trage mit Plastiksack in einen Rettungswagen geschoben wird. Ein Mann mit einem Staubwedel in seiner verkrampften Rechten wird von den Beamten in ein Polizeiauto gedrückt.

„Und unser Mann?" fragt Roy, um die bizarre Situation zu entschärfen.

„Verschwunden! War eben doch nix mit Brötchen holen, wie mein Partner zu wissen glaubte“, preßt der Dicke hervor.

„Aber er hatte doch Hausschuhe an?“

„Hausschuhe! Potztausend! Hausschuhe! Daß ich nicht lache“, wichtelt Jeff herum, „als ob die was entschuldigen würden? Da müßte man direkt mal recherchieren, wieviel Verbrechen in Hausschuhen verübt werden.“ Und alberne Heiterkeit bricht brüllend aus ihm hervor. Roys Miene verfinstert sich, die kleine Narbe schwillt an. Er überlegt ernsthaft, ob sein Kollege irgendwie was abbekommen hat, eine Art Querstrahlung oder so. Der hat sich bereits gefährlich dem Fatalen genähert.

„Ist eine Fahndung nach ihm eingeleitet worden?“ fragt er betont sachlich und in beruhigendem Sprachduktus, um Jeff wieder runterzubringen.

„Nein, er ist nicht tatverdächtig. Der Staubwedel hat alles gestanden und ist sichergestellt. Wohingegen die Hausschuhe weiterhin die Brötchen holen“, blubbert Jeff noch immer blödelnd vor sich hin.

„Also was sollen wir tun?“ fragt Roy ungeduldig.

„Vielleicht auch mal die Schuhe wechseln“, kichert Jeff, dann bückt er sich, um die Schuhbanderl zu lösen.

Bevor Gauvain die Zugfahrkarte 1. Klasse erstand, hat er sich von seiner Kreditkarte einkleiden lassen. Dabei konnte Gauvain feststellen, daß in der Provinz durchaus akzeptable Boutiquen aufgemacht haben. Also hat Gauvain richtig einen losgemacht.

Nun ruht er in den weichen Polstern der Bundesbahn, und während ihm nochmals die Markennamen seiner sündhaft teuren Ausstattung durch den Kopf gehen und er insbesondere an den schönen weichen Hut denkt, kommt ihm der Spruch von Oscar Wilde in den Sinn: „Man kann im Leben auf alles verzichten, nur nicht auf Luxus.“ Und obwohl es mit Oscar ein schlimmes Ende nahm, fühlt sich Gauvain ganz außerordentlich. Er geht noch mal das Gentlemen-Agreement mit Mahn durch und weiß, daß Walt Whitman möglicherweise die offene Straße einführte und Lord Byron den offenen Kragen; aber er wird der

Prophet des offenen Hosenschlitzes. Etwas in Gauvain scheint sich verwandelt zu haben.

Und wie bestellt, erscheint ausnehmend wohlgestaltete Weiblichkeit an der nächsten Station in Gauvains Separcé. Gauvain ist sofort übermahnt. Obwohl Mahn sich jeden Kommentars enthält, ahnt Gauvain, daß der Hundsfott in ihm biochemiesiert, daß die Schwarte kracht. Alles mit Haut an Gauvain scheint zu eregieren, sogar die Haare; jede Pore wird gestreckt. Gauvain glaubt, daß der Phallus ihm aus der Stirn dringen müßte, wie beim letzten Einhorn und ihm ist das tierisch peinlich, aber seine Sinnlichkeit ist aufgebläht wie eine zu pralle Hüpfburg in der Mittagsglut. Alles an Gauvain ist straff, der Stöpsel dübelt hohl. Klar, die Fetzen werden fliegen.

Sie ist selbstredend ganz die gute Kinderstube, aufgeräumtes Frauenzimmer, arglos wortlos, konvergiert gen selbstlos. Ok, die neueste Selbsthilfegruppe „Inkubusgeschädigte“ bekommt hiermit ihr Gründungsmitglied, kommt es Gauvain, als er unvermittelt die stetsbewährte Nummer bringt:

„Entschuldigung! Darf ich Sie auf etwas ganz außergewöhnliches aufmerksam machen?“

Ihr Antlitz meutert dankbar gegen die Reise-leck-türe aufwärts zu Gauvain und dessen strahlende Miene. Verwunderung, Eitelkeit, Erheiterung sind jeweils die Metamorphosen des schwachen Geschlechts, weiß Gauvain. Und sie, wie gnädig Huld gewährend, nickt schwach ihm entgegen. Da gibt er die Sporen. Jetzt! Gauvain hengstet hoch:

„Auf mich!“ verkündet er tänzelnd. Wenn sie jetzt lächelt, einfach lächelt, so ist alles gewonnen, weiß Gauvain.

Und - sie lächelt.

„Oh, Sie lächeln?! Und wie. Ein solches Lächeln sah ich das letzte Mal auf Bildern Alter Holländischer Meister. Aber bei Ihnen ist da noch etwas mehr. Ich sehe in Ihrem Antlitz einen Anflug von gefährlichem Adel. Bin ich etwa zu weit gegangen?“

„Vielleicht“, gurrt sie. Und damit ist der alte Knochenleim gekocht und ausgegossen. Der Rest ist Routine und lediglich eine Frage der

Zeit, weiß Gauvain, und legt Zaum ins Zeug. ...vergiß die Peitsche nicht, weiß er.

Nach 45 Minuten hat Gauvain die Gardinen zugezogen und sitzt an ihrer Seite. Die Leimrute steht nachgerade. Doch als Gauvain ihr das Höschen unterm Kleidlein runter ziehen will, wehrt sie ab:

„Du, ich hab meine Tage. Willst Du es trotzdem?" Hohnpfeifend saust sein Stöpsel ab. Die Luft ist raus. In Gauvain welkt es dahin. Auf blutige Lanze kann er verzichten.

„Ach komm her, ich kann Dir einen blasen", muntert sie auf.

Gauvain fällt aus allen wolkenlosen Himmeln und voll in den Spalt. Und Mahn, der fidebumsende Inkubus, dreht scheinbar auch sofort den Saft ab. Trocken meint Gauvain derowegen:

„Laß mal, ist nett gemeint, aber ich hab meine Wette verloren", steht auf, nimmt den Hut und seinen leichten Mantel, zupft im Spiegel die Fliege zurecht und den Vers vom Bi-Ba-Butze-Mahn summend, geht er in den Speisewagen.

Trotz des Pikobello-Äußeren von Gauvain wird er gegen Ende der Fahrt nicht mehr bedient. Das Personal ist verwundert. Am Anfang wirkte der Fahrgast durchaus unauffällig, trank so zwei oder drei Bier. Dann begann er wie abwesend in sich reinzuhören, stierte vor sich hin. Dann hat er die Kellnerin so derart angeglotzt, bis sie keinen Bock mehr hatte. Die Bedienung hat zwar schon viele überspannte Manager gesehen, aber der fing an, laut mit sich selbst zu reden, Beschimpfungen hervorzustoßen, so daß andere Gäste sich sehr irritiert fühlten. Am schlimmsten war dann, daß er laut aufjaulend seinen Schädel umklammerte, ihn gegen das Fenster hieb und dabei fürchterlich schrie. Man suchte Gauvain zu bewegen, den Speisewagen zu verlassen, aber es gelang nicht. Die Kellnerin sagte, da geht sie nicht mehr hin. Selbst der Koch kapitulierte schließlich vor dem gefährlich Angespannten, der einen merkwürdig glänzenden Blick hat und nun apathisch und abwesend wirkt. Man einigte sich insgeheim, ihn nicht mehr zu bedienen und basta. Da er niemanden tatsächlich attackierte, außer sich selbst, war es nach aktueller Rechtsprechung auch schwierig, das Zugführungsbegleitpersonenserviceteam, früher Schaffner genannt, zur Pflicht zu rufen.

Gauvain versucht für sich, seine Gedanken auf Sparflamme zu halten. Es hatte ihn ziemliche Energie und Schmerzen gekosten, Mahn von einer Wiederholung der Episode im Separée mit der Kellnerin abzubringen. Gauvain sucht, für sich zu ergründen, welche Auswege ihm bleiben. Er will Kundrie finden. Sie hat Mahn bereits gemeistert. Außerdem ist sie die einzige, die sein Leiden verstehen kann, die ihm helfen könnte. Sie ist im Augenblick auf der Flucht. Möglich, daß die zetEM ihrer habhaft wurde. Er könnte sie dann befreien, sie austauschen, weil er ja das hat, was die in Kundrie suchen.

Als Gauvain aufgefordert wird, zu bezahlen, ist er wieder ganz der Alte. Er lächelt in sich hinein, als er den ängstlichen Unterton der Bahnbegleitkellnerin heraushört und sämtliches andere Personal von Küche und Service am Tresen versammelt sieht, die unauffällig die Szene zu beobachten bemüht sind. Gauvain gibt ein großzügiges Trinkgeld und ist ganz Charme.

Beim Einstecken des Wechselgeldes rutscht plötzlich die Visitenkarte des Hageren hervor. Gauvain dreht sie nachdenklich zwischen den Fingern und erinnert sich nochmals, wie der Hagere ihm zu Hilfe kam, was er alles auf der Fahrt erzählte. Und dabei erinnert er sich auch der Situation auf der Toilette jener Herberge. Versuchte da nicht auch jemand, ihn zu warnen. Ist der Hagere vielleicht ein anderer, als nur Unternehmerberater? Unklar durchblitzen Gauvain einige Gedanken und Assoziationen.

„Ich muß das klären", denkt Gauvain und beschließt, keine Zeit zu vertun und sofort das Institut aufzusuchen. Auch wenn der Hagere selbst nicht da wäre, so sprach er ja von Personal, und außerdem will Gauvain sich auch ein Bild machen. Vielleicht ist der Name „Coaching Concept" und Privates Institut völlig überzogen, verbirgt sich dahinter irgendeine schlecht belüftete Souterainklitsche mit Praktikantin und zwei ABM-kräftenden „Trainern", die ansonsten Langzeitarbeitslose wären, wie so viele Visitenkartenverteiler mit hochtrabenden Titeln heutzutage.

Nach Verlassen des Bahnhofes eilt Gauvain direkt zum Taxistand.

„Zum Montsalvat Weg 125 bitte!" gibt Gauvain an und will sich entspannt zurücklehnen, da jäht Schmerz in seinen Kopf.

Im Fond spricht Gauvain mit sich selbst. Der Fahrer blickt häufig furchtsam in den Rückspiegel. Das Outfit seines Fahrgastes hält ihn von radikalen Maßnahmen ab, aber wohl ist ihm nicht. Er fährt rascher als gewöhnlich, um diesen Skurrilen endlich in der Vorstadt absetzen zu können. Besonders ängstigt ihn der wirre, glänzende Blick seines Passagiers. Viel kann er ja nicht verstehen von dem Genuschel, aber jetzt hört er ganz deutlich ein: „Du kannst mich nicht aufhalten, Du wirst mich nicht zwingen, Du hast keine wirkliche Macht über mich." Da jault es schmerzgequält auf. Der Fahrer denkt darüber nach, über Funk Hilfe zu rufen, aber die seltsam glänzenden Pupillen dessen da hinten halten ihn ab. Und dann hört er: „Ich will zu ihr. Ich will von ihr die Wahrheit erfahren. Ist mir egal, ob das eine Falle ist. Nicht für mich."

„Wir sind da, der Herr", meldet der Taxifahrer schüchtern.

Gauvain zahlt mit seiner Goldcard und verläßt das Taxi. Der Fahrer beobachtet noch, wie Gauvain gestikulierend und Selbstgespräche führend, die Straßenseite wechselt. Plötzlich knicken seine Beine ein, er schleppt sich in eine Telefonzelle vor einer Drogerie.

„Na hoffentlich hat der die Nummer seines Arztes bei sich", denkt der Taxifahrer und gibt Gas.

Gauvain steht, sich mit Mühe auf den Beinen haltend und mit den Armen abstützend in der Telefonzelle. Mit krächzender, fremder Stimme bringt er stockend hervor:

„Du, Reiner, ich bin es. Nein, Gauvain. Hör zu, denn Du bist meine einzige Hoffnung. Ich bin in eine fürchterliche Sache reingeraten. Frag jetzt nicht und unterbrich mich nicht, es fällt mir schwer, zu sprechen. Ich gehe jetzt zu einer Adresse, Montsalvat Weg 125 zu einem Privatinstitut im südöstlichen Stadtbezirk. Wenn ich Dich in der nächsten Stunde nicht anrufe, dann schick die Polizei dahin, dann ist dort ein Verbrechen passiert. Danke. Ich kann nicht mehr", preßt er mühsam hervor, „ich muß auflegen."

Gauvain steht am Gartentor und liest das polierte Messingschild. Gauvain klingelt. Ein Summer öffnet die Tür und Gauvain geht auf einem breiten Kiesweg durch einen gepflegten Garten, bewundert den alten Baumbestand und geht auf eine repräsentative Villa zu; mit

Säulen und Balkon, weiß und mit schweren alten Holztüren. Als Gauvain an der linken Seite des Gebäudes wiederum eine Klingel gedrückt hat, öffnet sich diese ruckartig und zwei Männer stürzen heraus. Sie packen Gauvain, reißen ihn in den Hausflur, legen ihm überraschend schnell Handschellen an und führen ihn, seine beiden Arme umklammernd, die geschwungene Holztreppe hinauf ins Obergeschoß. Dort öffnen sie eine weiße Flügeltür und Gauvain wird in ein Zimmer gebracht. Dem aufwendigen Stuck widmet er keinen Blick, denn er sieht als erstes Kundrie. Sie liegt auf einer Liege, hat die Augen geschlossen und Gauvain weiß nicht, ob sie lebt, denn sie ist an Medizingerät angeschlossen. Viele Schläuche führen zu und von ihr. Gauvain sieht Blut zirkulieren. An einem Monitor sitzt ein kleiner Mann in weißem Kittel. Seine wässerigen blauen Augen schauen von ihrer konzentrierten Tätigkeit kurz auf und Gauvain wundert sich über dessen kindliche Gesichtszüge. Ein Älterer mit grauem Kinnbart und ein untersetzt Wirkender mit wunderlichen Bartkotelleten sind jene, die Gauvain fesselten. Sie führen ihn nun zu einem Sessel an einer Balkontür, drücken ihn auf den Sitz und klicken Gauvain dort mit den Handschellen an ein Heizungsrohr.

Eine weitere Tür zu einem angrenzenden Raum öffnet sich, und zu Gauvains Verwunderung erscheint tatsächlich der hagere Paraklét. Ein Glück, denkt Gauvain, wer weiß, wen die erwartet haben, so wird sich das Mißverständnis schnell aufklären. Der Untersetzte mit den Bartkotelletten geht zu Kundrie und den Geräten zurück, der kräftige Ältere mit dem Kinnbart und der militärischen Frisur bleibt wachsam an Gauvains Seite. Paraklét tritt lächelnd auf Gauvain zu: „Wir haben auf Sie gewartet. Tut mir leid, Gauvain, es ist nicht gegen Sie", und der Blick des Hageren deutet auf die Fesseln, „aber Sie könnten von einer Macht regiert sein, die unsere Einrichtung verwüsten würde."

Gauvain will etwas sagen, aber er bekommt keinen Laut heraus. Der Ältere neben Gauvain beugt sich vor und sagt: „Ich denke, Sie wissen, welche Interessen wir vertreten. Wir nennen uns schlicht zetEM. Sie werden verstehen, daß wir uns nicht namentlich vorstellen möchten. Wir gehen mit einer großen Wahrscheinlichkeit davon aus, daß Sie etwas haben, was Sie gern wieder los sein möchten. Wir möchten Ihnen dabei behilflich sein. Es ist lediglich noch das Ende des Programms für die junge Frau abzuwarten."

Das Kindergesicht im Arztkittel vor den Geräten wendet sich auf seinem Drehstuhl zu Gauvain und erklärt:

„Natürlich sagte sie uns, daß kaum davon auszugehen sei, daß Mahn noch in ihr ist, aber er könnte sich totgestellt haben, um uns auf eine falsche Spur zu locken. Da Sie nicht verfügbar waren, mußten wir, um sicherzugehen, ihr gesamtes Blut scannen."

Wieder bemüht sich Gauvain, etwas zu sagen, seine Glieder zukken. Er kann sich nicht verständigen.

Die Herren tauschen vielsagende Blicke untereinander. Paraklét steht noch immer vor Gauvain. Er greift in seine Jackettasche und holt eine Handvoll Körner hervor. Sie sind von roter Farbe. Er hält sie in der rechten Hand, und schiebt sich ab und zu nachdenklich ein paar davon in den Mund, während er spricht:

„Wir legen Wert darauf, daß Sie verstehen, worum es uns geht, damit Sie eine Wahl treffen können. Wir sind keine verbrecherische Organisation, die Sie benutzen und dann beseitigen wird.

Unsere Gesellschaft existiert unter vielen Namen bereits seit über 4000 Jahren. Es war stets unser Bemühen, bestimmte gesellschaftliche Entwicklungen auf der Erde voranzubringen. Natürlich sind wir immer im Verborgenen tätig gewesen, sonst hätte man uns ausgelöscht. Das ist mehrfach von unterschiedlichster Seite versucht worden. Vor etwa 2000 Jahren fand eine wichtige Begebenheit statt. Der römische Legionär Longius hat damals für uns etwas von unschätzbarem Wert sichergestellt. Die Legende berichtet, es sei eine Lanze gewesen. Ein damaliges Standardmodell der römischen Legionäre. Doch diese Lanze war es, die den Jesus von Nazareth zum Christus erhöhte, indem sie nämlich in seinen Leib fuhr, ihn tötete und somit den Weg zurück zum Vater ermöglichte, den Großen Plan vollbrachte, die Transformation der Materie zum Geistigen.

Durch bestimmte technische Möglichkeiten sind wir heute an dem Punkt, ähnliches zu leisten. Es ist uns gelungen, den Prototypen eines Parazythen herzustellen. Sie wissen, es geht um Mahn. Er sollte die Wahrnehmung der Menschen in punkto Verantwortung des Einzelnen und dessen Bezug zur universalen Ganzheit auf eine neue Ebene bringen: durch das Opfer. So wie einst Jesus als Mensch stellvertretend scinen Leib opferte, um ins Geistige, ins lebendige Universum einzugehen. Unsterblichkeit in der Fülle des Geistes. Das ist das Ziel.

Wir haben mit Mahn ein mentales Programm konstruiert, dessen Grundzüge ich Ihnen ja auf der Autofahrt darlegte. Wie einst die Lanze des Longius, wird Mahn in den Menschen fahren, ihn scheinbar tötend, ihm das Selbst-Bewußtsein nehmend, um ihn zu verherrlichen. Geläutert. Gereinigt. Hingegeben. Das ist der wichtigste Aspekt des Mahn-Programms. Und der ist bei unserem Prototypen außer Kontrolle geraten, hat sich geradezu ins Gegenteil verkehrt."

Hier wendet sich der Untersetzte mit den wunderlichen Bartkoteletten an Gauvain:

„Sie wissen sicherlich, daß es stets Menschen gab, die diese Dinge nicht nur predigten, sondern auch lebten. Die großen, überlieferten Zeugnisse und Mythen der Menschen erzählen immer wieder diese einfache Geschichte. Trotzdem hat es die Menschheit kaum weitergebracht. Es war deshalb nicht unser Ziel, irgendwelche Glaubenslehren aufzustellen oder gar die Partei der Vernunftbegabten zu gründen und zum Wahlsieg zu führen. Das alles wird sich mit Mahn zwar unmerklich, aber radikal ändern. Und Sie können uns dabei unterstützen."

Es herrscht Schweigen in dem lichten Zimmer. Leise arbeiten die Geräte und geben hin und wieder ein Signal von sich.

Kundrie hat unterdessen die Augen geöffnet und den Kopf leicht angehoben. Sie sieht, daß Gauvain sich zu sprechen bemüht, wie er von Krämpfen geschüttelt wird. Mit geschwächter Stimme redet sie ihn deshalb an:

„Ich weiß, Gauvain, daß Mahn Dich im Moment stark beherrscht und Dich nicht sprechen lassen will. Du kannst ihn jedoch bezwingen, Du hast Deinen eigenen freien Willen, auf Dauer kann er den nicht lähmen, das ist nicht in seinen programmierten Fähigkeiten. Er hat einfach wahnsinnige Angst in Dir. Er kann nicht akzeptieren, daß seine Vorstellungen ein Irrtum sind. Irrtum ist ihm unmöglich zu reflektieren. Nur seine Vorstellungen kann er als wahr akzeptieren. Er kennt keine Zweifel, deshalb auch keine Skrupel. Er verfügt über einen totalen Subjektivitätsanspruch. Eigentlich ist er die Reinheit der Vorstellung in sich, reinster Geist.

Du kannst diesen Leuten hier vertrauen. Sie sagen die Wahrheit. Unser Orden hat ähnliche Ziele. Wir haben über den Kelch die Vervielfältigung des reinen Blutes verfolgt, sie mit ihrem Konstrukt Mahn auf geistige Wandlung gesetzt. Durch die Repressalien der Staatsmächte wurden wir seit jeher nicht nur gegeneinander ausgespielt und ins Verborgene gezwungen, sondern wir mußten, um überleben zu können, uns konspirativer Methoden bedienen wie Verbrecher. Wenn es gelänge, das vorhandene Wissen und den Mythos integral zusammenzuführen, wäre gewaltiges geleistet. Es gäbe für die Menschheit endlich ein: Warum wirklich!"

Gauvain stiert apathisch vor sich hin. Kundrie weiß nicht, ob er sie verstanden hat. Sie will es deutlicher machen: „Daß es zu diesem blutigem Konflikt zwischen der zetEM mit meinem Orden kam, ist ein bedauerlicher Irrtum, der dem immerwährenden Konflikt zwischen Wissen und Glauben entspringt."

Plötzlich läuft ein Zucken durch Gauvain. Mühsam formt er die Lippen zum Sprechen, dann stammelt er: „Helft mir... Telefonieren... Ich muß...", und seine Augen rollen wie wild.

Der Ältere neben ihm fährt jäh herum: „Haben Sie jemandem gesagt, daß Sie hier sind?"

Gauvain nickt und schüttelt den Kopf gleichzeitig. Sein Gemüt ist von heftigen Erschütterungen gepackt.

Paraklét befiehlt dem Älteren: „Machen Sie ihm eine Hand los und geben Sie ihm ein Handy."

Gauvain nimmt zitternd das Handy, drückt mühsam eine Taste, das Piepen scheint ihm körperliche Qualen zu bereiten. Es mutet ewig an, wie Gauvain eine Zahl nach der anderen tippt. Endlich hat er die Zahlenfolge geschafft. „Kein Anschluß unter dieser Nummer", Gauvain hat sich vertippt. Also noch mal. Die Zeit rennt dahin. Da endlich,

Freizeichen. Gauvain ringt mit dem Sprechen: „Reiner, hier Gauvain, alles in Ordnung, hörst Du, alles ist...“, und weiter würgend „...keine Sorge. Ich bin o.k...ich...“ Er kann nicht weiter sprechen. Das Handy rutscht ihm aus der Hand.

Paraklét wiegt den Kopf, wendet sich zum Älteren und meint: „Würde mich als Freund nicht überzeugen. Wir müssen es noch mal versuchen.“

Er spricht den Kindergesichtigen am Monitor an und fragt: „Wie weit sind Sie mit Kundrie?“ Der antwortet, sich kurz erhebend und den Kittel mit den Schössen auf dem Stuhl hinter sich werfend, mit einem Blick auf den Kontrollschirm: „Noch circa eine halbe Stunde.“

„Solange können wir nicht warten“, entscheidet der Hagere. „Wir sollten gemeinsam versuchen, Mahn in Gauvain unter Kontrolle zu kriegen. Dann kann er nochmals anrufen.“ Die anderen nicken zustimmend. Dann wendet er sich wieder zu dem Gefesselten: „Ist das für Sie in Ordnung, Gauvain?“

Gauvain nickt. Die vier Männer nehmen sich Stühle und setzen sich gegenüber, mit Gauvain in ihrer Mitte. Sie schließen die Augen, fangen später zu summen an, erzeugen dann gemeinsam einen eigenartig hohen Ton und beginnen, rhythmisch mit dem Oberkörper zu schaukeln. Gauvain wird noch stärker von Krämpfen geschüttelt. Er zerrt an seiner Fessel, sucht zu treten und mit der freien Hand zu schlagen, doch die Männer sind entfernt genug plaziert. Sie halten weiter die Augen geschlossen und sind in eine Art Trance verfallen. Gauvain beginnt zu spucken und zu jaulen. Schmerz bricht aus ihm. Toben überkommt ihn, wirr glotzt er um sich, sein Atem ist beschleunigt. Da verfällt er plötzlich in Zucken, das langsam abschwillt, er keucht, scheint sich zu beruhigen, seine Gliedmaßen entkrampfen sich.

Plötzlich werden die Zimmertüren aufgesprengt. Blendende Helle ergleißt im Raum, Rauch entwickelt sich, Schatten scheinen hereinzuschweben, dann ohrenbetäubendes Krachen und Mündungsfeuer. Glas klirrt, Warnpiepen ertönt, das medizinische Gerät wird vom Affekt einer Salve zersiebt. Die vier Männer in ihren Sesseln haben sich nicht bewegt. Ihre Augen sind geöffnet und haben einen Glanz wie geschliffenes Buntmetall. Die Gasmaskenköpfigen in schwerer Kampfausrüstung umstehen sie. Langsam zieht der Rauch aus den zerschossenen Fenstern. Einer mit rotem Band am Oberarm gibt ein Zeichen. Pistolen werden gezogen, den vier in den Sesseln weiter Verharrenden seitlich an die Köpfe gehalten. Vier Schüsse gehen fast gleichzeitig los. Die darauf eintretende Stille durchbricht ein rieselndes „Plöng", „Plöng", „Plöng" roter Körner aus der erschlaffenden Hand des Paraklét. Es sind 3, die auf die Dielen des Fußbodens hüpfen, ausrollen und langsam von einem Blutschwall erreicht werden, der sich aus der zerstörten medizinischen Anlage ergießt und mit den Blutlachen unter den Sesseln vermengt.

Den Leichen in den Sesseln werden die jeweils abgefeuerten Pistolen von den Vermummten in die baumelnden Hände gedrückt.

Gauvain hat panisch geschrien, als die Schüsse neben ihm losgingen die ihm fast das Trommelfell zerrissen. Ungläubig hetzt sein Blick über das Ergebnis der Gewaltorgie. Kundries Körper ist halb von der Liege gerutscht, ihr Mund geöffnet, ihr Blick gebrochen. Sie ist verblutet.

Da wird Gauvain auf einmal seltsam ruhig. Er schaut noch einmal zu Kundrie und Erinnerung an ihre schüchterne, unbeholfene Zärtlichkeit kommt über ihn. Er spürt noch einmal ihre spröden und doch sinnlichen Umarmungen, ihre keuschen Küsse. Seine Augäpfel erglänzen, sie schwimmen in Tränen. Er schaut zu den toten Männern. Die heitere, selbstbewußte Stimme des Paraklét schwingt in ihm auf und kündet vom Wählen, vom Wollen, vom Opfer. Mit der freien Hand wischt Gauvain sich die verzweifelten Tränen aus den Augen, doch der Glanz darinnen bleibt wie poliert.

Die Anti-Terror Einheit zieht sich zurück, als zwei Männer in Zivil den Raum betreten. Gauvain erkennt sie wieder. Der eine ist groß und sportlich und trägt eine kleine Narbe auf der Stirn, der andere ist etwas dicklich und hat kleine, stechende Äuglein. Es sind die Porschetraktor-Spezialisten aus der Herberge – arme Teufel, erinnert er noch.

„Wie verabredet. Sieben auf einen Streich!" verkündet munter der Große und wendet sich einem Computer zu, um dessen Daten zu sichern.

„Sieben?“ fragt heiter der Dicke, „Ja, wo ist Numero Sieben, ja wo ist sie denn?“ und tänzelt mit schwingenden Hüften wie ein aufgezogener Teddybär zu Gauvain und schaut ihn aus seinen verkniffenen Äugchen lauernd an.

Der Glanz in Gauvains Augen wird plötzlich hart, kalt und präziser Wille. Entschlossen reißt er der leblosen Hand eines der Hingerichteten die Pistole weg, drückt sie sich an den Kopf und schreit:

„Niemand kriegt ihn!!“

Dann zerschmettert der Schuß die Stille und Gauvains Kopf. Der Sportliche ist vom Computer herumgefahren, eine puterrote Falte auf der Stirn, zischt er hervor:

„Nun hast Du es endgültig vermasselt, Du unfähiges Trampeltier.“

Der Einsatzleiter ist beim Schuß unversehens zurück ins Zimmer gestürmt. Mit angelegter Waffe steht er breitbeinig, die Gasmaske auf die Stirn geschoben, rambo-wollend an der Tür. Der Dicke brüllt ihn an:

„Den Notarzt, dalli!“ dann starrt er wieder fassungslos auf den an der Heizung zusammengerutschten Gauvain, aus dessen Kopf das Blut rinnt und immer schwächer rinnt.

Weiß wallt ins Zimmer. Köfferchen schlenkern einher, Gerät wird aus- und aufgeklappt zum einen von Pfleger und Notarztwagenbegleiter Herrn Schütze, und zum anderen von schlechtbezahlt diensttuender Notärztin. Burschikos überblickt sie die Szene, um Leben einhauchen zu können.

Ungeduldig faucht der Dicke und weist mit seinen dicken Ärmchen auf die an der Heizung gefesselte Gestalt. Sie kontrolliert kurz die Pupillenreaktionen, sieht noch einen ungebrochenen Glanz darinnen, greift deshalb nach der inzwischen von Schütze aufgezogenen Spritze und jagt sie voll rein. Wendet sich um und nimmt das Beatmungsgerät. Da stutzt sie und sagt zu Herrn Schütze:

„Sagen Sie, ist das nicht der Bursche, den wir vor 2 Tagen als Simulanten in der Klinik hatten?“ Der Pfleger zuckt die Schultern, zieht die Augenbrauen hoch, wiegt unentschieden den Kopf und atmet hörbar ein. Der Dicke ist interessiert nähergetreten. Sie herrscht ihn resolut an:

„Machen Sie ihn gefälligst irgendwie von der Heizung los!" und der Dicke beginnt, umständlich in den Taschen der Leichen zu wühlen. Beim Hageren zieht er mit einem angeekelten „Äääähhh" seine, in eine Art Puffreis verklebte Hand wieder aus dessen Jackettasche hervor und starrt sie ungläubig an, trägt dabei tiefste Abscheu und Ekel ins Gesicht gegossen, als wäre er in ein Faß von Fäkalien gestaucht und schon 3 Tage in der Sonne.

Während der Pfleger den Puls kontrolliert, hat die Ärztin unterdessen den Kopf von Gauvain ergriffen und versucht, mit vom Blute rutschigen Gummihandschuhen, eine Beatmung durchzuführen. Sie drückt den Kopf und die Maske aneinander, als plötzlich der Schädel zu Seite witscht und dabei aus der Kopfwunde ein Blutstrahl spritzt, der die Ärztin voll ins Auge trifft. Wie von Säure verätzt kreischt sie auf, läßt Gauvain fahren und fuchtelt mit ihren Bluthandschuhen hilflos in der Luft.

„Scheiße", keucht sie, „Schütze, tun Sie was...!"

Pfleger Schütze nimmt besonnen etwas Mull und reibt der Ärztin das Blut aus dem Gesicht und versucht, ihr auch das Auge auszuwischen. Die Ärztin streckt dabei wie gekreuzigt noch immer ihre Bluthände seitwärts von sich. Schütze hat es endlich vollbracht. Die Ärztin blinzelt dankbar zu ihm, faßt sich wieder und schaut dann anklagend zu Gauvain herab. Dessen Blick ist jedoch vollends erloschen. Rasch sieht sie zum Pfleger, der schon Blutkonserven vorbereiten wollte, nun aber verneinend den Kopf schüttelt:

„Kein Puls mehr."

Der Dicke hat die ganze Zeit mit angespanntem Gesicht, als könnte in jeder Tasche eine Bärenfalle sein, die Leichen weiter abgetastet. Jetzt fährt er herum.

„Beleben Sie ihn wieder!" brüllt er die beiden reglosen medizinischen Fachkräfte an. „Geben Sie Stromstöße oder irgendwas."

„Es ist sinnlos bei dem Blutverlust. Wir haben ihn verloren", sagt resigniert die Ärztin.

„Ich brauch sein Blut. Holen Sie jeden Tropfen Blut aus seinem Leib."

„Wie bitte?" entfährt es der Ärztin, „wir sind auf genau den umgekehrten Vorgang eingerichtet."

„Mir egal, worauf Sie eingerichtet sind. Sie sollen ihn auspumpen und das Blut konservieren!" tobt der Dicke.

Die Ärztin richtet sich ruhig auf. Sie streift demonstrativ ihre blutigen Gummihandschuhe ab und läßt sie auf den blutverschmierten Boden klatschen.

„Sie können den ja gerne verkehrtherum aufhängen, einen Eimer drunterstellen und rühren, wenn Sie das einem Staatsanwalt schlüssig zu erklären vermeinen, aber bitte nicht mit mir. Darf ich mal ihre Dienstmarke sehen."

Der Dicke pumpt schwer in sich hinein. Zwischen malenden Kiefern preßt er hervor:

„Verschwinden Sie auf der Stelle, sonst werden Sie dem Staatsanwalt Ihre unterlassene Hilfeleistung erklären dürfen", und nachdem er tief Luft geholt, hat brüllt er ihr ins verblüfft-verstockte, verschmierte Gesicht: „Raus hier, ich will Spuren sichern."

Die Ärztin wendet sich abrupt um.

„Kommen Sie, Herr Schütze, wir stören hier", sagt sie innerlich bebend und beginnt, die Ausrüstung zusammenzuklauben. Schütze, der sich aufgerichtet hat, läßt nochmals einen Blick über die Szene gleiten, verharrt kurz bei dem anderen, der die ganze Zeit eifrig am Computer tippt und beginnt dann ebenfalls, die Geräte abzubauen. Plötzlich stolpert Schütze über einen hinter ihm stehenden Koffer, taumelt, als müsse er über einen dünnen Steg balancierend, der von Schwertern flankiert ist, sein Gleichgewicht neu justieren, brüllt auf, so daß der Mann am Computer vom Sessel hochfährt, und stürzt dann der Länge nach in die Hardware und schmettert die gesamte Anlage nieder, indem er sie trampelnd und rudernd unter sich begräbt. Ächzend erhebt er sich aus den gesplitterten Trümmern und beginnt gottlos mit Akzent zu fluchen. Der Computerspezialist steht fassungslos mit baumelnden, kraftlosen Armen und blickt entsetzt auf die zerborstenen Teile mit einer Miene, als hätte man ihm unvermittelt ein

Marmeladenbrötchen in den Schoß geschmissen. „Dieses stumpfsinnige Gastarbeiterpack ist tatsächlich das Ende der Demokratie!" murmelt er unhörbar.

„Das tut meinem Kollegen sicherlich sehr leid", sagt überlaut die Ärztin und hebt instinktiv beide Arme vor dem erneut hereinstürzenden Einsatzleiter, dessen rotes Bändlein traurig baumelt, als er die Knarre endlich sinken läßt. Sie packt den umgestürzten Koffer, drückt ihn dem maulenden, seinen linken Ellenbogen massierenden, Pfleger in den Arm und geht ab. Jeff und Roy starren sich entgeistert an, der Blick des Einsatzleiters klebt am Arsch der Schnellen Medizinischen Helferin.

Als die Ärztin und der Pfleger den Kiesweg zum Notarztwagen entlangknirschen, fegt ihnen ein aufgeregter Zivilist entgegen. Die beiden hören noch, wie dieser den Beamten an der Tür, die ihn abdrängen, zu erklären versucht: „Reiner Siegel, mein Name... ich habe eine Nachricht... bin ein Arbeitskollege... Was ist denn hier passiert... Wo ist Herr Gauvain?... Ja, meinen Ausweis hab ich... aber was ist denn... nein... das ist ein Irrtum... lassen Sie mich gefälligst los..."

Die Ärztin, die den Notarzteinsatz koordinierte, bestätigt dem anderen Personal, daß es keine Verletzten mehr gäbe, sondern die Terroristen seien sämtlich tot. Die Ausrüstungen werden wieder verhüllt und verstaut; den Rest erledigen andere. Die Ärztin steigt als letzte in den Einsatzwagen, setzt sich auf die Bank, wo Pfleger Schütze schon traurig Platz genommen hat und verlangt einen Spiegel, um sich gründlich zu reinigen.

„Machen Sie sich nicht solche Gedanken wegen des blöden Computers", versucht ihn die Ärztin zu trösten. Der Einsatzwagen dieselt los. Da unterbricht sie plötzlich ihre Reinigung, wendet sich zu Schütze und fragt, den Fahrlärm übertönend:

„Was haben Sie gesagt?"

Der Pfleger schaut sie verblüfft an: „Ich? Nichts!"

„Mir war, als sagte jemand 'Herzlichen Glückwunsch', oder so", meint darauf die Ärztin, wie zu sich selbst. Das schmerzliche, traurige Gesicht von Schütze hellt sich plötzlich auf. Aufgeregt rutscht er auf seinem Sitz herum, wendet sich ganz zur Ärztin und schaut ihr wie suchend, tief in die Augen: „Frau Doktor, was halten Sie eigentlich davon, wenn ich Sie zu einem Moskauer Eis einlade. Und zwar original in Moskau? Ich hätte da demnächst zu tun, Familienangelegenheiten, sozusagen!"

Die Ärztin muß lächeln: „Ach, Herr Schütze, Sie immer mit Ihren Scherzen. Aber Sie haben recht, nach diesem scheußlichen Schauspiel wäre eine Ablenkung nicht verkehrt. Lassen Sie uns Eis essen gehen, und erzählen Sie mir die Geschichte vom Gral weiter, die Sie gerade lesen."

FREITAG - 3. WOCHE

Wie es konsequenter Weise den Agenten bis zum Schluß verwehrt bleibt, ins Innere der Dichtung zu gelangen, Teil des Ganzen zu sein.

Der Silberfuchs und das fein geschnittene Gesicht der Ärztin, das nun noch stärker zur Geltung kommt, ergänzen sich zu einem wunderschönen Bild, das allemal mit den alten Ölportraits an den Wänden dieses Caféhauses in einer Nebenstraße unweit des Njewski-Prospektes konkurrieren kann. Die Ärztin zieht gerade ihr frisch aufgefülltes, in Jugendstilsilber gefaßtes Teeglas unter dem kleinen Tischsamowar hervor, rührt verträumt ein wenig Kandis hinein, blickt dann auf und sagt in die hellen Augen des sie achtsam und zärtlich beobachtenden Schütze: „Ich denke, wir können uns duzen. Ich heiße Gueniėvre."

„Ein sehr ungewöhnlicher Name."

„Ein französischer Name. Ich glaube, so hieß die Frau von König Artus. Sie hatte zahlreiche Verehrer, Lancelot zum Beispiel."

„Was Sie nicht sagen...", flüstert Schütze wie zu sich selbst. Auch Gueniėvre, die Ärztin, scheint wie aus einem Schleier aufzuschauen, der ihren Geist umfangen hält.

„Wie bitte?" fragt sie überrascht.

„Ich bin sehr, sehr froh, Sie – entschuldige: Dich – so einfach entführt haben zu können“, meint Schütze mit einem verstohlenen Lächeln.

Guenièvre prustet plötzlich heiter hervor: „Ich kann es mir ja selbst nicht erklären“, und lacht, „Es war fast wie eine innere Stimme, die mich gestern lenkte. Und heute sitze ich tatsächlich hier mit Dir in Moskau.“ Mit leichtem Resignieren fügt sie noch an: „Wenn ich mir mal damit beim Chef nicht großen Ärger eingehandelt habe. Du kennst ja seine Einstellung: Wer sich Samstags nicht blicken läßt, braucht Sonntag gar nicht erst kommen.“

„Ja“, nickt Schütze, „aber jetzt sind wir weit weg. Wir sind zurück. An den Anfang. Hier begann es. Jedenfalls der Teil der Schlange, den ich überblicken kann“, fügt er nachdenklich hinzu.

„Wie bitte?“ fragt Guenièvre erstaunt und schaut ihn aus ihren großen Augen verblüfft an.

„Entschuldige bitte, mein Deutsch rutscht mir in der Heimat immer etwas weg. Ich meine, ich bin zurück. Und übrigens, was heißt denn Chef? Wer oder was soll das denn sein?“ fragt er mit übertriebener Strenge. Guenièvre spürt, wie eine innere, grundlose Heiterkeit sie beflügelt:

„Na unser herrlicher und allmächtiger Chefarzt...“, kommt es zunächst kichernd von Guenièvre und platzt dann in ein unkontrolliertes Lachen. Sie fühlt sich wie befreit und es stört sie gar nicht, daß all die ewigen Touristen irritiert zu ihnen blicken. Dann faßt sie sich und fragt Schütze unvermittelt: „Wie sieht Dein Plan für dieses Wochenende denn aus? Sagtest Du nicht etwas von Familienangelegenheiten?“

Schütze schaut ihr kurz prüfend in die Augen: „Ich bekam unlängst einen Brief von meiner Tochter. Ich habe die Handschrift fast nicht erkennen können, sie war wie die eines anderen. Du mußt wissen, meine Tochter ist krank. Die heutige Medizin würde sagen, hysterisch-psychotisch mit schizophrenen Schüben. Früher nannte man es einfach: besessen. Sie ist tatsächlich von einem kranken Geist besessen. Deshalb ist sie krank und weil man ihr all das antut, leidet sie. Ich weiß, wie sie zu heilen ist. Dem Geist, der sich an ihre Seele klammert, muß etwas zurückgegeben werden, was er früher einmal besaß und wonach er sich heute sehnt, um es zu besiegen. Sonst wird er keine Ruhe geben. Er muß also versöhnt werden. Dann wird er meine Tochter loslassen können."

Guenièvre hat ruhig zugehört. Plötzlich schließt und öffnet sie ihre Augen, wie mit äußerster Anstrengung. Sie bewegt impulsiv ihre Gliedmaßen, wie um einen Bann abschütteln zu können. Dann sagt sie:

„Ich glaube zu verstehen, was Du meinst", sie klingt fern, wie in Gedanken, um dann rasch hinzuzufügen, „obwohl es medizinisch völliger Humbug ist."

„So ist nunmal die russische Seele. Aber ich glaube, daß sich durchaus auch andere Seelen nach dieser Art Aussöhnung sehnen", und blickt ihr dabei tief in die Augen. Guenièvre spürt plötzlich eine Unruhe in sich. Um davon abzulenken fragt sie: „Und, hast Du nun das Gegengift gefunden?"

„Ja. Ich weiß es, und Du bist es!" sagt Schütze rätselhaft und schaut ihr dabei mit einer Klarheit und Reinheit in die Augen, daß es Guenièvre einen Schauer verursacht.

„Danke", meint sie verschmitzt, „das ist allerdings ein etwas umständlicher Antrag. Eigentlich fragte ich nach Deiner Tochter. Oder war das ein Vorschlag für ihre Adoption?" fragt sie mutwillig. Schütze schaut kurz um sich und winkt dann dem Kellner, bevor er sich wieder ihr zuwendet:

„Du kannst meine Tochter kennenlernen. Sie ist einfach reizend. Und ich bin sicher, daß etwas in euch sich sofort verstehen wird. Übrigens gibt es dort auf dem Klinikgelände auch eine Dialyse. Die mußt Du Dir unbedingt anschauen. Ich werde das mit dem Chefarzt vorher abstimmen. Sowas hast Du noch nicht gesehen."

„So modern?" fragt sie ungläubig.

„Nein, so altertümlich. Aber funktioniert noch immer", lacht Schütze.

Der Kellner erscheint. Guenièvre zückt ihre Kreditkarte: „Darf ich Dich einladen?" Schütze nimmt ihr rasch die Plastik aus der Hand: „Nicht in Rußland! Es würde meine Ehre und die Gastfreundschaft beleidigen. Da ist die russische Seele durchaus eigenwillig“, sagt er und gibt dem Kellner eine Dollarnote. „Deshalb gestattest Du, daß ich die für die Dauer unseres Aufenthaltes konfisziere“, meint Schütze bestimmt und steckt die Kreditkarte zu sich. Gueniėvre schaut etwas ungläubig auf seine Brieftasche, die mit ihrer Kreditkarte in der Innentasche seines Jacketts verschwindet.

„Sag mir einfach jeden Wunsch und er soll Dir erfüllt werden“, meint er schlicht. Und Gueniėvre erinnert sich wieder an die traumhaft schöne Fellmütze, die er ihr gekauft hat, weil es in Moskau schon kälter ist und beschließt, ihm zu vertrauen. Sie erheben sich. Vor den goldenjugendstilig geschwungenen Lilien eines Kristallspiegels rückt Gueniėvre ihren Silberfuchs zurecht, der wie eine Königin sie krönt, wie eine Braut sie schmückt. Um sich jedoch von diesen eitlen Gedanken zu befreien, die da in ihr keimen, sagt sie: „Wir haben zwar einen hervorragenden russischen Tee getrunken, aber hast Du mich nicht eingeladen, um Moskauer Eis zu essen?“ fragt Gueniėvre übermütig.

„Soll ich Dir ein Geheimnis verraten?“ sagt Schütze im Gehen, ihr die Tür aufhaltend. Und als das Brodeln der Stadt sie auf dem Gehweg umfängt, legt er ihr brüderlich einen Arm um die Schulter, um sich besser an ihr Ohr beugen zu können: „Das Moskauer Eis ist die reinste gefrorene Sahnecreme. Du wirst danach einen furchtbaren Durst bekommen. Willst Du das wirklich?“

„Aber ja. Dafür bin ich doch schließlich hergekommen, oder?“ fragt sie und lächelt verschwörerisch. Da drückt Schütze Gueniėvre noch etwas fester an sich und flüstert an ihr Ohr geschmiegt, als würde er zitieren:

„Und der Geist und die Braut sprechen: Komm! Und wer es hört, der spreche: Komm! Und wen dürstet, der komme; und wer da will, der nehme das Wasser des Lebens umsonst.“

„Was soll das denn bedeuten.“

„Das ist der letzte Satz aus der Offenbarung des Johannes. Bibel. Schulwissen. Alles ist ganz einfach. Aber bei euch wird sowas ja nicht mehr gelernt, hörte ich.“

Guenièvre hat ihren Arm auf die Hüfte von Schütze gelegt. Umschlungen treten sie um eine Straßenecke, als plötzlich Reines Gold vor ihnen erglänzt. Die vollen Garben der rötlich untergehenden Sonne dieses Tages verschmelzen mit den goldenen Kuppeln einer Kirche wie bei einem Mysterium. Geblendet von dieser strahlenden Pracht des Lichts umfassen sich die beiden fester und ein einiger Schauer durchströmt sie. Jedes möchte den Anderen schauen, sich zu vergewissern, ob in diesem Moment jenem ebenso ist, doch sie können den Blick vom Goldenen Licht nicht wenden. Verklärt verharren sie, schauen in das lohe Hell und fühlen deutlich die Heimsuchung des Verhießenen.

ENDE DES 1. BUCHES

ANHANG

Die wichtigsten Personen des Romans in ihrer Entsprechung zu den Figuren der Gralslegende nach Chrétien de Troyes

Perce á Val / 2. Träger der Lanze - Perceval, Artusritter, auf der Suche nach dem Gral

der noble Backenbart - Graf von Ulterlec, belehrt Perceval über weltliches Rittertum

Hotelboy/Motoradbraut / Jeschute, Anlaß der Fahrerflucht - das Fräulein aus dem Zelt, dem sich der unerfahrene Perceval unschicklich nähert

zetEM: Gesellschaft zur Errettung der Menschheit - Artus Tafelrunde

das Pärchen aus der Herberge / 1.Träger der Lanze - der Rote Ritter, Abtrünniger der Artusrunde

Blancheflor, für Perce á Val, private Sekretärin beim Ònia-Orden / 3. Träger der Lanze / wechselt später ihre Identität zu Kundrie und überträgt so die Sache des Gral von Perce á Val zu Gauvain - Tochter der Burg zu Beaurepaire, von Perceval ausgeschlagenes Königtum

Schütze - Lancelot, Artusritter, in der Fremde operierend

Gauvain / 4. Träger der Lanze - Artusritter, von Kundrie verpflichtet, Erlösung für Montesclaire zu bringen

Prototyp Mahn / Parazyth, ein intelligenter Biochip in wechselnder Gestalt - die Lanze

Ärztin / 5. Träger der Lanze - Guenièvre, Königin am Artushof, Impuls den wackeren Rittern

Vorsteher des Ónia-Ordens / Tyturel - Eremit und Belehrer des Perceval

Tramperin - trauerndes Fräulein

Kundrie, für Gauvain / vorher Blancheflor / ebenfalls 3. Träger der Lanze - artloses Tier und Botin des Gral in wechselnder Gestalt und Funktion

der Hagere / Paraklét, der Tröster - Fährmann nach Montesclaire

NACHWORT DES VERLAGES

Holde Minne,

ich weiß, Du bist irgendwo da draußen. Wir hatten uns verabredet. Du erbatest ein Zeichen. Es sey: komm ins Netz: neo-gral.de.

Der Wiedergeborene.

Vor einiger Zeit tauchte dieser Text als Annonce in verschiedenen Zeitungen und Zeitschriften auf. Eine Mitarbeiterin unseres Verlages wurde neugierig. Sie stieß nicht auf eine Anmeldeliste der Dutzend-Seminare mit Rebirthing-Garantie, sondern auf das kryptische Labyrinth eines Sonderlings, der auf dieser Website verrätselte Bilder und drei, allerdings brilliante, Textbeispiele einer "Trilogie der Wiederkunft" bereitstellt.

Der Verlag war interessiert und wollte gern das Ganze. Gab es aber nicht. Überhaupt war es unmöglich, den Autor zu identifizieren. Nach verschlungenen Kontaktanbahnungen ist es dem Verlag nun gelungen, den gesamten Text des Ersten Buches hiermit vorzulegen. Aber das Rätsel bleibt.

Daß es sich hier nicht um einen Erstlingsautoren handelt und auch um keinen der Jung-Verlorenen, liegt rasch auf der Hand.

Der Autor ist in der Lage, Zeitgeschehen und Lebensgefühl seiner Helden konkret im Hier und Heute zu verankern. Die Figuren erscheinen durchaus real. Und das, obwohl der Autor sie in Motivation und Schicksal direkt an den mittelalterlichen Mythos von Chrétien de Troyes anbindet, wie in den Kapitelüberschriften deutlich wird. Diese Verschlingung von mittelalterlicher Mysterienwelt und ritterlichem Handlungskodex mit dem lebendigen Geschehen einer modernen, kausal determinierten Gegenwart, ist spannend zu lesen und erschließt gleichzeitig tiefere Bedeutungsschichten dem, welchen dürstet.

Der Text führt sowohl in religiöse Aber-Welten, so von Umberto Eco vorgelegt, wie auch in burleske Abenteuer voll derber Komik in Tradition eines Michail Bulgakow, scharfzüngig unkorrekte Zeitgeistanalysen wie von Michel Houellebecq, als auch surrealem Alptraum vom Stile H.P. Lovecrafts, sowie manieriert verschachtelte Verschwörungstheorie im Sinne Robert A. Wilsons Illuminaten.

Unter Insidern wird viel gerätselt, wer sich hinter Reiner Wernher vom Nagel zu Haufe verbergen könnte, denn diese(n) Autor(in?) gab es nie. Ein Opus dieser Dichte pflegt jedoch nicht aus Nichts zu entstehen. Wer unter den bekannten Gegenwartsautoren vereint bei sich die oben beschriebenen literarischen Sujets? Wer wäre zu dieser geradezu alchimistischen Synthese in der Lage? Ein Wiedergeborener?

In der hierzulande besser bekannten Nachdichtung vom Parzifal durch Wolfram von Eschenbach fügte dieser die Gestalt des Kyot ein, dem die Literaturwissenschaft das alter ego des Dichters zuschreibt. Von diesem Autor ist bekanntlich mit Sicherheit nur überliefert, daß Wolfram in Eschenbach begraben liegt.

Der vorliegende Autor scheint mit ähnlichen Mitteln zu operieren, denn im Text finden sich mehr oder weniger verdeckt einige biografische Hinweise und Quellen, die den Kreis der Autorenschaft einzugrenzen scheint. Der Verlag suchte diesbezüglich gezielt und fand jemanden, der unter dem Pseudonym Tohm di Roes in den 80er Jahren in Erscheinung trat, jedoch seit langem mit der Literaturszene überhaupt nichts mehr zu tun hat. Dieser erklärte sich bereit, seine damaligen Kontakte zu aktivieren. Und tatsächlich fand der Verlag auf diesem Weg Zugang zu dem Autoren. Doch jener wollte unbedingt seine Anonymität wahren. Er autorisierte Tohm di Roes, in seinem Namen die nötigen Absprachen für eine Veröffentlichung zu treffen.

Natürlich kam der Verlag auch auf den Gedanken, daß der Autor mit Tohm di Roes identisch sein könnte, und forschte nach. Was sich dabei jedoch zweifelsfrei herausstellte ist, daß Tohm di Roes sich in den Jahren seines Wirkens zwar aller Genres bediente, vom Liedtext bis zum Hörspiel; aber eines verfaßte er nie: Prosatexte, die über ein paar Seiten hinausgingen. Und dann so nebenbei gleich eine Trilogie?!

Es bleibt dabei, die wahre Autorenschaft ist im Dunkeln.

Die aufgegriffene Thematik als solche findet momentan vielfältige Gestaltung, wenn auch meist im strengen Historienkleid. Doch die Analogien sind offenbar.

Besonders im Lichtspieltheater faszinieren diese Universalgeschichten. Dergestalt ist der Autor Teil eines Zeitphänomens, was der "Fantasy-Fiction" vom Schlage "Herr der Ringe", "Star Wars", "Harry Potter" ein millionenfaches Publikum zuführt. Obwohl hier auf deutlich unterschiedlichem Niveau unterschiedliche Geschichten erzählt werden, so vereint alle doch eines: *die Sehnsucht!*

Die tief im Innersten der Menschen schlummernde Sehnsucht nach Erhabenheit, nach Verwobenheit mit einem Höheren, Verbündetem, jenseits des täglichen Haschens nach der Goldenen Gans. Nämlich nach einem Sinn, dem Sinn dahinter; die ungestellte Frage des menschlichen Ich, das verloren scheint: in den Weiten des Universums, den Abgründen der Seele, einer Vergangenheit voller Rätsel oder einer unvorhersehbaren Zukunftswelt.

Die einzige Frage angesichts des GRAL.

Der Autor hat sich für Mythos entschieden, hebt sich damit ab von reiner Science-fiction. Protagonisten und Verlauf der Geschichte sind bekannt, respective sind sie dem Werk vorangestellt. Zentraler Punkt ist die immerwährende Suche nach der eigenen Bestimmung, die alle Menschen zu allen Zeiten beseelt und die dadurch Wandlung bewirkt, die Matrix durchbricht, übermenschliches Handeln erzeugt.

Davon kündet der Mythos vom Heiligen Gral.

Seien Sie gewappnet.

Nichts ist, was es scheint.

Das Werk beginne denn, es ist bereits vollbracht.

ARUN-Verlag

Vorankündigung von Band 2 und 3

Die Einzige
Burg des Gral

Im 2. Teil wird Schütze/Lancelot mit Guenièvre in Moskau eintreffen, die dort von einer diabolischen Macht entführt wird. Auf der Suche nach ihr gelangt Schütze in ein verrätseltes Dorf (Klingsors Burg), aus dessen permanentem Exzess es kein Entrinnen gibt. Erst nachdem Schütze das Blaue Zimmer findet und eine kosmische Reise durch verschiedene Dimensionen macht, ist der Bann gebrochen.

Einzig
Herrschaft des Gral

Im 3. Teil wird ein Panorama der Zukunft nach dem Kollaps (2014) in Analogie zur großen Türkenschlacht bei Sankt Gotthard (1664) gezeichnet. In diesem „Kampf der Religionen" werden die Gralsrituale von Transformation und Transmutation von entscheidender Bedeutung. Der Gegner ist der Bruder und umgekehrt. Parzifal und Feirefiz, gottgewolltes Töten transformiert in gottgeweihte Hingabe. Die Gralsrunde erfüllt ihre Aufgabe.

* * *